講談社文庫

幻惑の死と使途

ILLUSION ACTS LIKE MAGIC

森 博嗣

講談社

目次

ILLUSION ACTS LIKE MAGIC

by

MORI Hiroshi

1997

PAPERBACK VERSION

2000

いいかね、与志君。《百匹の蛸の足の変化》というのが、その操作の名称なのだぜ。つまり、計測器が第二段へ切り換えられると、すでに分解と腐敗がはじまっている死者の脳裡にあるゾンデの内部から目に見えぬほど微細な金属の足が急に周囲へつきだされ……そして、忽ち、何処かへ消失しかかっている《もはやわれならざるわれ》をそのあたり一面にはった網の目のなかにとらえてしまうのだ。

（埴谷雄高／死霊）

第1章　奇趣の予感

1

生い茂る森林に挟まれて、緑の広場が細長く延びている。緩《ゆる》やかに起伏を繰り返す大地は、ずっと奥まで芝に覆われ、慎み深い空気が、まだ靴を濡らすほど湿っている。無慈悲な日射に曝《さら》されるまでの静けさが、あった。

朝は、何もかもが幼い。

太陽が周囲の樹々を乗り越える頃には、大地は変色し、日焼けした子供たちが集まってくる。その辛辣《しんらつ》な終焉《しゅうえん》までが、朝だ。

男は、朝が好きだった。

そこは「緑地」と名づけられている。その名称は何を意味しているのだろうか。周囲の森林は、「市民の憩《いこい》」という名の旗印と、隣接するゴルフ場の「自然環境」と呼ばれる煙幕のために、つまりは、この一帯だけ手つかずで残された安物の「雑地」だった。

それでも、男はそこが好きだ。

早朝の公園の散歩道を、彼は歩いている。

それは日課といえるものだった。男はゴルフをしたことがない。家族連れで出かけたこともない。そもそも、仕事以外に楽しみを見つけようと考えたことなど一度もなかった。

毎朝、この緑地公園にやってきて、三十分ほど森林の小径《こみち》を歩くことでさえ、仕事だった。それは、実にクリエイティヴな時間であり、彼の仕事の最も重要なプロセスの一つだったのである。

新しい発想、そして工夫。

それらを具体的な形にするプロセスである。もう三十年間も、彼は考え続けてきたのだ。天職だと思う。

いつもどおり、ちょうど半分ほどの道のりで、池のほとりを見下ろすベンチに腰掛け、男は煙草を吸う。夏でも冬でも、ここで煙草を吸う。毎日同じだった。

少し汗をかいている。

鬱蒼《うっそう》とした樹々の枝葉に囚《とら》われたまま逃げ出せない夜の空気が、まだ周辺に残留していた。池の向こう側に小さく見えるマンション街の焼けたアスファルトとは別世界の冷たさがあった。

小径を歩いてくる犬を連れた少女に出会う。

最近、一週間に一、二度、その少女と、そして彼女の犬と、男はこの場所ですれ違った。目が合えば、お互いに軽く表情を変えるくらいで、話をしたことなど、もちろん一度もない。

ベンチに腰を掛けている老いた男を、少女はどんなふうに見ているのだろう、と彼は想像する。

少女は、有里匠幻《ありさとしょうげん》を知っているだろうか？

知っているに違いない。

日本で最も有名なマジシャンなのだから。

いや、知らないかもしれない。

彼の人気のピークは、既に十年もまえに過ぎている。

だが、たとえ知らなくても……。

いずれ、知ることになるだろう。

きっと……。

僅《わず》かな音に、男は振り向く。

池面に魚の跳《は》ねる音か……。

頭上に、鳥の鳴き声。

少女は、もう遠くを歩いている。

男は彼女が見えなくなるまで、そちらを眺めていた。

誰が掃除をしているものか、錆《さ》びついた灰皿の缶がベンチの横にぶら下がっている。彼は短くなった煙草を投げ入れ、ゆっくりと立ち上がる。最近、足腰が弱り、こうして一度休むと立ち上がるのが辛かった。

背伸びをして深呼吸する。そして、両手を広げ、指を動かしてみる。

彼の手は大きく、指が長い。幾つもの幻想を生んだその手も、今では皺《しわ》だらけで、弾力に乏しかった。機敏に、しなやかに、そして優雅に変幻した指先も、もう思いどおりにはならない。

しかし、それがマジックのすべてではない。

彼はそれを知っている。

そう、すべてではない。

男は、大切なものを仕舞うように、両手をポケットに入れ、歩きだした。

人々はマジックを望んでいる。

きっと、望んでいる。

人間は幻惑されたい生きものなのだ。

それが、すべてではないか。

もし、そうでないのなら、彼はもう終わりだ。
生きているうちに、それを確かめてみたい。
あの可愛らしい少女も、きっと幻惑されるだろう。
有里匠幻に……。
日本中の人々がきっと幻惑される。
そして、誰もが心に刻むことになる。
偉大なマジシャン、有里匠幻の名を。
彼の名前を。

2

シロナガスクジラの一家が泳ぎ回れるほど、ロビイは巨大だった。ガラス張りの吹抜けの空間で、屋外から侵入した眩《まぶ》しさは乱反射して無数の影を造形している。特大の金魚鉢かプリズムの中にいるようで、圧倒されるというよりは、落ち着かなかった。マジシャンの箱に突き刺された真っ直ぐな銀の剣のように、この巨大な空間を斜めに突っ切るエスカレータ。ガラス面とは反対側の高いコンクリートの壁には、最近ではお約束のスカイ・エレベータが三列。行儀良く平行に並んだその垂直のレールを、ときおりオレンジ色のカプセルが滑らかに移動している。

見上げると、竹で組まれた数十メートルもあるオブジェが、何本もの細いワイヤで高い天井から吊るされていた。どんな形状をしているのか、下から見ただけでは、よくわからない。おそらく、三角関数を組み合わせて再現できる曲面を、「人間の狂気」あるいは「経済的な妥協」という不等号で切り取った断片であろう。この手法以外によって作られた人工物は、いまだかつてないからである。

芸術文化センタのメインロビィの正面玄関から入ったばかりの簑沢杜萌《みのさわともえ》は、巨大空間に停滞した冷たい空気に一息つき、すぐに友人の姿を探した。約束の時刻に五分ほど遅刻だった。

長いエスカレータの下に幾つか並んでいたベンチの一つから、一人の女性が立ち上がる。彼女は片手を広げながら近づいてきた。顔を見るのは二年ぶりであるが、すぐにわかった。

「ごめんね、遅れて」杜萌は駆け寄って言った。「新幹線が少し遅れたものだから」

「お久しぶり」友人は微笑《ほほえ》む。

懐かしい親友、西之園萌絵《にしのそのもえ》は、軽そうなコットンの白いバッグを肩に掛けている。カジュアルな服装であったが、淡いピンクとオレンジのストライプの小さなTシャツに、これ以上はないという真っ白なベストとスラックスで、相変わらず人目を引くファッションだった。

彼女は夏だというのに、顔も腕も真っ白で、アイシャドーと同じ紫っぽい口紅がよく似合っている。

「杜萌、髪が長くなったわ」萌絵は弾《はず》んだ声で言う。彼女の仕草も本当に弾みそうだった。

そう言う萌絵の方も、以前に比べて髪が長い。

「ここ、初めて……、私」杜萌はロビィの高い天井を見上げて呟《つぶや》く。「凄《すご》いわね……。あのぶら下がってるの、いったい何のつもりなのかしら?」

芸術文化センタは、愛知県立美術館のあった場所に建てられた新しい施設である。杜萌は、ここがどんな機能を持った建物なのか詳しくは知らない。美術館とオペラが上演できる大ホールがあると聞いているだけだった。とにかく破格に大きな建築物であることは確かだ。バブルの時代に計画されたものだろう、と杜萌は考えた。

「あれね……」西之園萌絵も天井のオブジェを見上げている。「何かしら。簾《すだれ》かなあ。掃除が大変そう」

「天の川のイメージかもね」杜萌は口もとを上げる。「まったくさ、日本も豊かになったよなあ」

「お年寄りみたい」萌絵が微笑む。

「そうだよう」杜萌は目を見開いて頷《うなず》いた。

「八階で美味《おい》しいケーキが食べられるの」萌絵がエスカレータの方へ歩きだしながら言う。

「お腹空いてない?」

「その手の提案を、私、今までに断ったことなんてないよ」杜萌はあとに続く。

「そう、私って、杜萌に何かを断られたこと、一度もないわ」萌絵はまた微笑する。彼女の相変わらずの笑顔に、杜萌はずいぶんほっとした。

二人は長いエスカレータに乗る。一気に四階まで上がれる特大のエスカレータだったが、それでも、メインロビィの吹抜け空間の半分ほどの高さまでしか到達できない。彼女たちの他には、誰も乗っていなかった。平日の午後である。ロビィに見える人々も疎《まば》らで、贅沢《ぜいたく》な静けさが感じられる。

「萌絵、就職は決まったの?」杜萌は、二段ほど上にいる友人にきいた。

「ううん」萌絵は首をふった。「私、大学院に行くつもり」

その返答を杜萌は予期していた。西之園萌絵は就職する必要などまったくない。だが、彼女の性格からして、いずれは何かの職業に就くことも間違いないし、それがどんな仕事なのか興味があった。

「じゃあ、ひょっとして入試が近いんじゃない?」

「ええ、来月の終わり」萌絵はエスカレータのベルトにもたれかかった姿勢で答えた。

「来月って……、今日で今月は終わりだよ。貴女《あなた》、こんなところで、のんびりしてていいわけ?」

「のんびりしてないもの」萌絵は魅力的に微笑んだ。

西之園萌絵は、杜萌の高校のときからの友人である。私立の女子校で、中学と高校の六年間のうち、一度だけ同じクラスになったことがあった。二人の名前に、共通する漢字が一字ある点も親近感を持った要因といえる。だが、単に同級生という以上に、西之園萌絵の存在は、杜萌にとって重要だった。

中学・高校の六年間のうち、最後の一年半の間だけ、簑沢杜萌は学年でトップの成績を維持することができた。何故なら、その一年半は、西之園萌絵がいなかったからだ。

萌絵は、高校二年の夏、両親を飛行機事故で亡くした。そのショックで彼女は入院し、長期休学したために、杜萌が卒業するときには、一学年下のクラスにいたのである。

四年半の間どうしても勝てなかったライバルが、急にいなくなってしまったことが、最初、杜萌は嬉しかった。定期試験はもちろん、実力試験でも、杜萌は飛び抜けていた。ずっと気になっていた目の前の障害が突然取り除かれ、彼女の行く手に希望が開けたかに見えたのである。

けれど、半年もすると、不意に虚《むな》しくなった。

自分の栄光も希望も間違いだと気づいた。いや、それはあとから理解したことで、そのときは単に、理由もなく寂しくなっただけだ。

勉強も急に手につかなくなり、何もかも突然つまらなくなった。大学受験を目前にして、杜萌は悩んだ。日に日に脱力感は支配的となり、一ヵ月ほど毎晩、ただぼうっとしてベッドで寝転がっていた。

火の消えた花火の焦《こ》げたビニルみたいに、切なかった。

何のために勉強しているのか。これからの人生に楽しいことなんてあるのか。そんな漠然とした不安だった。杜萌には親しい友人もいなかったし、家族はもっと複雑な問題を抱えていた。誰にも、自分自身にも、その不安定な状態の原因が説明できなかったのである。

同じクラスだったときにも、ほとんど話をしたことがなかった西之園萌絵を見舞いにいったのは、今にして思えば、杜萌の人生の大きなハードルだった。何故かその障害を飛び越えてみようと思ったのだ。そして、あの日以来、杜萌は自分を取り戻し、安定したといって良い。

那古野《なごの》市内の病院に西之園萌絵を訪ねたのは、夏休み。模擬試験のあった暑い日の夕方だった。

病室に入ると、萌絵は普段着で、ベッドではなくソファに座り、本を読んでいた。彼女はとても病人には見えなかった。

あとからわかったことだが、萌絵がそこに入院している理由は、単純だった。彼女は、自宅にいることができなかったのである。萌絵自身が「ホテルでもどこでも良いの」と表現したくらいだ。幼い頃から両親とともに過ごした屋敷に、西之園萌絵は二度と帰れなかったのである。

だが、その日の萌絵は、怯《おび》えている少女には見えなかった。窓からの陽射しで逆光となり、彼女の長い髪の輪郭だけが光っていたが、その表情に陰りはない。

驚くべきことに、萌絵は、杜萌を覚えていなかった。制服を着ているのだから、少なくとも同じ学校の生徒であることはわかったはずだ。最初は、ショックで記憶喪失になっているのかとさえ疑ったが、杜萌の印象がそれほど薄かったのも事実である。

「中二のとき同じクラスだった」杜萌は言った。「覚えてない？」

「ごめんなさい……」萌絵は泣きそうな顔をして謝った。「どうかしているの、私」

「西之園さん、成績発表を見てないの？　いつも、貴女の次だったんだよ、私」

「成績？」萌絵は首を傾げる。「ええ、私、見たことないわ」

試験のあとで職員室の前の廊下に張り出される成績優秀者のリスト。いつも、西之園萌絵の名前の次に、自分の名前があった。杜萌は、ライバルとしてずっと意識していたのに、相手はそうではなかった。

「簑沢杜萌」杜萌は名乗った。

「簑沢さん……ね。ああ……、そういえば、少し覚えてる。中二のときは、私、出席番号が二十七番だったから、貴女は、私の四つ後ろ、三十一番ね」

「数字は覚えているの？」杜萌は、鞄のポケットにある定期券を見せた。「杜萌の萌は、貴女と同じ字」

「覚えるわ。もう忘れない」萌絵は人差指を自分の頭の横に当てて微笑んだ。「ありがとう。お見舞いにきて下さったのね」

「そう。でも……、もう大丈夫みたいね」

「ねえ、簑沢さん。チェスをしない？」

「え？　チェス？」杜萌は萌絵の突然の提案に本当にびっくりした。

「できない？」

「できる」杜萌は微笑む。「私、強いよ」

これが、西之園萌絵の提案を受け入れた最初だった。

小さなときから、チェスや将棋には自信があったのに、杜萌は初戦であっさりと負けてしまった。結局、そのとき以来、彼女は一度もチェスで西之園萌絵を負かしたことがない。

ところが、それこそ、彼女にとって掛け替えのない貴重な体験だったのである。

少なくとも、自分の存在とか、人生とか、生き方とか、青春とか、そういったあらゆる種類の不明瞭な問題が、この天才的な友人と一緒にいると、もっと不鮮明になって忘れられるのだ。

萌絵の無邪気な笑顔を見ていると、どういうわけか、彼女にだけは負けても良い、と思えるのである。これが発見だった。

つまり、それが、西之園萌絵の不思議な能力だ。

実に気持ち良く、負けられる。

こんな経験は初めてだった。おそらく、地球や、海や、空に、勝てないのと同じように、自分には勝てない人間が身近に存在するという事実が、扉を開ける鍵だったのである。希望がわいてきたし、生きるのもまんざら捨てたものではない、と思えてきた。

その後、西之園萌絵は退院し、二人は親友と呼べる間柄になった。

つき合ってみると、この超越した友人にも、幾つかの欠点が見つかった。ずっと思い描いていたライバルの人間像は、まったく見当外れだったことがわかった。西之園萌絵は全然完璧な人間ではなかったのだ。彼女は、極めて曖昧で、世間知らずで、幼くて、本当に子供のように我《わ》が儘《まま》だった。すぐ怒るし、すぐに泣く。遠慮というものがない。よくこれで今まで生きてこられたものだ、と感心したほどである。

杜萌以上に萌絵には友人が少なかった。彼女の発言は一見、矛盾だらけで、飛んでいる。誰もついていけないのだ。萌絵は、クラスでも完全に浮いた存在だったし、一学年遅れたクラスでは、それはさらに酷《ひど》かったようだ。けれど、当の萌絵は、まったく気にしていない。

学校の成績で萌絵を抜けなかったのは、主に数学と物理・化学で彼女が圧倒的に強かっただけのことで、他の分野では杜萌の方がむしろ勝《まさ》っていた。しかも、教科書や参考書に書かれていない世間の一般常識になると、萌絵の知識はゼロに近い。二人でいるときも、何かを質問するのは決まって萌絵の方だった。

あるとき、萌絵は杜萌にこんな質問をした。

「ねえ、カマトトってどんな動物?」

「辞書ひきなさい」杜萌はすぐに答えた。

「百科事典? 図書室まで行くの面倒だもの、ねえ、教えて。知っているんでしょう?」

杜萌は、机の中から国語辞典を出して萌絵に手渡した。

「え? 国語辞典にのっているの? そんなに有名な動物?」

杜萌は可笑《おか》しくなって鼻から息をもらす。

「貴女、カマトトじゃないの? それ……。本当に知らないわけ?」

「うん、私がそれに似てるってラヴちゃんが言うから……」萌絵は口を尖《とが》らせる。「知らないわ、私……。何かしら? イタチかネズミの一種?」

杜萌は、萌絵にいろいろなことを教えるのがとても楽しかった。植物のこと、詩のこと、音楽のこと、政治のこと、それに、極めて希《まれ》なことだったが、異性についても。

長いエスカレータは、懐かしい過去を思い出すのに充分な長さだった。杜萌は、独り微笑んでいる自分に気がついた。

あの頃は良かった、と彼女は思う。

二人は、四階のフロアを、温室のようなガラス張りの壁へ向かう。その曲面に沿って突き出している渡り廊下を通り、もう一度エスカレータに乗った。

萌絵の髪は、伸びたとはいっても、今は肩までしかない。彼女は病院を退院する直前に、腰まであった長い髪を切った。それ以来、ずっと髪は短い。逆に杜萌は、東京の大学に入学してから髪を伸ばした。高校の頃の二人の髪形を、今はお互いに交換したことになる。まるで、約束したみたいに。

「ねえ、ケーキ食べながら、チェスをしましょうか？」萌絵が振り向いて言った。

「いいわよ」杜萌は吹き出した。彼女はいつも萌絵の突然の提案を受け入れる。「貴女、全然変わらないね」

「ううん」萌絵は大げさに首をふった。「そんなことないわ。杜萌がびっくりするくらい、私、変わったから」

「ふうん。恋人ができたんだ」杜萌は上の段の萌絵を見上げる。「でも、残念でした。それくらいのことで、私、驚かないよ」

「お願い。驚いて」萌絵が困った顔をする。

「わかった、わかった。驚いてあげるから」

そう言いながら、杜萌は少し驚いた。懐かしい素直さだったからだ。確かに、高校生のときの萌絵だったら何も驚かない。しかし、自分からはとうに消えてしまったものが、萌絵にはまだ残っているように感じられた。あの頃から、ピクルスにしたくなるほど、この友人は素直な精神の持ち主なのだ。誰も気づかないかもしれないが、それが貴重だ、と杜萌は思っている。それこそが、杜萌を救うために差し伸べられた神の手だったからだ。今の彼女には、それがよくわかる。

東京に出て五年目になる杜萌には、自分がもう昔とは違う人間になっていることがはっきりと自覚できた。西之園萌絵だって、以前のままではないはずだ。この社会で変わらずに生きていくことなんて、できるわけがない。

それとも、変わらないように見せているだけなのか。たぶん、頭の良い人間ならそれが可能だろう。正真正銘のカマトトになったのかもしれない。

二人は八階の美術館の手前のロビィに出て、ゆったりとした雰囲気のラウンジに入った。そして、コーヒーとケーキを注文すると、さっそく、試合を始めた。

長身の若いウエイタは、彼女たちのテーブルからカウンタに戻り、奥に注文を伝えた。カウンタ越しに彼は手を伸ばして、グラスを洗っていたマスタの肩を軽くつつく。

「ん?」マスタは顔を上げる。

「あそこのテーブルの女の子たち」ウエイタは小声で話した。「何してると思います?」

マスタは壁際のテーブルを見た。

二人の若い女がコーヒーを飲んでいる。一人は髪の長い女で、短いスカート。かなりの長身である。もう一人は、ストレートのおかっぱで目立つ顔立ちだった。一見、にこにことして世間話をしているようだが、それにしては口数が少ない。睨《にら》み合っているような感じさえある。少なくとも、おしゃべりを楽しんでいるようには見えなかった。

「何してるって？」マスタはきき返す。

ウエイタは片目を細めた。「ビショップをCの5へ……。ポーンをEの5へ……」そう言ってから彼は顎《あご》を突き出した。

「何だ？　そりゃ」

「チェスみたいですね」

3

浜中深志《はまなかふかし》は、高速道路の追越車線を走っている。正確には、走っているのは彼の車で、助手席には、N大建築学科の彼の指導教官である犀川創平《さいかわそうへい》助教授が安全ベルトをして座っていた。エンジンの回転数が高く、エアコンも充分に効いている。

「浜中君。もう少しゆっくり走ってくれないかな」犀川は前を向いたまま言った。

「三度目ですね。先生」浜中は微笑む。

「何度でも言いたいな。僕はスピードが嫌いなんだ。特に、間近の物体との速度差が大きいのが、条件として良くない」

那古野から車で一時間ほどのところにある蒲郡《がまごおり》まで、二人は古い建物の調査に出かけた。今はその帰りである。建築物の調査は、犀川が建築学会の研究委員会の関係で依頼されたもので、大学院生の浜中は単にその手伝いだった。写真を撮ったり、計測したり、それを記録したり、といった作業である。幾つかのスケッチを描いて寸法を記入したし、写真を撮るごとに平面図に位置を記録した。この調査は、浜中が現在進めているドクタ論文の研究テーマとは関係がない。つまり、単なるバイトだった。

そもそも、今日の調査は、同じ講座の四年生、西之園萌絵が担当する予定の仕事だったのだが、彼女が急に都合が悪くなり、浜中がその代わりに自分の車まで出したのである。犀川助教授の車は、以前から調子が悪かったが、数日まえついに動かなくなり、修理中だった。

「すみません。僕、五時半から家庭教師のバイトがあるんです」浜中はダッシュボードのデジタル時計を見ながら言った。「僕だって、いつもいつも、こんなに飛ばしているわけじゃないんですよ」

そのとおりだった。彼は危ないことが大嫌いなのだ。

「なおさら、怖いな」犀川は少し笑ったようだ。「じゃあ、バイトは諦めて、スピードを落したら良い」

「西之園さんなんか、もっと飛ばすでしょう?」浜中はきいた。

「ああ、飛ばすね」犀川は頷《うなず》く。「しかし、君の方が怖い」

「え、どうしてです？」

「浜中君の方が諦《あきら》めが良い」

犀川の言葉は、浜中には少し心外だったが、黙っていた。確かに、誰だって西之園萌絵よりは諦めが良いに決まっている。

彼女のスポーツカーよりも、浜中の車の方が小さいし、安定も悪い。明らかに高速走行には向いていない。しかし、諦めが良い、とはどういう意味だろう。あまり良い響きではない。一般に、研究者の間では、「しつこい」という形容詞が美辞麗句となるものだ。

「彼女、今日はどうしちゃったんですか？」浜中は前を見たまま言った。「先生と一緒の出張を僕に譲るなんて、西之園さんらしくないですよね」

「いや、彼女らしい」

犀川の言葉の意味が、浜中はすぐには飲み込めなかった。我が儘なところが彼女らしい、という意味だろうか、と思う。

「喧嘩《けんか》でもしたんですか？」浜中は思い切って質問した。彼にしてみれば、迎撃ミサイルのボタンを押すような、勇気を振り絞った皮肉だった。

「したくないね」犀川はさらりと答える。

「彼女、全然勉強してませんよ」この際だから、少し先生の耳に入れておこう、と浜中は考えて言った。

「どうして、わかるの?」

「そりゃ、わかりますよ」

西之園萌絵は、四年生になったとき犀川研究室を希望して配属になった。しかし、彼女は一年生のときから研究室に入り浸っていたので、馴《な》れ馴《な》れしいこと既にこの上ない状態だった。幸か不幸か、浜中と同じ研究テーマになったため、彼女の卒業研究の面倒をみる立場に彼は立たされた。しかし、先輩としての威厳も、後輩としての初々《ういうい》しさも皆無に等しかった。そもそも、浜中自身が女性は苦手だったし、特に、西之園萌絵を冷静に扱うことは彼にはできない。彼女に睨まれると、視線を逸《そ》らさずにはいられないのである。

「コンピュータのことはけっこうやるんですけどね、文献とか全然読んでないんです。それに、もう大学院入試ですよね。西之園さん、大丈夫かなあ」

「どう? 今日の建物は面白かった?」

話は突然、他の方向へ飛んだ。犀川助教授は、いつもこんな調子だ。テレビのリモコンみたいな手軽さで、一瞬にして話題を切り換えるのである。最近でこそさすがに慣れたが、浜中も最初は、この先生は人の話を全然聞いていないんじゃないか、と憤慨したものだ。

「あ、ええ」浜中は慌てて考えながら頷く。「煉瓦造《れんがぞう》であれだけの規模のものは珍しいですね」

「そう……。工場なんかだと、ままあるけれどね」

「文化財指定の関係ですよね？」浜中は、今日の調査の目的を尋ねる。

「そんなところかな」

「ああいうのって、地震のときとか、大丈夫なんですか？」

「大丈夫じゃないよ」犀川は首をふった。「大きいのが来たら、確実に崩れるね。だから、今のうちに写真を撮っておかないと……。そうだ、もうすぐ、ビルの爆破をすることになっているよ。みんなで見にいったら良い」

「爆破って、ああ……、あの、九月の、静岡のですか？」

また、チャンネルが切り換わった。犀川が話しているのは、古いビルを取り壊す工事のことである。日本では珍しい爆破解体が九月に行われることになっていた。建築学会の年次大会がちょうど同じ時期に静岡市で行われる。おそらく、大勢の見学者が集まることだろう。

「アメリカみたいに上手《うま》くいくんでしょうか？」

「いかないよ」犀川はあっさりと否定した。「建物の耐力が違うからね。地震国日本の建物なんだから、必要以上に頑丈だ。それに、敷地も広くないだろうから、あまり派手に壊せない」

「じゃあ、犀川先生は失敗するとおっしゃるんですか？」

「たぶんね。だけど、成功か失敗かなんて、素人目にはわからない。審判も解説者もいないからね。まあ、なんとか半分でも倒れてくれれば、それで良いわけだ。まえのときだってさ、そうだったよ。全部、成功したってことになっているけれど、実際にはそうじゃない。一般論だけどね、マスコミの報道のほぼ半分は嘘だといって良い。全部が嘘ではない、というのが救いだ」

犀川助教授はテレビを見ない。新聞も読まない。大学の教官には、特に珍しいことではないようだ。下宿に帰ると、テレビをつけっぱなしにしている浜中には信じられない生活である。

「先生、オリンピックとかも見ないんですか?」今度は浜中が話題を変えた。昨年、オリンピックのためにビデオを買い換えたことを思い出す。

「見ないよ」

「どうしてです?」

「どうして見なきゃいけない?」

「だって、感動しますよ。ドラマがあるじゃないですか」

「感動なら、間に合ってる」犀川は淡々と言った。「一般論だから気を悪くしないでほしいんだけど、テレビのディレクタが押しつける感動なんてまっぴらだよ。オリンピックだって、テレビの台本じゃないか。原発反対も、博覧会反対も報道されるのに、オリンピック反対が何故もっと大きく報道されない? 高校野球はどうしてあんなに美化される? マスコミはマスコミを何故攻撃しない? 浜中君。もし君が偏《かたよ》った価値観から自分を守りたかったら、自分の目と耳を頼りにすることだね。テレビを捨ててしまえば、君の目は、少なくとも今よりは正しく、しかも多くのものを見ることになるよ」

犀川は機嫌が良さそうだ、と浜中は思った。こういった類《たぐい》の極論を話すときの彼はそうなのである。

犀川に釘を刺されたので、浜中の車はずっと左の車線を走っていた。前を行くバスが時速八十キロくらいで巡航している。彼は、犀川の忠告どおり、家庭教師のバイトに間に合わせることをすっかり諦め、バスを追い越さないことにした。多少は遅れてもしかたがない。もっとも、その方が彼も気分が楽だった。安全運転こそ、彼の信条だからだ。

「浜中君、今夜は暇？」犀川が突然きいた。

「バイトですよ」浜中はすぐに答える。「先生、もう全然、僕の話聞いてないでしょう。バイトです。家庭教師のバイトなんです。完全に遅刻ですよ、こんな速度で走っていたら」

「そのバイト、休めないの？」犀川は浜中の方を見た。

「無理です」浜中は首をふる。「どうしてですか？　何か仕事があるんですか？」

「仕事があるのは、僕の方」犀川は答える。「そうか……。無理か。チケットがあるんだけどね」

「え？　野球ですか？」浜中は即座にきき返した。一瞬、家庭教師のバイトを休むことを彼は考えた。絶対、野球が観たい。テレビよりも、自分の目で見たい。

「いや、手品のショーだよ」

「手品？　どこでですか？」浜中は少し落胆する。

「芸術文化センタ」

「あまり、趣味じゃないですね。あ、西之園さんなら、きっと喜びますよ。彼女って、そういうの好きじゃないですか」

「うん、西之園君との約束なんだ」そう言うと、犀川は煙草を取り出して火をつけた。

「えっ？」浜中は驚く。「西之園さんと？」

「灰皿はこれ？」犀川はダッシュボードの灰皿を引き出した。

「あの……、犀川先生の代わりに、僕がですか？」

「他に、どういう意味にとれる？」

「あの、行きます。はい、僕、行きます」浜中は返事をした。「バイトは、サボりますから。ええ、電話すれば、大丈夫ですよ。簡単です」

「そう……。なら頼もうか」犀川は煙を吐き出しながら言った。

頼もうか、という言葉が少し引っかかった。自分が何を頼まれているのか、よくわからないからだ。

西之園萌絵は、犀川助教授の恩師の娘である。N大学に入学したばかりのときから、彼女が犀川研究室に遊びにきているのは、その理由からだ。萌絵が一年生のとき、浜中は大学院修士課程の一年生だった。少し変わってはいるが、とにかく見た目は目立つ女の子だった。彼女とデートができるなんて悪くない、と浜中は思った。たとえ、将来の展望が限りなく照度ゼロに近くても、最初はきっかけが重要だし、何事も一歩ずつ、というではないか。少なくともマイナスにはならないだろう。そろそろ、自分も異性に対して積極的にならなくてはいけない、と常々彼は感じていた。

しかし、浜中は急に不安になった。西之園萌絵は、犀川助教授に夢中なのだ。皆、表向きは知らない振りをしているが、それは学生の間でも周知の事実だった。

ちらりと助手席の犀川を見る。美味《おい》しそうに煙草を吸っている。

浜中の気持ちはだんだん複雑になった。

「でも、先生。西之園さん、怒りませんか?」

「どうして?」

「いえ……」浜中はまたちらりと横を見たが、犀川はまったくの無表情だった。「先生の代わりに僕なんかが行ったら、彼女、やっぱり怒るんじゃないかなあ」

「そうだね」

「否定して下さいよ、先生」

「怒るか……」犀川は呟いた。「そうだなあ。それは考えなかった。君の言うとおりだね。客観的に見積もっても、西之園君が怒る確率は九十五パーセントよりは高い。だけど、こんな予測をしても特に意味はないね」

「やっぱり、やめとこうかなあ」

「じゃあ、やめなさい」

「いえ、行きますよ」浜中は慌てて首をふる。「なんか、彼女が怒らない理由ってないですか？　先生」

「ない」

「先生……」

「うーん、まあ、もし西之園君が怒ったら、こう言えば良い。犀川先生は、今日の調査でかんかんだったってね。西之園君の代わりに浜中君が来たから、機嫌が悪かったって」

「機嫌、悪いんですか？」

「いや、全然」

「彼女、信じますか？」

「それで、なんとか収拾するだろう。諺《ことわざ》で言うと？」

「は？」

「毒をもって毒を制する、だ」犀川は煙草を指先でくるくると回して言った。

「あの、どっちにしても、不幸な役回りですね、僕」

「確かに」

「先生、肯定しないで下さいよ」

「しかし、否定するような理由がない」

「先生……」

4

「ナイトをHの3で、クイーンをもらう」杜萌はそう言って、ケーキの最後の一かけらを口の中に入れた。シフォンケーキに生クリームとラズベリィのソースがかかっている。萌絵の言葉どおり、上品な美味しさだった。

テーブルの向かい側で萌絵はソファにもたれ、両目を軽く閉じている。彼女は両手で持っているコーヒーカップをゆっくりと口まで運んだ。

「どうしたの？　萌絵の番よ」

「Cの7のポーンでチェック」萌絵は目を瞑《つむ》ったまま言う。

「え？」杜萌は驚いた。

「あと十四手で、私の勝ち」萌絵は目を開けて微笑む。

杜萌はバッグから煙草を取り出して火をつける。背筋がぞくぞくするほど興奮した。そして、煙草を吸っている間、黙って考え込んだ。

「そうね……。負けた」杜萌は煙を吐いて肩を竦《すく》めた。萌絵の顔を見ると、彼女は一瞬目を見開いただけだった。

「なかなかいい勝負だったけどなぁ」

「ええ、楽しかった」そう言いながら萌絵は脚を組み直す。

「どこが、いけなかった?」杜萌はソファにもたれた。「前半は優勢だと思ってたけど」

「いけないところなんてなかったわ」萌絵は片手を挙げてウエイタを呼んだ。「今度は私が負けるかもしれない」

長身のウエイタがやってきたので、二人ともコーヒーのお代りを注文する。

杜萌は久しぶりに気分がすっきりとした。頭がクリアになり、とても清々《すがすが》しい。躰《からだ》中の血管がパイプマンを使って掃除されたような状態だ、と感じる。

目の前の友人の健在ぶりも嬉しかった。今の勝負だって、萌絵は杜萌の半分の時間も使っていなかったのだ。少なくとも計算の速さに関してはまったく勝負にならない。西之園萌絵より計算の速い人間に出会ったことはなかった。

ウエイタがコーヒーを運んでくる。

「ルークを取ったのがまずかったのかなぁ」新しいコーヒーを飲みながら杜萌は言ってみた。本当にそう思っていたのではない。萌絵の反応が見たかったのだ。

萌絵は目を少し大きくして、口もとを上げ、片方だけ笑窪《えくぼ》をつくった。予想したとおりの反応に、杜萌は満足する。

「今日、良かった？　忙しかったんじゃない？」杜萌はきいた。昨夜、彼女の方から突然電話をかけ、急に会うことになったからだ。

「ええ、全然」萌絵は頷く。「久しぶりだもの」

「ねえ、この二年間、何かなかった？」杜萌は少しだけ身を乗り出した。「貴女、さっき、変わったって言ったじゃない」

「大人になったわ」

「どういう意味？」杜萌は吹き出した。「なんなの、いきなり、どうしたっていうの？」

「まだ内緒だけど、私、婚約したの」萌絵はそう言うと、またコーヒーカップを両手に持った。

「真剣に？　誰と？　ひょっとして、まえに言ってた大学の先生？」

「そう、その方」萌絵は頷いたが、視線は下を向いている。難しそうな表情だ。

「良かったじゃない。おめでとう」

「うん、ありがとう」萌絵は視線をこちらに向けた。「でも、ちょっと事情は複雑なんだ。まあ、良いわ……。それはあとで話すとして……。杜萌の方は？」

「全然……」杜萌は首をふる。「話すようなことなんて、何もないよ。本当……」

「お兄様はいかが？」萌絵は真面目な表情で杜萌の顔を見る。「お元気？　ずっと、詩を書いていらっしゃるの？」

「ええ、まあ……。ねえ、どんな人？」

「誰が？」

「萌絵のフィアンセ」

「ああ……」萌絵は天井を見る。何かを考えるときの彼女の仕草だった。「そう、私ね、この二年間で、三回も殺されかけたの」

「殺されかけた？」

「一度は、冷凍庫みたいな部屋に閉じ込められて凍え死ぬところだったし、それから猟銃で狙われて、あと、殺人犯に拉致《らち》されて海に投げ込まれそうになって……」

「何？　それ……。ゲーム？」

「ううん、本当なの」萌絵はにっこりと微笑む。「全部、犀川先生が助けてくれたのよ」

「夢みたいね」杜萌はくすっと笑う。「ああ、夢を見たのね？　フロイト？」

「夢……」萌絵は小さな溜息《ためいき》をついた。「そうね、夢かもしれないわ」

彼女の諦めたような表情に、杜萌はびっくりした。西之園萌絵がそんな脱力した素振りを見せること自体非常に珍しい。

「変わったわね、萌絵」杜萌はすぐに言った。「全然、変わった」

「ね……、大人になったでしょう？」

「さあ、それはどうかなぁ」杜萌は咳払いをする。「大人になったかどうかなんて、わからないけど、そうね……、貴女、少し落ち着いたというか、おっとりしたというか」

「おっとり?」萌絵は不満そうに眉を寄せる。

「どんな人なの?　ねえ、話してよ」杜萌は話を戻す。

「今夜、紹介する」萌絵はすぐに答えた。

「え!」杜萌は驚いて顔を上げる。「いやだぁ……。今日?　今日、ここへ来るわけ?」

「ええ」

「あの、じゃあ、私……」杜萌は腕時計を見た。「私、お邪魔じゃなかった?　どうして私を誘ったの?」

「チケットがもう一枚あったから」

「でも……、二人で来るつもりだったんでしょう?」

「ええ」萌絵は無邪気に頷く。

「馬鹿ね……」杜萌はテーブルの上に肘《ひじ》をついた。「私のこと、先生には言ってあるの?」

「いいえ」萌絵は首をふる。「だって、昨日の今日でしょう?」

「ああ……、貴女って人は……」今度は杜萌が溜息をつく。「いいわ、私、一人で観るから」

「どうして?」萌絵は不思議そうな顔をした。「第一、指定席なんだから。三人とも席は並んでいるのよ。本当に、大丈夫。安心して。そんなことを気にする方じゃないの」

「私が気にします」杜萌は萌絵を睨《にら》む。「そうね。やっぱり、やめましょう。私、今日のショーは諦める」

「駄目、紹介する」そう言うと、萌絵はまたにっこりと微笑んだ。

「どんな人?」

「もの凄く頭が良いのよ。信じられる?」

「信じられない。萌絵より頭の良い人間なんて、私、見たことないもの」

「T大だったら沢山いるでしょう?」

「全然……。私の近くにはいない。その先生、チェスが強い?」

「さあ」萌絵は首を傾げる。「一度もしたことないから」

「ふうん、じゃあ、何をするの? いつも一緒に何をしているの?」

「そうね……」萌絵はコーヒーを飲む。「何しているかなあ……。おしゃべりをして、お食事をして……」

「ふ……」杜萌は吹き出し、それからしばらく笑った。

「笑わないで」

「変わったわね。本当、貴女……」

5

部屋の一面の壁には鏡が幾つも並んでいる。その他には嫌味なほど白い壁と明るい蛍光灯の天井。床は、濃紺の安物のピータイル。それぞれの鏡の前には、大きめの椅子がある。沢山のステッカが貼られた黒い大きなトランクが置かれている部屋の奥には、上半分が磨《す》りガラスの衝立《ついたて》が立ち、貧相な観葉植物が一鉢だけ慎ましく置かれていた。鏡の上の壁には、シンプルな円形の時計。

いずれにしても、装飾の少ない機能的な空間だった。

衝立の手前の小さなガラスのテーブルに、たった今運ばれてきたばかりのコーヒーカップが二つのっている。

テーブルの横でソファに座っている男は、黒い髪を左右に綺麗に分け、艶《つや》のある派手なスーツを着ているが、見かけほど若くはない。細長い煙草を長い指に挟み、もう一方の手で、シルクのハンカチを自然に弄《もてあそ》んでいる。

「ミカルのことかい？」その男は尋ねた。

もう一人の男は少し若く、ジーンズの普段着で、鏡の前に座っている。長い髪は全体に金色に近い薄茶色に染められ、前髪の一部だけが蛍光色のグリーンに光っていた。彼は機敏に立ち上がって、テーブルのコーヒーカップを取りにくる。部屋には彼ら二人しかいない。

「そう聞こえましたか?」若い方の金髪の男は、ソファには座らず、立ったままコーヒーを飲んだ。

「まあ、確かに……」シルクのハンカチを胸のポケットに手際良く（というよりも、まるでハンカチなどなかったように自然な動作で）押し込みながら年配の方の男が言う。「実力が伴っていれば文句はないがね。そう言いたいんだろう? それは誰でも同じだよ。でも、今はそんな時代じゃないってことさ。もう、そんな時代じゃない」

「いえ、実力うんぬんの話じゃない」と金髪の男。「あの、何て言うのかな、神懸《かみが》かり的なところが、嫌なんですよ。気に入らないです、僕はね」

「しかたがないだろう。ああいう趣向なんだから」ソファの男は、今度はテーブルの上にあったカードを触っている。普通サイズのトランプだったが、彼が手に取るとずっと小さく見えた。

「先生は、何て言ってます?」

「いや、親父さんは何も言わないさ。言うわけないだろう?」カードを操りながら男は鼻で笑った。「どうしてだい? そんなに気になるのか?」

「いえね、先生がよく怒らないなって」コーヒーを持ったまま、若い方の男は、鏡の前の椅子まで戻って腰掛ける。長い脚を真っ直ぐに伸ばし、鏡の中でおどけた顔をして肩を竦《すく》めた。「たとえば僕だったら、やっぱり怒られてますよね」

「いいじゃないか……。お前の方が可愛がられてるってことだよ」

「ええ、別にいいですよ。根にもっているわけじゃないんですから。ただ……、何て言うのか……、女はいいなって、思っただけ」そこで彼は鼻息をもらす。「露骨な衣裳を着て、意味もなく踊ってるだけで、お客が喜ぶんですからね」

「女だろうが男だろうが、多かれ少なかれ、同じだよ」

「どういう意味です？」

「まあ、いいさ」カードをテーブルに放り投げ、男はソファにもたれた。「若いうちだけなんだから、やれるうちに、やらせておけよ」

ドアがノックされる。二人は返事をしなかったが、ドアが少し開けられ、メガネの男が顔だけ覗かせた。

「あの……、ちょっと、舞台のチェックをお願いします」

「わかった、これ飲んだら行くよ」ソファの男が答える。

鏡の前の男も片手を挙げて、微笑んだ。

メガネの男はドアを閉めて、再び廊下を戻っていく。腕時計を見ると、開演まであと一時間だった。

隣の控室からピエロの衣装を着た太った男が出てきた。

「吉川《よしかわ》さん」ピエロが声をかける。「忙しそうね」

「もう、大変」吉川はメガネを持ち上げながら言う。「ここさ、二階席が予想外に高くってね、ちょっと角度が悪いんだよなあ。今、応急措置《そち》させてるところなんだけど」

「ああ、タケルちゃんのワイヤ?」ピエロが一緒に歩きながらきく。

「そうそう」吉川は頷いた。「なんとか上手く隠さないとね……。怒鳴られるの俺だから」

ピエロは鼻で笑った。

6

指定のシートに西之園萌絵は腰掛けた。左に簑沢杜萌、右に浜中深志が座っている。マジックショーの開演まであと十分。

萌絵は子供の頃から奇術が大好きだった。トランプ手品などが最も面白い。いかにも仕掛けのありそうな大道具を使うものよりも、ずっと不思議に見えたからだ。しかし、それは子供の頃のことで、最近では、見ていてタネのわからない手品には滅多《めった》にお目にかかれない。それは少し寂しい気もしたが、それでも、彼女はマジックをよく見る。何が面白いのかというと、それは、手品の工夫にある。観客の目をごまかすために駆使されるあらゆる手段、そしてそれを演出する工夫の数々が、面白いのである。彼女がミステリィ小説を愛好するのも、ほぼ同じ理由だった。

ところが、今、萌絵はそれどころではない。

新聞紙をまとめて一ヵ月分くらい、思いっ切り破ってしまいたいくらい、腹が立っていたのだ。電話帳でも良い。引き裂いてしまいたい、と彼女は思った。

約束の場所に講座の先輩である浜中深志が現れて、犀川助教授が急に来られなくなったことを告げた、そのときからずっとだ。その場はなんとか冷静に受け応えをしたものの、だんだん頭に血が上ってきて、ものが言えなくなった。もう、首から下には血液は残っていない、と自分でも心配になるくらいだった。

しかし、少なくとも最近、頭に血が上る速度は遅くなっている。それだけは確かなようだ。簑沢杜萌が指摘したとおり、多少はおっとりしたのかもしれない。

(きっと、私が今日の調査に行かなかったから、犀川先生は怒っているのだ)

浜中深志は何も言わなかったが、彼女はそう思った。しかし、そのような反応は、犀川助教授には似つかわしくない。その程度の動機で行動する人格ではないのだ。だが一方で、犀川には、意外に子供じみたところがあることを、最近、彼女は発見していた。犀川自身は隠そうとしているようだが、根底には子供の我が儘さがある。萌絵が昼間の調査を浜中に代わってもらったことへの仕返しで、犀川がマジックショーのチケットを浜中に渡した可能性も、ないとはいえない。微妙なところだ。

考え過ぎだろうか……。

たぶん、先生は本当に急な仕事が入ったのだろう。

冷静に考えれば、そうに決まっている。

でも、そんなに大事な仕事って何かしら?

断れないような仕事なのだろうか……。

結局、自分との約束よりも大切なものが、先生にはまだ沢山ある、ということか……。

萌絵の頭の中で、各種のパラメータ・スタディが繰り返された。

「良かったあ……。西之園さん、怒るかと思ってた」隣の席で浜中が言った。「犀川先生も心配してたよ」

「全然」萌絵は微笑んで肩を竦める。「どうして私が怒るの?」

そうは言ったものの、犀川が心配していた、という浜中の一言が決定的だった。かちんと音がするほど頭に来た。いつも、浜中は一言多いのだ。彼女は表面的には笑っていたが、ほとんどぎりぎりの状態で、席を立って帰ろうかどうか、考え始めた。

反対側から簑沢杜萌が顔を近づけ、萌絵の耳もとで囁《ささや》く。「何、強がってるの。貴女、怒ってるよ」

萌絵はびっくりして振り向き、杜萌の顔を睨む。

「また、この次ね。ちゃんと紹介してよ」杜萌は意地悪そうな表情で微笑み、萌絵の肩を叩いた。

「私、怒ってなんて……」

「そうよ、そうよ。泣くのも駄目だよ」杜萌が首をふりながら言う。

萌絵はしばらく息を止めていたが、深呼吸をして気持ちを切り換える。友人に犀川助教授を紹介するという約束をすっかり忘れていた。少しだけ気が治《おさ》まる。

「杜萌、いつまで那古野にいるの？」

「二週間くらいかな」杜萌は答える。「研究の方もそろそろ本腰入れなくちゃいけないから、早めに帰るつもり」

「二週間ね。それだけあれば充分。二、三日のうちに必ず連絡する」萌絵は真面目に答える。

「いいわよ、別に」杜萌はくすっと笑う。「無理に、そんな」

「いいえ」萌絵は首をふった。「紹介するって言ったんだもの、絶対します」

「ほらほら、まだ怒ってるよ」

「私、怒ってなんかいないわ。もう……、どうして、そうやって茶化すの？　泣いてやろうかしら」

「あの……、何か飲みもの、買ってこようか？」浜中が腰を浮かせながらきいた。「何がいい?」

「私、コーラ」萌絵がすぐ答える。

「じゃあ、私も。お願いします」杜萌がお淑《しと》やかな声で片手を胸に当てて言う。

浜中は、頷いてから立ち上がる。彼のシートは通路に面していたので、そのまま通路を下って、ステージの右手の出口から出ていった。

萌絵の機嫌を察しての、浜中の絶妙のタイミングだった。萌絵は、その点に関しては素直に感心した。

「浜中さん、先輩なんでしょう?」杜萌も浜中の出ていった方を目で示しながらきく。

「ええ」

「優しそうな人ね」

萌絵は無言で頷いた。

浜中が大きな紙コップを三つ持って戻ってきたとき、ホールはゆっくりと暗くなった。

舞台の右手にスポットライトが当てられ、その中にピエロの司会者が現れる。彼は、おどけた調子でショーの始まりを告げ、観客の拍手を待ってから、片手をお腹に勢い良く当て、深々と頭を下げた。

賑やかなオープニングの音楽が始まり、幕が上がる。

ぐるぐる回転するスポットライトの黄色い光で攪拌《かくはん》されたステージに、五人のピエロたちが大きな玉に乗って登場した。

萌絵はその頃には、すっかり気分が良くなり、ストローを蛇腹《じゃばら》の部分で直角に折り曲げ、冷たいコーラを少しずつ飲みながら、ステージに見入っていた。

7

午後八時。犀川創平は研究室で煙草を吸っていた。それは、今日二十六本目の煙草だった。いかなるものであれ、数を正確に数える癖が彼にはある。

犀川の部屋にはデスクが二つあり、直角に並んでいる。一つにはマッキントッシュと二十一インチディスプレイが置かれていて、普段、犀川はそちらを向いている。もう一つは今、彼が両足をのせているデスクで、これは保留の書類を積んでおく整理棚の役目しか果していないものだ。

彼は、椅子の背もたれを限界までリクライニングさせて座っていた。もう、十分ほどその姿勢だった。彼の使っている椅子は薄い赤色である。六つあるキャスタのうちの一つが調子が悪く、ずいぶんまえから気になっていた。左横にあるデスクの上のディスプレイは、スクリーンセーバの描くサイケデリックなアメーバの一群に既に占領されている。

研究上のちょっとしたアイデアを思いつき、その展開を求めての思考だった。彼の躰はリラックスし、頭脳だけでエネルギィが消費されていた。

ドアのノックの音。

犀川がデスクから足を下ろして返事をすると、ドアが開き、国枝桃子《くにえだももこ》が黙って入ってきた。犀川の講座の助手である。国枝の姿を見て、彼は再びリラックスした姿勢に戻った。

国枝桃子は長身で、髪は短く、メガネをかけている。化粧はまったくしていない。いつも男もののシャツにジーンズだった。一見、誰の目にも国枝は男性に見える。だが、優れた観察眼を持つ少数の人間は、国枝桃子を見て、多少女性っぽい男性だと思うだろう。

「何？」犀川は面倒臭そうにきく。こうして、きいてやらないと、彼女は話を始めないからだ。いつからなのか知らないが、国枝桃子は、相手から尋ねられないかぎり話さないという独自のマナーを勝手に作り上げ、これを律儀《りちぎ》に守っているようだ。

「いえ、大した用件ではありません」国枝は立ったまま言う。

「へえ、そりゃ凄い」犀川は驚いて、片手に持っていた煙草を灰皿で消した。「大した用件もないのに、君が僕の部屋に来るなんて驚異だね」

「はい」国枝は無表情で頷く。「メールでも良かったのですが、プライベートなことですので」

「子供ができたの？」犀川は微笑みながら、ずばりきいてみた。国枝桃子は結婚して二年になる。国枝というのは彼女の旧姓で、今の本当の姓を犀川はすぐには思い出せない。

「違います」国枝は少しも表情を変えずに答える。

「じゃあ、離婚するのかな?」

離婚しました、と国枝がいつ言ってきても、犀川は驚かない覚悟が最初からできていた。そのくらいの心構えは簡単なことだ。結婚します、と彼女が最初に言ってきたときほどのインパクトはないからである。離婚すると彼女が言い出したときのために、その場面で使うジョークまで考えて温存しているくらいだった。

「いえ」国枝は首をふる。にこりともしない。「今のところ離婚は考えていません」

「ごめん、ジョークだよ」犀川は苦笑いする。

「浜中君の就職のことです」国枝は言った。

「ああ……、そんなこと」犀川は二十七本目の煙草に火をつける。「で、どんな話?」

「私が、どこかへ移って、浜中君をここの助手にされてはどうかと思いまして」

「君、どこかへ移るの?」犀川は足をデスクから下ろした。

「今から探そうかと」国枝は答える。

「移りたいわけ?」

「いえ、私より、浜中君の方が適任かと思ったのです。彼は優秀ですし、研究テーマにも将来性があります」

「そりゃ、優秀さ。君が指導しているんだからね」

国枝は黙っている。彼女は答えたくないときにはしゃべらない。

「それだけ？」犀川は煙を吐き出しながら言う。

「はい、それだけです」

講座の教授に話すべき内容だ、と犀川はすぐに評価した。しかし、国枝桃子が、そのまえに犀川に相談にきたのは、明らかな理由があってのことだろう。その意味を考える。

「辞めたいの？」犀川はもう一度同じ質問をした。

「違います」国枝は軽く首をふる。「でも、いつまでもここにいるわけにはいきません」

「ふうん……」犀川は小さな溜息をついた。「じゃあ、話は聞いた。そんなこと考えてもいなかったからね。寝耳に水だ。寝ていなくても、耳に水は困るけどね。うん、わかった。君はもう考えなくて良いよ」

「はい」

「一度さ……」犀川は立ち上がる。それから、口にしかけたことを飲み込んで、彼は黙った。一度お茶でも飲んで、ゆっくり話をしようか、と言いかけたのだ。

「何ですか？」国枝が珍しくきいた。

「いや」犀川は口もとを斜めにして微笑む。「何でもない。危ない発言をするところだった」

「何が危ないんですか？」

「国枝君は、僕らの六自由度のシミュレーション手法の限界は何だと思う？」

「わかりません」国枝は即答した。「それは、先生が今お考えになっていることです」

「ありがとう」犀川は片手の煙草をくるくると回す。

わかりませんって言ってくれるのは君だけだよ、という言葉も喉《のど》まで出かかって、飲み込んだ。

率直にものを言えなくなったものだ。

これも成長だろうか、と犀川は思った。

8

有里《ありさと》タケルは、真っ白なスーツで現れ、金色とグリーンに光る髪が印象的だった。隣にいた簑沢杜萌は、萌絵の耳もとに顔を寄せて、「なかなか美形ね」と言った。

大掛かりな装置を使ったマジックで、幾つもの箱が使われた。それらの箱には、パステルカラーで幾何学的な模様が描かれている。第一次大戦中の一部の戦闘機にあった迷彩塗装と同じ目的であろう。

メロンくらいの大きさで、内部のライトが点滅するボールを、有里タケルは両手の間に浮かせる。魔法のボールを自由自在に操るこのマジックが始まったとき、隣の浜中深志は萌絵に顔を寄せて、「あれってさ、糸で吊ってるの？」ときいた。浜中は、腕組みをして難しい

顔をステージに向けている。マジックショーには向かない人種のようであるが、逆に欠かせ
ない人種ともいえる。もっとも、理系人間は、このタイプがほとんどで、萌絵にしても、タ
ネがわからないマジックを見せられたら、彼と同じ状況に陥ることは自分でもわかってい
た。
「それにしてもね」反対側から今度は簔沢杜萌が耳打ちをする。「あの、周りにいるアシス
タントよ、いただけないのはさ。あの服装の必然性って何？　まったく、正気じゃない」
ステージの上には、有里タケルの他に三人の女性が立っていたが、杜萌が言っているの
は、無意味に肌の露出した彼女たちの衣裳のことである。杜萌らしい意見だ、と思うし、萌
絵もまったく同感だった。女性をデコレーションとして使うことが、とうに時代遅れで、逆
に格好の悪いことだと、いい加減に気づいても良さそうなものなのに……、と簔沢杜萌はよ
く口にする。
ステージの女性たちが浮かべている仮面のように不気味な薄ら笑いはどうだろう。まった
く気持ちが悪い。それとも、その不気味具合で、意図的に不可解さを演出しているのだろう
か。シンクロナイズド・スイミングの笑顔と同じだ。世の中、何か間違っているな、と萌絵
は思った。
そういった点を差し引いても、しかし、マジックショーはなかなか面白かった。一番愉快
だったのは、有里ナガルが見せた人形の踊りだった。年配のこのマジシャンの方が、仕掛け

が小さく細やかで、萌絵の好みといえる。

　彼は、黒いタキシードにシルクハット、そして白い手袋で、上手から現れた。手には小さな黒いトランクをぶら下げている。ステージ中央で軽く頭を下げて、客席から拍手をもらうと、彼はトランクを床に置き、中から人形を取り出した。

　それは胴体がトランプのカードで、顔も手も脚も、薄い紙切れでできている平面的な人形だった。有里ナガルは、自分のシルクハットを脱いで逆さまに床に置き、その中に人形を落とした。それから、そのハットから少し離れた位置に立った。

　やがて、そのシルクハットからカードの人形が顔を出し、そこから飛び出して踊り始めた。場内は大歓声となった。

　萌絵たち三人は、前から五列目のシートに座っていた。萌絵は、視力二・〇の両眼を凝《こ》らしたが、ステージの人形を操る糸を見つけることはできなかった。

　小さな人形は音楽に合わせて踊っている。途中から出てきたアシスタントの女性が差し出した手の上に、飛び乗ったりもする。そして、最後には彼女の手の上で動かなくなった。有里ナガルは、満場の拍手にスマートに一礼すると、アシスタントの手の上にあった人形を客席に投げた。それはシートの間の通路に落ち、偶然にも一番近くにいた浜中深志が素早く拾い上げた。

「見せて！」萌絵と杜萌は同時に浜中に手を出す。

「不思議だなあ」浜中は彼女たち二人を無視して、人形を見つめている。前のシートに座っていた数名も振り返って覗《のぞ》き込む。後ろの席からも身を乗り出した人々に注目されていた。

有里ナガルは既にステージから引っ込み、次のショーが始まっていた。今度は、若手の有里タケルが、舞台の一番奥から現れ、両手で次々にカードを出しながら歩いてくる。取り出されたカードは、紙吹雪のように宙を舞い、ステージの近くの客席にも届いた。萌絵のところにも小さなカードが一枚飛んできた。

「わあ、ラッキィ」萌絵は弾んだ声で言う。「見て見て、ハートの7よ。どうしよう……」

「どうにでもしたら」杜萌が横で囁く。「おみくじじゃないのよ」

ステージの上では、これでもか、これでもか、とカードが繰り出されている。もう何百枚も大小のカードが出現しているはずだ。

「すっごいなあ……」隣の浜中は口を開けたままだった。

萌絵は、浜中の顔を見て、吹き出しそうになる。犀川助教授の代わりに浜中深志が来たのは、案外、正解だったかもしれない、と彼女は思った。少なくとも犀川なら、こんなことで「凄い」とは口にしないし、驚いたりもしないだろう。

マジックショーのチケットが手に入って、萌絵が一緒に行きたいと誘ったときも、犀川助教授は口もとを少し上げただけだった。

「そう、僕は観たことがないね」犀川は無表情で言った。

「けっこう楽しめますよ」そう言った彼女にしても、マジックショー自体よりも、犀川と一緒にいられる時間に本来の価値があるのであって、手段と目的を混同しているわけではなかった。映画でもスポーツでも、仕事以外のことなら、つまりは何でも良かったのだ。もっとも、映画やスポーツでは犀川が首を縦にふらなかっただろう。

「超能力ショーだったら一度観てみたいけどね」犀川は煙を吐きながら言った。「残念ながら、ついぞお目にかかったことがない」

「人前ではできないんでしょうね」萌絵も微笑む。

「緊張すると能力が発揮できなくなるわけか……。うん、エスパってナイーヴなんだね」

「先生は、どんな超能力を見たいですか？」

「単純なもので良いよ。でも、超能力なんだから、普通の能力ではできないことを見せてほしいね」犀川はすぐに答えた。「スプーンを曲げるとかじゃ、駄目だよ。スプーンなんて誰でも曲げられる。そんなの両手を使えば簡単だし、片手だって、どこかに押しつければできるからね。つまり、全然、通常の能力を超えていないから、超能力とはいえない」

「座ったまま、十センチくらい浮いたりとかは？」

「そうね。まあ、それは見る価値があるかな。だけど、そんな能力さ……、役に立たないよなあ」犀川は笑った。「座ったままで高いところのものが取れるかもしれないけど、立ち上がった方が早いし、踏み台にのればもっと高いところだって手が届く。十センチ浮かぶだけで、うんうん唸ったりしていたら、馬鹿みたいだ。あれって、何故あんなに大騒ぎするんだろうね。あんなのがどうして超能力なわけ？」

「じゃあ、テレパシィはいかがです？」

「携帯電話くらいの価値しかないな」

犀川の話を聞いて、なるほど、と萌絵も思った。超能力と呼ぶに相応《ふさわ》しいものが、この現代にまだ残っているだろうか。未来予知くらいかしら、と考える。

ステージには大きな箱が持ち込まれ、その中にきらびやかな衣裳のアシスタントの女性が入るところだった。あとで箱が三つに切断され、左右にずらされて段違いになるマジックだ。このマジックを見飽きていた萌絵は、少し退屈して、膝の上に持っていたパンフレットに視線を向けた。

今日のショーは、有里ナガルと有里タケルの二人が中心のもので、彼らのプロフィールがパンフレットに小さな文字で書かれていた。それを斜めに読んでから、もう一枚、パンフレットに挟み込まれていたカラーのビラに目を移す。

「ミラクル・エスケープ」というタイトルがまず目についた。小さな地図が二つ描かれている。一つは那古野市郊外の滝野《たきの》ヶ池《いけ》緑地公園だった。萌絵の通っているN大学から五キロほど東で、すぐ近くといって良い。もう一つの地図は、静岡県らしい。内容はよくわからないが、いずれも屋外で大掛かりなマジックショーが行われるようである。あるいは、「観覧無料」と書かれているので、テレビのロケであろうか、と想像した。

さらにパンフレットには「有里匠幻」という名が大字で書かれていた。今日のショーの有里ナガルと有里タケルと同姓である。おそらくは、同門のマジシャンなのだろう。萌絵は、その名前を知らなかった。

「ねえねえ、西之園さん」浜中がステージを見たまま、顔を近づけてくる。「あれはさ、箱の中の人、躰をずいぶん捻《ひね》っているわけだよね。ジグザグになっちゃってるけど」

「そうでしょうね」萌絵はそっけなく答える。

「うーん。凄いなあ、躰がむちゃくちゃ柔らかくないとできないね」浜中は感心しているようだ。

「ええ、きっと柔らかいんでしょうね」

「毎日、お酢とか飲んでたりして」

「え、オストカ?」

「お酢だよ。お酢」

「お酢を……、飲むの?」萌絵は意味がわからなかったのできいた。

「浜中さん、放っておいて下さい」反対側から杜萌が言った。

「どうして、お酢を飲むの?」萌絵は繰り返す。

「手品って、面白いね」浜中はこちらを向いて、にやりと笑った。「僕も、何か練習してみようかなあ」

9

「お疲れさまです」通路で何人もの人間が二人に頭を下げた。

有里ナガルと有里タケルは、階段を下りて楽屋まで戻ると、椅子に上着を脱ぎ捨てた。タケルが冷蔵庫からビールの缶を二つ取り出し、一つをナガルに手渡す。タケルの前髪は汗で濡れている。ナガルは黒いベストも脱いでいた。

「お疲れさまぁ……」ドアが開いて、サングラスの女が入ってきた。

「やあ、ミカルちゃん」年配のナガルが驚く。「来てたの？」

ミカルと呼ばれた女は、明るいグリーンのワンピースで、長い髪を服と同色のスカーフで縛っている。大きなサングラスを彼女は頭の上まで持ち上げて微笑んだ。それから、煙草に火をつけているタケルの方に歩み寄り、顔を近づけてキスをしようとする。タケルは、苦笑して顔を背《そむ》けた。

「あらまあ、ご迷惑？」ミカルは少し怒った顔をして、タケルが持っていた煙草を奪い取った。

タケルは、それを無視して鏡の方を向いて座る。彼は新しい煙草を取り出して、もう一度火をつけ直した。グリーンに光る前髪が少し目にかかり、額にはまだ汗が残っている。

「見せてもらったのは最後のところ、ちょっとだけ」ミカルは冷蔵庫に行き、自分の分のビールを取り出した。

「いつ、こっちへ？」

「東京から来たばかりよ」

「相変わらず忙しいようだね」ソファに座ったナガルも煙草に火をつけた。

「ええ、まあ、いろいろと……」ミカルはソファには座らず、鏡の前の椅子に腰掛けた。その隣の席でタケルが化粧を落としている。「そうそう、変なビラ、配っていたわね」

「ビラ？」ナガルがきく。

「ええ、先生が、今度の日曜日に……」

「ああ、あれか……」ナガルは、煙を吐きながら頷いた。「そう、急な話なんだよ。どこの局だったか忘れたけど、俺も知らなかった。いい加減な企画だよ。今頃になって、慌てて宣伝しているんだからな」

「私も全然よ。タケルさん、聞いてた？」ミカルは隣のタケルを覗き込む。

「いや、知らんね」

「誰が段どってるの？」

「吉川も知らないって言ってたよ」ナガルが煙草を灰皿に置いて立ち上がった。「たぶん全部、テレビ局じゃないのかな。どうせ、ギャラの安い仕事さ」

少し離れた鏡の前の椅子に、ナガルも座る。

「先生、大丈夫なのかしら」ミカルは空いたソファまで移動し、ナガルの替わりに座って脚を組んだ。

「心配ないよ」タケルが鏡越しにミカルを睨んで言った。「先生のことだから、きっと何か面白い趣向を思いつかれたのさ」

10

簑沢杜萌が小さなカメラを持ってきていたので、マジックショーが終わったあとで、ロビィに出て写真を撮った。カメラマンを浜中深志に頼み、萌絵と杜萌は並んでポーズをとった。

芸術文化センタを出ると、地下街に下りて三人で簡単な食事をした。会話のほとんどは、萌絵と杜萌の間で交され、浜中はにこにこしたまま、二人の顔を交互に見ていた。

杜萌とは、地下鉄の改札口で別れた。

「犀川先生、怒ってました？」二人になると、萌絵は浜中にきいた。

「怒ってたみたいだよ」彼は嬉しそうに言う。「西之園さん、このまま真っ直ぐ帰っちゃうの?」

「彼女とは、二年ぶりだったんですもの。しかたがなかったんです。昨日の夜電話がかかってきて、急だったから……」

「僕に言い訳したって駄目だよ」

「そうですね……。今から大学へ行って、犀川先生に謝ろうかなあ」

そんな会話があって、浜中も萌絵の車で大学まで戻ることになった。

二人は、彼女の車が駐めてある駐車場まで地下街を歩く。もう半分以上の店のシャッタが下りている。人通りも少なかった。

地下四階からタイヤを鳴らして料金所まで上がり、萌絵の赤いツーシータがネオンの繁華街に出たのは、九時過ぎだった。彼女の車は、タクシーで溢れた路地をゆっくりと通り抜け、メインストリートに出ると、スピードを増した。

「西之園さん、もう少し、ゆっくりでいいよ」浜中は両足を突っ張りながら言う。

「あのパンフレットの中のビラですけど、浜中さん、見ました?」萌絵はきいた。

「えっと、何だったっけ?」

「滝野ヶ池緑地公園で、今度の日曜日に、何かイベントがあるって書いてあったわ」

「あ、じゃあ、僕の下宿のそばだね」浜中は前を見たままだった。

「ミラクル・エスケープってあったけど、何かしら?」

「奇跡の脱出」

「いえ、それくらいわかります」

萌絵の車は、前を走る車を次々に追い越したうえ、黄色信号で交差点に突っ込み、タイヤを軋《きし》ませて右折した。水平方向の加速度に、浜中はますます身を強《こわ》ばらせる。

「西之園さん、タイヤが滑ってない？」

「滑らせたんです」萌絵は、シフトギアにのせていた片手をハンドルに移した。「そうだ、浜中さんが拾ったカードの人形、あとでもう一度よく見せて下さいね」

「何も仕掛けはなかったよ」浜中はすぐに答える。「でも、糸で吊《つ》っていたのは確かだよね。全然見えなかったけど」

「ええ、今日の手品の中で、はっきりと仕掛けがわからなかったのは、あれだけでした」

「他のは全部わかったの？」

「ええ、だいたいは知っているんです」

「それじゃあ、西之園さん、見ていて面白くないんじゃない？」

「特撮映画だって、同じでしょう？　ゴジラの中に人間が入っているって誰でも知っているけれど、それでも面白いわ」

「ああ、そうか……、そういうことか」浜中は頷く。「でもさ、手品って、昔は本当に魔法みたいに見えたんだろうね。今でも、けっこう魔法だと信じている人がいたりして」

「いませんよ」

「そう？　文系の女の子なんか、信じてるんじゃないかなあ」

「女の子っていう単語が、不適切に使われています」萌絵は笑いながら言う。

「はは、ごめんごめん」浜中は片手を挙げた。「厳しいなあ。コンパイラのエラーチェックみたい」

「あ、それ、なかなか気が利いてますね」

「何が？」

「犀川先生のジョークより面白いわ」

「だから、何が？」

11

浜中と一緒に研究棟の階段を上っているとき、萌絵は、国枝桃子助手に捕まり、彼女の部屋に連れていかれた。

国枝助手から三十分ほど研究の話を聞かされる。そろそろ卒業研究に取りかからなくてはならないので、その打ち合わせであったが、結局、一方的に国枝がしゃべっていた。

ようやく解放され、隣の犀川助教授の部屋のドアをノックしたのは十時過ぎだった。

返事はなかったが、部屋の照明はついている。

「失礼しまーす」萌絵はドアを開けて中に入る。「こんばんは」

犀川は、椅子に深々と腰掛け、デスクに足をのせていた。目を瞑《つむ》り、眠っているように見えたが、やがてぼんやりと目を開けた。萌絵の姿を捉えるのに、三・五秒ほどかかった。

「おはよう」無表情で犀川は言った。

「おはようございます」萌絵も挨拶をし直す。

犀川は、自分の時計を見た。一つ一つの動作になるべくエネルギィを使わないための最適化が行われているような、そんな動きである。

「先生、ごめんなさい」萌絵は頭を下げた。

「何が?」

「調査に行けなかったことです。あの、二年ぶりに親友が東京から帰ってきて、それで、急に会うことになったんです。今日しか時間が合わなかったものですから……。本当に申し訳ありませんでした」

「ああ、そのことなら、別にかまわないよ。浜中君が代わりに車を出してくれたからね。もう、遅いから帰りなさい」

「先生、怒ってません?」

「いや……。どうして?」犀川は頭を掻《か》いた。

「だって、マジックショーにいらっしゃらなかったから……」

「ああ……、うん」

犀川は無表情で、何か上の空といった感じである。少し疲れている表情にも見えた。

そのまま、しばらく、沈黙。

「ああ……うん、の次は何ですか？」萌絵は我慢ができなくなって尋ねる。

「うん、ちょっとね、だ」

「その次は？」

「えっと、まだ、考えてない」

「あの、先生。それじゃあ、わかりません。いらっしゃらなかった理由は何ですか？」

「仕事ができたんだ」

「何の仕事だったのですか？」

萌絵の口調に、犀川は少し驚いた顔をする。

「何の仕事って……、僕は何屋さんだったかな」

「急なご用件だったのですか？」

「まあね」

「私には、詳《くわ》しい理由をきく権利があると思いますけれど」萌絵は冷静な態度を努めて言う。「それとも、私、先生に失礼なことを言っていますか？」

「いや、君の主張は妥当だよ。うん、ちょっと、面白いことを思いついてね。そう、昼間、調査をしているときに、斬新《ざんしん》なアイデアを思いついたんで、それを忘れてしまわないうちに、じっくり考えてみたかったんだ。だから、マジックショーは浜中君に行ってもらった。でも……、これが、結局駄目だった。ものにならなかった。とんだ思い違いだったわけ。成果は皆無《かいむ》。こんなことなら、マジックショーに行けば良かったよ」

「そんなことで、私との約束を？」萌絵はようやく近くの椅子に腰掛けた。

「そんなこと、と言われれば、そんなことかな。でも、そのときは、そんなことだとは思わなかったわけで……」

「先生、ちょっと酷《ひど》いんじゃないですか？」

「そうだね。まあ、今となっては、君に怒られてもしかたがないかな。すまない」

「まだ怒っていません。これからです」

「あそう……」犀川は俯《うつむ》き気味に萌絵を一瞥《いちべつ》してから、煙草に火をつけた。「まだ、でしたか……」

「ええ、そういう発想がとても大切だってことは、充分にわかっているつもりです。でもですね……」

「僕も歳をとったかなあ。絶対、いけると思ったんだけどね。勘違いだった。こんなことって、そうそうあるもんじゃない。今、そのショックで、滅入っているところ」

「落ち込んでいるんですか？」

「落ち込んでいる」

「どんなアイデアだったんです？」

「話しても、君には理解できないよ。いや、今話して、君が理解できるくらい具体的に説明できるのなら、アイデアではない、と言うべきかな。思いつきって、元来そんなものだろう？」

「話して下さい」

「物質や情報、それに経済量などの流入と流出に伴う容量とかの変動が作る、ある種のポテンシャルはね、何らかの自己統制、あるいは周辺とのバランスを維持しようとする復元力から、必ず内包的な剛性みたいな性質を持っていて、それが、過去の履歴、そして近未来に関する集団の意志のベクトル、さらには周辺から遅延してもたらされる境界の情報といった外力に、左右されているように観察される。けれど、どう見ても、それらから一部独立した構成要素が見出されることもまた一般的なんだ。つまり、それはだね……、たとえると体積を維持しようとする気体や液体と同じように弾性、すなわちある種の自己原形記憶を持っていて、これが片側から圧縮を受けると、別の方向へ膨張するといった、あらゆるシステムの発展形態に共通する特性の起源となる。このベクトル外積にも似ている新しい軸への転換が、さらに……」

「わかりました」萌絵は片手を挙げて遮った。

「え？　わかった？」

「いえ、わかりません。お話は全然わかりませんけれど、その……、先生が、何かを発想されたということはわかりました」

「初めからそう言っているよ」

「もう、怒っていませんね？」

「誰が？」

「先生です」

「ああ、わかってもらえたかな」犀川は微笑んで立ち上がる。「西之園君、コーヒーを飲む？　アラジンと魔法のランプの絵本を読んで、最初、あれはランプじゃなくて急須《きゅうす》じゃないかと、子供のとき思ったんだけど、まあ、その種の疑惑が、学問には貴重なんだよね」

「あ、そういえば、そうですね」萌絵は咄嗟《とっさ》にランプの形を思い浮かべる。

「あるいは、お風呂に浮かんでいるおもちゃ。ゼンマイ仕掛けのアヒルとかカエルのおもちゃだ。ああいった、本質に無縁の余裕が学問には必要だ」

「あ、ええ……」

「喜多《きた》のところの風呂場には、本当にアヒルとカエルのおもちゃが浮かんでいるよ」

「え？　喜多先生が、ですか？」萌絵は驚いた。喜多というのは、犀川の数少ない親友の一人で、土木工学科の助教授である。

「道具に凝《こ》る奴だからね」犀川は口もとを斜めにする。

萌絵は、咳払いをして頭を切り換えた。彼女は溜息をつく。もう少しで犀川のペースにのせられるところであった。

「あの、先生、大変恐縮ですけれど、今度の日曜日はお暇ですか？」

「スケジュールは特にない」

「日曜日に、何か思いつかれるご予定は？」

犀川は、萌絵の顔を一秒ほど見た。

「おかしなものの言い方をするね。いや、今のところ真っ暗だ。これといった予感はないよ」

「何か検討しなければならないアイデアとかも？」

「ない」

「それじゃあ、私とつき合っていただけますでしょうか？」

「西之園君、まだ怒っているんだね」

萌絵は片方の目を細くする。

「そうでもありません。先生のこのデスク、頑丈《がんじょう》ですか？」

「何故？」

「ちょっと蹴飛ばしたいなあ、って思っているんですけど」

「最近、ちゃんと勉強してる？」犀川は尋ねた。

「先生、浜中さんのカードの人形、もうご覧になりました？」

「今日の調査は、君の卒論に取り込めるかもしれないからね。ちゃんとデータベースを整理しておいてほしい。それは、君の仕事だ」

「芸術文化センタのロビィの天井からぶら下がっているオブジェなんですけど、先生、ご存じですか？」

犀川は、しばらく黙って萌絵を睨みつけた。

「西之園君。デスクを蹴っても良いよ」

「先生の車、もう直りました？」

犀川は、萌絵を見たままにやりと笑った。

「しかたがないな……」彼は頷く。「日曜日はつき合おう」

「ちゃんと勉強していますし……」萌絵は微笑んだ。「データベースも、浜中さんに聞いてまとめておきます。それから、デスクを蹴る動機は一部ですが解消されました」

「あのカードの人形なら、以前に東京で五百円で売っていたね」

「え、そうなんですか？」萌絵は目を丸くする。「カーボン繊維《せんい》ですよね？　あれ、どこから吊っているのかしら？」

犀川はデスクの上にあった封筒の裏に、斜め方向に糸で吊られた人形の絵を描いた。

「ああ、そうか……、それであのトランクの蓋《ふた》が開いたままになっていたのか」

「その五百円のおもちゃは、ただのテグスだったと思う」犀川は煙草に火をつけながら言った。「えっと、あと、芸術文化センタのオブジェは、僕は知らないね。あれ、何だろう？竹の簾《すだれ》みたいなやつだろう？　それから、車なら、明日には直るはずだ」

「ごめんなさい」萌絵は姿勢を正して頭を下げた。「もう、怒っていません」

「誰が？」

「私です」

「じゃあ、西之園君。コーヒーを飲もう」

12

簑沢杜萌は、駅からタクシーで実家に帰る途中だった。

マジックショーのあと、西之園萌絵と浜中深志の三人で食事をした。久しぶりに楽しい一日だった。

杜萌は今日の昼頃、東京を出て新幹線で那古野に到着した。すぐに地下鉄で栄町《さかえまち》へ出てからは、ずっと西之園萌絵と一緒にいたことになる。もちろん実家にはまだ戻っていなかった。荷物は那古野駅のコインロッカに預けてあったので、それを取り出してから、乗客の少ない私鉄の電車に乗った。彼女の実家は、愛知県北部の犬山《いぬやま》市郊外にある。電車を降りた小さな駅で、彼女はタクシーを拾った。

さて、この翌朝、簑沢杜萌は恐ろしい事件に遭遇することになる。いや、この時刻には既に、それは始まっていた。タクシーに乗っている彼女は、もちろん、まだそれを知らない。

この簑沢家の事件が西之園萌絵や犀川創平に伝わるのも、ずっとあとになってからだった。もし時系列で語るのであれば、次の章で、この風変わりな事件のあらましについて触れるべきところだが、残念ながら、これはまた別のお話なのである。

人間の頭脳は、局部的であれ（あるいは、忍耐力と集中力を要求されはするものの）、事象のランダム性を許容し、これに追従する思考能力を充分に有する。しかしながら、文字に還元された物語（特に、物理的に記述された配列）は、ランダムとはなりえない。まるで常に導関数が存在するかのような滑らかさが要求され、その不自由さは驚嘆に値する、といえるだろう。

この物語に偶数章がないのは、その不連続性に起因しているが、この段階でその点を留意する必要は、特にないことを付記しておく。

第3章　奇絶の舞台

1

滝野ヶ池緑地公園は、那古野市内の東の外れにある。小さなゴルフ場と隣接したこの自然公園は、市内では面積最大の溜池、滝野ヶ池でのんびりとしたフィッシングを楽しむ少年たちや老人たち、それに、自然を半ば破壊して作られたアスレチック遊具で子供を遊ばせるファミリィで休日は賑わう。無料の駐車場も広く、いつでもすぐに車を駐めることができた。しかし、若いカップルが意外にも少ないのは、あまりに健康的で潔癖過ぎる眩《まぶ》しさのためであっただろう。

八月の最初の日曜日は、朝から少々どんよりとした天候で、蒸し暑かった。

夏休みの日曜日である。おそらく、もっと遠くのレジャーランドへ多くの人々が行楽に繰り出したのであろう。この日の午前中の滝野ヶ池緑地公園は閑散としたものだった。ところが、日が高くなった頃には、その広い駐車場に次々と車が押し寄せ、近所の住民が驚くほど、相当な混雑となった。誰に雇われたものか、数人の警備員が車の整理に当たっていたし、観光バスのような大きな車両が幾つも駐められていた。

西之園萌絵は、お昼に犀川のマンションを訪ね、彼を車に乗せて、午後一時少しまえに滝野ヶ池緑地公園の駐車場に到着した。残念なことに、友人の簑沢杜萌には連絡がつかなかった。つまり、杜萌に犀川を紹介するという約束を、彼女はまたしても果たせなかった。

萌絵の愛車はツーシータである。もし、杜萌が来られるのなら、別の車で杜萌と犀川を乗せるつもりだった。彼女の家には、いつも乗っているこの赤いスポーツカーの他に五台の車があった。

簑沢杜萌に連絡がとれない理由はわからない。一昨日も、昨日も、彼女の犬山の実家に電話をしてみたが、誰も出なかったのである。きっと家族旅行にでも出かけたのだろう、と萌絵は考えた。

車を駐めて犀川と萌絵が外に出たとき、浜中深志が走ってきた。彼は野球帽をかぶり、膝までの半ズボンを穿いている。小柄な浜中は、中学生のようだった。

「こんにちは」浜中は犀川に頭を下げた。「もう、向こうに凄い人数が集まってますよ」

「この公園、何か食べられます？」萌絵は浜中に尋ねた。「先生も私も、お昼まだなの」

「ホットドッグくらいしかないよ」

「ああ、それは良い」犀川は煙草に火をつけながら言う。「ホットドッグなんて、久しぶりだ」

三人はしばらく歩いて、駐車場の片隅で営業しているホットドッグ屋にまず立ち寄った。くすんだ芥子《からし》色のライトバンで、メニューもなく、ホットドッグしか売っていなかった。三人は一つずつそれを注文した。それから、公園内の自動販売機のコーナでジュースを買い、ランチを歩きながら食べた。

ホットドッグは、カレー風味で炒《いた》めたキャベツに、真っ赤なソーセージが直列に二つ並ぶ、懐かしいシンプルなタイプのものだった。もちろん、「懐かしい」と表現したのは犀川である。萌絵は、こういった場所で、こういったものを、歩きながら食べたのは初めての体験だったので、最高に美味しくて嬉しくなった。

芝生の広場を横切って歩く。

広い場所を見ると、萌絵はいつもトーマを走らせてやりたくなる。トーマというのは、彼女がマンションで飼っているシェトランドシープドッグの名前だ。フルネームは、西之園都馬である。

森林の小径《こみち》に入った。

覆《おお》い被《かぶ》さる樹々の枝葉は厚く、夏の太陽はほぼ遮蔽《しゃへい》されている。辺りは薄暗い。空気が冷たく気持ち良いが、蟬《せみ》の声が少し喧《やかま》しかった。

三人は小径を一列になって少し歩いた。

しばらく行くと、下の方に池が見え始め、その岸辺の遠く、池の北側に、大勢の人々が集まっているのがわかった。かなりの人数だったし、人口密度も高い。ざっと見て、千人近くいるのではないだろうか、と萌絵は思った。人々は池の周囲にも散見されるが、一番広い北側の岸辺にほとんどが集中している。

その近辺には、数台の大型車とクレーン車が下りていた。その他にも、電気工事をするときにやってくるゴンドラリフトのような作業車や、窓のないバスみたいな大型車が、北の岸辺から上がったところの道路に何台も駐まっている。テレビ局の車のようだ。

黄色のアドバルーンが三つ上がっている。いつもは何もないところに、桟橋《さんばし》のようなものが作られ、池の中央に向かって数十メートルも突き出していた。浮いているようである。その先には、小さな筏《いかだ》があった。

岸辺には、仮設の大きな看板が立てられていたが、池の東側にいる萌絵たちの方角からは、その裏側しか見えないので、何が書かれているのかわからない。池に突き出した桟橋の近くには、三メートル四方ほどで、高さが一メートルほどの小さなステージが置かれていた。その周辺だけは、見物人が入れないようだ。

「ここから、見ていよう」そう言って、犀川は木陰の古びたベンチに腰掛けた。ベンチの端に、吸殻入れがあったからだろう。

「先生、下まで行きましょうよ」浜中はジュースを飲みながら言った。「花火じゃないんですからね。ここからじゃあ、遠くて何も見えないじゃないですか」

「まだ始まるまで時間がかかりそうだし、ここが涼しいわ」萌絵はまだホットドッグを食べていた。彼女は猫舌なので、熱いものはすぐには食べられない。「それに、日焼けしちゃうし」

彼女は大きな白い帽子をかぶっている。

「僕、じゃあ、さきに行ってるよ」浜中はそう言うと、小径を一人で走っていった。

「なんか、浜中君、ずいぶん張り切っているね」犀川は言う。

思ったとおり、彼はベンチで煙草に火をつける。萌絵もその隣に腰を掛けた。ちょっと素敵な雰囲気だ、と彼女は思った。

「気持ちが良いですね、ここ……」

「あれ、いったい、何が始まるのかな？」煙草を持った片手で犀川が池の方を示す。

「脱出ですよ」萌絵はジュースのタブを開けながら答える。「躰をロープで縛られて、箱に入れられて、鍵をかけられて、そのうえ、たぶん、箱ごと池に投げ込まれて……、そこから脱出するんじゃないかしら、きっと」

「そりゃ、聞いただけで凄いね」犀川は美味しそうに煙を吐き出した。「綱渡りみたいなものかな。わざわざ、そんな危ない真似をするなんて不思議だ」

「いえ、スタントじゃなくて、マジックですよ。躰を何重にも縛って、箱には鍵を幾つもかけるんですけど、そんなに厳重にするのには理由があるんです」

「どんな？」

「たとえば、箱を閉めてから、わざわざ沢山の鍵をかけさせるんですけど、その時間が必要なのです。鍵をかけているその間に、箱の中で縄抜けしているからです」

「なるほどね」犀川は頷いた。

「厳重に鍵をかけているようで、それが逆に利用されているんです。ね、先生、面白いでしょう？　ミステリィでも同じパターンですもの」

「へえ、そうなの？」

「ええ、そうです」萌絵は嬉しくなって、思わず身を乗り出す。「そういう工夫が面白いんですよね。密室を作ったり、死体を移動したり……。うーん、ちょっと現実味はありませんけど、なんか、背筋がぞくぞくするような緊張感があって……、私、そういうのが……」

犀川の無表情な顔を見て、萌絵はそこで言葉を切った。

「でも、先生は、ミステリィなんて、お読みにならないから、こんなお話、つまらないですよね？」

「面白いよ」

「昨日、読んだミステリィ、面白くなかったんですよ」萌絵は独り言のように呟いた。「なんだか、最近、全然面白いのに巡り合わないの」

　そう言いながら、彼女は、犀川とともに出会った過去の事件を思い出していた。それは物語ではない。現実の事件である。しかも、とびきりエキサイティングな経験だった。実物の迫力にかなうものはない。対照的に、中学生の頃から読み続けてきたミステリィは、近頃明らかに食傷気味だった。

　萌絵が見たところ、つまらないミステリィには二つのパターンがあった。一つは、男女の愛情のもつれが原因か、遺産などの些細な諍《いさか》いの結果で起こる普通の殺人事件で、だいたい殺人現場は、田舎か観光地の温泉だ。もう一つは、とんでもなく非現実的な豪邸で、嵐の晩に雷が鳴っていて、死体が発見され全員が唖然としているときに、少女か少年が呪いの文句を語りながら笑う、といったパターンである。前者に決まって登場する和服の古風な美人も、後者に不可欠な無口な美少女や美少年も、いずれも博物館の蠟《ろう》人形みたいに、現代社会を生きているとは思えない。昨夜、彼女が読み終えたミステリィは後者のタイプだった。あんな不気味な少年がいたら、小学校で苛《いじ》められるのに違いない、と思った。

「この辺りはまだ自然が残っていて素敵ですね」萌絵は話題を変えた。頭上の枝葉を見上げながら彼女は深呼吸する。

「こうやって、人が入れるようになったら、おしまいだけどね」犀川もベンチにもたれて上を向いていた。「そもそも、自然という言葉を使い始めたときから、もう自然じゃないんだよ」

「不自然ですか？」

「観察しようとすれば、観察者の介入によって、対象は必ず変化する。だから、人間は真の自然を見ることはない。もっとも、人間も自然の一部だと仮定すれば、話は別だけど」

「あ、そうだ」萌絵は思い出してバッグから双眼鏡を取り出した。犀川の「観察」という言葉で連想したのである。「これ、先生、使って下さい」

犀川は双眼鏡を受け取った。「用意が良いね」

池の岸辺に変化はない。イベントの準備がまだ続いているようだ。

時刻は午後一時。西の空には入道雲が見えた。

犀川は、北側の岸辺には見向きもせず、すぐ下の池面を泳いでいるカモを双眼鏡で観察している。

「水の下で、懸命に足を動かしているわけだ」犀川は双眼鏡を覗き込みながら呟いた。「澄ました顔をしているね。見栄っ張りなのかなあ」

2

浜中深志は、岸辺の砂地に下りて駐められていたワゴン車のそばにいた。

凄い人混みである。池に浮かんでいる桟橋の近辺から、大きな文字でテレビ局の名が書かれた大型車までの一帯には、ロープが張られていた。鮮やかなオレンジ色の帽子をかぶったバイトの学生風のスタッフが大勢いて、同じオレンジ色のメガフォンで大声を張り上げている。見物人たちがロープの中に入らないようにしているようだった。

そこは海辺のような砂地で、しかも池に向かって傾斜していたので、とても歩きにくかった。浜中は、大きなテレビカメラを肩に担いだ男を見ながら歩いていたが、横を向いていたため、突然、人とぶつかってしまった。

浜中は砂の上に尻もちをつく。相手も持っていた段ボール箱を全部落して、酷く派手に倒れた。女の子だった。

「あ、すみません」浜中は起き上がり、すぐに謝った。「大丈夫でした?」

「ごめんなさい」彼女は慌てて立ち上がり、荷物を拾おうとした。小柄な女性で、浜中よりも若そうだ。オレンジ色の帽子をかぶっている。

彼女は箱を一つだけ拾い上げると、顔を上げ、しばらく浜中をじっと見たまま静止した。

「どうしたの?」浜中はきいた。ひょっとして顔見知りだろうか、と一瞬考えたが、見覚えはまったくない。

彼女は、突然、持っていた段ボール箱を足もとに置いて、しゃがみ込んだ。そして、下を向いたまま動かなくなった。どうも、様子がおかしい。

「あの、大丈夫ですか?」浜中は心配になってきく。

二人のすぐ近くを何人もの人々が通り過ぎていく。

「どうしよう……。コンタクト落としちゃった」彼女は、浜中を見上げ、泣きそうな顔でそう言った。

3

岸辺の砂地からコンクリートの階段を上がった道路に、マイクロバスと同じくらいの大きさの白いキャンピングカーが一台駐められている。後部の窓は銀色の光を反射し、外から車内はまったく見えなかった。

ガードレールとキャンピングカーの間の狭い隙間を、躰を横向きにしてサングラスの男が歩いてくる。その長身の男は、黒い野球帽をかぶっていたが、長い髪は金色っぽい薄茶色だった。彼は、キャンピングカーのスライドドアを開けて、素早く車内に入った。

音は静かだったがエンジンがかかっていて、車内はクーラが効いている。小さなテーブルが中央にあり、その上にグラスが置かれていた。一番奥のシートに、ゆったりとした姿勢で有里ミカルが座っている。

「先生は?」サングラスを外し、背中を丸めて車内の椅子に腰を下ろしながら、有里タケルミカルはテーブルのグラスを手に取った。

「私、そろそろ行かなくちゃいけないのよね。何を、さっきからぐずぐずしてるの？　これ、何か、トラブってるわけ？　全然予定どおり始まらないじゃない」

ミカルは、半円形のハンドバッグから煙草を取り出した。それに火をつけると躰を斜めにしてシートにもたれかかり、タケルを見つめながら露出した素脚を組み直す。絨毯《じゅうたん》が敷かれた床の上にハイヒールが転がっていた。

「早く始めないと雨が降りだすかもしれないな」窓の外を眺めながらタケルは言う。車の中からは外が見えた。彼は帽子を脱いでいたので、グリーンの前髪が眉毛にかかっている。

岸辺の近くに設置された工事用のクレーンが動いていた。大道具は既に所定の位置に設置されているようだ。彼らの師匠である有里匠幻《しょうげん》の姿はまだ見えなかったが、スタッフたちの様子からすると、ステージではリハーサルが始まり、おそらく録画のチェックが行われている段階のようだ。スピーカからは、テストを兼ねて、軽い音楽が流れていた。

「この頃、とんとご無沙汰よ」ミカルが煙を吐きながら呟く。

「誰が？」タケルはきき返す。

「貴方」

「そう？」

ミカルはタケルを真っ直ぐに見据えて、煙を吐く。

「いい人ができたのかしら？」

タケルは黙っていた。

4

道路に駐車している別の大型車の中。有里タケルのキャンピングカーよりも、こちらはずっと車内が広い。有里匠幻は、既に銀色に光る衣裳を身に着け、トレードマークのメーキャップも終わっていた。

彼はまったく緊張していなかった。いつの頃からか、何も感じなくなっていたのである。もちろん、若い頃はこうではなかった。舞台に立つまえ、そして特に、新しいマジックを初めて披露するときには、鼓動は大きくなり、喉は渇き、汗も出なくなったものだ。ある程度の緊張感がないと、良いショーにはならないことも、彼は経験的に知っている。けれど、六十に近い年齢になって、そんな緊張感を求めることはもう無理だった。自分の芸が、既に下り坂であることも、そしてその明確な原因も、すっかり理解していたのである。

「まあ、この一週間くらいの間には、決めてもらわないとね」間藤《まとう》社長が卑屈な薄ら笑いの表情を崩さずに言った。「こっちだって、準備ってものがある」

「わかっているよ」有里匠幻は頷く。「案がないわけじゃないんだ。どれにしようか迷っているだけだから」

「向こうは全国ネットですからね」マネージャの吉川が横から言った。「あの現場を使わせてもらえるってのも、結局のところ、その力関係なんですよ。世の中、テレビより強いものはありませんからね」

三人は、来月に予定されているショーの打合せをしていた。場所は静岡県だ。前代未聞の大掛かりなエスケープになるだろう、と有里匠幻は思った。たぶん、自分の最後のエスケープになる、と。

車の前の扉が開き、頭にヘッドフォンをつけた若い男が乗り込んできた。

「あの、そろそろ準備が整いますので、有里先生、よろしくお願いしまーす」

5

スピーカから流れていた音楽が急に消え、ファンファーレと速いテンポのドラムが鳴り響いた。

浜中深志は、張られたロープのすぐ後ろで地面に腰を下ろしている。一番前の特等席だった。隣には、村瀬《むらせ》紘子《ひろこ》が座っている。彼女はバイトのノルマから解放され、今はスタッフの帽子をかぶっていなかった。

浜中と衝突して、村瀬紘子が砂の上に落としてしまったコンタクトレンズは、結局見つからなかった。しかし、そのトラブルのおかげで、浜中は彼女と知り合いになった。彼は、紘子の仕事を手伝い、その合間のおしゃべりで、彼女が自分と同じN大生であることもわかった。文学部の一年生だというから、七つも歳下になる。

「あ、ほら、浜中さん。有里匠幻！」紘子は浜中の肩に触れて叫ぶ。彼女は今はメガネをかけていた。「わあぁ、すっごい派手」

有里匠幻が浜辺に駐めてあったワゴン車から出てきたのだ。

「あんな衣裳……、暑いだろうね」浜中は言う。

ステージの上の司会者は若い男と女の二人で、どちらも、どこかで見たことのある顔だったが、浜中には思い出せない。複数のスピーカから聞こえる彼らの声は、あちらこちらから届いてエコーがかかり、聞き取りにくかった。

軽い、迫力のない拍手が周辺で起こった。

テレビカメラが狙うステージの上に有里匠幻が上がり、司会者の二人がその両脇に並んで立つ。有里匠幻は、暑苦しそうな銀色の衣裳に、紫色の蝶ネクタイを結んでいる。白い手袋をしていた。顔は白粉《おしろい》でも塗っているのか、仮面のように真っ白で、口だけが真っ赤である。こうして屋外で見ると、それは少し滑稽だった。彼は無表情で、何も話さない。

もう一人、お笑いタレントらしい男が現れて、ステージに飛び乗った。彼はパネルを持って何かを説明し始めたが、よく聞き取れなかった。ステージは、浜中と紘子がいるところから十メートルくらいの距離だが、後ろのスピーカから届く声がむしろ邪魔だった。

「なんか、つまらないね」浜中は隣の紘子に囁いた。「これってさ、完全にテレビの収録が目的みたいじゃん。僕らには何をしているのか、説明もよく聞こえないし、わからないよ」

「ええ、でも、もうすぐ爆発があるんですよ」紘子は言った。

「爆発って？」

「ほら、あそこ。池に浮かんでいるところ」紘子は指をさす。池に突き出している桟橋の先端である。

「あの筏《いかだ》みたいなやつ？」

「ええ、あそこが爆発するんですよ。さっき、浜中さんに運ぶの手伝ってもらった箱も、あれ、ダイナマイトの……」

「ええ！」浜中は腰を浮かせた。「ダイナマイト？　ちょっと、それ、本当？」

「いえ、ダイナマイトを起爆させるバッテリィなんですって」紘子は説明した。

「うわぁ……。心臓に悪いな。あの、僕さ、そういうのって、駄目なんだ。勘弁してほしいなあ」

「じゃあ、どうしてここに見にきたんですか？」紘子は、不思議だという顔をする。

いた。

「う、うん……、別にどうして、というわけでもないんだけど」

西之園萌絵に誘われたからだ。それがここへ来た理由であるが、もちろん、浜中は黙っていた。

6

人混みの中を西之園萌絵は歩いていた。彼女がかぶっている白い大きな帽子は、日除けの部分の直径が五十センチくらいある。帽子というよりは日傘に近い。したがって、水平のどの方向にも、その帽子が一番突き出しているため、すれ違う人間にさきほどから何度も接触している。彼女は両手で帽子を押さえながら、辺りを見回していた。

(もう、先生、どこいっちゃったんだろう)

だんだん腹が立ってきた。ついさきほどまで一緒に歩いていたのだ。ちゃんと手をつないでいれば、こんなことにならなかったのに、と彼女は思った。犀川と手をつないで歩いたことなど一度もない。その目的に犀川の手が使われた過去の事例を見つけようとしたら、きっと彼女が幼稚園の頃まで歴史を遡《さかのぼ》る必要があるだろう。

スピーカから聞こえてくる声で、既にショーが始まっていることがわかった。けれど、ステージがある目的の方角は、高密度の人垣で何も見えない。

反対方向になるが、萌絵は砂地を高い方へ上ることにした。少なくとも、高いところから探した方が、犀川を発見する確率が高いと考えたからだ。

石垣の上の道路まで上るためのコンクリートの階段にも、沢山の見物人たちが座っていて、まるで雛人形《ひなにんぎょう》のようだった。雛人形といえば、両親が死んでから一度も出していない。そんな一瞬の、関係のない連想があった。

彼女は、雛人形たちの間を抜けて階段を上がる。道路のガードレールにも大勢の見物人がずらりと並んでいる。どこかに隙間を見つけようと思い、しばらく歩いた。

岸辺の人だかりの中心が、この高さからはよく見えた。ステージの上に立つ有里匠幻の光る衣裳もすぐ目についた。マジシャンは今、躰に白いロープを巻きつけられているところだった。

そのステージを中心とする半径十メートルほどの大きさの円の外側を、見物人たちが取り囲んでいるが、ステージの後ろはすぐ池だったので、テレビカメラからステージを捉えた場合、バックに見物人は写らない。その池には、桟橋が水上の筏まで真っ直ぐに延びていた。

萌絵の位置からは、すべてがよく見えた。しかし、犀川を探すのは至難の業だ。

ガードレールにぴったりと寄せて駐車されているキャンピングカーがあった。その部分だけ、見物人がいない。萌絵は、躰を横向きにして、その車とガードレールの隙間に入った。

そして、車の中ほどまで来ると、ガードレールを乗り越えて、僅《わず》かな幅の石垣の上に両足をのせ、ガードレールに腰掛けた。

ステージの上の有里匠幻は、躰に巻きつけられたロープに幾つもの錠前を取り付けられている。錠前は金色だった。距離はざっと四十メートル。萌絵の抜群の視力をもってしても、錠前の穴までは識別することができない。

スピーカから聞こえる司会者の説明で、何をしているのかはわかる。有里匠幻と、司会者の男女二人、その他に、アシスタントらしいスタッフが三人。もう一人、パネルを手にしている男もステージの上にいた。もちろん、テレビカメラがすぐ近くに二台あったし、スタッフが近辺に数人立っている。見物人の輪の内側に、そういった人たちが二十人ほどいた。

見物人の大半は、この近辺、つまり池の北側の岸辺にいる。滝野ヶ池はかなり大きい。向こう岸までは、数百メートルある。萌絵の位置から、池の全体を見ることはできなかった。それは、この池が三日月形に曲がっていて、森林が突き出している部分が、南から東に延びている池の一部を隠してしまうからだ。正面の池の南側の周囲にも、ちらほらといる見物人が小さく見える。

また、萌絵の背後は、道路を隔ててマンションが建ち並ぶ住宅街で、それらのベランダからも、このショーを観覧している人たちが沢山いた。

犀川も浜中もどこにいるのかわからない。目を凝らして、人垣を探したけれど、犀川は見つからなかった。

突然、萌絵のすぐ後ろで音がして、彼女は驚いて振り向いた。その瞬間、肩にかけていたバッグが落ちそうになり、慌てて、片手でバッグを押さえようとしたとき、片足が石垣から滑り落ちた。

萌絵はバランスを崩し、短い悲鳴を上げた。

大きな手が、彼女の左手首を機敏に摑《つか》む。

気がつくと、彼女の体重がその腕によって支えられていた。

萌絵は、もう一方の手で、ガードレールを素早く摑み、振り返って石垣の下を見た。高さは五メートルはある。下にいた幾人かが彼女の方を見上げていた。

「すみません」大きな手の男が言った。「驚かしてしまって」

見たことのある顔だった。そう、簑沢杜萌が「美形」と表現した男である。長い髪は薄い茶色で、前髪だけがグリーンに光っていた。二十代後半だと思っていたが、こうして間近に見ると、そんなに若くはなさそうだ。

「もう、大丈夫です」萌絵は一呼吸おいてから言った。「あの、手を離していただけませんか」

「ああ、すみません」男は柔らかい声で言う。「でも、そこは危ない。こちらに入って下さい」

男は萌絵の手をそっと離し、ゆっくりと手を引っ込めた。彼女は言われたとおり、ガードレールを乗り越え、再び車との間の狭い場所に立った。男と顔が接近する。

「有里タケルさんですね？」

「ああ、ええ……」有里タケルは軽く肩を竦《すく》めた。「サインしましょうか？」

萌絵が黙っていると、彼はもう一度、今度は大きく肩を竦め、キャンピングカーの車内を示す。「あの、良かったら、どうぞ。車の中は涼しいですよ」

サイドドアは開いたままだ。彼はそこから出てきたところだった。萌絵は中を覗き込んだ。車内にはゴージャスなソファやテーブルがある。誰も乗っていなかった。

とにかく、二人が立っているところは、車とガードレールの隙間で身動きが取れない。どうしようか、と萌絵が思案していると、有里タケルは、さきに車の中に入った。

「どうぞ……。ここからなら、ゆっくり見物できますよ。何か冷たいものでも飲みながら」

彼は車内から手招きする。

「この車の中の方が危なくないですか？」萌絵はきいてみた。

「そうですね……」有里タケルはにっこりと笑った。「貴女くらい魅力的な方なら、そう、ある意味では危険かもしれません。でもね、ほら、そこから下へ落ちるよりは、多少はましというものでしょう？」

萌絵は、片目を細くして有里タケルを睨みつけたが、彼は微笑んだまま黙っている。

彼女は、車の中に乗り込んだ。

7

「さあ」と「いよいよ」の二つの単語しか、司会をしている男は知らないようだった。

「世紀のメインイベント!」という滑稽な表現も、受けを狙ってわざと使っているとしか思えない。

クレーンで吊り下げられた金色の箱が、ステージにゆっくりと下ろされた。有里匠幻は立ってはいたが、両手は背中で縛られ、両足も三ヵ所でロープが結ばれている。そのうえ、躰中に鎖が巻きつけられ、少し大きめの錠前が五ヵ所に取り付けられた。彼は目隠しをされている。口紅を塗った大きな口は無表情だった。

ステージの中央に慎重に置かれた金色の箱は、上面が蓋になっていた。アシスタントの二人の男がその蓋を開け、縛られた有里匠幻を両側から持ち上げて、箱の中に立たせた。カメラマンがステージに上がり、箱の中を覗き込むように撮影している。

マジシャンが躰を曲げて箱の中に納まると、すぐに蓋は閉められた。さらにその上から鎖のバンドが掛けられ、大きな錠前が三つ取り付けられる。これらの鍵は、すべて司会者の女性が一人でかけた。

再びクレーンが近づき、金色の箱にかけられた鎖にクレーンのワイヤが結ばれた。司会者たちもステージから頭上を見上げている。アシスタントの一人が片手で合図をすると、クレーンは箱を持ち上げ、みるみるうちに十メートルほどの高さまで引っ張り上げた。

見物人も皆、上を向いている。

真夏の空は、灰色の雲で覆われ、鈍い眩《まぶ》しさだった。

風はない。

金色の箱はシルエットになって、池の上へと移動する。そして、桟橋の先に浮かんでいる筏に向かって、今度はゆっくりと降下した。

スタッフの男が一人、桟橋を渡っていき、クレーンの操作手に合図を送って、箱の位置を微調整する。

金色の箱は、筏の中央に置かれた。

作業が終わり、クレーンのワイヤを外すと、スタッフの男は桟橋を走り、逃げるようにして戻ってきた。

ドラムの音がスピーカから流れ、やがて大音響で、他に何も聞こえなくなる。

突然、音はぴたりと止んだ。

一瞬、辺りは静まり返る。

そのまま一分ほど過ぎたが、何も起こらない。

「さあ、あと三十秒です！」と司会者の声。

池に浮かぶ筏には、何の変化もない。

「どうしたんでしょう！　大丈夫でしょうか！」司会者が叫んでいる。

どこからともなく、ざわめきが起こった。

「あと、二十秒だ！　危ない！」

司会者の演技にのせられたのか、女性の悲鳴があちらこちらで上がる。

筏の箱に動きはなかった。

「もう、十秒！　危ない、皆さん、離れて下さーい！」

しかし、誰も動かなかった。

声を出して、カウントダウンをしている者もいた。

その数字もゼロになる。

一瞬の静寂のあと。

鈍い音とともに筏は火炎に包まれ、数秒遅れて、花火のような爆発音と水しぶきが立ち上がった。

8

浜中深志は胸に手を当てて深呼吸を繰り返していた。脈が乱れ、息が苦しかった。彼の体質はこういった見世物に向いていない。

「浜中さん、大丈夫ですか？」村瀬紘子が心配そうな顔で覗き込む。「顔、真っ青ですよ」

「大丈夫じゃないよ」溜息混じりにそう言って、浜中は首をふった。「ああ……、びっくりした」

たった今、爆発があったところだ。

爆風で顔に砂が当たった。

浜中は、びっくりして目を瞑《つむ》り、思わず後ろに手をついた。目を開けてみると、池の桟橋は途中から先が消えてなくなり、その先端に浮かんでいた筏も、そこに乗っていたはずの金色の箱も、もうなかった。炎を上げた木の破片が、幾つも池に浮かんでいる。火薬の強烈な匂いが、しばらく遅れて鼻についた。

「これは、大変だ！」マイクの司会者は絶叫している。

見物人はどよめき、また悲鳴が上がった。

「大丈夫ですよ」紘子が浜中の耳もとで囁いた。「全部、予定どおりなんですから」

もちろん、理屈ではわかっていたが、浜中の鼓動は、なかなか平常のリズムには戻らなかった。

9

岸辺の穏やかなパニックを、西之園萌絵は車の窓から眺めている。池の上の爆発シーンは、なかなかの迫力で、見ごたえがあった。

「どうです？」奥に座っている有里タケルが煙草を吸いながらきいた。「びっくりしましたか？」

「いいえ」萌絵は答える。

「まあ、そうでしょうね……」タケルはくすくすと笑いだす。「今どき、あれくらいのことで驚くような人はいないでしょう」

「そうでもないと思います」萌絵は浜中のことを思い出した。

「そう言ってもらうと、僕ら救われますけどね」タケルは頷いた。「テレビで見ている人は、それでも、けっこう驚くってことはあるんです。なんていうのか、それも結局、作りものなんですけどね。ゲストのタレントが驚けば、視聴者も驚く。全部、そうやって誘導されるんです」

「あの箱の中には、もう入っていなかったのでしょう？」萌絵は振り向いて、質問した。

「というと？」タケルは身を乗り出す。

「さっき、箱に入ってからクレーンで吊上げられるまでの間に、有里匠幻さんはステージの下に隠れたのですよね？」

「さあね……」タケルは両手を広げて前に出す。

「じゃなきゃ……。今ごろ池の中ですもの」萌絵は微笑んだ。

「お名前をきいていませんでしたね」タケルは言った。

「西之園です」

「西之園さん……。いい名ですね。覚えやすい。西之園、何というんですか？」

「有里タケルさんは、ご本名は？」

「僕は、植田《うえだ》武史《たけし》。植田のウエは、植物のショクです」

「じゃあ、芸名と共通するのはタケ、だけですね」

「西之園さん、貴女、僕のファンですか？」

「いいえ」

萌絵は再び窓の外を見る。潜水服を着た人間が五人ほど、池の中に入っていくところだった。

「手品がお好きですか？」タケルはきいた。

「はい」萌絵は外を見ながら答える。

「ビール、飲みますか？」有里タケルは、足もとのクーラボックスから缶ビールとグラスを取り出した。

「私はけっこうです。車で帰りますから」

潜水夫は、しばらく水に潜っていたが、やがて、水面から顔を出して手を振った。クレーンが動き、その位置にロープを下ろしている。

「箱を引き上げるんですね」萌絵はそれを見て囁く。「もう一度箱をステージに戻して、中から有里匠幻さんが出てくる」

「ええ、そのとおりです」タケルは答えた。「よくわかりましたね。面白いでしょう？　つまり、脱出しないってわけです」

「実はステージの下に隠れていて、煙か何かを出して、箱から出てきたみたいに見せるのかしら？」萌絵はタケルの方を見た。

「さあ、どうでしょう」タケルはくすくすと笑った。「しかし、貴女みたいに深く考える観客がいると思うと、やりにくいですね」

「縄抜けに使う錠前は本ものですか？」

「本ものですよ」

「ロープは、どこかが伸び縮みするようにできているのでは？」

「いいえ、本ものを使います」

「でも、あの箱には仕掛けがありますよね？」

「貴女、面白い人ですね」タケルは目を細めた。「こちらへ、いらっしゃいませんか？もっと近くでお話ししましょう」彼はソファの脇に移動して、自分の横にスペースを開けた。

「いえ、ここでけっこうです」萌絵は答える。「本当は、外に出て、もっと近くで見ていたいくらいなんですから」

有里タケルは、缶ビールを開けると、片方のグラスにそれを注いだ。

10

クレーンが水の中から箱を引き上げると、大量の水が、箱の隙間から流れ出た。箱は、ゆっくりと見物人たちの方へ戻ってくる。司会者は「大丈夫でしょうか」という悲鳴に近い言葉を繰り返していた。

ステージの上に箱は下りてきた。スタッフがクレーンのワイヤを外して立ち去ると、司会者の女性が悲壮な表情でステージに上がり、箱の周囲の鎖に取り付けられていた錠前に順番に鍵を差し入れた。もう蓋を開けるばかりになったところで、どういうわけか、スピーカからのドラムの音が大きくなり、司会者の女性もステージから下りる。

次の瞬間、ステージの周囲から、勢い良く煙が吹き出した。そして、金色の箱が一瞬だけ見えなくなったとき、爆竹の高い音が鳴り響いた。
煙の中で、金色の箱の側面が外側に倒れる。
ドライアイスの煙は、箱の展開によって生じた風で周辺へ加速して飛び散った。
箱は完全に開いた。
ステージの中央には、真っ赤な衣裳の男。
男が一人立っている。
彼は白い花を胸に抱えていた。
ファンファーレが鳴る。
「オーレ！　有里匠幻！」司会者の弾んだ声。
十羽もの白い鳩が、ステージから舞い上がった。
拍手と歓声。
誰かが指笛を鳴らす。
鳩たちは、南の方へ池の上を飛んでいく。
見物人の多くは、その方向をしばらく見ていたことだろう。
けれど、歓声は続かなかった。
女性の悲鳴が上がったからだ。
司会者が、マイクを落した。

不躾《ぶしつけ》な雑音が、スピーカを壊すほど大きく鳴る。

ステージには誰もいない。

有里匠幻は、既にステージの上から消えていた。

彼の持っていた白い花は辺りに飛び散り、乾いた砂の上に落ちた。

悲鳴。

そして絶叫。

見物人は走りだす。

ばらばらの方向へ動こうとして、ぶつかり合った。

有里匠幻は、ステージから頽《くずお》れて砂の上に倒れていた。

その瞬間を見ていた者は少なかっただろう。

慌てて駆け寄ったスタッフたちは、すぐにこの老練のマジシャンを抱き起こそうとした。

だが、マジシャンの躰は重く、その胸には、見事な造形の銀のナイフが突き刺さっていた。

人々をあっと言わせたその小道具は、しかし、手品ではなかった。

衣裳と同じ真っ赤な血も、本ものだった。

11

「救急車!」

　何人かが叫んでいる。

　ステージの近辺はパニックになった。

　見物人はロープを乗り越えて、ステージの周囲まで押し寄せた。また、反対に逃げだす者も幾人かいた。

　テレビ局のスタッフの半分は、倒れた有里匠幻を取り囲んだ。あとの半分は、連絡のため車まで走ろうとしたが、人混みの中を進むことができなかった。何が起こったのかを確かめようとして、見物人たちは動き回り、後ろから押されたり、砂に足を取られたりして倒れる者や、そのうえ大勢に踏まれる者もいた。

　方々で悲鳴が上がる。

　浜中深志は、マジシャンの胸に刺さっていたナイフを目撃した。一瞬だったのに、その映像は脳裡に焼きついた。彼は気分が悪くなり、立ち上がれなかった。村瀬紘子と二人で、その場に蹲《うずくま》っていたが、押し寄せる野次馬たちに二人は何度も蹴られそうになった。顔をかばって、お互いに身を寄せ合っていたものの、ついに我慢ができなくなり、決心して、人の流れとは逆方向へ移動することにした。紘子の手を引いて、浜中は池とは反対の方向へと向かった。

怒鳴り声と悲鳴がまだ止まない。

叫び合う声が交錯している。

誰かが、コンクリートの階段を気が狂ったように駆け上がっていった。

「殺しだ！　人殺しだ！」

浜中たちはようやく人混みの中心から抜け出すことができた。

いったい、何があったのだろう、と浜中は思った。

あれは、あのナイフは本ものだったのか。

村瀬紘子も心配そうな顔を岸辺の方に向けて、背伸びをして見ている。そちらには大勢の人間が集まっていて、もうステージが、どこなのかもわからなかった。

「浜中さーん！」上から名前を呼ばれる。

浜中が見上げると、石垣の上から西之園萌絵が手を振っていた。しかし、犀川助教授の姿はなかった。

萌絵はガードレールから離れ、しばらくすると、人混みを掻《か》き分《わ》けながら、少し離れたところの階段を下りてきた。

「ね、何があったの？」萌絵は浜中にぶつかるように接近した。「どうしたの？　何故、倒れたの？」

「有里匠幻がナイフで刺されたんだ」浜中は答えた。「びっくりしたよ」

「誰に？」萌絵は目を大きくしてきいた。

「わからない」浜中は首をふる。「箱から出てきて、すぐ倒れちゃったんだから。誰も近くにはいなかったし……」

「ナイフを見たの？」

「うん」

「刺されたのはどこ？」

浜中は自分の胸に手をやった。それだけで、さきほどの情景が思い出されて、また気分が悪くなる。

「道を開けて下さい！」という声がスピーカから流れている。

大勢の人間が押し合いながら、少しずつ移動し、その中から、数人のグループが出てきた。四人の男たちに抱えられたマジシャンだった。

彼らは、浜中たちのすぐ近くを通り、コンクリートの階段を上がっていった。人垣でよく見えなかったが、真っ赤な衣裳の有里匠幻はぐったりとした様子である。

見物人もぞろぞろと階段を上がっていく。騒ぎはもう収まっていた。

「犀川先生は？」浜中は萌絵に尋ねる。

「え？」階段の方を見つめていた萌絵は振り向く。「あ、そうね……。そうそう、先生……、どこかしら」

12

犀川創平は、西之園萌絵を見失ってから、来た道を引き返し、池の東側の森林の木陰を歩いた。しばらく坂を上ったところで、最初に休憩したベンチに辿り着き、そこで彼女を待つことに決めた。だが、萌絵は現れなかった。

退屈だったので、研究上の懸案事項を思い出して検討し、たまに気分転換を兼ねて、ショーが行われている方を双眼鏡で見たりもした。

池の上の大爆発を遠くから見物したあと、彼は公園の駐車場へ向かった。そこに、萌絵の赤いスポーツカーがまだ駐まっていることを確認する。再び引き返し、途中でホットドッグをまた一つ買って、食べながら木陰のベンチまで戻ってきた。

なんと珍しい、のんびりとした休日だろう、と彼は思った。

その頃には、池の北側の岸辺は様子がおかしくなっていた。女性の悲鳴がかすかに聞こえ、大勢が走り回っているのが見えたからだ。

しばらくして、救急車のサイレンが聞こえてきたときには、怪我人が出たのかと思い、萌絵や浜中のことが少し心配になったが、自分にはどうすることもできないので、諦めてベンチで煙草を吸っていた。

そうするうちに少し眠くなり、ベンチの上に自然に横になった。

真上からは、木漏《こも》れ陽《び》が落ちてくる。

眩しいので目を瞑《つむ》り、何を考えようか、と考えているうちに、彼は眠ってしまった。

「先生」という声に起こされたのは、その直後である。

どれくらい眠っていたのかを確かめるために、犀川は時計を見ようとした。しかし、腕時計をしていなかった。家に忘れてきたのだ。これは極めて珍しいことだった。自分でもびっくりした。

「今、何時？」犀川は起き上がり、目の前に立っている西之園萌絵にきいた。

「三時半です」

彼女の他に、浜中深志、そしてもう一人、若いメガネの女性がいた。

「ずっとここにいらっしゃったのですか？」と萌絵の攻撃的な口調。冷静な表情ではあるが、彼女は何か興奮している様子だ。

「そうだよ。一度だけ駐車場に行ったけどね。何かあったの？」

「殺人事件なんです」萌絵は答える。

「え？」

「有里匠幻が殺されたんです」

「それ、誰?」

「そこでやってたショーのマジシャンですよ」今度は浜中が答えた。「僕、ナイフが胸に刺さっているの、見ちゃいました」

「君は誰?」犀川は、浜中の隣にいる女性を見た。

「彼女、村瀬さん。N大の一年生なんです」浜中が答える。「こちらね、建築学科の犀川先生。僕の指導教官」

「こんにちは」村瀬紘子は頭を下げた。

「こんにちは」犀川も頷く。

犀川はやっと立ち上がった。彼は両手を挙げて背伸びをした。「あーあ、素敵な昼寝だったなあ。さあ、諸君、帰ろうか」

「帰れませんよ!」萌絵がすぐに言う。「何、言ってるんですか、先生。殺人事件なんですよ」

「死んだの?」

「いえ、それはわかりません。でも、救急車で運ばれていきました」

「じゃあ、殺人事件じゃないかもしれない」

「それは、そうですけれど……」

「警察が来ているんだろう?」

「ええ」萌絵は現場の方を見た。「もう、だいぶ集まってきましたね。とにかく、見物人が多くて大変だったんですから」

「浜中君が見ていたって言ったね。犯人は捕まった?」

「いえ、僕が見たのは……」浜中は顔をしかめて答えた。「ナイフが刺さっているところで、刺された瞬間は見てませんよ。だって、有里匠幻はずっと箱の中に入っていたんですから」

「箱の中?」犀川は煙草に火をつけながらきいた。

「違うわ」萌絵が横から言った。「箱の中にいたわけじゃないんですよ、あれは……。マジックなんですから」

「どっちでも良いけどさ」犀川は勢い良く煙を吹き出す。「犯人は見てないわけだね?」

「誰も見てやしませんよ」浜中は高い声で言う。彼の声は普段でも女性のように高いが、今は一層高音だった。「僕と村瀬さん、すぐ近くにいたんですけど、そんなの全然……」

「よくわからないなあ……」犀川は、口もとを斜めにする。「西之園君は、何か見たの?」

「いえ、私は少し離れたところにいたから」

「じゃあ、帰ろう」犀川は言った。

「嫌です」萌絵は首をふった。「ちょっとだけ、調べていきましょうよ、先生」

「調べる? 何を?」

「事件ですよ。もう……、決まってるじゃないですか」

犀川は煙草をくわえたまま萌絵を睨んだ。

良くない兆候だ、と彼は思った。彼女の目を見ればそれがわかる。

「あの、僕たちは向こうへ戻ります」浜中は不安そうな表情でそう言うと、村瀬紘子と一緒に小径を歩いていった。

「私たちも」萌絵は目を輝かせて言う。

犀川は煙草を吸殻入れでもみ消した。

「誰が担当かしら」萌絵が呟く。「三浦《みうら》さんのところなら良いのに……」

三浦というのは、愛知県警捜査第一課の主任刑事である。過去に遭遇した事件がもとで、萌絵が親しくしている刑事たちが大勢いるが、そのグループのリーダが三浦だった。

「僕のマンションで、二人で食事をしようか」犀川はさりげない口調で萌絵に言った。

「え?」彼女はきょとんとした顔を犀川に向ける。「今からですか?」

「どっちが良い?」

「そんなぁ……」

「僕は帰るよ」

「ああ、どうしよう……」萌絵は頭を抱えた。「困るわ、そんなのぉ!」

「三つ数えるうちに決断しなさい。三、二、一」

「どうして、決めなくちゃいけないんですか?」

「ゼロ」

「質問!」萌絵は手を挙げた。「お食事だけですか?」

「駆け引きもゼロだ」

13

滝野ヶ池緑地公園の現場に、三浦主任刑事は四時に到着した。彼は、別の事件の捜査のため昨夜も遅くまで駆り出され、ほとんど徹夜だった。それは、一昨日、犬山であった政治家一家の誘拐事件である。長野県警との合同捜査となり、その打合せをするだけでも大変だった。今日は休日でもあり、午後には少し休めるかと思っていた矢先のことで、ちょうどどんよりとしたこの日の天候のように頭が重かった。だが、もちろん三浦はそんなことを顔に出す男ではない。

被害者の奇術師、有里匠幻は、滝野ヶ池から近くの市民病院に運ばれたが、一時間後に死亡した。その連絡はたった今、三浦のもとに届いたばかりであった。

十分ほどまえから、激しい雨が降り始めたため現場の捜査は一部中断していた。三浦は傘をさして、霞んだ滝野ヶ池を眺めている。

目撃者が多く、情報を収集するだけでも人員がまったく不足していたし、集められたそれらの情報を整理するのにも時間がかかりそうだった。残念なのは、現場の保存状況である。大勢の人間に荒らされていたし、おまけに雨も降りだした。状況は絶望的といえる。

何が起こったのかさえ、まだ正確に把握《はあく》できていない。いや、現在把握していることがもし事実なら、まったく理解できなかった。

しかし、一人の人間が何者かにナイフで刺され、死亡したことは事実である。白昼大勢の人々の目を盗んで行われた大胆な犯行といわなくてはならない。

「主任」傘を片手に若い刑事が走ってきた。「あそこの舞台道具はどうしましょう?」

池の近くには、マジックショーで使われた大道具がまだ置かれていて、今は降りだした雨に濡れている。

「全部運んでくれ」三浦は答えた。

「わかりました」

「鵜飼《うかい》はどこだ?」

「あちらのバスです」刑事は、指をさした。

三浦はそちらに足を向ける。雨はどんどん激しくなっていた。

バスといっても、窓の少ない大型車である。そのドアを開けて中に入ると、奥の方で三人の男たちを相手に鵜飼刑事が話をしているところだった。

一人は、長髪を派手な金色に近い茶色に染めた若い男。一人は、メガネをかけた小太りの中年。もう一人は、恰幅の良い年配の男である。

「私ら、ずっとこのバスにいたんですよ」一番年配の男が言った。いかにも商売人といったしゃべり方で、突き出した腹が揺れている。「私と吉川さんと二人でね。匠幻さんは、ここから出ていって、それっきりなんだから、私らの話を聞いたところで、なんにもなりませんよ。しかたないじゃないですか」

「間藤社長のおっしゃるとおりです」メガネの中年男が神経質そうな表情で言う。おどおどした様子で視線も落ち着きなく動いている。「こんなところでぐずぐずしちゃいられませんよ……。すぐ、病院へ行かないと……」

「鵜飼」三浦は、部下を呼んだ。

大男の鵜飼刑事が、頭を低くしながら近寄ってきた。

「様子はどうだ？」三浦は鵜飼の耳もとで囁く。

「全然駄目です」鵜飼が耳打ちする。「誰も、被害者には近寄っていないって言ってます。ここの連中もそうだし、テレビ局の奴らも全員そうです。不思議ですよね」

「手品師だからな」三浦は口もとを少し上げる。

「刑事さん」間藤社長が奥から三浦の方を見て呼んだ。「あの、逃げたりしませんから、ひとまず、私ら帰していただけませんか。匠幻さんの具合はどうなんですか？」

「ついさきほどですが、亡くなられました」三浦は即答した。そして、三人の男たちの目の動きを観察する。

「何ですって？」薄茶色の髪の男が腰を上げた。「死んだ？」

「ええ、残念ですが」三浦は表情を変えずに頷く。「これは、殺人事件です。ご協力をお願いいたします」

「まさか……」メガネの男が小声で呟いた。口を開けたまま宙を見つめている。

「失礼ですが、有里タケルさんはどこにいらっしゃったんですか？」鵜飼は奥へ戻りながら質問を再開した。「ステージの近くですか？」

「は？　僕ですか？」有里タケルも口を開けたままだ。

「下におられましたか？　有里匠幻さんの近くに」

「あ、いえ……。僕は、向こうのキャンピングカーに」

「あそこにあった白い車ですね？」鵜飼はその方向を指さす。

「え、ええ……」

「ずっとですか？」

「そうです」

「お一人で？」鵜飼は手帳に書き込みながらきいた。

「あ、いえ」有里タケルは首をふった。「あの、実はずっと女の子と一緒にいました」

「その人は？　帰ったんですか？」

「あ、いえ。さあ……」そう答えて、タケルは煙草に火をつける。手が震えていた。

「帰ったんですね？」

「あの……、僕は知りません」ようやく少し落ち着いたように、有里タケルはゆっくりと煙を吐き出した。「彼女、騒ぎが始まったら、車から飛び出していって、それっきりです」

「その人の名前は？」鵜飼は質問する。

「いや、知らない子なんですよ。たまたま、ここへ来て知り合って……。その、たぶん、彼女も見物にきたんだと思いますけど」

「年齢は幾つくらいですか？　服装は？」

「あの、さあ……。若いですよ。二十歳前後。えっと、白いズボンで、ああそう、大きな白い帽子をかぶっていましたね」

「本当でしょうね？」

「刑事さん」有里タケルは立ち上がろうとした。「なんで、僕が嘘を言わなくちゃいけないんですか？　その子を探し出してきいて下さいよ。まだ、この近くにいるかもしれません」

「わかりました」鵜飼は頷く。

「もう、けっこうですよ」三浦は両手を広げた。「あちらの車で少々書類にサインをしてもらって、それで、今日は帰っていただいてけっこうです。また、明日にでもお伺いいたしますから、そのときはよろしくお願いします」

「あ、思い出した」有里タケルが小さく叫んだ。

「何ですか？」

「西之園ですよ。西之園っていうんです。その女の子の名前」

三秒ほどタイムラグがあったが、三浦刑事と鵜飼刑事は、ゆっくりと無言で眼差しを交わした。

14

犀川がキッチンで料理を作っている間、萌絵はずっとしゃべりどおしだった。彼女は、自分が目撃したことと、浜中深志や村瀬紘子から聞いた話を総合して、滝野ヶ池で起こった事件を極めて詳細に犀川に伝えた。このため、ダイニングのテーブルの上に、スパゲッティをメインとする夕食の用意が整った頃には、犀川は、愛知県警の三浦刑事や鵜飼刑事よりも事件のことを的確に把握していた。

「ふうん」彼はフォークを持ちながら唸った。

「何ですか？　ふうんって」萌絵が顔を二十度ほど斜めにしてきく。

「感嘆詞」

萌絵は犀川の言葉を無視して、食事に手をつけた。

「美味《おい》しい！」彼女は一口目で目を見開いた。

「それは形容詞」

しばらく黙っていたが、萌絵は顔を上げて犀川を見る。

「先生、ご機嫌ですね」

「料理だけは君より僕の方が上だね」犀川は微笑む。

「ねえ、何か感想はありませんか？」萌絵はきいた。

「ない」

「どうやったら、あの犯行が可能でしょうか？」

「さあね」

「ステージには、誰も近づいていないんですよ」

「池の中に誰かいたとか」

「いいえ、被害者は池には入っていないんです」萌絵はくすっと笑った。「有里匠幻はステージの下、あの台の中にずっと隠れていたんですよ。箱に入ったと見せかけただけです。池の上で爆発させたときには、箱はもう空っぽだったんです。そんな危険なところに人間はいません。あれは、そういうマジックなんですから」

「よく知っているね」犀川はスパゲッティをフォークに絡《から》ませながら言う。「それじゃあ、西之園君の言うとおりだとしよう。そうなると、犯人は、どうやったんだい？」

「たぶん、犯人も、あのステージの中に隠れていたんです」萌絵は首を傾《かし》げて天井を見上げながら話した。

「それから？」

「騒ぎに紛れて逃げた」萌絵は答える。

「そりゃ、一か八かの大勝負だったね」

「うーん」彼女はまだ天井を見ている。「確かにそこですよね。そう、あまり安全な殺し方とは言えません」

「へたをすると、すぐ見つかってしまう」

「ええ……」

「そもそもね」犀川はフォークを片手で軽く振る。「どうして、わざわざそんな公衆の面前で殺さなくちゃいけなかったのかな？」

「わあぁ、かっこいい！」萌絵はそう言って、うっとりとした表情になる。「先生……、もう一度おっしゃって」

「さっさと食べなさい」低い声で犀川は言った。

「とにかく、あのステージとか箱を調べなくちゃいけないわ」萌絵は上目遣いで宙を見る。

「警察が調べるから心配ない」

「ナイフを投げた、という可能性もあります」萌絵は再び真剣な表情になって犀川を見つめた。「あのとき、ドライアイスの煙がステージに吹き出していたんです。そのせいで、飛んできたナイフが見えなかったのかもしれません」

「見えるよ」

「機械か何かでナイフを発射したら、どうですか？　速度が速かったら見えないかもしれませんよ」

「どこにそんな機械があったわけ？」

「たとえば、テレビカメラに仕込んであったとか」萌絵は真面目な顔で言う。

犀川は笑わないつもりだったが、途中で吹き出してしまった。

「可笑《おか》しいですか？」

「いや……、その瞬発的な発想力を研究に活《い》かせないものだろうか、と思ってね」

「でも、そんなことありえない。だって、そんなことをしても誰が犯人なのかすぐわかっちゃいますものね」萌絵は犀川の言葉を無視して続ける。「うーん、とにかく不思議。何故、あんな場所で殺したのかしら。いったいどんなメリットがあったんでしょう？」

「まあ、考えるとしたら、その点だけだ」犀川は立ち上がって言った。「コーラ、飲む？」

「私、ビールがいい」

「一本だけだよ」

犀川は自分のグラスにはコーラを注ぎ、萌絵には缶ビールとグラスを手渡した。しゃべることをしゃべってしまったのか、あるいは、ようやく食べられる温度になったのか、萌絵は再び料理に手を出し始める。しばらく、黙って二人は食事をした。

十分ほどして、玄関のチャイムが鳴った。

「誰だろう？」犀川は立ち上がり、ダイニングから出ていく。

玄関の扉を開けると、大きな男が一人で立っていた。

「こんばんは、犀川先生。突然恐れ入ります」愛知県警の鵜飼刑事が愛想の良い顔で頭を下げる。「西之園さん、こちらでしょう？」

「鵜飼さん」犀川は驚いた。「え、どうしてここに西之園君がいることがわかったんです？」

「ええ、まあ、これが仕事ですから」刑事はそう言いながら、中に入ってきた。

15

「鵜飼さーん」萌絵はテーブルから手を振った。

「どうも、お邪魔します。お食事中、すみませんね。本部に戻る途中ですから、すぐ退散しますよ」鵜飼は大きな躰を揺すりながら、首を竦《すく》めてダイニングキッチンに入る。犀川は彼の後から戻ってきた。明らかに不機嫌そうな顔をしている。

「誰か来ると思っていたんだぁ」萌絵は嬉しそうに言った。「鵜飼さんとはラッキィですね」

「光栄です」鵜飼は空いていた椅子に座りながら微笑む。

「ビール、飲まれます？」犀川は冷蔵庫を開けながらきいた。

「いえ、勤務中ですから」鵜飼はすぐに答えた。「先生のお住い、綺麗ですね。掃除はご自分でなさるんですか？」

「他に誰がしてくれます？」

「ねえねえ、鵜飼さん。私に事情聴取するためにいらっしゃったのでしょう？」そう言うと、萌絵は空になったビールのグラスをテーブルに置く。「私、有里タケルさんと一緒にいたんですもの。彼も、容疑者なのね？」

「ずっとですか？」鵜飼は手帳を出しながらきく。

「ええ、そう……。ちょうど有里匠幻さんがステージで箱に入るときから、ずっとですね。爆発があって、箱を池から引き上げて、ステージで彼が箱から出てきて倒れるまで、その間ずっと有里タケルさんと一緒でした。あのあと、私、車から出て、岸辺に下りていったの」

「そうですか」鵜飼は手帳に文字を書きながら唸った。

「ねえ、どんなこと書くんです？　手帳見せてもらえません？」萌絵が面白そうに言う。「刑事さんたちって、何をメモしているのかなって、いつも不思議に思ってたんです。今の場合、なんて書かれたんですか？」

「ずっと、って書きました」鵜飼が答える。

「それだけ？」萌絵は笑いだした。

「有里タケルって誰？」犀川は煙草に火をつけながらきいた。

「殺された有里匠幻のお弟子さんです」鵜飼が説明する。「なかなかの二枚目でしてね、女性に人気があるそうです」

「私を誘惑しようとしたんですよ」萌絵はグラスにビールを注ぐ。缶は途中で空になった。

「先生、ビールお代り！」

「他には誰もいませんでしたか？」鵜飼は次の質問をする。

「いいえ」萌絵は首をふった。「あ、でも、私が行くまえに女の人がいたと思います」

「え、誰が？」

「いいえ、見たわけじゃありません。口紅のついたグラスが残っていたの」萌絵は微笑んだ。「それに、車の中、女性の香水の匂いがしましたし」

「なるほど……」鵜飼は手帳に書き込んだ。

「今のは、なんて書きました？」萌絵は立ち上がって、鵜飼の手帳を覗き込もうとする。

「口紅グラス、香水女、です」鵜飼が真面目に答えた。

萌絵はまた大笑いする。

鵜飼は犀川に顔を近づけて小声で囁いた。

「西之園さん、どうかしたんですか？　なんか、いつもと違いますね」

犀川は煙を吐き出しながら小さく頷いた。

「酔ってるんですよ」

16

犀川のマンションにはテレビがなかったが、その夜のニュースで、マジシャン有里匠幻の殺害事件は日本中に報道された。

ミラクル・エスケープ・ショーを収録していたテレビ局は那古野市の地方局だった。いわゆる「衝撃の映像」の極みであり、最もショッキングな数秒間、つまりマジシャンが煙の中から現れて倒れる場面は、放映されなかった。

有里匠幻は、岸辺に駐めてあったワゴン車からステージまで、自分で歩いてやってきた。司会者の質問に対して簡単に受け答えをしたあと、ロープと鎖で縛られ、それから、金色の箱の中に入れられた。ここまでの映像は、二台のカメラによって別々のアングルから克明に記録されている。そのあと、クレーンで箱が池の上の筏まで運ばれているときは、一台のカメラはステージの上の司会者たちに向けられていた。しかし、もう一台は常に金色の箱を捉えていたのだ。この映像は、何度も繰返し放映されたが、何も不審なものは写っていなかった。

筏に仕掛けられていたダイナマイトが爆発するまでに、箱から抜け出した有里匠幻が桟橋を渡って生還する、というのが司会者による視聴者向けの説明だった。

だが、時間切れで、池の上の筏はまず炎に包まれた。これは、仕掛けられた燃料に点火されたためである。次に、ダイナマイトが電気によって起爆され、筏は吹き飛んだ。このとき、金色の箱は池の中に沈んだのである。

もちろん、これらはすべて予定どおりのシナリオだった。アクシデントではない。そうやって、見ている者をはらはらさせる、お決まりの演出だった。

その後、待機していた潜水夫たちが、池に沈んだ箱を探すために水の中に潜った。そして、箱をクレーンで吊上げ、再びステージまで運んだ。

このとき、司会者たちは初めてステージから下りた。箱はステージの上で、ドライアイスの煙に包まれ、仕掛けられた爆竹とともに崩壊する。そして、その中から、有里匠幻は衣裳も新たに、花束を持って登場したのである。

彼が現れたとき、鳩が飛び立った。鳩たちは主人の災難を知らずにいたのであろう。

大勢のテレビクルーがステージの間近にいた。また、その周辺には千人もの見物人が取り巻いていた。しかし、司会者たち以外にステージに近づいた不審な者は一人もいない。誰も見ていないし、テレビカメラにも写っていなかった。

救急車と警察を呼んだのはテレビ局のスタッフだった。撮影現場から携帯電話で通報したのである。最初の警察官は、ほぼ五分後には現場に到着した。有里匠幻はスタッフたちによって、道路に駐車してあったテレビ局の大型車の中に運び込まれた。救急車が到着したのはその直後だった。

一見して不可解な事件の状況は、マスコミが取り上げるのにうってつけであった。ミラクル・エスケープ以上に、ミラクルといえる殺人劇だったからだ。

いったい誰が……。

どのようにして……。

そして、何のために、有里匠幻にナイフを突き立てたのか。

極めて不謹慎な表現ではあるが、真夏の夜に相応《ふさわ》しいミステリアスなこの事件は、翌日の月曜の夜には特集番組として、さらに詳細に報道されることになる。ゲストとしてスタジオに呼ばれた有里ミカルは、カメラの前で涙を流した。有里タケルも別の局の番組で悲愴な表情を披露した。有里ナガルは出演を断わったが、その代わりに、偉大なマジシャンを賛える一文をテレビ局にファックスで送りつけた。

この三人の弟子たちを初め、スタジオに招かれた他の同業者たちも、有里匠幻の最後の大マジックのトリックについては一切語ろうとしなかった。それが、この世界の掟《おきて》なのだ、とでも言いたそうな表情で、皆一様に口を閉ざしたのである。

テレビは有里匠幻の栄光の時代を紹介し、三十年もまえから日本の奇術界をリードしてきた大マジシャンの生涯をダイジェストにして繰り返し放映した。日本中の人々が、有里匠幻という名前を記憶に刻むことになった。少なくとも、彼は生涯で最も有名になった。

17

数ヵ月まえから、愛知県警の若手刑事で組織された秘密サークル〈TMコネクション〉が、毎月第一水曜日に、徳川《とくがわ》美術館の近くに建つ高層マンションの地上二十二階の部屋で、定期的に会合を開いていた。

それは、西之園萌絵のマンションである。彼女自身がそのマンションのオーナであり、最上階の二フロアが、彼女の住居だった。

さて、この〈TMコネクション〉の前身は、一年ほどまえに遡《さかのぼ》る。もともと、その秘密サークルは〈西之園萌絵ファンクラブ〉と呼ばれていた。西之園萌絵の叔父、西之園捷輔《しようすけ》は、愛知県警本部長であり、萌絵は、数々の（といっても、ほとんど個人的な）理由で県警本部に頻繁《ひんぱん》に出入りしている。捜査第一課の独身組を中心として組織された秘密サークルは、今年の春には、ついに念願の西之園萌絵本人を名誉会員に招き、定期的な会合を開催するまでに成長した。会員数は二十名余に上ったが、実際に会合に顔を出すのは、その三分の一くらいで、西之園家の老執事、諏訪野《すわの》が出すコーヒーを飲みながら、いつも一時間程度おしゃべりをするといった、世にも希な、驚くべき健全なサークル活動を旨《むね》としていた。

現在、〈TMコネクション〉の会長は鵜飼大介《だいすけ》警部補である。蛇足《だそく》ではあるが、T・Mというのは、都馬《トーマ》と萌絵のイニシャルからとったものだ。三色の長毛犬もこのサークルの名誉会員だった。しかし、彼はコーヒーにも、おしゃべりにもまったく興味を示さず、仰向けになって萌絵の足もとで眠っているに過ぎない。

滝野ヶ池緑地公園の事件の三日後の水曜日、午後十時。第四回目の〈TMコネクション〉の会合が、通常より時間を一時間遅らせて開かれた。集まった刑事たちは五人で、さすがに忙しいためか集まりが悪かった。

だが、一番忙しいはずの鵜飼大介は、眠そうな顔で時間の五分まえに現れた。この会合には、特に進行役などはいない。ただ、挨拶をして、勝手気ままに話をするだけである。

諏訪野が、コーヒーとケーキをテーブルに並べて、無駄のない動作で出ていったところへ、西之園萌絵が入ってきた。

「こんばんは」萌絵は挨拶をしてソファに腰掛ける。

全員が立ち上がって敬礼をした。これも、このサークルの数少ない決まりの一つ。萌絵自身はやめてほしいと懇願したのだが、結局、認められなかった作法である。

当然ながら、話題は滝野ヶ池の有里匠幻の事件に終始した。

西之園萌絵は、これまでに、N大学の犀川助教授の協力を得て、幾つかの難事件を解決している。民間人には決して洩らしてはならないような情報が、彼女の耳には入る。だが、これは、西之園本部長も含めた上層部の非公式の許可が得られていたためであった。萌絵は、これらの情報を犀川助教授以外の人間には絶対に漏らさないという確約を叔父にしている。堅物《かたぶつ》の三浦主任刑事もしぶしぶ認めていた。西之園本部長も、三浦刑事も、西之園萌絵ではなく、実は犀川助教授の分析を期待しているのだ。それは萌絵にもわかっていた。だが、肝心の犀川には、このサークルのことは内緒だった。萌絵は、いずれ自分が板挟みになることを充分に覚悟していたが、それくらいのプレッシャで屈するような彼女ではない。

もちろん、萌絵や犀川を悩ませるような複雑な事件は、そうそう起こるわけではない。事実、〈TMコネクション〉の定期会合がスタートしてから、深刻な事件の話になったのは今夜が初めてのことだった。

有里匠幻の司法解剖の結果が簡単に説明されたが、特に注目に値することは何もなかった。彼は左の胸をナイフで刺され、病院で死亡した。救急車で運ばれるときには既に意識がなく、何も話していない。ナイフは、刃の部分の長さが十五センチほどのもので、時代がかった工芸品のイミテーションであった。サーカスのナイフ投げで用いられるような先の尖《とが》ったタイプだが、今のところ、出所は不明である。また、指紋も検出されていない。

「ステージは調べました？」萌絵は弾んだ声で質問する。「あのときの舞台です」

「もちろん」鵜飼は嬉しそうに頷いた。「西之園さん、何が出てきたと思います？」

「銀色の布切れ」萌絵はすぐに答えた。

「さすがですね」鵜飼は他の四人の刑事を見回した。

「金色の箱の底が開く仕組みになってるんですね？」萌絵はきく。

「そうです」鵜飼は両手を組み、前屈みの姿勢で説明する。「ステージの上面にも塗装の模様に合わせて、隠し扉があります。ステージの中にちょうど人間一人が入れるくらいの小さな隠し部屋があって、その隠し扉から入ることができます。有里匠幻は、金色の箱の中で躰のロープと鎖を解いて、箱からステージの中に移って隠れた。ですから、そこで、最初に着ていた銀色の衣裳を破り捨てて、真っ赤な衣裳になったんです。つまり、衣裳が二重になっていたんですね」

「そこは、一人しか入れないんですか？」萌絵は少し俯《うつむ》き、上目遣いで尋ねた。

「そうです。僕なんか一人でも無理ですよ。凄く狭いんです」

「じゃあ、誰かがその中に潜んでいたという可能性は？」

「ありません。無理でしょうね」鵜飼はうんうんと頷いた。「金色の箱だって、二人が入るには小さ過ぎます。入れ替わることも不可能でしょう」

「そうですか……」萌絵は呟いた。

「ええ、誰かが、最初からあのステージの中に隠れていて、箱の中の有里匠幻を刺し殺し、入れ替わりに自分は箱に入って、有里匠幻をステージの中に残す……。この可能性については考えてみたんですよ、僕も……。でも、駄目ですね、とてもできませんよ。そんなスペースが全然ありません」

「あの、最後に、有里匠幻さんが立ち上がったのは?」萌絵は別の質問をする。「箱が壊れて、彼が出てくるときです。自分で立ち上がって出てきたのですか?」

「それも、ええ……」鵜飼はまたみんなの方を見た。「あれは、ちょっとした機械仕掛けなんですよ。実によくできていましてね。まず、あの金色の箱は、ロックが外れると、四方に開くようにバネが仕込んでありました。これは、スタッフが無線で操作していたんです。で、このとき、上蓋と後ろの一面は、後方ではなくて横に吹っ飛ぶように作られています。ステージの隠し部屋の上面は、機械仕掛けで開いて、その中に寝ている匠幻を、アルミのバーで、こう、押し上げて、立たせるんですよ。それはすぐに引っ込んで、また床の扉が閉まります。そうやって、人が箱から出てきたように見せるわけですね。ドライアイスで煙を吹き出す装置とかも全部、無線操縦です。あのステージの中は、コンプレッサや、ピストンなんかのメカニックでいっぱいなんですよ。あんなもの、誰が作ったんだか……。マジシャンっていうより、完全にエンジニアですね」

「それじゃあ、ナイフを刺されて意識不明のまま、人形みたいに立たされたわけですね?

その機械で……」

「そうです。たとえ死んでいても、一瞬は立ち上がったように見えたでしょうね」

「その機械仕掛けで、ナイフを刺すことはできませんか？」萌絵はコーヒーを両手に持ってきいた。

「あ、それ、僕も考えたんですよ」鵜飼の反対側に座っていた近藤《こんどう》刑事が高い声で言った。彼は丸顔に丸いメガネをかけている。「僕は、絶対それだと思ったんですけど。でも、詳しく調べてみましたが、そんな装置はありませんでした」

「そんなことしたら、誰が犯人なのか、まるわかりだもんな」鵜飼が皮肉を言う。「そんな間抜けな殺人犯がいるもんか」

「殺人犯なんて、みんな間抜けですよ」近藤が反論する。

「あの……、皆さんは、どうやって有里匠幻さんが殺されたとお考えなのですか？」萌絵は刑事たちの小競合《こぜりあい》を遮った。

沈黙。

しばらくして、鵜飼が代表して答えた。「ええ、今のところ、それがわからないんです」

「確かに不思議ですね」萌絵も頷く。

「西之園さんでも、わかりませんか？」他の若い刑事が尋ねた。

「ええ」萌絵は首を傾げる。「第一、どうして、あんなところで殺したのでしょう？」

「やっぱり、世間の注目を集めようっていう浅ましい動機じゃあ?」近藤が発言する。

「まあ、ひとまずは、動機からいろいろ探ってはいます」鵜飼が言った。「そのうち、何か出てくると思いますけど」

「一つお願いがあるのですけど」萌絵は神妙な顔をして鵜飼の方を見た。

「え、ええ」鵜飼は姿勢を正す。「それは、もう、何でも」

「テレビ局が撮影したビデオを、ダビングしていただけないかしら……。犀川先生にも見ていただきますから」

「ああ、そんなの簡単ですよ」鵜飼はにっこりしてから、振り返った。「近藤、大丈夫だな?」

「はい」近藤刑事がすぐ返事をする。「明日にでも、こちらへお届けできます」

「あのビデオは、非公開でもなんでもありません」鵜飼は萌絵の方を向き直る。「大学の皆さんも一緒に、ご覧になられてもかまいませんよ。ちょっと、ショッキングな場面が写っていますけどね」

「有里匠幻さんが倒れたところですね?」

「ええ、それはもちろんですが、そのあとも、ずっと写っているんですよ。あれ、ああいうときのカメラマンってやつは、本当に凄いですね。プロ根性っていうんでしょうか。救急車に乗せられるまで、ずっと有里匠幻を写し続けているんです」

「じゃあ、最初にバスに運び込まれたところも、ずっとですか？」萌絵は片手を口もとに当てた。

「そうです」鵜飼は頷いた。「あの、何か？」

「いえ」萌絵は軽く首をふった。

18

翌日の木曜日、犀川研究室の院生たちは、午後から餃子《ギョーザ》を作り始めた。珍しいことではない。何年かまえに、中国の留学生から伝授されたもので、一年に何度か不定期に行われるパーティだった。

院生室には六人いた。大学院生はそのうち四人、全員が男子である。浜中深志が一番年長で、全体の指揮をとっていた。小麦粉を練るのは男子の仕事で、学部四年生の西之園萌絵と牧野《まきの》洋子《ようこ》の二人はただ見ているだけだった。一時間ほどすると、餃子の皮が量産態勢に入り、萌絵と洋子も手伝った。全部で二百個ほどの生地《きじ》が完成し、いよいよ大きな鍋が火にかけられた頃、犀川助教授と国枝桃子助手が現れた。

この餃子パーティには、実は極めてユニークな特徴がある。それは、目的があってはならない、ということだった。誰かの就職が決まったり、誰かを歓送迎したり、そういう明らかな目的があるときは開催できない。それが唯一のルールだ。つまり、純粋に餃子を作って食べることに集中する会なのである。

ビールの栓《せん》が抜かれ、当然ながら乾杯もなく、自然にパーティは始まった。水《すい》餃子が半分、蒸《むし》餃子が半分で、次々に完成品が紙皿に並ぶ。あとは消費するだけである。

「ビデオ見ませんか」萌絵がみんなに言った。

「何の？」院生の三島《みしま》がきく。

「見てのお楽しみ」

「エッチなやつ？」

萌絵は部屋を出ていき、しばらくして戻ってきた。彼女たち四年生の部屋は、この院生室のちょうど真上の四階だった。

院生室の奥には、ビデオデッキが二台置かれている。萌絵はケーブルをつないで、マッキントッシュのディスプレイに映像を出した。

「何、これ？」三島が声を上げる。

「うわぁ、これ、滝野ヶ池の！」浜中が立ち上がって叫ぶ。「やめてよ、気持ち悪いなあ。西之園さん、こんなの、見ながら食べるようなもんじゃないよ」

「あの、どちらかというと、食べながら見るものじゃない、の間違いではないでしょうか」真面目な顔をして波木《なみき》が言った。

「見よう見よう」三島が言う。

浜中以外、全員が賛成した。もちろん、犀川助教授と国枝桃子助手は、賛成も反対もしない。院生室は、学生の自治が保障された場所であり、教官に投票権はないのである。

ビデオは短かった。全部で三十分もない。最初のうちは、いろいろな冗談が飛び交ったが、最後の十分間は、さすがに全員が黙ってしまった。

「これだけ？」ビデオが終了すると三島が言った。

「思ったほど迫力ないですね」南部《なんぶ》がにこにこしながらコメントする。

「ね、不思議でしょう？」萌絵は、リモコンをデッキに向けて、巻き戻しのボタンを押してから言った。「どうやって、刺されたのかわかりますか？」

「全然」浜中が不機嫌そうに答える。

「あの人、水の中にいたのに、どうして濡れてなかったの？」牧野洋子が質問した。「箱を池から引き上げるとき、ざあざあと水が流れ出していたでしょう？　あんなに水が入ったのに、最後出てきたときは、濡れた服を着ていなかったよ」

「ありゃ防水加工だな」三島が言う。

「箱が？　服が？」牧野洋子が尋ねる。

「箱が防水だったら、水に沈まんよ」

「水が入る部分と、人が入る部分が、ちゃんと分れていて、そこが防水になっているんではありませんか？」波木が発言した。

「違う違う」浜中が説明する。「そうじゃなくてさ、ようするに、有里匠幻は、あの箱にずっと入ってたんじゃないんだってば」

「じゃあ、どこにいたんです？」牧野洋子が不思議そうな顔をする。

浜中は箸と皿を置き、立ち上がって壁のホワイトボードに絵を描いて説明した。

「箱の底が開いて、ステージの上面にも穴があるんだ。有里匠幻は、箱がクレーンで持ち上げられるまえに、ここに潜り込んだんだよ。だからさ、爆発とか、池の中に沈んだ箱とか、全部関係ないの。このステージの中にいたってわけ……。ね、そうだよね？　西之園さん」

萌絵はにっこりと頷いた。「そこまでは、わかっているんですけど、問題は、いつナイフが使われたのか、という点です」

みんなが腕組みをした。

「先生たちの意見をきいてみましょう」三島が小声で言う。

学生たちは、犀川と国枝を見た。犀川は黙々と煙草を吸っている。国枝は黙々と餃子を食べている。

「犀川先生、何か意見はありませんか？」浜中がきいた。

「国枝君にきいてみたら」犀川は一言。

「意見はない」国枝はすぐに答えた。「でも、どうやったらできるのかはわかるよ」

「え？」萌絵はびっくりした。「どうやるんですか？」

「全部、テレビ局のでっちあげ」国枝はビールを飲みながら言う。「それが、一番簡単だ」

全員が唸った。

「じゃあ、ナイフも全部、作りものだっていうことですか？」萌絵はきいた。彼女だけが立っていた。

「そうなるね」国枝は初めて萌絵を見た。「本当に死んだの？　その人」

「はい」

「ふうん……」国枝はまた下を向く。「私、自分の見たものしか信じないから……」

ちょっと沈黙があった。

「犀川先生のご意見は？」萌絵は、煙草を吸っている犀川にきいた。

「そうね……」犀川は煙草を指先で回している。「まあ、今の国枝君のよりも説得力のある仮説は、ちょっと思いつかないね。とにかく、今のところ抜群だ」

「でも、先生。人が一人亡くなったのは事実なんです。警察が司法解剖までしたんですよ」

「極端なことを言えば、病院で刺された可能性だってある」犀川は無表情で言った。

「あ、そうか！」浜中が頷きながら高い声を上げる。「そうかもしれないじゃん。なるほど、なるほど」

「浜中さん、見たんでしょう？」萌絵は両手を腰に当てて、怒った表情で言った。「ナイフが刺さっていたの、本ものじゃなかったって言うのですか？」

「うーん、そりゃ、あのときは、確かにそう思ったけど……」

「あまり、面白くないわね」国枝桃子が鍋から餃子を取りながら言う。「あんなものを見るために、よくも大勢集まったものだわ。もっと、有意義に時間を使おうって考えたことないのかな」

浜中と萌絵は苦笑いして見つめ合う。

「浪費王女と節約王子だね」犀川は呟いた。

まったく意味がわからなかったが、萌絵は可笑しくなって吹き出した。

第5章　奇怪な消失

1

有里匠幻の通夜は、土曜日の夜に行われた。滝野ヶ池緑地公園の惨劇から六日目である。遺体は、警察から遺族に引き渡され、有里匠幻の自宅にこの日の夕方に戻った。

有里匠幻はステージではかなり濃いメーキャップをしていた。白粉を塗り、真っ赤な口紅で大きな口を強調する。ちょうどピエロのようだった。それがこのマジシャンのトレードマークだったのである。したがって、よく似た他人が同じメーキャップをすれば、有里匠幻になり代わることができたのではないか、という疑惑が生じたのも当然といえよう。警察も同じ疑問を抱いた。このため、匠幻の遺体の確認作業はかなり念入りにならざるをえなかった。複数の遺族による確認はもちろん、指紋、歯形、その他、可能な限りのチェックが行われた。そして、結果は、疑う余地のないものだった。死んだのは有里匠幻以外の人物ではない。

有里匠幻は本名、佐治義久《さじよしひさ》、五十九歳。彼の妻、佐治智子《ともこ》は、匠幻と二十五年まえに結婚し、二人の間には、既に成人した息子が一人いる。妻も息子も、遺体が匠幻本人に間違いないことを最初から主張していた。

もともと、有里匠幻自身には血のつながった親族はいなかった。彼は、大戦で両親や親族を失い、孤児だった。若い頃に、彼がどこで何をしていたのかはまったく不明である。本人もそのことを語らなかった。ただ、三十年ほどまえ、つまり彼が三十歳の頃、有里匠幻は突然、奇術師として世に現れたのである。マジシャン有里匠幻は、箱抜けを十八番とし、大掛かりな舞台道具を駆使したオリジナルのイリュージョンは、ちょうどカラーテレビの普及とともに大人気を博した。

それ以前の、どさ回りの貧相な手品師だった有里匠幻を知っている、と語る者も一部にいたが、本人は、それを否定していたという。

有里匠幻は愛知県の生まれである。彼の自宅は、那古野市北部の片田舎にあった。彼は、結婚して以来、ずっとその家に住んでいたが、売れっ子の頃には、帰ってくることはほとんどなかったらしい。自宅には、奇術に関連するような仕事道具は何も置かれていなかった。

葬儀は翌日の日曜日、那古野市内にある千種《ちくさ》セレモニィホールで大々的に執《と》り行われることになっていたが、逆に、通夜の通知は、親しい人間以外には出されなかった。したがって、土曜日の夜、辺鄙《へんぴ》な郊外まで通夜に訪れる者は少なく、マスコミも自主的に取材を控えたようだった。

愛知県警の三浦と鵜飼が顔を出したのは、午後十時頃のこと。有里匠幻の自宅は、古い普通の木造家屋で、特に大きくもなく、どこにでもある目立たない住宅だった。外には、協定を無視した幾人かのカメラマンがいた。家の中はひっそりとしており、夫人と息子、そして夫人方の数名の親族、その他には、間藤信治《しんじ》、吉川啓之《ひろゆき》、宮崎長郎《みやざきながお》（有里ナガルの本名である）の三人がいただけだった。

有里匠幻の遺体は白木の棺に入っていた。メーキャップが落とされ、小さな老人の顔に戻っている彼は、とても印象的だった。

三浦がそのことを口にすると、有里ナガルは、明日の葬儀は先生の最後のステージだから、いつもの化粧をさせてやりたい、と小声で答えた。

2

翌日、日曜日の正午過ぎ。

那古野市中心部にある千種セレモニィホールの地下駐車場へ入るスロープを、真っ赤なスポーツカーがゆっくりと下りた。黄色の遮断機《しゃだんき》のバーが下がったままになっていて、その手前にガラス張りの警備員のボックスがあった。

西之園萌絵はサイドウインドウを下げて、ボックスの警備員を見上げた。

「駐められないのですか?」

「満車だよ」警備ボックスから小柄な老人が首をふった。

「待っていたら、空くのかしら?」

「たぶん、無理だね」老人は奥を見ながら答える。

「あそこの入口の前のスペースは?」

「駄目」

「キーを預けておくから……、お願いします」

老人は、顔をしかめて考えている。

「外には駐められないんですもの」

「まあ、しょうがないな」

遮断機が上がった。

「ありがとう」

萌絵は車を進めて、エレベータロビィの入口の前に駐車した。彼女は車から降り、警備員のところへ戻る。

「それじゃあ、これ、お願いします」彼女は、車のキーを老人に差し出す。「でも、なるべくなら動かさないで下さいね。あの車、ちょっとシフトに癖があるんです。後方の視界も悪いからバックするときは特に気をつけて……」

老人はにやにやしながら無言でキーを受け取った。

萌絵は、人気《ひとけ》のない駐車場を横断し、ガラスドアを押して冷房の効いたロビィに入る。エレベータに乗って一階に上がると、メインロビィは吹抜けで、白色の大理石が床にも壁にも張られていた。一見、結婚式場のような豪華さではあるが、確かに、どことなく華やかさが抑制され、微妙に異なった雰囲気がある。幅の広い真っ白な階段が、優雅にカーブしながら二階に延びていた。

彼女は黒のアンサンブルで、小さなハンドバッグも買ったばかりのものだった。案内板を見て、式場を確かめる。有里匠幻以外の葬儀は記されていない。

辺りを見渡すと、ロビィの隅にあるソファに鵜飼刑事の姿が見つかった。どこにいてもアイコンのように目立つ大男である。彼女は真っ直ぐにそちらへ歩いていった。

鵜飼は、萌絵に気がつくと慌てて立ち上がった。

「これはまた……。とてもお似合いですね」鵜飼は頭を下げながら言う。

「何がです？」

「その……」鵜飼はにっこりとして口籠《くちご》もった。「お洋服です」

「鵜飼さん、お一人ですか？」

「はい」鵜飼は頷いた。「ご存じでしょうけど、ほら、犬山で、もう一ヤマありましてね」

「犬山？　いいえ、知りません」

「いえいえ、大した事件じゃないんですよ。まあ、お話しするほどのもんじゃありません。でも、今はそれで、ちょっとばかり人手不足なわけです。西之園さん、刑事の３Ｋって知ってます？」

「危険、きつい、汚い？」

「汚くはないですよ」鵜飼は渋い顔をする。「違います。帰れない、です。これ、普通の時間に帰れない、という意味の帰れないじゃないんですよ。本当に帰れないんですから」

「お手伝いしますよ」萌絵は微笑んで鵜飼の隣のソファに座った。

「感謝します」鵜飼も腰掛ける。「でも、今日のところは、特に何をするってわけじゃありませんからね。ええ、ほんのちょっと、目を光らせていればいいんです」

「光ってますよ」

「僕の目ですか？　え、そうかなあ……」鵜飼は笑って顎を引く。

「ジャイアントロボみたい」萌絵は囁く。

「あの……」鵜飼は大きな躰を捻って、隣の彼女に接近した。「僕、ちょっと考えたんですけどね、西之園さん。その……、砂の中に隠れていた、ってアイデアはどうでしょうか？」

「砂って？」

「例のステージの下の砂の中ですよ。滝野ヶ池で有里匠幻が倒れた場所です」

「砂の中に何が隠れていたんです?」

「もちろん、犯人ですよ」

「まさか」萌絵は吹き出した。「それ、本気ですか?」

「いや……、そう……言われると……」

「砂の中からナイフを投げたんですか?」

「いえ、そうじゃなくてですね、匠幻が倒れたときに刺したんですよ」鵜飼は真面目な顔で言った。「砂の上に倒れたところを地中からぶすりと……」

「それじゃあ、どうして倒れたの?」

「えっと、倒れたのは、睡眠薬か何かを飲まされていたんではないかと」

「解剖の結果は?」

「睡眠薬ですか? いえ、それは出ていません。ですから、うーん、何か別の方法で倒れるようにしたんでしょうね。そこんところはよくわかりませんが、とにかく、有里匠幻が倒れるのを砂の中で待っていたわけですよ。ドライアイスのスモークも出ていますから、よく見えなかったと思うんです」

萌絵は澄ました表情で黙っていた。

「このまえの水曜日、西之園さんのところから帰る途中に思いついたんです。まだ、三浦さんには話してないんですけど、どうでしょう？　これ、駄目ですかね？」

「素敵ですよ」萌絵は口もとを少し上げる。「犯人はヤドカリ？」

「ああ、やっぱり、駄目ですか……」鵜飼は顔をしかめて大きな肩を下げた。

「駄目でしょうね」萌絵は頷く。「砂の中なんかにいて、どうやって逃げるんです？」

「ですから、ほとぼりがさめるまで、その……、ずっとそこに……」

「三浦さんにはお話しにならない方が良いわ」

「はあ……」

「でも、そういうの、突飛で私は大好き」

「ありがとうございます」鵜飼は苦笑いする。「やっぱり、どこかから投げたんでしょうか？　ナイフ投げの名人とか、有里匠幻の周囲に、そんな技を持った芸人がいるかもしれませんね」

「ええ、そちらの方がずっと現実的ですね。もしかしたら機械仕掛けかもしれませんよ。私もそれは考えたんです」

「ナイフを投げる機械ですか？」

萌絵は返事をしなかった。階段を上っていく有里タケルの姿が見えたので、そちらに気をとられていた。

鵜飼刑事は煙草を出して火をつける。

「救急車に乗せられたとき、有里匠幻さんは本当に怪我をしていましたか？」萌絵はロビィの中央を見たままで言った。

「どういうことですか？」

「あのときのナイフがトリックだったという可能性です。救急車に乗ってからか、それとも、病院に到着してから、刺されたのではないでしょうか？　つまり、ステージで倒れたのはすべてお芝居じゃなかったのか、ということ」

萌絵がした質問は、先日の国枝桃子助手の意見を反映させたものである。萌絵自身には信じられなかったが、あのとき、意外なことに、犀川助教授は国枝の発言をかなり評価しているようだった。

「なあるほど……」鵜飼は煙を吐き出しながら頷いた。「そうですね、それ、調べてみましょう。なにしろ相手は、奇術師とテレビ局ですものね。ありえないとはいえませんね」

3

広い階段を上がった二階のロビィで受付が始まった。鵜飼と萌絵は、そのフロアの片隅にあるラウンジに入り、コーヒーを飲みながら受付の様子を見ることにした。鵜飼はアイスコーヒー。萌絵はホットだった。

「あの受付をしている一番左のメガネの男が吉川といいましてね」鵜飼は横目で見ながら言った。「有里匠幻の元マネージャです。何年かまえに喧嘩をして辞めさせられたようでしてね。今は、有里タケルのマネージャに納まっています」

萌絵はそちらをちらりと見た。人の良さそうな小太りの男で、四十代であろう。

「吉川も、先週の日曜日に滝野ヶ池に来ていました。ショーの最中はテレビ局のバスの中にいたと話してます。有里匠幻は出演まえ、彼とずっと話をしていたんですよ」

「喧嘩をして辞めさせられたんじゃないのですか？」

「ええ、よく知りませんが、最近は多少よりが戻っているみたいでして」

「吉川さんに、何か、怪しいところでもあるのですか？」萌絵は鵜飼の表情から読み取れたことを尋ねた。

「ええ、まあ……」鵜飼は口もとを緩める。「怪しい奴は沢山います。有里匠幻は、人気のあった頃にはずいぶん稼いだはずなんですが、今はその金が残っていない。誰が使ったんでしょう？」

「何か事業に失敗したとか？」

「そうです」鵜飼は頷いた。「マネージャの吉川が首になったのも、つまるところ、そのせいだったみたいです。はっきりとは誰も言いませんけど……。この業界じゃあ、けっこう有名な話のようでしたね。あ、ほら……。今、向こうから歩いてきた和服の女、あれが、佐治智子です」

「誰ですか?」

「ああ、佐治さんっておっしゃるのね、本名は」萌絵は、ゆっくりとそちらを向く。

小柄のほっそりとした女性である。佐治智子は、受付をしている吉川に近づき、話を始めた。ちょうど、階段を上がってきた若い女が、受付の方へ歩いてくる。黒い短いスカートで、色のついたメガネをかけている。彼女を見た佐治智子は、目を逸《そむ》らすように顔を背け、奥へ戻っていった。

「あれが、有里ミカルですよ」鵜飼が説明した。「えっと、本名は稲垣美香《いながきみか》。有里匠幻の愛《まな》弟子《でし》ですね」

「ええ、テレビで見たことがあります」萌絵は頷いた。

「文字どおりの愛弟子ってやつでしてね……。さっきの佐治夫人の様子、ご覧になったでしょう?」

「え? どういう意味ですか?」漢字に弱い萌絵には、何が文字どおりなのかわからない。マナ弟子……のマナは、まな板のマナかしら、まな板のマナってどんな字だろう……、とぼんやりと考えていた。

「有里匠幻の愛人ってわけです」

「どうやって調べたんです？」

鵜飼は大きく鼻息をもらした。「隠せないもんなんですよ、そういうことって」

「そういうこと？」

「ええ、そういうことです」

「彼女、いくつくらいですか？」

「三十三か四ですね」

「ふうん……」萌絵はもう一度、有里ミカルを見た。その年齢では、有里匠幻と二十五歳以上違うことになる。

「西之園さんがおっしゃってた、滝野ヶ池で有里タケルと一緒にキャンピングカーにいたという女は、有里ミカルでした。グラスに口紅、それに香水でしたっけ。つまり、あの女も、日曜日に殺人現場にいたわけです。しかも、有里タケルと二人きりで……」

「途中で帰ったんですか？」

「ええ、匠幻の脱出ショーが始まる直前に帰ったみたいですね」鵜飼は横目でちらちらと受付の方角を窺《うかが》っている。「午後の新幹線で東京に戻った、と本人は供述しています。だけど、東京のどこにいたのか、全然ウラはとれていません。そもそも、師匠のショーを見ないで、急いで帰る理由なんて本当にあったんでしょうかね」

有里ミカルは、少し離れたところに立っていた有里タケルと有里ナガルの方へ歩いていった。死んだマジシャンの三人の弟子たちは、世間話でもしているような、普段どおりのリラックスした様子に見える。

受付に訪れる人の数はしだいに増し、行列ができ始めていた。マスコミの取材陣もかなり集まっている。おそらく代表を決めて、一部の人間が建物の中に入ってきているのであろう。萌絵は、さきほど階段を上るとき、ガラス越しに外を見た。明らかにマスコミ関係者と思われる一団が玄関前の広場に陣取っていて、アルミの台に跨《また》がり、背の高いスタンドにカメラをセットしている男たちが大勢並んでいた。

「鵜飼さん。今は、どの辺りを中心に捜査しているのですか？」

「テレビ局ですよ」鵜飼はすぐに答える。「あの撮影現場にいた連中です。でも、今のところ、有里匠幻と個人的に関連がありそうな人物は出てきません。あれは地元のテレビ局なんですが、匠幻は、あの局で直接、今回みたいな仕事をしたことは、これまでに一度もないようなんです」

「テレビ局が雇っていた人たちが大勢いたと思いますけれど」萌絵はコーヒーカップを両手で持ち上げながら尋ねる。少し冷めて、ようやく飲める温度になっていた。

「あの日は、当日だけのバイトが二十四人いました。全員から、ばっちり話を聞きましたよ。あと、有里匠幻のプロダクションからアシスタントとしてスタッフが四人来ていましたね。これも押さえてあります」

有里ナガル、タケル、ミカルの三人が、マイクを持ったレポータを振り切って、萌絵と鵜飼がいるラウンジに入ってきた。

萌絵は、顔を反対側に向けて、鵜飼刑事に顔を寄せた。

「鵜飼さん、見つかりますよ」

「いいですよ、別に」鵜飼は笑った。「何も隠れることはありません」

「やあ、刑事さん」有里タケルが鵜飼を見つけて声をかけた。「張り込みですか？　ご苦労ですね」

鵜飼は軽く頭を下げた。

「あ！　あれ？　君……」有里タケルが萌絵の顔を見て、目を見開いた。「えっと……」

「こんにちは」萌絵は首を傾げて微笑んだ。「西之園です」

「そうそう、西之園さんだ」タケルはひきつった表情で微笑む。「あの……、どうしたんです？　僕のアリバイを刑事さんに話してくれました？　え、しかし、どうしてまた、ここへ？」

「ちょっと、コーヒーを飲みに」萌絵はとぼける。

「もしかして、警察の人？」タケルが真面目な顔で言った。

「あの、そちらのテーブルにご一緒してよろしいかしら？」萌絵は上目遣いできく。

「あ、ええ……、もちろん……。どうぞ」

萌絵は鵜飼を一瞥してから、立ち上がった。ラウンジの一番奥のテーブルには、有里ナガルとミカルの二人が既に座っている。タケルについて萌絵はそちらに歩いていった。

「こちら、西之園さん」タケルは萌絵を二人のマジシャンに紹介した。

「こんにちは」萌絵は頭を下げる。

萌絵をちらりと見て、ミカルは煙草に火をつけた。その隣に、タケルが腰掛ける。ナガルは紳士的に、萌絵に隣に座るように片手で示した。彼女はそこに腰を下ろす。

「この人？」マッチを振って消し、灰皿に捨てると、ミカルはぶっきらぼうに言った。

「いやね」有里タケルは微笑みながら話す。「先生が刺されたとき、偶然、彼女と一緒にいたんだよ。それで、助かったというわけ……」

「助かった？　あら、偶然かしら？」煙を吐きながら、ミカルが言った。「貴女、サクラじゃないの？」

「サクラって、アリバイを作るためのですか？」萌絵は上品な声でき返す。「もし、私がサクラだったとして、どんな方法がありますか？　タケルさんが有里匠幻さんをナイフで刺すことができたでしょうか？」

有里ミカルは萌絵の顔をしばらく見た。「貴女、何者？」

「サクラじゃありません」萌絵は答えてから、にっこりと微笑んだ。「タケルさんと一緒だったのは本当に偶然なんです」

「うん、そうみたいね」ミカルは少し表情を和らげた。「ごめんなさい。ちょっと、私……、言い過ぎたわ」

「失礼しました。私も言い過ぎました」萌絵は頷く。

「しかし、アリバイも、何も……」萌絵の隣にいた有里ナガルが低い声で初めて口をきいた。「先生が刺されたところは誰も見ていなかった……、いや、というより、誰も近寄ってさえない。つまり、アリバイなんて、全員にあるわけだろう?」

「マジシャンなら可能でしょうか?」萌絵は同じ質問をもう一度した。「何か方法がありませんか? どんな仕掛けだったのでしょう?」

「あれは手品じゃないわ」ミカルが緊張した表情で言う。

「先生は自殺されたんだ」タケルが言った。「それしか、ありえない」

「さっきも、三人でそう話していたんですよ」ジェントルな口調でナガルが言う。彼も煙草を取り出して火をつけた。

「でも、匠幻さんは、来月には静岡で脱出ショーをなさる予定だったのではありませんか? そんな方が、自殺されるなんて、不自然ではないでしょうか?」萌絵は三人の顔を順番に見る。「それに、あんな公衆の面前で自殺なんて……。しかも、大事なショーの途中に」

「先生なら、されるかもしれない」ミカルが小声で言った。

「何故そう思われるのですか?」

「ショーマンだからよ」ミカルは答えた。「いつだって、人が驚くような仕掛けばかり考えていらっしゃったの」

有里ミカルはそう言ってから、ハンカチを取り出して、両目にそっと当てた。演技だったのかもしれないが、もしそうだとしても、下手ではない、と萌絵は思った。ミカルの表情はむしろ微笑んでいたのに、目だけが潤んでいたからだ。

萌絵は、有里匠幻の殺害に関して鑑識が報告した所見を鵜飼から聞いていた。ナイフの胸部への進入はかなり強烈なもので、加害者が充分に体重をかけた一撃によるものだと判断されている。傷は相当に深かった。進入の角度などからも考慮して、自殺とは考えにくい、というのが警察の認識である。特に、あの狭い箱の中、あるいはステージの隠し部屋の中で、自分の胸を突いた傷とはとうてい考えられない。

もちろん、萌絵はそのことを黙っていた。

「西之園さんは、どうしてここへ？」有里タケルは、萌絵の方を見て尋ねた。「本当に、警察の人なんですか？」

「私、ただの学生です」萌絵は素直に答える。「今日は、有里匠幻さんのファンとしてここへ来ただけです」だが、後半は嘘であった。

「カードで一番お好きなのは何ですか？」隣の有里ナガルが突然きいた。

「ハートの7です」萌絵はすぐ答える。ミステリィなら、ハートの4だが……。「どうしてですか?」

「それは残念」ナガルはにっこりと笑顔をつくる。

「ハートのクイーンだと思われたのね?」萌絵は片目を細くして微笑んだ。「別に、ハートのクイーンでも構いません。どこかから、出していただけるのかしら?」

「それならここです」向いの席のタケルが身を乗り出し、萌絵の顔の前に片手を伸ばす。ぱちんと指を鳴らし、彼女の目の前でハートのクイーンを出現させた。

「素敵ですね」萌絵は目を大きくした。「相手が女性だったら、ハートのクイーンが好きだって答える確率は、どれくらいですか?」

「女性によります」タケルが苦笑いする。

「私はスペードの6が好きだわ」ミカルが横から言う。

「それじゃあ、私、もう失礼します」萌絵は上品にそう言うと立ち上がった。

もう一度、有里ナガルの方を見ると、彼は、萌絵が座っていたシートにゆっくりと片手を差し出した。そこに、ハートの7のカードが置いてあった。

「だから残念って言ったんですよ」有里ナガルが萌絵を見て言った。「ずっと、貴女が踏んでいたので、このカードだけは、出せなかったんです」

4

葬儀は一時から始まった。

西之園萌絵と鵜飼大介の二人は参列席の一番後ろに座った。ホールは劇場のように広く、ステージ以外は薄暗い。集まっている参列者は三百人ほどで、萌絵が予想したよりも少なかった。マスコミの関係者はシャットアウトされているようだ。

弔辞《ちょうじ》は、イベント会社の社長、間藤信治が述べたが、ただ原稿を小さな声で淡々と読み上げる味気のないものだった。萌絵は非常に退屈して、目を何度も瞑《つむ》りそうになった。祭壇の前には、きらびやかな衣裳の僧侶が三人座っていて、彼らの後ろ姿が見える。特に中央の僧侶の衣裳は、萌絵が持っているどの洋服よりも派手だった。よく聞こえなかったが、お経が低い声でスピーカから流れる。昨夜も遅くまで勉強をしていた彼女は、もう、その頃にはうとうととしてしまい、ほとんど断続的な意識しかなかった。

三十分ほどすると、参列者が焼香のため、席の順番で立ち始める。萌絵と鵜飼も自分たちの順番が回ってきたので、一度ステージに上がって、有里匠幻の大きな写真の前で手を合わせた。

棺は祭壇のすぐ手前にあった。参列者の中には、そこまで近づく者が幾人かいた。葬儀のスタイルとしては特殊な部類であろう。萌絵は、思い切ってそちらに歩み寄り、有里匠幻の顔を見た。

それは、真っ白な変わったデザインの棺だった。まるで、手品師が使う魔法の箱のようなイメージだ。棺には、顔の部分にだけ小さな窓が開いていたが、そこから見えた有里匠幻のピエロのような顔は、とても恐ろしかった。真っ白な顔に、口だけが真っ赤で、人が死んでいる、という印象からほど遠い。人工物だから、生も死も相応しくない。その不自然さが恐ろしかった。捨てられてしまった人形みたいだった。

大半の参列者がステージから下りたあと、棺の蓋《ふた》が取られ、一部の参列者と遺族や親友によって、中に白い花が詰められた。

落ち着いた口調の司会者が、有里匠幻のビデオが放映されることを告げる。花に満たされた匠幻の棺は、ステージの中央で、頭の方を持ち上げられ斜めに固定された。参列者たちに、有里匠幻の最後の姿を見せようという趣向であろう。

マジシャンは真っ黒な衣裳だった。

彼は真っ白な花に取り囲まれ、真っ白な顔で眠っている。

口もとだけが血のように赤い。

萌絵は、背伸びをして、それを見た。

背筋が寒くなるほど、恐ろしかった。

やがて、静かな音楽が流れる。

ステージには、音もなくスクリーンが下りてくる。

有里匠幻のアップがそこに映し出された。

スクリーンのマジシャンは、こちらを見て片手を挙げる。

まったくの無表情。

白い手袋をした大きな手を振る。

有里匠幻は、ほとんど口を動かさないで、ゆっくりとした口調で言う。

「諸君……。私は、この危機から諸君の期待どおり生還しよう。私は、最悪の条件、最大の難関から脱出する。諸君が私の名を心の中で呼べば、どんな就縛《しゅうばく》からも逃れてみせよう。一度でも、私の名を叫べば、どんな密室からも抜け出してみせよう。私は、必ずや脱出する。それが、私の名前だからだ」

それが、私の名前だから……。

有里匠幻の声は、エコーになる。

名前だから……。

何人かが、続けて、「有里匠幻」と彼の名を呼んだ。

場内には、すすり泣く声が低く広がる。

ステージの棺には再び蓋がされ、顔の部分の窓も閉められた。遺族あるいは友人であろうか、十人ほどの男たちが棺を持ち上げ、ゆっくりと、そして厳《おごそ》かに、ステージから階段を下りる。彼らは、会場中央の通路を出口へ向かって真っ直ぐに進んだ。

その頃には、どういうわけか萌絵は目に涙を溜めていた。ついさきほどまで、退屈な講義を聴いているときのように眠っていたのに、自分でも不思議だった。悲しいから涙が流れたのではない。有里匠幻のビデオの台詞が感動的だったのだ。なかなかの演出だ、と彼女は感心した。

このまま出棺のようである。棺を運ぶ男たちに続いて、遺族が列を作って進み、参列者もホールからぞろぞろと外に出る。萌絵も別のドアからロビィに出た。

行列は、緩やかにカーブしている広い階段を下りていく。人勢がそれに続いた。先頭の棺は、一階のロビィも抜けて、玄関前の広場に出る。

そこには、沢山のカメラが待ちかまえていた。

真夏の陽射しが建物から出てくる者を順番に襲う。

カメラのシャッタの音があちらこちらで連続する。取材陣がばたばたと動いている。

先頭の男たちは、玄関を出たところに置いてあった、キャスタの付いた台車に棺を載せた。その台車は、細いアルミ製のパイプで骨組みだけ作られた簡素なものだった。

萌絵も外に出る。鵜飼刑事を探したが見つからなかった。彼女は陽射しに片手を翳《かざ》して、一行のゆっくりとした行進を横から見ていた。玄関から一直線に三十メートルほどのところに、シンプルなデザインの黒い霊柩車が一台駐まっている。この場所にいなければ、少し大きめのステーションワゴンに見えるだろう。その後ろの扉が既に開けられていた。キャスタの高い音を僅かに軋《きし》ませ、棺は進む。霊柩車の手前で、行進は止まった。胸にネームプレートを付けている係の男が、マイクスタンドを持ってきて立てる。有里匠幻の妻、佐治智子が進み出て、一礼してから、一分ほどの簡単な挨拶をした。

とにかく暑かった。

大勢の参列者は皆、黒い礼服を着ており、汗を流しながら静かに立っていた。

「それでは、最後のお見送りをお願いいたします。これより、出棺でございます」というゆっくりとしたアナウンス。

棺が霊柩車に載せられようとしたときだった。

突然、有里ナガルが歩み出て、それを制する。

彼は、白いシルクの布を取り出した。

それはとても大きな布だった。彼はその布をふわりと広げ、真っ白な棺に覆い被せた。台車に載った棺がすっかり隠れるほど布は大きい。柔らかく、薄い。

一瞬の静寂。

カメラのシャッタの音だけが止まない。

有里ナガルは、高々と片手を挙げる。

もう一方の手で一気に布を取り去った。

すると、先ほどまで真っ白だった棺は、目も覚めるような真っ赤な箱に変わっていた。

萌絵もこれには驚いた。

誰も拍手こそしなかったが、どよめきと溜息がもれる。

「有里匠幻先生は、きっと、この世から、脱出されたのでしょう」有里ナガルはよく通る声でそれだけ言うと、一礼して後ろに下がった。その仕草がとてもしなやかだった。

離れた場所に霊柩車を待たせていたことや、棺を台車に載せたのも、どうやら、このマジックのためだったようだ。

再び数名の男たちが近づき、真っ赤になった棺を、霊柩車の狭い車内にスライドさせるように載せた。

霊柩車の扉が閉められる。

「皆さん、合掌をお願いいたします」アナウンスの声がスピーカから流れる。

黙禱《もくとう》。

萌絵は目を瞑らなかった。

彼女はずっと見ていた。

霊柩車のストップランプがつき、エンジンがかかる。

そろそろ引き上げようと思い、萌絵は再び鵜飼の姿を探した。彼の大きな躰が、玄関の近くに見つかる。

しかし、彼女はまだ動かなかった。

参列者もまだ動かない。

テレビのレポータだけが、マイクを持ち、人垣を突っ切ろうとしている。肩にテレビカメラを担いだ男が、それを追いかけていた。

霊柩車は、動き出した。

参列者の多くは数珠を持った手をまだ合わせている。

遺族たちは、既に駐車場のバスに乗り込んだようだ。バスも動こうとしている。

霊柩車が十メートルほど進んだところで急停車した。

ブレーキの高い音。

それは、今まで続いてきたすべての手順の、流れるような滑らかさを台無しにするのに充分な、異質な音だった。

何事が起こったのかと、全員がそちらを見た。

萌絵も注目した。

霊柩車の運転席のドアが開く。

年配の男が飛び出してきた。

彼の顔は、凍りついたようにひきつっている。

男は霊柩車を指さす。

口を開けたが、なかなか言葉が出なかった。

「な、何か、声がするんですよ！」その男は叫んだ。

5

水を打ったように静かになる。

「本当ですよ！」霊柩車の運転手は訴えた。「ちょっと、誰か見て下さいよ」

式場の係員によって、霊柩車の後ろの扉が再び開けられた。

「私は、必ずや脱出する」

その小さな声が萌絵にも聞こえた。

女性の悲鳴が上がる。

男たちが駆け寄ってきた。

「どんな密室からも抜け出してみせよう」

今度はもっと大きく聞こえる。

萌絵は霊柩車まで駆け寄った。彼女はその声をはっきりと聞いた。

棺の中から、有里匠幻の声がする。

鵜飼刑事がやっと走ってきた。

「テープレコーダでしょうか」萌絵は思いついたことを言った。「これも手品の趣向ですか？」

有里ナガルと有里タケルが近くに立っていたが、萌絵の顔を見て、ぶるぶると首をふった。

「開けてみましょう」鵜飼刑事が言う。「よろしいですか？」

鵜飼が辺りの人々を見渡したが、誰も返事をしない。

鵜飼は額に汗を流している

彼は霊柩車に乗り込み、大きな躰を窮屈そうに曲げて、棺の横に跪《ひざまず》いた。

萌絵も霊柩車に乗る。

棺の蓋は釘で止められてはいなかった。ロックもなかった。これも一般的なスタイルではない。

鵜飼は蓋を持ち上げる。

彼は中を見た。

萌絵も見た。

二人とも、びっくりして、息を飲む。

萌絵は無意識に身を引き、車内の壁に背中をぶつけていた。

三秒ほど視線が動かせない。
ようやく見上げると、鵜飼刑事はまだ棺の中を凝視したままだった。
白い花で満たされた箱の中。
小さな黒いラジカセがあった。
声の主はテープレコーダだった。
「私は、必ずや脱出する。それが、私の名前だからだ」
ラジカセのスピーカから出た声。
大きな音だった。
萌絵は耳を塞ぎたくなる。
鵜飼はそっと手を出して、白い花を軽く掻き分ける。
白い花。
白い花ばかりだった。
他に何もない。
棺の中のどこにも、有里匠幻の遺体はなかった。

6

「え……？」鵜飼は首を捻《ひね》る。「どういうことだ？」

「有里さん！」萌絵は霊柩車から飛び降りて叫んだ。

有里ナガルも有里タケルもすぐ近くで彼女を見ていた。

「これも手品ですか？」萌絵はきく。

その質問に、二人のマジシャンは目を見開き、驚愕の表情に変わる。

有里ミカルが駆け寄ってきた。

カメラマンが押し寄せる。

シャッタが切られる連続的な音。

「どうしたの？」有里ミカルはきいた。

「ご遺体がなくなったんです」萌絵は多少ヒステリックな声になっていた。「手品じゃないのですか？」

「なくなった？」ミカルが繰り返す。

萌絵は、すぐ目の前にある台車に注目した。それは、さきほどまで有里匠幻の棺を載せていたキャスタ付きのものである。しかし、パイプで組まれたフレームは、何かを隠したり、仕掛けを内蔵できるような代物《しろもの》ではない。細い骨組みしかないのだ。

「なくなったって、どういうこと？」そう言って、霊柩車の中を覗き込んだミカルも、黙ってしまった。

みんな呆然とした表情で突っ立っている。

バスに乗り込んでいた遺族たちが戻ってきた。

少しして、全員が何かを話し出す。

その場は、一変して騒然とした雰囲気になった。

テレビカメラが近づいてくる。

マイクを持ったレポータが叫んだ。

「どうしました？　何があったんですか？」

萌絵は唇を噛んで考える。彼女の頭脳は加速し、計算していた。

キーワードは「脱出」である。

何かとんでもないことが起きたのではないか、と彼女は直感した。

そう、有里匠幻は脱出したのだ。

(どんな密室からも抜け出してみせよう……)

萌絵は振り向いて霊柩車を見た。

鵜飼刑事はまだ車内で棺を調べている。

彼も口を開けたままだった。

「鵜飼さん！」萌絵は叫んだ。「全員を足止めして下さい。遺体は、まだ建物の中です」

「は、はい」鵜飼はこちらを見て頷いた。

「誰もこの会館から出さないように指示して下さい！」萌絵はそこにいる全員に向かって叫んだ。「係の方！　どなたですか？」

近くにいた式場のスタッフらしい男が三人、萌絵の前に出てくる。

「駐車場も、出入口も全部閉めて下さい」萌絵は早口で言う。「これは犯罪です。死体遺棄です」自分で口にしていることが本当かどうか考えながら彼女は言う。「警察が来るまで、誰も建物から出さないで下さい。出口は、ここの他には？」

「裏口があります」

「では、すぐに裏口に行って閉めて下さい」萌絵は男たちに命令口調で言う。「誰も通さないように。いいですね、地下駐車場の出入口もですよ」

三人が頷いて走り去った。

「どなたか、携帯電話をお持ちの方はいませんか？」萌絵は大声で叫んだ。

間藤社長が電話を片手に歩み出る。

「鵜飼さん」間藤から受け取ると、萌絵はその電話を鵜飼に手渡した。「三浦さんに連絡して」

萌絵は、近くに立っていたマイクスタンドに気がついて、そこまで歩く。

「皆さん、お静かに！」彼女はマイクに向かってしゃべった。「警察です。お静かに……。ちょっとしたアクシデントがありました。ご面倒ですが、すぐ建物の中に入って下さい。全員です。ご協力をお願いします。マスコミの方は、この正門から誰も出ないように見張っていて下さい。誰一人、門から出ないように。お願いします」

鵜飼は小さな電話を耳に当てて、早口でしゃべっている。

「急いでるんだけどなあ……」パンチパーマの男が手を挙げて言った。

「全員です」萌絵はその男を睨みつけ、低い声で言う。「黙って、入りなさい！」

テレビカメラのレンズはすべて、萌絵の方を狙っていた。

「さあ！　みんな大人しく戻ろう！」両手をメガフォンにして、有里タケルが大声を出した。

彼の声を聞いて、人々はぞろぞろと玄関の方へ歩きだす。

動きはゆっくりだった。どうして、そんな低速で歩くのか、不思議だった。

有里タケルが近づいてきて、萌絵の肩を叩いた。

「西之園さん。やっぱり、刑事さんだったんだね」

萌絵は小さな溜息をつく。

額から汗が流れていた。彼女は眩暈《めまい》がして、貧血を起こしそうだった。

7

日曜日であったが、その日、犀川創平は大学に出勤していた。

別に大した用事があったわけではない。自宅にいてもコンピュータは使えるし、ネットワークも計算機センタを通して電話回線でつなぐことができる。ただし、電話代がもったいないし、通信速度は限りなく遅い。大学まで出てくれば、インターネットも一日中快適に利用できるのである。

しかし、そんな理由で出勤しているのでもない。静かな日曜日の大学が、犀川は好きなのだ。

彼のデスクには二台のパソコンがのっていたが、UNIXも一日中ログオンしたまま、ネットスケープも開いたままだった。世界中どこでも、メールの送受信も、ウェブページのブラウジングも瞬時にできる。まったくの無料である。今のところ、コンピュータの天国とは、日本では大学のことを意味している。

彼は午前十一時に自分の研究室にやってきて、観葉植物に水をやり、コーヒーメーカをセットしてから、ずっとディスプレイに向かっていた。

実は修理に出している愛車、シビックがまだ直らない。調べてもらったところ、セルモータにクラッチ、それにパワーステアリングのオイル系統が再起不能だった。「全部、新しいパーツに交換するくらいなら、もっと状態が良くて、しかも綺麗な中古車が買えますよ」と修理工場の男が言った。「状態が良い」というのは平均すればそのとおりだろう。だが、「綺麗」は言い過ぎだ。それは主観的な評価である。

とりあえず今は、中古のパーツを探してもらっているところで、車の買い換えについては保留していた。新車を買っても良いのだが、その場合、どの車にするのかを決めなくてはならないし、そういったことに費やされる時間が、彼には惜しい。

(そうだ、西之園君に任せよう)

それは名案だと思った。予算だけ決めて、彼女に車種選定を一任すれば良い。車のことは詳しそうだし、喜んで引き受けてくれるだろう、と犀川は勝手に考える。

デスクの電話が鳴った。

「犀川先生、私です」西之園萌絵の声が聞こえた。

「やあ、ちょうど良い」犀川は朗らかに言う。「今、君にメールを書こうかと思っていたところなんだ」

「大変なんです」萌絵は真剣な口調だった。「有里匠幻の遺体が消えたんです。先生、今から、こちらに来ていただけませんか?」

「こちらって?」

「千種セレモニィホールです」

「有里匠幻の何が消えたって？」

「遺体です。ご遺体ですよ。有里匠幻が消えたんです」

「へえ……」犀川はのんびりとした返事をした。「葬式のまえにかい？」

「いいえ、葬儀は終わって、出棺のときなんです」

「じゃあ、特に問題はないよ」

「は？」

「どうせ、火葬になるところだったんだから」

「先生！」萌絵の怒った声。「そういう問題じゃありません。どこにもないんですよ。誰も持ち出せないはずなのに……、本当に消えてなくなったんです」

「非科学的なことを言うね」

「ええ、信じられません。とにかく、いらっしゃって下さい。お願いします」

「君こそ、そんなこと警察に任せて、帰っておいで」

「もう！」萌絵は叫んでから、しばらく黙った。

「西之園君？」

「私、さっきから、気分が悪くて……、もう、倒れそうなんです。お願いですから、先生……」

「嘘だろう?」

電話が切れた。

犀川は煙草を胸のポケットから取り出して火をつけた。

どうして、有里匠幻の葬儀に彼女は行ったのだろう。いや、そんなことは考えるまでもない。西之園萌絵のこの種の行動には、明確なパターンがあるからだ。合理性のかけらもない、という一貫性だ。ある意味で、筋が一本通っている。したがって、理由を考えるだけ無駄といえる。

貧血だろうか?

少し気にはなった。しかし、過去に一度、彼女のとんでもないペテンに引っかかった苦い経験もある。

「諺《ことわざ》で言うと……」犀川は独り言を呟いた。

あつものに懲《こ》りてなますを吹く。

あつもの、という漢字は確か、難しい字だ。

なますって何だろう?

「まったく、しょうがないなあ」

犀川は、まだ充分に長かった煙草を灰皿に押しつけ、立ち上がった。

8

犀川がタクシーを降りると、千種セレモニィホールのゲートの前には、パトカーが何台も駐まっていて、警官が立っていた。

しかし、それ以上に目立ったのはカメラを構えた大勢の人々で、仮設の足場や、折り畳みのスタンドにのり、少しでも地面から離れようと競っているみたいだった。大勢の男たちは、スポーツの観戦でもしているような雰囲気だ。仕事とはいえ、この炎天下にご苦労なことだ、と犀川は思う。

そうはいうものの、自分も威張れたものではない。どうして、萌絵の言うことをきいて出てきたのか、と苦々しく思っている自分が何人かいる。

ゲートの中にも車が駐められる広いスペースがあった。観光バスが数台駐車されていたし、黒いセダンがずらりと並んでいる。

建物の玄関アプローチから数十メートル離れたところに霊柩車が駐まっていて、その近辺にはロープが張られていた。どうやら、萌絵が電話で話したことは本当のようだ。紺色の作業ズボンの男たちが三人ほど、その近くで作業をしている。警察の鑑識課だった。

時刻は午後四時半。萌絵が研究室の犀川に電話をかけてきて、三十分ほど経っていた。

「入って良いですか?」犀川はゲートに立っていた若い警官にきいた。「呼ばれてきたんですけど」

「お名前は?」警官が尋ねた。

「N大の犀川です」

黒い車が車道から上がってきた。犀川のすぐ横まで来て、窓を下ろしながら停まった。

「犀川先生」助手席に三浦刑事が乗っていた。「どうしました?」

「こんにちは」犀川は頭を掻いた。「西之園君に呼び出されたものですから」

「乗って下さい」三浦が後ろを示す。「玄関先までですけど。のこのこ歩いていくと、写真を撮られますよ」

犀川は車に乗った。後部座席には誰もいなかった。運転しているのは犀川の知らない男だった。車は玄関に一番近いところまでゆっくりと進み、三浦と犀川は建物の中に飛び込んだ。

ロビィはクーラが効いていて、礼服を着た大勢の人間が方々に散らばっていた。

鵜飼刑事がどたどたと駆け寄ってくる。

「まったく、何の騒ぎだ?」三浦が吐き捨てるように言う。「このくそ忙しいときに」

「まだ見つかっていません」鵜飼が額の汗を拭いながら、時計を見て言う。「もう、一時間以上探しているんですけど、どこにもないんですよ」

「何、寝ぼけたことを……」三浦が言う。

「他の葬式はキャンセルしたのですか？」犀川は辺りを見回してきいた。

「今日は、有里匠幻の葬儀しかありません」鵜飼が答える。

「西之園君は？」犀川は遠くを見ながらきいた。「ご迷惑をおかけしたんじゃありませんか？」

「いいえ、もう、西之園さんのおかげで本当に助かりましたよ」鵜飼は大きな躰を揺すった。「ちょっとお疲れみたいですね。気分が悪いからって、二階のホールで休まれています。外が暑かったですからね」

犀川は、片手を挙げて二人の刑事と別れた。

鵜飼は上司の三浦に捜査の状況を説明していたが、犀川には興味はなかった。階段を上がり、二階のロビィに出ると、そこでも大勢の人々が行き場もなく、うろついている様子だった。窓際のソファは全部満席で、コーヒーラウンジも繁盛している。

ホールの入口には顔見知りの刑事が立っていて、犀川を見つけて頭を下げた。犀川は、その刑事の名前が思い出せない。

「西之園さんでしたら、この中で休まれてます」刑事が愛想の良い表情で言った。

犀川はホールの中に入る。

少し暗かったが、ステージで、作業をしている男たちがいた。有里匠幻の写真であろう、祭壇の中央で気味の悪いメーキャップの男が笑っている。

萌絵は後ろから二列目の一番端のシートに座って、頭を下げて眠っていた。犀川は彼女の横に立ち、肩に軽く触れる。

彼女はすぐに目を覚ました。

「大丈夫?」犀川はステージを見たまま彼女の後ろの席に座った。

「あ、先生」萌絵は振り返って言う。「良かった。来て下さったんですね。ええ、ちょっと貧血で、気分が悪くなってしまって……」

「すぐ帰ろう。送っていくよ」

「いえ、もう本当に大丈夫です」萌絵はみるみる笑顔になった。「仮病じゃないんですよ。外が暑かったし、ショックだったんです」

「ショック?」

「ええ、だって……、本当に消えてしまったんですよ」

萌絵は、有里匠幻の葬儀の様子と、そのあとに起こった奇跡の脱出劇を克明に話した。ステージで最後に匠幻の棺に蓋がされ、それが運び出された。霊柩車に載せられるまで、萌絵はずっと見ていたのである。いや、彼女だけではない。大勢の人間が目撃していた。棺から遺体が運び出せるような時間も物理的な方法もない。例によって、彼女の話は要領良く整理されていて、犀川は事態がほぼ飲み込めた。

「それで、ステージを調べているんだね」彼はホールの前方を見ながら言う。「何か仕掛けがあるんだ、きっと」

「ええ、ステージから下に降りることができる小さな隠し扉があります」萌絵は説明した。「祭壇のすぐ横です。それを、今、警察が調べています。でも、運び出せるような時間があったなんて、とても思えませんけれど……」

「手品師だからね」

「手品でも、本当に消せるわけじゃありません」萌絵は腕組みをしてシートから立ち上がり、犀川の方を向いて、前列のシートにもたれかかる。「どこかに一旦隠したんだと思いますけど、でも、どこにも遺体はありません」

「見つかるさ」犀川は無表情で言った。「もし、見つからなければ、既に運び出されただけのこと。それがものの道理だ」

「誰が運び出したのでしょう？」

「運び出したかった人間」

「どうして？」

「そう……。何のためかな」犀川は胸のポケットに手を当てた。「煙草を吸えるところがある？」

「あ、私も一本、吸いたい」萌絵は溜息をついて微笑んだ。

9

五時過ぎには、葬儀の参列者は順次解放された。氏名と住所をきかれ、簡単な持ちものの検査を全員が受けた。参考になるような情報がないか、と執拗《しつよう》に質問が繰り返されたが、何が起こったのかさえ正確に把握していない者がほとんどだった。

参列者は、建物を出ると、待ち受けたマスコミからフラッシュとマイクの集中砲火を浴びなければならなかった。

有里匠幻の葬儀に直接関係していた式場の係員たちも、かなり長時間にわたって事情聴取を受けた。棺を運ぶのを手伝った男たち、司会者、会場係、それに霊柩車の運転手などである。いずれも、この千種セレモニィホールの専属の社員であった。

霊柩車は、葬儀が始まるまえに地下駐車場から上がって玄関前の広場に移動していた。霊柩車の後ろの扉を開けたのは別の係員だった。彼らはそう答えた。

霊柩車の中は、警察によって入念に調べられた。しかし、棺を納めた場所には何の仕掛けもなかった。マジックに使われるような特殊なものはまったくない。この車はセレモニィホールが所有している霊柩車のうちの一台であった。運転席と後部の納棺庫の間は壁で仕切られている。その壁にある小さな扉を開ければ出入りすることができたが、運転席にいた男は眠っていたわけではない。彼は、不気味な声が聞こえるまで、何も気づかなかった、と証言した。

「とにかく、もうびっくりしましたよ」運転手の原沼利裕《はらぬまとしひろ》は鵜飼刑事に話した。初老の男で、暑苦しそうな顎鬚《あごひげ》を伸ばしている。「ええ、あの声を聞いたときは、ホント、腰が抜けるかと思いましたよ」

「匠幻の声の他に、もの音はしませんでしたか？」鵜飼は尋ねる。

「どんな音です？」

「棺桶の蓋が開けられた音とか」

「よして下さいよ、刑事さん」原沼は、ひきつった表情で笑った。「もう十年近くこの仕事をしてますがね、いや、今日ばっかりは肝を冷やしましたよ」

遺族と混じって棺を二階の大ホールから運び出した係員たちには、棺が軽くはなかったか、という質問がぶつけられた。棺を運んでいた者のうち四人が式場の人間だった。同じ質問は、当然ながら遺族の男たちにもなされていたのだが、彼らは棺の標準的な重さを知らなかったのである。

「さあ、普通の重さでしたね」四人を代表して答えたのは、若い男で、名前を辻野《つじの》哲《てつ》といった。体格が良かった。「十人くらいで持っていましたからね、よくわかりませんけど。空っぽだったら、気がついたと思います」

彼らが棺を持ち上げて運んだのは、建物の玄関先までである。そのあとは、アルミ製の台車に棺が載せられた。最後に、霊柩車に載せるときは、車の荷台と台車が同じ高さに設計されているため、スライドさせるだけで良かった。

「ということは、玄関を出るまでは、遺体は棺桶に入っていたわけですね？」鵜飼刑事は式場の係員たちに言った。四人とも頷く。「でも、霊柩車に載せられたときにはなかった。いったい、どこで消えたんでしょうか？」

「あの、手品のときじゃないですか？」辻野が言った。「ほら、あのマジシャンが出てきて、布をかぶせて、棺の色を変えたでしょう？」

問題の棺は、鑑識によって本部へ運ばれていたので、今はそこにはなかった。白から赤に色が変化した棺が、何の仕掛けもない普通の箱でないことは、誰の目にも明らかだった。

外で待っているマスコミが警察のコメントを求めたが、それを無視して、建物内の捜査は続けられた。従業員のスペースも、ラウンジの厨房も、荷物の搬入室も、売店も、ロッカも、倉庫も、トイレも、すべて隈《くま》なく調べられた。地下駐車場の車も、玄関前に駐められていたバスも、すべて隅々まで捜索された。夕方六時過ぎには、従業員の大半に帰宅が許可されたが、建物から出る者は、すべて持ちもののチェックを受けた。

有里匠幻の遺体がまだ建物内に存在することは確実である、と誰もが信じていたのである。しかし、どこからも遺体は発見されなかった。

六時半には、三浦刑事は記者の代表者との簡単な会見を行わざるをえなくなった。有里匠幻の遺体が消えてなくなったという第一報は、テレビの七時のニュースで流された。

犀川と萌絵は、そのニュースを二階のラウンジにあったテレビで見た。情報量が少ないため、極めて簡単な内容であったが、霊柩車の後ろに立ち、西之園萌絵が参列者たちに指示をしているワンシーンが映った。テレビを見るために、ちょうどラウンジにやってきた三浦刑事が、萌絵が映っているシーンで頭を抱えた。

コーヒーラウンジは、時間外の臨時営業でサービスを続けていた。犀川は熱いコーヒーを飲んで、のんびりと煙草を吸っている。

「まったく、信じられません」三浦刑事は犀川にそれだけ呟くと、じろりと萌絵を一瞥《いちべつ》し、ラウンジを出ていった。

テーブルは、再び犀川と萌絵の二人だけになる。

「そろそろ帰ろうか？」犀川は少し顎を上げて言った。「ここにいても、僕らのすることはない」

「ええ」萌絵も頷く。彼女はやはり疲れているようである。「本当に見つからないんでしょうか」

「そんなはずはないけどね」

「不条理ですよね」萌絵は脚を組んだ。「こんなことって、どう考えたって変です」

「しかし、殺されたときだって、そもそも不条理だったね」

「先生は、どう思われます?」

「いや、どうも……」

「よく平気でいられますね」萌絵は犀川を睨んだ。「こんな不思議なことを放っておけるのですか?」

「おけないよ」犀川は僅かに微笑んだ。「でも、同じくらい不思議で放っておけない課題を、僕は日頃から沢山抱え込んでいるからね。だから、少なくとも君よりは免疫があるんだ。まあ、つまり、これは優先順位の問題だよ」

「先生には、この事件よりも優先しなくちゃいけない問題があるのですか?」

「あるよ。いつだって、最優先の問題がある。世界で僕しか考えていない謎があるからね」

萌絵は溜息をついた。

「何のお話だったんです?」

「お話?」

「先生に電話をしたとき、ちょうど良かったって、おっしゃったでしょう? 何か、私にご用事だったんじゃないですか?」

「ああ、そうそう」犀川は思い出した。「実は、車を買おうかと思ってね」

「あら、じゃあ、やっぱりシビック、直らなかったんですね? 私も無理じゃないかなって思っていましたけれど」

「何か良い車がないか、西之園君に相談しようと思ったんだ」

「ポルシェが良いです」

「予算は百万円だ」犀川は煙草に火をつけて言った。「できれば新車が良い」

「私の家に、百二十万円のフェラーリのミニカーがあります」萌絵はくすっと笑いながら言う。

「ミニカーじゃないよ。一分の一の本もので、それに、二人しか乗れない車も駄目だ」

10

原沼利裕は、帰宅するとすぐテレビをつけた。

「どうしたんです?」彼の妻は、食事の支度が調《ととの》ったテーブルにつきながらきいた。

「凄かったんだよ」ビールを自分でグラスに注ぎ、原沼は弾んだ声で言う。「いやあ、ホント凄かった。有里匠幻が棺桶から脱出したんだよ。俺の車に棺桶が載ってな、それから、ほんのすぐのことだった。うん、まさにマジック……。凄いマジックだよ。天才だ。死んでも棺桶から脱出したんだからな」

「何のお話です?」妻は不思議そうな顔をする。「有里匠幻が?」

「まあまあ、今にテレビでやるから」原沼はにこにこして言う。そして、テレビのリモコンでチャンネルを幾度も変えた。

セレモニィホールの前に立つ女性レポータが現場の様子を伝えている。原沼の職場が映し出されていた。何人もの人間がインタヴューに答えているシーン。しばらく見ていると、原沼本人がアップで映った。画面の中の彼もレポータの質問に答えている。

「まあ!」妻は声を上げた。「まあまあ、これ、あなた? あなた、テレビに出たの?」

「はは……、どうだ、凄いだろう」

有里ナガルのインタヴューも流れた。レポータは「これは手品ですか?」と何度も尋ねたが、有里ナガルは黙って首をふるだけだった。有里タケルと有里ミカルがレポータを避けて、車に乗り込む場面も映った。

玄関から有里匠幻の棺が運び出され、騒ぎが始まるまでの様子は、幾度も繰り返して放映された。有里ナガルが棺の色を白から赤に変えたマジックもスローモーションで流された。再び、真っ暗な玄関前が画面に映し出される。警察の捜索がこの時刻になってもまだ続いている、という中継を最後に、スタジオのアナウンサは、「新しい情報が入り次第、この事件の続報をお伝えします」と締めくくった。

「見つかりっこないさ」テレビを見て原沼は嬉しそうに言った。「ありゃ、マジックなんだから。正真正銘の……、本もののマジックなんだからな」

老いた妻は、テーブルに座って首を傾げている。

「マジックだ……」ビールで顔を赤らめながら、原沼は呟いた。

「ねえ、あなた」妻は立ち上がって言った。「それよりも、買ってきていただきたいものがあるんですけど……」

11

那古野市内のホテルの一室。部屋は薄暗い。一つしかない大きなベッドに腰を掛け、有里タケルはテレビを見ている。テーブルの上の灰皿は吸殻で溢《あふ》れそうだった。どのテレビ局も、ずっと有里匠幻の奇跡の脱出を報じている。彼はリモコンを握り、さきほどから、チャンネルを頻繁《ひんぱん》に変えていた。

バスルームから有里ミカルが出てくる。彼女は白いバスローブを着て、長い髪にタオルを当てていた。有里タケルはそちらを見ようとはしない。彼はまたテーブルの上の煙草に手を伸ばし、火をつけた。

ニュースはどこも同じで、しかも情報不足だった。

ミカルはタケルのすぐ横に座ると、彼がくわえていた煙草を取り上げる。

テレビは、ちょうど、有里ナガルが棺を赤く染めるマジックを披露したシーンを映していた。

「抜け駆けよね」ミカルが煙を吐きながら言った。「貴方、あれ、聞いてた?」

「いや、聞いてないよ」タケルは不機嫌そうな表情である。

「一人だけ、目立っちゃって……。ちょっと酷《ひど》いんじゃあないかしら?」

「一番弟子だからな」タケルはちらりとミカルを見る。「でも、苦労したナガル兄さんの芸も、結局のところ、吹っ飛んじゃったってわけだ」

「タケル、貴方じゃないでしょうね?」

「俺は、お前じゃないかと思ってる」

ミカルはふっと鼻息をもらした。

「私だったら、どんなにいいかしれないわ。こんな美味《おい》しいことって、そうざらにはないもの」

「私がやりましたって、言ってみたらどうだ?」

「考えとくわ」

彼女は立ち上がって、冷蔵庫から缶ビールを出す。立ったままで、彼女はそれを一気に飲んだ。

「不思議だ」タケルは自分の煙草に火をつけた。「どうやったら、あんなことができる?」

「霊柩車に仕込みがあるのよ」ミカルは簡単に言った。「それしかないでしょう?」

「しかし、警察だって一番最初に調べたはずだ」タケルは言う。「ちょっとした悪戯ならともかく、遺体がまだ見つかってないってのは……」

ミカルは再びベッドに腰掛けた。バスローブから出た素脚《すあし》が組まれる。

「霊柩車の天井じゃないかしら？」ミカルはテレビを見ながら言う。「下は調べても、上は見ないから」

「そりゃ、ちょっと大掛かりだな」

「誰がやったの？　ナガルさん？」ミカルはタケルの方を見た。「ねえ、タケル、本当に貴方じゃないの？　もし、貴方なら……」

ミカルは煙草を灰皿に捨て、両手をタケルの首に回す。タケルは、その手を振りほどいて立ち上がった。

「まさか、あの子じゃないでしょうね？」

「あの子？　何の話だ？」

「西之園って子よ」

「ああ……」タケルはシャツを脱ぎながら笑った。「馬鹿馬鹿しい。シャワーを浴びてくる」

12

犀川と萌絵は、午後八時にセレモニィホールを退散することにした。その頃には、警察の人間の数も半減していた。引き続き、明日の朝までは捜索が続けられる予定であったが、既に、捜査員たちには、半ば諦めの表情が現れていた。

地下駐車場で、二人は萌絵のスポーツカーに乗る。彼女の車の位置は、彼女自身が最初に駐めた場所ではなかった。キーを預けておいたので、移動されていたのである。

出口のゲートにも警官が立っていて、萌絵と犀川を見て敬礼をした。

「この車も調べたんでしょうね?」犀川は助手席から警官に言った。「後ろのトランクに死体が乗ってたりしたら、気分が悪いですから」

「調べました」警官が答える。

「私の車には、そんなスペースありませんよ」そう言うと、萌絵は車を出した。

しばらく混雑した市街を走る。途中でファミリィ・レストランに入って食事をすることになった。

この頃には、萌絵はすっかり回復し、気分が良くなっていた。考えてみると、今日は昼御飯を食べていなかった。気分が悪くなったのは、お腹が空いていたせいかもしれない、と彼女は思った。

「どこから考えていけば良いでしょうか?」萌絵は、料理の注文が済むとすぐに切り出した。

「考えないわけにはいかないのかな?」

「いきません」彼女は真面目な顔で答える。「そんなこと、できっこありません。そろそろ、先生の方こそ諦めて下さらないと困ります。私はこういう人間なんですから」

「ふうん」犀川は唸る。「確かに……」

「この段階で諦めるということは、超能力とか、霊能力とかの存在を認めろっておっしゃるのと同じです」

「また、テレビで大々的に報道されて、大衆は惑わされるわけだ。本当に、魔法か超能力だって信じる人たちが沢山いるだろう。まったく、不健全だね。いろんな宗教活動を懐疑的に報道している一方で、マスコミ自身が、おかしな新興宗教となんら変わりがない行動をとるんだ」

「ですから、ここは、犀川先生がずばり、科学的に事件を解明してですね……」

「別に解明しなくても、すべては物理的な現象なんだよ」犀川は煙草に火をつける。「間違っているのは、観察している人間の認識だ。したがって、人間さえ見ていなければ、何も不思議は起こらない。すべて自然現象だ」

「そんなの屁理屈です」萌絵は反論する。「物理も科学も、そもそも人間の認識の仕方じゃあないですか? 自然現象を理解するためのプロトコルでしかありません」

犀川は水を飲んだ。

「その意見は、実に的確だ」

「ありがとうございます」

「君の言うとおりだ、西之園君。僕の屁理屈は撤回する」

「遺体を盗んだ人間は、滝野ヶ池で有里匠幻さんを殺した人物と同一でしょうか?」

「わからない」犀川は首をふった。「しかし、可能性は高いと思うよ」

「目的は何でしょう?」

「何かを得るためだ。殺人も、つまりは交換だ」

「いえ、殺人ではなくて、遺体を消し去った目的です」萌絵は犀川を真剣な眼差しで見つめている。「これも、交換ですか?」

「そうだね」

「何と何を交換したのでしょう?」

「リスクとプロフィット」犀川は煙草を片手で回している。「当たり前の一般論だけど、子供の悪戯だって、大人の仕事だって、政治だって、戦争だって、宇宙開発だって、みんな同じだ。危険と利益を交換する。超能力者だって同じだよ」

「え？　超能力者……ですか？」

「そうだ。テレビなんかに出てくるんじゃないの？　最近は知らないけれど、僕が子供の頃は、何人も超能力者がテレビに出てきたよ」

「何を交換するのですか？」

「本当は超能力なんてペテンだ、ということが暴《あば》かれてしまうリスクと、ひょっとしたら本ものの超能力者かもしれない、なんて具合に、もて囃《はや》されるプロフィット。この両者を彼らは交換する」

「つまり、偽者なのですね？」

「そのとおり。もし本ものの超能力者なら、交換する必要がない。本ものなら、暴かれるリスクがないから、交換が成立しないだろう？　本ものの天才もテレビには出ないだろうね。本ものだったら、他人に信じてもらう必要なんてそもそもないんだ。だから、テレビに登場するという行為だけで、すべてが偽者だとわかる」

「ええ、確かにそれはそうですね」

「これと同じことが沢山ある。意外に沢山の人が騙されている。マスコミそのものが、マジシャンなんだから」

「だから、先生はテレビを見ないのですか？」

「そうじゃないよ。僕が見ないのは、単に時間がないだけだ。マジックショーを見るつもりでテレビを見れば面白いかもしれないね。少なくとも賢明な視聴者はそうしているのだろう?」

「やっぱり、滝野ヶ池の事件も全部でっちあげだったのでしょうか? 本当は殺されてなんていなかったのかしら?」

「さあ……、どうかな。僕は見ていなかったから」

「見ていた人たちだって、誰もわからないんです」

「すべてが虚構だという、その国枝君が言った仮説は、まあ確かに合理的だけど、ちょっと犯罪に関わる人数が多過ぎるね。この点で多少現実性に欠ける。確かに、テレビ局は、ただのトリックを演出しただけかもしれない。しかし、もし本当にそうなら、有里匠幻が実際に殺されたことがわかった時点で、何かのリアクションがありそうなものだ。少なくとも何か言い出しただろう。あれは撮影のためのトリックだったってね。そのまま隠しておいたら、あとあと事実が漏洩《ろうえい》したときに、それこそ大変なことになる。関わった人数が多いほど漏洩の確率は高い。マスコミはスキャンダルを恐れるからね」

「じゃあ、やっぱり本当にあそこで殺されたのですね?」

「その可能性の方が高い」

「それじゃあ、どんな方法が考えられますか?」

「ステージにいた人間ならできたかもしれない」犀川は小声で言った。ウエイトレスが料理を運んできたからだ。話は、そこで中断した。

テーブルに料理が並ぶ。萌絵はラザニア、犀川はカレーライスだった。

「ステージにいたのは、司会者二人とゲスト、それにマジックのアシスタントだけです」萌絵はフォークを左手に取りながら言う。「誰かが一人だけでいた時間はなかったと思いますけれど……」

「ただの可能性で、言っただけだよ」犀川はカレーを食べ始めた。

「今日の遺体消失の方はどうですか？」

「ホールのステージか、霊柩車の中に仕掛けがある」

「見つかりませんでしたよ」

「見つからないことと、ないことはディファレントだ」

「探し足りない、ということですね？」

「たぶん」

日曜日でレストランは混雑していた。会話が途切れたとき、萌絵は初めて周囲の様子に気がついた。ほとんどが若いカップルである。事件のことに加速度的にのめり込んでいる自分を多少客観的に認識し、アクセルを少し緩めた方が良い、と感じた。自分も大人になったな、と思いながら。

というのも、犀川と二人で食事をしている、こんなスペシャルタイムに、まったく余裕のない思考をしている自分に気がついたからだ。珍しいことだが、彼女は素早く反省した。

ショパンのピアノ協奏曲が流れていることにも気がついた。目の前には、貝殻がはめ込まれたステンドグラスのランプがぶら下げられている。なかなか気の利いたデザインではないか。料理も値段の割りに美味しい。

「素敵な夜ですね」萌絵は声のトーンを変えて囁いた。

「は？」犀川は驚いた顔を上げ、口を開けたまま静止した。「何だって？」

「いえ、その、別に……。このランプシェード、なかなかロマンチックだなと思って」

「え？」犀川は真剣な表情でスプーンをテーブルに置いた。「どうしたの？　西之園君。大丈夫かい？」

「先生って、普通の会話には驚かれるんですね」

「普通？」

「普通じゃないですか」萌絵は少し腹が立ってきた。

「わかった」犀川は片方の口もとを上げた。「理解、理解。じゃあ、モードを切り換えよう」

犀川は黙って座り直すと、再びスプーンを取ってカレーを食べ始める。

「切り換わりました？　先生……」萌絵は小首を傾げてきく。

「こんばんは」犀川は真面目な顔で答えた。

13

千種セレモニィホールの捜索は真夜中の三時に打ち切られた。警察は、有里匠幻の遺体を、ついに発見できなかった。もう探すところはどこにもない。有里匠幻の遺体がこの建物の敷地内に存在しないことを認めざるをえなかった。

忍耐強い報道陣は、その時刻でも半分以上残っていて、朝のテレビニュースに間に合うように、一斉に捜索の結果を本社に伝えた。

三浦刑事は憮然とした表情だったが、それは単に疲れていて、眠かったというだけの理由だった。いつもは鋭い彼の眼光も、今は観音菩薩《かんのんぼさつ》のように見えた。とにかく、何も考えずにシャワーを浴び、眠りたい。考えるのは起きてからにしよう、と三浦はぼんやりと考えていた。

結局、問題の霊柩車も鑑識が本部へ運ぶことになった。こんなことなら、最初から棺と一緒に運ぶべきだったが、捜査陣もそれほど混乱していた証拠といえる。その他には、何を押収して良いのかわからない状態だった。手掛かりになるようなものは何一つない。祭壇のあったステージから下に潜ることができる小さな隠し扉や、その周辺も徹底的に調査が行われたが、どこからも、これといった意味のありそうなものは一切発見されていない。棺を運ぶときに使用されたキャスタ付きの台車も、押収したところで意味があるとは誰も思わなかったが、一応、本部まで運ばれることになった。

有里匠幻の最後のメーキャップは、自宅を出るまえに、彼の妻、佐治智子と有里ナガルによって行われた。迎えの車に載せられ、匠幻の遺体は、午前十一時にセレモニィホールの地下駐車場に到着した。しばらくの間、棺は地下の控室に置かれていた。その後、有里ナガルが用意した新しい棺が届き、遺体はそちらに移し替えられたという。その新しい棺には、有里ナガルの手品の仕掛けが仕込まれていたのであろう。棺は、警察の鑑識課が本部へ運び込み、検査をしている。この魔法の棺をセレモニィホールに持ち込んだ男たち（目撃した者の話では二人だったという）が、どこの誰なのか明らかになっていない。有里ナガルは職業上の秘密である、と主張してそれを警察には明かさなかった。その男たちは、葬儀が始まるまえに出ていった、と地下駐車場の警備員、井上憲司《いのうえけんじ》が供述している。何故、そんなことを覚えているのか、という問いに対して、井上は、「そのワゴンが出ていったんで、あの車をそこに入れたんです」と話し、西之園萌絵の赤いスポーツカーを指さした。

葬儀のまえに建物を出ていった以上、今回の事件に関わっているとは考えにくい。したがって、今のところ、棺を用意した業者の素性を隠している有里ナガルを、警察は追及していない。

棺は、葬儀が行われる二階の大ホールまでエレベータで上げられた。エレベータに載せたのはセレモニィホールのスタッフである。二階では別のスタッフがそれを祭壇のあるステージまで運んだ。それは、葬儀が始まる十分ほどまえであったという。つまり、十二時五十分頃である。

その後の僅かな時間は、大ホールを出入りする不特定の人間が多かった。しかし、人目を盗んで何ができただろう。人間の死体を簡単に運び出せるはずがない。第一、そのあとの葬儀のとき、棺の中に眠る有里匠幻を何人もの人々が目撃している。

二時近くになって、葬儀の最後には、棺の蓋が一度完全に取り外され、中に白い花が入れられた。遺族や数人の参列者が棺の周りに集まっていたのだ。他の者も全員、棺の中の匠幻を見ている。この時点で棺の中に有里匠幻が眠っていたことは疑う余地がない。

棺に蓋が閉められ、そのあと、霊柩車に載せられるまでは、僅か五分ほどしかなかった。ずっと、十人ほどの男たちが棺を抱えていたし、それを取り巻く大勢の目が見守っていたはずである。

唯一の例外は、有里ナガルが演じた、ちょっとしたマジックだけであった。

三浦刑事は、車の後部座席で、目を瞑ってこの不思議なストーリィを復習していた。どこの誰だか知らないが、いったい何のために、こんな手の込んだことをしなければならなかったのだろう、と彼は思った。どうやってそれをしたのか、という問題よりは、幾分考えやすそうである。

「まいりましたね」助手席から振り返って、鵜飼が言った。運転しているのは若い近藤である。

「ああ」三浦は、目を瞑ったまま答える。

「遺体を運び出したってことは、車ですよね」運転している近藤が高い声で言う。

「車は出てない。葬儀が始まってから、一台も外に出ていない」鵜飼が答える。

「風船で浮かせて空から運んだんじゃないでしょうか?」近藤が言った。

三浦は鼻息をもらす。

最近の若い連中はまったく軽い。これでも刑事か、と三浦は思った。いつもなら一言、怒鳴っているところだが、今はその元気がない。

「とにかく、あの三人の手品師をマークしろ」三浦は言った。

「ええ」鵜飼は頷く。「僕もその線だと思います。最初から、なんか普通じゃない。芝居がかっていますからね」

「それに、一人じゃないかもしれん」三浦は目を開いた。

「あの、滝野ヶ池のときも……、オランウータンか何かが、ステージの中に隠れていたんじゃありませんか? 大人の人間は入れなくても、猿なら隠れられるかもしれませんよ」また近藤が言う。

「鵜飼」三浦は低い声で呟いた。「こいつ、ちょっと黙らせろ」

14

予想どおりではあったが、有里匠幻の遺体消失は、一大旋風を巻き起こした。新聞の朝刊には、警察の捜索結果が間に合わなかったにもかかわらず、それを見越したような記事がちゃんと掲載されていた。また、その日の夕刊には見開きの特集記事がカラーで組まれた。

テレビは、月曜日で野球中継がなかったので、どの局も特集番組を流した。ゴールデンアワーのレギュラ番組はほとんどキャンセルされた。

週刊誌、写真週刊誌の予告広告は、タイトルだけが見切り発車で作られた。パソコン通信には新しいフォーラムが開設され、早くも有里匠幻に関するウェブサイトが日本中のサーバにオープンした。

「奇跡の大脱出」をキーワードにして、偉大なるマジシャン、有里匠幻は明らかに神聖化され、もし本人が生きていたなら本人が、いや生きていなくても他の誰かが、宗教的な利用価値を行使したくなるほど大衆は錯乱した。

子供たちの多くは真のオカルトだと信じたし、大人たちの多くも信じるか、知らない振りをするかの選択に迫られた。もちろん、そのどちらでもない賢明な人々も沢山いたのであるが、この一派は、一般に沈黙を愛する故に社会への影響力が少ない。

その週に発行されたある写真週刊誌には、半ページサイズのカラースナップで、西之園萌絵の全身像が掲載された。写真の注書きには「美人刑事」の文字があった。その雑誌は、犀川研究室の大学院生たちが共同購入しているものの一冊だったので、彼らは狂喜した。

国枝桃子助手は、それを見て、いつもの口調でこう言った。

「男だと、美男刑事って書かないくせに、女だと余計なことを書くわけだ。まだまだ、日本の社会は幼稚だってこと」

当の西之園萌絵は、あまり気にしていないふうであったけれど、同級の牧野洋子にだけは、こう囁いた。

「黒い服って駄目ね。似合ったためしがないわ」

このときは、萌絵は知らなかったのであるが、実は、県知事夫人である彼女の叔母《おば》、それに県警本部長である彼女の叔父《おじ》が、出版社に対して、姪《めい》の写真掲載について抗議をした。彼らはさらに、他のマスコミ関係にも圧力をかけた。どの週刊誌にもその後、萌絵の写真が一切掲載されなかったのはこのためである。

セレモニィホールの事件翌日の夜にも、萌絵の叔母、睦子《むつこ》は電話をかけてきた。テレビのニュースに萌絵の姿が映っていたのを見たのである。

「カメラで狙われているときは、もっと余裕のある上品な表情をつくりなさい。なんです、あれは？　はしたない。今にも貧血で倒れそうな顔だったじゃないの」

「本当に、倒れそうだったんですもの」萌絵は弁解する。

「本当に倒れるまで、微笑んでいなさい。まったく、子供なんだから、貴女は」

第7章　奇想の舞台裏

1

萌絵のマンションに、彼女の叔父、西之園捷輔が捜査第一課の三浦主任刑事と鵜飼刑事を連れてやってきたのは、火曜日の夜だった。西之園捷輔は愛知県警本部長、つまり、県警のトップの椅子に座る男であり、萌絵の亡くなった父、西之園恭輔《きょうすけ》博士の弟である。

萌絵は夕食を終えて、自分の部屋で大学院入試のための勉強をしていた。建築学専攻の入学試験は、意匠・計画系、設備・環境系、それに構造・材料系の三つの分野から出題され、受験者は、そのいずれかを選択して解答できる。萌絵が志望している犀川研究室は、意匠・計画系の講座だったが、彼女は、構造・材料系の問題を選択することに決めていた。これまで講義をサボることが多かったため、この分野の専門科目では、彼女の成績は決して芳《かんば》しくはなかった。しかし、入学試験となれば話は別である。力学などの理系科目の方が、法則が明確だし、一つしかない完全な正解に到達しやすい。高校のときから、数学や物理では満点が取りやすいことを彼女は知っていたし、自分の能力の方向性を自覚していたからである。

諏訪野が、叔父たちの来訪を告げにきたあとも、萌絵は切りが良いところまでと、しばらく机に向かっていた。彼女が応接間に姿を現したときには、三人の男たちは、諏訪野が出した紅茶をすっかり飲んでしまったあとで、窓際に立って夜景を眺めていた。

「こんばんは」萌絵は部屋に入ると頭を下げる。「お待たせしました」

「すまんね、勉強中に」西之園捷輔はソファに戻りながら、いつにもなく上機嫌の表情で言った。「本当のところ、今夜はもう帰ろうかと考えていたところなんだよ」

「いえ、ごめんなさい、叔父様」萌絵は、叔父が座るのを待って、自分もソファに腰を下ろした。「もう勉強は終わりました。ゆっくりしていって下さい。私もいろいろとお話を伺いたいと思っていましたの」

ノックのあとドアが開く。諏訪野が入ってきて萌絵の顔を窺った。

「私は、コーヒーが良いわ」

「捷輔様とお客様も、コーヒーはいかがでしょうか？」諏訪野は上品な口調できく。

西之園捷輔も、二人の刑事もそれを断った。諏訪野は一礼して部屋から出ていった。

「棺はどうでしたか？」萌絵は脚を組みながらきいた。

「そのまえに、どうして我々がここへやってきたのかを話さねばならん」西之園捷輔本部長が言う。グレイのスーツで、彼だけが上着を着ていた。

「有里匠幻事件のことで……」萌絵は叔父の顔を見る。「犀川先生のご意見をききたいのでしょう？」

「そうだ」捷輔は頷いた。「どうも、いつもいつも、こんな調子で情けないとは思っているんだがね」

「でも、もし犀川先生みたいな人が警察にいたら、それこそ税金の無駄遣いになりますもの。きっと、面倒なことは何もなさらないと思いますから」萌絵は微笑んだ。「ええ、私からお話ししてみます」

「我々から直接依頼しても、断られるだけだからな」

「今回の事件は、とにかく特殊です」三浦が鋭い目つきで萌絵を睨んだ。「何もわからない。誰がやったのか、といった段階ではありません。いつ、どうやって殺したのか、それに、死体はどこへ消えてしまったのか……、全然理解できない有様《ありさま》です」

「棺に仕掛けはなかったのですか？」萌絵はそれが一番知りたかった。

「仕掛けだらけですよ」鵜飼が答える。三浦と同様に、半袖のカッタにネクタイだったが、肩幅の広い彼がしていると、同じネクタイでもずっと細く見える。「かなり精巧なものです。手品用の箱なんですから」

「どんな仕掛けがありましたか？」

「まず、色が瞬時に変化したのは、側面の表面を覆っている薄いシートを巻き取る機構のためです。ちょうど巻き尺みたいなメカニズムなんですが、バネ仕掛けで、シャッタのように上に巻きとられます。この機構は、棺の一方の端にある小さなレバーで作動するようになっています。つまり、これが有里ナガルが披露したマジックのタネですね。シルクを被せて、それを取る直前にレバーに触れたんです」

「他は?」萌絵は身を乗り出した。「その他にも何か仕掛けがあったのですね?」

「棺は上げ底になっています」鵜飼はゆっくりと説明する。「しかも、その上げ底の部分が、ロックを解除すると開くようになってます。簡単に言うと、一つのレバーにちょっと触れるだけで、棺の中に寝ている人間を、そっくり上げ底の下の部分に落し込めるようにできているんですよ」

「そんなスペースがありましたか?」

「ええ、あの棺、四隅に脚の部分があって、少し浮いているように見えますよね。でも、実際は中央部が深くなっていて、特に寝そべったとき頭の来る部分が深いんですよ。もともとの棺の高さは六十センチほどなんですが、二重床で隠された下の空間は、頭のところで二十五センチ以上にもなります。どうにか人が一人隠れることができますね。僕じゃあちょっと無理かもしれませんけど……」

「まさか……、それじゃあ……」萌絵は背筋を伸ばした。

諏訪野がコーヒーを運んできた。

「それじゃあ、あのとき、有里匠幻さんの遺体はまだ棺の中にあった、という可能性があるのですね？」萌絵はきいた。

「しかし……、遺体はありませんでした」三浦が低い声で答える。「警察が到着するまえか、あるいは、鑑識の連中が車に載せるまでの間か……。そのどこかの時点で遺体は運び出されたわけです」

「いえ……。だって」萌絵はすぐに言った。「私、警察が来るまで、ずっと霊柩車のところにいたんですよ。それに、そのあと、マスコミの人たちとか、あんなに大勢が近くにいたのですから、遺体を棺から運び出すなんて、とても無理です」

「一番底も開くようにできているんです」三浦が両手を前で合わせる。「たとえば、棺を持ち上げるとき、その場所に遺体だけを残すことができます。どこかで、その仕掛けを使うチャンスがあったかもしれません」

「遺体が消えたと思わせて、棺桶から注意を他に向けた。そのあとで、本当に遺体を取り出したわけだ」西之園捷輔はソファにもたれて言う。「誰が、そのとき棺桶の近くにいたのか、それが問題だ」

「私、警察が到着してから、建物に入ってしまったから」萌絵はそこで一度目を瞑った。そして、日曜日のことを早送りのビデオのように思い出す。「ええ、確かに、すぐに注意は建物の中に向けられました。空っぽになった棺をずっと見守っていた人なんていなかったでしょう。マスコミだって、玄関を出入りする人に注目していたはずです」

「おそらく、そうだったと思います」三浦が続ける。「鑑識の連中の話では、彼らが到着して、霊柩車から引き出された棺は、しばらく例のアルミ製の台車に載せられていました。指紋採取などの作業のためです。しかし、ひととおりの検査のあとも、ずっとそのままだったようです。直ちに鑑識の車に載せられたわけではありません。そう、たとえば、サクラがいたかもしれませんね。どこかに周囲の人間の注意を引きつけて、その隙に、棺の底から素早く遺体を取り出した」

「一か八かの大勝負だった、ということでしょうか？」萌絵は囁くように小声で言った。

「それはあまりにも、危険な賭けではありませんか？」

「もし失敗しても、殺人罪に問われるわけではありません。悪戯だとか、マジックだとか、言い訳ができたでしょう」

「でも、棺から出すだけならともかく、それをどこかへ運ばなくてはなりませんもの。一人ではできないわ」

「そのとおりです」三浦は頷いた。「初めから、組織的な犯行だったと見るべきでしょう。極めて特殊ですが……」

「初めから、というのは？」萌絵はきく。

「殺人計画からして、という意味です」三浦はそう言うと、合わせていた両手を、口もとに近づけた。「そもそも、殺人のあった滝野ヶ池のショーでも、何か大掛かりな仕掛けが使われたのではないでしょうか」

「どんな仕掛けですか？」

「わかりません」三浦は小さく首をふった。「もちろん、そんなことをする動機も必然性も理解できません」

「それは、犀川先生もおっしゃっていました」萌絵のその言葉に、叔父も二人の刑事もぴくっと眉を上げた。「いえ、先生がおっしゃったわけじゃなかったわ。でも、犀川先生が、それは評価できる仮説だと……」

「鵜飼から聞きました」三浦は鋭い視線を萌絵に向ける。「有里匠幻は、滝野ヶ池では刺されていなかった。あれはただのショーで、殺されたのは病院ではないか、という仮説ですね？」

「そうです」

「それは検討しました」三浦は少し微笑んだ。「ビデオに写っていた匠幻の胸のナイフと、死体の創傷を比較しました。やはり、どう考えても、そんな偽装の跡はありません。匠幻の衣裳に染みついていたのは本ものの血液、本人の血です。ナイフの位置もビデオとぴったり一致します。疑う余地はありません」

萌絵は溜息をついてから、立ち上がる。彼女は部屋の隅まで歩いた。思考を巡らすには、得られている条件があまりにも窮屈だった。いても立ってもいられない心境に近い。

「何か、他に新しい手掛かりはありませんか？」萌絵は窓際で振り返り、三人の方をぼんやりと見て言った。「犀川先生にご相談するにしても、何か材料がないと……」

「今のところ……」三浦は手のひらを上に向ける。「皆無ですね」

2

翌日の水曜日。萌絵は朝早く電話をかけ、鵜飼刑事を呼び出そうとした。しかし、県警本部に鵜飼は不在で、電話に出たのは若い近藤刑事であった。

「うわあ、西之園さんですか？」近藤は高い声で嬉しそうに声を上げた。

「三浦さんも、いらっしゃいませんか？」

「みんな出てまして、今日は夕方まで戻りません」近藤は答える。「急用ですか？　連絡なら、すぐつけられますよ」

「いえ、大した用じゃありません」萌絵はそう言いながら、少し考えた。「あの、近藤さんは、今日は？」

「僕ですか？　僕は今から帰るところですよ。今まで、徹夜で張り込みだったんです」

「ちょっと、つき合っていただけませんか？」

「ど、どうしてです？」近藤は慌てて口籠《くちご》もった。「あの、つき合うって、何につき合うんです？　あ、いえいえ、何でも……、もう何でも、つき合っちゃいますよ。今すぐですか？」

三十分後に、栄町の地下街で二人は待ち合わせる約束をする。萌絵はすぐに車で出かけ、市営の地下駐車場に赤いスポーツカーを駐めた。噴水がある地下の広場で、彼女は近藤刑事の長身を見つけた。約束の時刻より五分も早かった。

「お待たせしました」萌絵は頭を下げた。「わざわざ、すみません」

「とんでもない」近藤は緊張した表情である。「本部からはすぐですよ」

「地下鉄ですか？」

「いえ、車です。もう帰るところでしたから」

「近藤さん、手帳お持ちですよね？」

「もちろん」近藤はきょとんとした顔をする。「どうしてですか？　必要なんですか？　拳銃は持ってませんよ」

「テレビ局へ行こうと思いまして」萌絵はそう言って微笑んだ。「その……、手帳があった方が、スムーズかと思って。拳銃はいりません。あの、本当に、よろしかったですか？」

「何をおっしゃいますか。もう、どうせ、僕なんか、これから寝るか、競馬くらいしか行くとこないんですから。西之園さんとご一緒できるなんて、親戚中に電話しないといけません」

近藤刑事はひょろっとした体格で顔が丸い。マッチ棒のような感じである。童顔でフレームのない丸いメガネをかけていた。声変わりをしなかったのではないか、と思えるほど声が高い。

テレビ局は、炎天下の地上に出てから数百メートル歩いたところだった。先々週の木曜日に有里ナガルと有里タケルのマジックショーを見た芸術文化センタのすぐ近くである。近藤刑事がロビィの受付で手帳を見せ、目的の二人の人物の所在を尋ねた。幸い二人とも出勤しており、十分ほどでロビィに下りてくる、という返事だった。

ロビィのソファに座って二人は待つことにする。

「西之園さんは、どうします?」近藤は嬉しそうに尋ねた。「警察ということで良いですか?」

「そうですね」萌絵はにっこりする。「黙っていたら、自然にそう思われるでしょうから」

彼女は、最初からそのことを計算して、珍しくシックで大人しいファッションだった。何かメモをする振りをするために、手帳を持ってこようかと思ったくらいだ。しかし、彼女の家には、手帳というものがなかった。使ったことがないのである。その必要性を感じたことさえ、今までに一度もない。

やがて、若い二人の男女が現れた。

「あ、あのときの婦警さんですね」男の方が萌絵を見るなり、そう言った。「ほら、テレビでも映ってましたでしょう？　あの、有里匠幻の棺脱出の日のニュースで……」

「テレビ映りが悪いんです、私」萌絵は澄まして答えた。

3

下山啓介《しもやまけいすけ》と今野《こんの》さくらは、Nテレビのアナウンサである。世間の一部にはタレントだと思われているかもしれないが、二人とも地方局、Nテレビの専属社員で、サラリーマンだった。

滝野ヶ池緑地公園の有里匠幻の脱出ショーで、司会を担当していたこの二人は、まだ若く、ともに二十代である。下山啓介は、テレビ局のTシャツを着ていたし、今野さくらはタイトなミニスカートだった。

「もう、あのときのことなら全部お話ししましたよ」下山はソファに腰掛けると苦笑いしながら言った。「また同じ質問じゃないでしょうね？」

「同じかどうか、私にはわかりません」萌絵は真剣な表情をつくり、とっておきの声で言った。「下山さんは、どうやって、有里匠幻を刺したとお考えですか？」

「知りませんよ、そんなこと」下山は笑った。

「今野さんは、いかがですか？」萌絵は女性アナウンサの方を見る。彼女は化粧が濃く、コントラストを強調した顔だった。

「さあ、何か特殊な力の持ち主なんじゃないかしら」今野は真面目な顔で言う。

「犯人がですか？」

「ええ、犯人も、有里匠幻氏もです」

完全によそ行き用の作られた人格である、と萌絵は感じる。

「下山さんと今野さんたちがステージに立っていたとき、ステージの床にある隠し扉が開きませんでしたか？」萌絵は次の質問をした。

「何ですか？　隠し扉って」下山が片方の眉を上げてきき返した。「そんなものがあったんですか？」

「ええ、ありました。あれはマジックなんですから」萌絵はそう言って、今野さくらを一瞥する。彼女は黙って首をふった。

「お二人とも、有里匠幻さんとは、あの日が初対面ではありませんよね？」萌絵は二人の顔を交互に見る。

「いえ、僕は初めてでしたよ」と下山。

「私は、以前に一度だけ」今野は少しだけ表情を強ばらせる。

「それは、いつですか？」萌絵は彼女にきいた。

「これ、まえにもお話ししましたけど」今野は、一度視線を逸《そ》らせる。「もう、二年ほどまえですね。別のイベントで一度だけですけど、お会いしたことがあります」

「その後、おつき合いがありましたか？」

今野は小さな振幅で首をふる。

「あの……、ステージの隠し扉って、どういうことです？」下山が質問した。ずっと考えていたようである。「有里匠幻は、箱の中に入っていたのではないんですか？　池に一度沈んで、引き上げられるまでの間に刺された、と思っていましたが……」

萌絵は答えなかった。

「私たちが一番アリバイが確かだと思いますわ」今野が早口で言った。「だって、ずっとカメラで写されていたんですよ。ご覧になったでしょう？　私も池の中に誰かがいたんだと思います。箱が池に沈んでいる間に刺されたんです」

（さっきは、特殊な力だ、なんて言っていたのに）と萌絵は思う。

この二人に殺害の機会がないことは、確かだった。今野さくらの言うとおり、少なくともVTRにはそう写っている。しかし、ステージに立っていた二人の司会者は、常に足もとまでカメラに写されていたわけではない。映像はアップになることが多かったからだ。

犀川助教授がそれとなく話したことを、萌絵は確かめたかった。犀川は、「ステージにいた人間ならできたかもしれない」と言っただけだ。ステージには、入れ替わりで何人かが立った。ゲストのタレントもそうだし、有里匠幻を縛ったり、箱を閉めたりするときには、マジックのアシスタントがステージに上がっている。だが、司会者の二人は、少なくとも、二人だけでステージに立っていた時間があった。他の者は、この二人がいるときに上がっただけなのだ。

ステージの床の隠し扉がもし開いていれば、その下に隠れている有里匠幻が見えただろう。一瞬の時間があれば、彼の胸にナイフを突き刺すことは容易である。たとえば、マイクスタンドの脚のところにナイフが取り付けられていたら、そのスタンドを動かす動作で、司会者は立ったままで匠幻を殺害することができただろう。

この二人のアナウンサが共犯なら可能かもしれない、と萌絵は考えたのである。

隠し扉の開閉がどのようなメカニズムで行われていたのかは、既に確かめてあった。それは、無線で作動する精巧な機械仕掛けだった。マジックのアシスタントが離れたところから操作していたのだ。金色の箱に匠幻が入って、蓋が閉められるとすぐ、彼は縄抜けをして、隠し扉を開けただろう。そして、匠幻がステージの中に潜り込み、箱がクレーンで持ち上げられる直前に扉を閉めた。再び、箱が池から引き上げられて戻ってきたときも、幾つかのメカニズムを無線で作動させている。

同じ周波数で同じ信号形態の送信機を用意すれば、別の人間でも、ステージの隠し扉の開閉を自由にコントロールできたかもしれない。

ステージの高さは一メートル弱である。少し離れれば、ステージ上の床は見えにくい角度となる。その扉が開いていても、周囲にいる者は気づかなかった可能性が高い。

ステージの上から、有里匠幻を刺した。これが、今までに思いついた仮説の中で、最も科学的で現実的ではないか、と萌絵は考えていた。今朝、鵜飼に電話をかけたのも、この仮説を話したかったからである。

萌絵の考えが正しければ、当然ながら、今、彼女の目の前に座っている二人の男女が殺人者ということになる。萌絵は、二人の表情をじっと観察していた。

「あの……」下山啓介は、黙っているのが我慢できない、といった表情で言った。「ところで、有里匠幻の遺体は見つかったんですか？」

「見つかっていません」近藤刑事が返事をした。

「捜査はどんな状況なんでしょう？」

「それはお答えできません」近藤が優等生のような返答をする。

「あれって、つまり、盗まれたわけですよね？」下山は煙草を取り出した。「有里匠幻は指輪か何かをしていたんですか？」

「さあ、わかりません」近藤が首をふった。

「何故、そう思われるんです？」萌絵は下山に尋ねる。

「死体なんか盗んだってしかたないからですよ。当たり前でしょう？　だから、たぶん死体が身につけていたものが、金目のものだったんじゃないかなってね……。いえ、実は局の方にそういうハガキが沢山来ているんです。マニアがいるんですよね。推理マニアっていうんですかね」

「指輪だけ持っていけば済みますね」萌絵は淡々と言った。「指から外れなかったのかもしれませんけど、でも、それにしても、遺体ごと持ち去るなんて、ルパン三世じゃないんですからね。指だけ切って持っていけば簡単に済むことです」

二人のアナウンサは、不思議そうな表情で萌絵を見つめ、黙ってしまった。

「他にはどんな手紙が来ていますか？」萌絵はきいた。

「あ、いや、たいがいはオカルトチックなものばかりですよ」下山は背中を丸めて前屈みになり、煙草に火をつけた。「高校生か主婦の投書が多いもんですからね。でも、もし参考になるんでしたら、内緒でご覧に入れましょうか？」

「たぶん、参考にはなりませんね」萌絵は冷たく言う。自分でも、本当に刑事のようだ、と少し思った。「私もコンピュータのネットで、ずいぶんそういった意見を見ました」

「あの、刑事さん」近藤ではなく、萌絵の方を見て、下山は身を乗り出した。「番組に出ていただくことはできませんか？　貴女なら、きっと……、その……、絵になるんじゃないかと」

隣に座っている今野さくらも頷く。隣の近藤が姿勢を正して萌絵を見据えている。

「お断りします」萌絵は首を傾げて微笑んだ。「絵になっても、何の得にもなりませんので」

「ひょっとして、ご結婚されているんですか?」下山がきいた。

「いいえ」萌絵は答える。

予期しない突然の質問だったので萌絵は少し驚いた。しかし、すぐに叔母の忠告を思い出して笑顔を保持する。下山の思考経路もトレースできた。どうやら、テレビに出れば良い縁談でも纏《まと》まる、と言いたかったのであろう。なんという破廉恥《はれんち》な思惑だろう。テレビ関係の人間ってこうなのだろうか。萌絵は腹が立った。

「ところで……」萌絵は軽い笑顔のまま、冷静な口調を保って言う。「有里匠幻さんのマジックの大道具は、全部、プロダクションの人が現場に運び込んだのですか?」

「そうだと思いますよ」下山は答える。「僕はよく知らないけど。どうしてですか?」

4

「いやあ、感激だなあ」近藤はメガネを外してお絞りでレンズを拭き、目をしょぼつかせながら言った。「どうしようかな。みんなに自慢しちゃっていいですか?」

「何をです?」テーブルの向い側で萌絵が首を傾げた。「ここ、そんなに大したお店じゃありませんよ」

「え、そうなんですか？」近藤は急に心配そうな表情で辺りを見渡した。「いえいえ、そうじゃありませんよ。お店のことじゃないんです。西之園さんと僕が、二人だけで食事をしたってことをですよ。これは自慢になります。二人だけ、二人だけですからね……、はい」

「だって、他にもお客さんがいますよ」

「このテーブルには二人だけでしょう？」

「この椅子には私一人だけだわ」

近くのホテルの最上階のレストランで、近藤と萌絵は昼食をともにすることになった。萌絵は、わざわざつき合ってもらったことに対するお礼に、と思って近藤を食事に誘ったのだが、彼は、何を勘違いしたのか、一流ホテルのレストランに行こう、と言い出したのである。

萌絵はあまりお腹が空いていなかったので、半分ほどの料理を残して、下げてもらったところである。テーブルには彼女のコーヒーが運ばれてきた。近藤はビールを飲んでいる。

「車じゃなかったのですか？」と彼女がきくと、近藤は平気だと答えた。このまま帰ったら警察官が飲酒運転ではないか、と萌絵は心配になった。

「有里匠幻のマジックの仕掛けは、誰が作っているんでしょう？」萌絵は近藤に尋ねた。

「ええ、それそれ、今、調べているところです」近藤は頷きながら言う。「有里ナガルの方にもきいてはいるんですけど、そのことは絶対秘密で、口が裂けても言えないって……。本当に口が裂けたら、しゃべれませんってば」

近藤は一人で高い声で笑った。

「いつまでも隠せませんよね？」萌絵は、近藤のつまらないジョークを無視して言う。

「ええ、はい、そうだと思うんですけどね」近藤はまたビールを飲んだ。

萌絵のハンドバッグで電子音がする。音はすぐ止まった。彼女は、頬杖をして窓の外を見たまま、黙っていた。

「ポケベルですか？」近藤が尋ねる。

「ええ」

「見なくていいんですか？」

「これを鳴らすのは諏訪野だけです」萌絵は近藤の方を見て言う。「他に番号を知っている人はいませんから」

「連絡を取らなくていいんですか？」

「ええ、そのうち」

「携帯電話をお使いになればいいのに」

「電話が嫌いなんです」萌絵は言った。「特に、勝手にかかってくる電話が……。そもそも、携帯電話って、使われる側の人間が持つものじゃありませんか？」

「まあ、そう言えばそうですね」近藤は何度も頷く。「僕、よく持ち歩きますよ。完全に使用人ですからね」

「私も、諏訪野にだけは、逆らえないの」萌絵は立ち上がった。「ごめんなさい。それじゃあ、ちょっと失礼して……」

レストランの入口付近に洒落《しゃれ》たデザインの電話ボックスがあった。彼女はそこに入って、自宅に電話をかけた。

「もしもし、私です」

「お嬢様、有里タケル様からお電話がございまして、至急に連絡がつかないかと強くおっしゃるものですから、私といたしましても是非もわからず、不躾《ぶしつけ》とは存じましたが、一応、お知らせいたした方がよろしいかと判断いたしまして……」

「番号を言って」萌絵は、諏訪野の話を途中で遮って尋ねる。

「えー、よろしゅうございますか……」諏訪野はなかなか番号を言わない。たぶんメガネをかけているのであろう。

萌絵は、諏訪野がゆっくりと読み上げた番号を頭の中に書き込んだ。彼女の場合、数字はスナップ写真のように、その映像で記憶される。電話をかけるのが一年後であっても忘れない自信があった。

電話番号は那古野市内の中区のものだ。おそらくホテルであろう。諏訪野の電話を切り、すぐに有里タケルのところに電話をかけた。フロントにつながり、ホテルの名前を言う。萌絵は有里タケルの部屋につなぐよう頼んだ。

「もしもし」有里タケルの声が聞こえた。

「西之園です」

「ああ、こんにちは……、どうも」タケルの声が急に明るくなる。「ちょっと、NTTにきいて番号を調べたんですよ。珍しい名前ですからね、すぐに見つかりました。西之園さんのお宅、凄い丁寧な方がいますね。お祖父様ですか？」

「いえ、執事です」

「執事？」タケルは、そう言って、二秒ほど黙った。

「あの、どんなご用件でしょうか？」

「僕ね、今日の夜の最終で東京へ帰るんですけど、よろしかったら、夕食をご一緒にいかがですか？」

「有里さんと私だけですか？」萌絵はすぐきいた。

「そうだったら素敵なんですけど」有里タケルは笑った。

「有里ミカルさんはいらっしゃいませんか？」

「え？　よくわかりましたね」タケルは驚いた声で言う。「ええ、実は、彼女も同じ電車で東京へ帰ります」

「それじゃあ、ミカルさんもご一緒にお食事をしましょう」

「困ったな……」タケルは息を吐く。「しかたがないですね……。ええ、そうしましょうか。わかりました」

「私、ボーイフレンドを連れていきます」

「うわあ、ますます弱りましたね」タケルは笑いながら言った。あまり上品な笑い方ではない。「なんか、思惑が大きく外れてしまったけど、まあ、よしとしましょうか。ええ、どうぞ……。でも、まさか、ボーイフレンドって、刑事さんじゃないでしょうね。刑事さんだけはお断りですよ」

「どうしてです?」

「料理が不味《まず》くなります」

「ご心配なく。世の中で、刑事さんに一番遠い人ですから」

「泥棒ですか?」

場所をきいて、夕方の六時の約束をした。萌絵は電話を一度切ってから、すぐにプッシュボタンを押す。

「はい、犀川です」

「私です、先生」

「ああ、西之園君。車、決めてくれた?」

「先生、今日の夕方、ちょっと車のディーラまでつき合っていただきたいんです」

「そういうのが面倒だから、君に頼んだんだよ」

「お食事を一緒にしたいんですけど」萌絵はすぐ次のカードを出す。

「うーん」犀川は電話の向こうで唸った。

「それに、力学のことで質問もあるんです。勉強していてわからないところがあって……」

これは三枚目のカードだった。

「今、良いよ。どんな質問？」

「あの、電話ではちょっと」萌絵は次のカードを考える。持ち札はもう少ない。

「君の叔父さんか、それとも刑事さんに会えっていうのかな？」犀川は淡々と言った。たぶんいつものように無表情だろう。「本当のことを言いなさい。今日は別に仕事は入っていないから、時間はかまわないよ。でも、嘘は良くないね」

「有里タケルさんと有里ミカルさんに会うことになったんです」萌絵は最後のカードを出した。「一緒にお食事をする約束をしました」

「わかった」犀川はすぐ返事をした。「刑事さんと会うよりは、少しはアルカリ性……、いや、ベジタブルだね」

アルカリ性もベジタブルも、いつもの意味なしジョークだろう。最近の萌絵は引っかからない。

萌絵がテーブルに戻ると、近藤刑事は鼾《いびき》をかいて居眠りをしていた。声をかけても起きない。肩をゆすっても駄目だった。彼女はレストランの店員を呼んで、連れの男は車だから、酔いが醒めるまで、もう少し寝かせておいてくれ、と頼んでから、勘定書きよりも一万円近く多い、切りの良い金額をカードで支払った。

5

N大学の犀川助教授の部屋のドアを、萌絵は四時半にノックした。

「勉強してる?」犀川は彼女の顔を見るなりきいた。

「ええ、ちょっと今日は気晴らしに、と思いまして」

「気晴らしって、晴天続きじゃないの?」犀川は笑った。機嫌が良さそうなので、萌絵は安心した。

まず、萌絵の知っているカーディーラに寄ることにした。彼女のマンションのすぐ近くで、古出来町《こできまち》にある。大学に入学したとき、今乗っているスポーツカーもそこで買った。他にも数台所有していたが、一番のお気に入りで、冬以外はこれに乗っている。彼女には珍しく、もう三年以上になる。

「これは、西之園様」背の低い色黒の営業マンが、渾身《こんしん》の笑顔をつくって入口から飛び出してきた。「あの、どこか調子が悪いんでございますですか？」

「いいえ」萌絵は車から降りて微笑む。「今日は、そうじゃないの。車を見にきたんです」

「これはこれは……。いよいよ、買い換えですね？」

「そうじゃありません」萌絵はガラス張りの店内に入りながら言った。「あの、勝手に見てますから、ちょっと待っていていただけないかしら」

「はい、承知いたしました」色黒の営業マンは両手を握り合わせ、頭を低く下げながら器用に遠ざかっていった。

「ここ、外車専門店じゃないの？」犀川が囁いた。

「今は外車も安いんですよ」

二人はピカピカの車が何台も並んでいるコーナを進んで、一番奥のところまで行く。黄色い小さな車が端に置いてあった。

「先生、これはどうですか？」萌絵はきいた。

「これ、百万円で買えるの？」

「ちょっとだけ超えますけど」萌絵は車のドアを開けて言う。「でも、スタイルが可愛いでしょう？」

犀川は車の前に立てられているプライスカードを見に行く。萌絵は右側の助手席に乗り込んで、フロントガラス越しに犀川の表情を見ていた。彼は、値段を確かめてから、車をじろじろと見ながら一周し、運転席に乗り込んできた。

「百三十万か……」犀川は呟く。「確かに形は良いな。車内も広いし……。これにしよう」

「えっ？」萌絵は驚く。

「これに決めた」

「あの、先生……。もう四、五軒、回るつもりなんですけれど」

「その必要はない」

「でも、諸経費を含めたら、百六十万以上になります」

「しかたがない」

「先生、本当に良いのですか？」萌絵は急に心配になった。「左ハンドルですよ」

「構わないよ。これ、エンジンはどれくらい？」

「千三百だと思います」

「じゃあ、今の車と同じだ。どこの車？」

「ルノーですけど……。あの、先生、もっとよく考えて下さい。今日はカタログをもらっていきましょう」

「カタログなんていらないよ」

「でも、たとえば、色とかを決めないと」

「色って？」

「車の色ですよ。黄色じゃ駄目でしょう?」

「僕が乗るんだから、ボディの外側の色なんて見えないじゃないか。関係ないよ。別に黄色でも良い」

「あの、先生……」

「待ってて、注文してくる」犀川はドアを開けて車を降りる。

萌絵は慌てて飛び出し、彼に追いついた。

カタログだけはもらった。愛想の良い店員には、あとで連絡すると言い、とりあえず犀川を引っ張って店を出た。彼がカタログを読まなくても、自分はちゃんと調べよう、と彼女は思った。萌絵にしてみれば、気安くその車を紹介したことに、大いに気が咎めたのだ。ひとまずは時間をおいた方が良い、と判断したのである。

彼女が駐車場からスポーツカーを出すと、助手席で犀川はきいた。

「西之園君。さっきの車は、何ていう名前?」

6

約束のレストランには三十分以上まえに到着した。店はちょうど開店直後で、駐車場も空いている。萌絵は受付で予約を確かめてもらい、犀川と一番奥のテーブルについた。連れが来るまで待つからコーヒーを出してくれ、と店員に頼む。

暗い店内には、目立つ位置にグランドピアノが置かれている。彼女たちのテーブルの他に客はいない。澄ました表情でプードルみたいに歩く店員が、各テーブルのキャンドルに火をつけて回っていた。地中海風の白い漆喰《しっくい》の壁には、鏝《こて》でつけた荒々しい模様が目立つ。ところどころに窪《くぼ》んだスペースがあって、漁具や船装品が並べられている。萌絵たちのためにスイッチを入れたのであろう、途中から静かなピアノの音楽が流れだした。

彼女は、事件のことを犀川に話した。

叔父と三浦刑事たちが犀川に事件の協力を依頼しにきたことも正直に言った。そういった話を犀川が喜ばないことは充分に承知していたが、ごまかすよりは良いだろう、と判断してのことだった。今日、テレビ局で二人のアナウンサに会ってきた話も全部、そのとおりに説明する。

意外にも、犀川は嫌な顔をしなかった。彼はほとんど表情を変えないが、機嫌が良いのか悪いのかは、萌絵には確実に判別できる。今の犀川は上機嫌だ。

彼女の話が一段落すると、犀川は煙草に火をつけた。

「先生、何か良いことがあったのですか？」思い切って萌絵はきいてみた。

「新しい車が気に入った」彼は煙を吐き出しながら言う。

「まだ決めたわけじゃありません。他にも良い車が沢山あります」

「いや、あれに決めた」犀川は口もとを少し上げる。「だから、車の話はこれで終わりにしよう」

「それじゃあ、私がお話しした事件のことでは、何かお気づきの点がありましたか？」萌絵は素早く頭を切り換えて質問する。

「近藤さんは、目が覚めたら驚いただろうね」犀川はすぐに答える。こういった場合の犀川のレスポンスに、彼女はいつもはらはらする。

「マイクスタンドの脚のところに、ナイフが仕込んであったのでしょうか？」

「無理だろうね」犀川は煙草を吸いながら、ピアノのあるステージの方を見ている。「アナウンサ二人と、ゲストのタレント、それとも、有里匠幻氏のアシスタント……。数名の共犯？　でも、カメラマンとか、不特定の沢山の人間がすぐ近くで見守っていたんだよね？」

「それ以外に方法があるでしょうか？　下山さんや今野さんたちは、有里匠幻さんがあの箱に本当に入ったまま池に沈んで、そこで刺されて戻ってきたって話していましたけど……、それはありえません。彼の躰は濡れていなかったんですから」

「警察はお手上げなのかな？」

「ええ、今のところ、それに近いみたいです。殺害方法については全然だって……」萌絵はテーブルに両肘をついて、両手を頬に当てた。「たぶん、動機からアプローチしようという考えなんでしょう。いつものことですけれど。有里匠幻さんが死んで、いったい誰が得をするのか……」

「どんな人間でも、その人が亡くなったら、誰かは損をするし、誰かは得をする。そうでなければ、その人間が社会性を持たなかった、ということになる」

「でも、人を殺すほどの大きな損得って、なかなかありませんよね」

「小さなことが、妄想で大きくなるんだ」犀川は片手の煙草の先を指で回しながら言った。「逆に言えば、それくらいの妄想がないと、人は殺さないだろう」

なるほど、と萌絵は思う。ちょっとしたことから、相手を憎み、憎むことで、また妄想が拡大する。人間だけが殺人を行うのは、人間だけにあるこの想像能力のためだろう。

「妄想と幻想の違いは何ですか？」萌絵は突然思いついた質問をした。

「妄想と幻想か……」犀川は彼女の質問を繰り返した。これは、その質問を彼が予期していなかったため、驚いている証拠だ。萌絵は、犀川の表情を見て少し嬉しくなった。

「同じだね」犀川は答える。「前者は現実より悪い空想、後者は良い空想に使われる場合が多い。また、妄想は他人に見せられないが、幻想はマジックみたいに他人に見せることができる。しかし、成立する条件も、結果も、特に違いはない。つまりは、同じものだね」

「有里匠幻さんが殺され、遺体も消え去った。これは、私たちの見た妄想ですか？　それとも、見せられた幻想でしょうか？」萌絵は目を細めてきいた。自分の質問に満足し、犀川の返答を早くききたかった。

犀川はしばらく、コンピュータがハングアップしたみたいに止まってしまった。萌絵はますます嬉しくなる。

「わからない。でも、事実だと受けとめるべきだろう」やがて、犀川は答える。「これは、誰かが、僕らを、いや、誰かを幻惑しようとした結果だ。たまたま、僕らはそれを計算された方向から見てしまったんだ。確かに、意図的に仕組まれているという意味では、マジックと同種のイリュージョンだろうね。手法は不明だけど、何か仕掛けがあったんだと思う。もしも違う側面から見ていれば、幻惑されなかったのかもしれない。計算したということは、つまり……、そう、幻惑させなければならない何らかの理由があったんだよ。この点は、比較的面白い命題といって良い」

7

有里タケルと有里ミカルは六時を少し過ぎた頃に現れた。タケルはポロシャツの普段着で、ミカルはワンピースの長いスカートだった。

萌絵はすぐ席を立った。テーブルの椅子は四脚だったので、犀川の隣に移ろうと思ったのである。しかし、有里ミカルは、萌絵を無視して、犀川の隣に素早く腰を掛けた。萌絵がしかたなくもとの席に座り直すと、タケルがその隣に腰掛けた。

「こちら、犀川先生です」萌絵は紹介する。

「有里タケルです」タケルが軽く頭を下げる。「西之園さんにはいろいろとお世話になりましてね」

「先生？　何の先生ですの？」ミカルが尋ねる。

「私の大学の指導教官です」

「西之園さん、本当に大学生なの？」とミカル。

「本当です」犀川が答える。「はじめまして、犀川です」

「有里ミカルです」彼女はにっこり笑った。「私のことは、ご存じですか？」

「ええ、西之園君から聞いています。でも、僕はテレビを見ないので、残念ながら、お二人とも初対面です」

「まあ、どうして？　どうしてテレビを見ないんですか？」ミカルの表情は必要以上に変化する。まるで、浄瑠璃《じょうるり》の人形のようだ、と萌絵は思った。

「テレビがないからです」犀川は無表情で答える。

「テレビがない？」ミカルは信じられないという表情をした。「お宅にテレビがないんですか？　あの、よろしかったら、差し上げましょうか？　あったらご覧になりますの？」

「さあ、どうでしょう」犀川は首を傾げた。「貴女は、火星が好きですか？」

「カセイ？　カセイって……、あの、宇宙の火星ですか？」

「そうです。火星に行きたくないですか？」

「いえ、特には……」ミカルは苦笑いして萌絵を見た。

「火星がすぐ隣のビルにあったら、行きたいですか？」犀川はさらにきいた。

有里ミカルには、犀川のレトリックがわからないようだ。萌絵は笑いを堪《こら》えていた。

「私は絶対に行きたいわ」萌絵が代わりに答える。

「西之園さん」ミカルは煙草を出して火をつける。「貴女、かなり変わってる人だと思ったのよ。私、だから、今日だって、タケルについてきたの。でも、この先生は、もっと変わってるわね」

「ええ、私の先生ですから」萌絵はにっこりと頷く。

「西之園さん、どこの大学なの？　法学部？」タケルが萌絵にきいた。

「N大です。私は工学部の建築学科です」

料理を注文する。最初に食前酒が運ばれてきた。犀川と萌絵はソーダにする。

「私、手品をしましょうか？」萌絵がグラスを置いて言った。

「まあ」ミカルは口を開けたままの表情になる。「どんな？」

「先生、そのボールペンとサインペンを貸して下さい」

萌絵はテーブル越しに手を伸ばして、犀川から二本のペンを受け取る。犀川はいつも安物の三色ボールペンと赤のサインペンを胸のポケットに差していた。高級レストランに入るときだって例外ではない。

「名刺をいただけませんか？」萌絵は、タケルとミカルを見ながら言う。

タケルはカード入れから、ミカルはハンドバッグから、それぞれ自分の名刺を取り出して萌絵に手渡した。

萌絵はミカルの名刺をちらりと見ただけで返す。

「ミカルさん。その名刺の下の端に、小さな文字で、四桁の数字を二つ、縦に並べて書いて下さい」彼女はそう言いながら、ミカルに三色ボールペンを差し出した。

ミカルは、自分の名刺に数字を二つ書く。その間に、萌絵はこっそりテーブルの下でネタを仕込んだ。

「では、それを私に見えないようにして、タケルさんの前に置いて下さい」

萌絵の言うとおり、ミカルはその名刺をテーブルの向いのタケルの前に置いた。萌絵は上を向き、手に持っていたもう一枚の名刺をタケルの前に差し出す。そして、サインペンもタケルに手渡した。

「タケルさんには、こっちの名刺を使って、計算をしてもらいます。ミカルさんが書いた二つの数字を掛け算して下さい」

「まいったな、計算は苦手だから」タケルはミカルを見て苦笑いした。

ミカルも覗き込んで口を出そうとした。タケルは、しかたなく、テーブルに二つの名刺を並べて、ミカルの名刺の数字を見ながら、自分の名刺で筆算を始めた。一分ほど時間がかかった。

「できたよ」タケルは萌絵に言う。

「間違いないですか？」萌絵は上を見たままだった。

「さあ、それはどうかな……」

「それじゃあ、裏に解答がありますから、見て確かめて下さい」萌絵は言った。

「裏って？」

「タケルさんの名刺の裏です」

タケルは片手で押さえていた名刺を裏返す。そこには、赤い大きな文字で、八桁の数字が書かれていた。彼は、もう一度表を見て、自分の計算結果と見比べる。

タケルは短く口笛を吹いてから舌を鳴らした。「いやあ、驚いたなあ」

「手渡すまえに暗算して書いたの？」ミカルが目を丸くしてきいた。「私のを見て、すぐにテーブルの下で書いたのね。でも、私の書いた文字が、貴女、そこから見えたの？」

「こりゃ、凄い」タケルは笑いだした。「真っ青だよ」

ミカルも少ししてから、やっと微笑んだ。彼女は犀川の方に顔を寄せて言う。

「先生は？　何かマジックをなさいませんの？」

「誰もマジックなんてしませんよ」犀川は煙草を吸っていた。「たった今も、ご覧になったでしょう？　見ている人の一部がマジックだと感じるだけです。西之園君は計算が得意ですし、視力は二・〇です。事実とは、それだけのことです」

「いえいえ、立派なマジックですよ」タケルが言う。

「犀川先生は、どんな特技がありますの？」ミカルはきいた。

「そうですね、僕は、ミルクとコーラを半々でカクテルにしてよく飲みますけど、それだって、特技かもしれないし、あるいは、マジックだと思う人がいるかもしれませんね」

それを聞いて、有里ミカルは犀川に躰をぶつけて笑った。

8

デザートのアイスクリームケーキがテーブルに運ばれてくるまで、事件の話は一切出なかった。有里ミカルは陽気に酔っていたし、有里タケルもよくしゃべった。犀川はときどき気の利いた返事をするくらいで自分からは話さない。店内はいつの間にか客でいっぱいになっていた。萌絵がたまに他のテーブルを見渡すと、必ず、どこかのテーブルからこちらを見ている視線とぶつかった。有名人と食事をしているのだ、とそのたびに彼女は思い出した。

「懐かしい！」ミカルが大きな声で言う。「嬉しいわあ。犀川先生と話が合う……。ねえねえ、じゃあ、ガッチャマンとかも、お好きだったんですか?」

さきほどから、ミカルは犀川の腕や肩に再三手を触れる。萌絵はそれが非常に気になっていた。ミカルは犀川と同じ年代で、子供の頃に見たテレビ番組などで話が弾んでいる。萌絵はガッチャマンなんて知らなかった。きっと、くだらないお笑い番組だろう。

「あの、お食事も済んだので、事件のお話をしてもよろしいですか?」萌絵はデザートを食べ終わるときいた。

「別にお食事中でも全然かまわなかったわよ」ミカルは答える。「ねえ、犀川先生も、かまいませんよね?」

「いや、どうせつまらない話でしょう」犀川は言う。

萌絵は唇を嚙んで犀川を睨む。

「あら? 彼女、怒ってますよ」ミカルは澄ました顔で言った。「ひょっとして、私たちのこと、妬《や》いてるんじゃないかしら?」

萌絵は、自分の手綱を引いて、気を落ち着かせる。

「事件のことって、どんなこと?」タケルが萌絵に囁いた。

「日曜日のセレモニィホールのことです」

「ああ……」タケルの表情が少し曇った。「まだ、見つからないようだね」

「あの棺の仕掛けはご存じでしたか?」萌絵はきいた。

「ねえ、何のお話?」ミカルが身を乗り出してきて口を挟む。

「匠幻先生の棺だよ」タケルが小声で言う。周りのテーブルに聞こえないように、という配慮だろう。

「あれ、ナガルさんの箱でしょう?」ミカルが普通の声で答えた。「そうそう、あれ、警察に押収されてるんでしょう? 何百万ってするのよ。手作りで、お金かかってるんだから」

「一瞬で色が変わる仕掛け以外にも、上げ底になっていて人を隠したり、底から抜け出したりできるようになっているんです」萌絵は説明した。

「へえ」ミカルはわざとらしく目を見開いた。「そうなの……」

「じゃあ、遺体は、まだあの棺の中にあったってわけ?」タケルは呟いた。「しかし……」

「私は霊柩車が怪しいと思ってたけどなあ」ミカルは真剣な表情になって、煙草に火をつけた。「ふうん……。そうか、じゃあ、あの騒ぎのあとで遺体を持ち出したのね?」

「それはわかりません」萌絵は首をふった。「お二人とも、何か心当たりはありませんか? あのとき、あの騒ぎのあと、そんなチャンスがあったでしょうか?」

「だって、警察が来るまでは、西之園さん、貴女だってずっとそばにいたでしょう?」ミカルが言った。「私、建物の玄関のところで見てたわよ」

「ご遺体を盗み出したとしたら、警察が来たあとだと思います」萌絵は言った。

「それより、霊柩車の方は調べたのかしら?」

「霊柩車には仕掛けはありませんでした。天井にも、床にも変わったところはありません。あれは、普通の霊柩車です」

「どうして、貴女がそんなことまで知っているの？」ミカルは訝《いぶか》しげな顔をする。「第一、あのときだって変だったわね。何故、学生なのに警察のお手伝いみたいなことしてるわけ？」

「バイトなんです」萌絵は思いついた嘘を言う。

「バイト？　バイトって、警察で？」

「ええ。人手不足なんですね、きっと」萌絵は微笑む。

「執事がいるって言ってたよね」タケルが横から言った。「そんなお金持ちのお嬢様が、バイトかい？」

「あの棺は、誰が作ったんですか？」犀川が突然質問した。

「さあ、それはナガルさんにきかないと……」ミカルが答える。

「皆さん、同じところに製作を発注しているんじゃないのですか？」犀川は前髪を掻き上げながら言う。「たとえば、匠幻氏の大道具なんかは、誰が作るんです？」

「それは、私たちも知らないの。この世界はアイデアが勝負ですもの。自分で思いついたものを、自分で作るか、町工場みたいなところに発注したりするんです。もちろん、マジック専門の工作業者も幾つかはありますけど、そういうところって、同業者にネタを盗まれる心配がありますから。一人前になると、信頼できる業者を独自に見つけて、だいたいは秘密にしています」

「残念ながら、僕も知りませんね」タケルが答える。「僕らは二人とも東京だけど、匠幻先生とナガルさんは、那古野に住んでいますから、箱屋もこの近辺だとは思いますよ。二人とも、間藤さんのところに倉庫を借りていますし」

タケルが使った「箱屋」という言葉が、萌絵には新鮮だった。

「その倉庫、見せてもらえるものでしょうか?」萌絵はすぐ尋ねる。

「無理だろうね……」タケルはゆっくりと首をふる。「令状でもない限りね。これは企業秘密なんだから」

「匠幻さんの倉庫は、どうなるのかしら?」

「さあ、まだ何も決まっていないと思うよ。すべて、ご遺族の判断待ちだね」

八時を過ぎた頃、有里タケルが立ち上がった。

「さあ、じゃあ、そろそろ」タケルはそう言って、ミカルを見る。

「私、犀川先生と、どこかでもう一杯くらい……」ミカルは犀川の腕を取って言った。

「切符が買ってあるんだ」タケルが腕時計を示す。

「いいわよ。明日の朝に戻ったって大丈夫」

「あの、僕は西之園君と帰りますから」犀川が言う。

有里ミカルは膨《ふく》れた表情を見せた。タケルが簡単に挨拶をして、彼女を連れて店から出ていく。勘定は彼の奢《おご》りだった。

「愉快な人だったね」テーブルが二人だけになると、犀川は煙草に火をつけた。

「どちらが？」

「彼女の方」

「どこが愉快なんです？」萌絵は口を尖らせる。

「タケルさんが君に何かを言うたびに、聞き耳を立てていたよ。妬いているのは彼女の方だったね。わざと酔った振りをしていたみたいだし。たぶん、ここに来るまえに喧嘩でもしたんだろう」

「それが愉快なんですか？」

「不愉快ではない。素直な反応じゃないか」

「全然、素直じゃないわ」

「君もだ」

犀川は彼女から視線を逸らし、美味しそうに煙草を吸う。

萌絵は少し疲れて、頭痛がしていた。アルコールを飲みたかったけれど、車で帰らないといけないので我慢したためであろう。

「ああ、お酒が飲みたい」萌絵は素直に口にした。「先生、送っていただけるかしら？」

「君の車を、僕が運転するという意味だね？　良いよ」

「違います。車なんて置いておけば良いの」

「じゃあ、どういう意味？　一人では帰れないほどべろんべろんになるつもりかい？　もしそうなら、帰ってから飲んだ方が無駄がない」

「ち・が・い・ます」萌絵はそう言ってから溜息をついた。「もう、いいわ。帰りましょう」

「西之園君、力学のことで質問があったんじゃないの？」

萌絵はもう一度犀川を睨みつけた。

「先生が浦島太郎だったら、きっと、玉手箱を開けなかったでしょうね」

「うん、僕は開けないね」犀川は真面目な顔で答えた。

9

世間ではお盆休みになった。しかし、当然ながら、犀川は相変わらず偏《かたよ》りのない生活を持続している。大学院生たちのほとんどは里帰りしていたが、彼だけは一人、研究室で仕事をしていた。雑用はほとんど片づいて、久しぶりのクリエイティヴな時間を楽しんでいた。昼休みにパンを食べて、煙草を燻《くゆ》らせているとき、少しだけ事件のことを思い出した。確かに不思議で興味のある問題だ、と犀川は思う。しかし、解かなくてはいけない問題の難度を、それに取り組んでいる頭脳の数（あるいは思考力の総量）で割った値が、犀川の思考対象選択の優先順位を決める。有里匠幻の問題を解こうとしている頭脳は多い。西之園萌絵もその一人である。したがって、犀川にとって、この問題の優先度は比較的低いものとなる。大勢で寄ってたかって考えたところで、効率は悪くなるばかりであるが、いずれ、誰かが解決するだろう。

二人のマジシャンと食事をした三日まえの水曜の夜以来、西之園萌絵とは会っていない。お盆が終わると、大学院入試までもう十日ほどである。彼女も受験勉強で忙しいのであろう。

警察は休みを返上して捜査を続けているのに違いない。

殺人犯は今、何をしているだろう。

目的は達成されたのだろうか？

いろいろな可能性が否定されたが、あるいは、そのうちのどれかが、正解だったのかもしれない。否定する条件の方が見当違いだったということも、よくあるからだ。

有里匠幻は箱に入ったまま、池の中に沈んだのか。誰かが、ナイフを発射させて離れたところから有里匠幻を殺したのか。それとも、マイクスタンドの脚にナイフが仕込まれていたのだろうか。

セレモニィホールの遺体消失はどうだろう？

テープレコーダと遺体をすり替える機会は、いつあっただろう。

いや、手法など些細な問題だ。

誰が何のために、このマジックを見せたのか。

何を得るために……。

人間の一生のように、そんな思考は一瞬だった。

煙草が短くなった頃には、その白煙と同様に、有里匠幻の事件は、犀川の思考から消えてなくなった。

10

同じ土曜日の夕方、西之園萌絵は、自分の部屋から久しぶりに出た。ずっと閉じ籠もって勉強をしていたので、左手が痛くなった。ペンを持って文字を書くことは、近頃では希《まれ》である。もともと、彼女は講義のときもノートを取らない。自分の目で見たものを自分のために書き写す意味なんて、彼女には見出せなかったからだ。演習か設計製図のときくらいしか、ペンを使う機会はなかった。

紙に文字を書く動作は、人間工学的に考えても、決して自然な運動ではない。十本ある指を有効に使うキーボードの方が、何倍も人間の手に相応しい。

久しぶりに長時間、文字を書いていたので肩が凝った。時計を見ると、夕方の六時である。今朝早く、トーマの散歩から戻り、朝食を食べてから、ずっと勉強していたので、かれこれ十時間以上になる。昼食は、諏訪野が呼びにきたが断っていた。

この数日間の勉強で、萌絵は力学が面白いと感じた。

何故こんな特殊な条件で問題を解かなくてはならないのか、と常々不思議に思っていたことの理由は、実に単純だった。特殊な条件でないと、方程式が解けないのだ。それでは、ごく一般的な実際の問題を、どうやって解決しているのだろう？　その点は、彼女の持っている初歩の教科書には出てこない。少し調べてみたが、高等な参考書でも、やはり特殊な範囲が少しだけ広がる程度であった。

人間の考えた法則なんて、どれも、極めて特殊で理想的な条件の下でしか成立しない。それらの法則は、現実の問題を解決するのではなく、問題の性質を見通すものでしかない。どちらが北なのかを教えてくれる羅針盤と同じで、目的地に真っ直ぐ連れていってくれるわけではないのだ。

こんな幼稚な知識で、よく人類は、ビルを建て、橋を造り、海に潜り、宇宙に飛び出したものである。

考えてみれば、すべてが一か八かの大勝負ではなかったのか。羅針盤だけで大洋を渡ったように、計算ができているようで、実はやってみなければわからない、命懸けの冒険だったのではないだろうか。

彼女が面白いと思ったのは、まさにその点だった。

この不安定で頼りない部分が意外だったのである。学問はもっと、ずっと進んでいるものだと思っていたのに、案外、この先に、道はないのかもしれない。その分、もっと面白いことがあるに違いない。どの分野だって、きっとそれがあるのだろう。犀川助教授の言動から も、それが予想できる。たった数日間勉強しただけで、萌絵は、ほんの少し犀川に近づいたような気がした。

彼女は階段を下りて、トーマを探す。リビングで諏訪野が新聞を読んでいた。

「あ、お嬢様」諏訪野は、慌ててメガネを外して立ち上がった。「お食事は、いかがなさいますか？　早めにご夕食にいたしましょうか？」

「トーマは？」

「ここにおります」諏訪野はソファの陰を指さした。

「ちょっと、気晴らしにドライブに出かけてきます。一時間くらいで戻りますから、夕食は七時過ぎで良いわ」

「承知いたしました」

「トーマ！」萌絵は犬の名を呼ぶ。「おいで」

上目遣いで、のそのそとトーマが現れる。彼は、萌絵をじっと見てから欠伸《あくび》をして、ゆっくりと背伸びをした。

「トーマ、いらっしゃい。お出かけよ」

玄関で運動靴を履き、萌絵はトーマと一緒にエレベータに乗る。そして、地下駐車場で、自分の車の助手席のドアをさきに開けて、トーマを乗せた。

赤いスポーツカーは、低いエンジン音を轟かせて街に出る。彼女は、メインストリートを東に向かい、平和公園を抜けた。道路が混雑していたため少し時間がかかり、滝野ヶ池緑地公園に到着したのは二十分後だった。

公園の駐車場はひっそりとして、ほとんど車が駐まっていない。日は沈みかけており、そよ風が心地良かった。彼女はトーマを車から降ろし、胴輪もロープもつけずに連れて歩くことにした。気の弱いトーマは、初めての場所では彼女から離れて遠くへ行ったりはしないからだ。

ホットドッグの店はもうなかった。芝生の広場にも人影は疎《まば》らである。若いカップルが数組と、犬の散歩にきている人が二、三人いたが、ずいぶん離れていたので、トーマは他の犬には気がつかない。下ばかり見て歩いているからだ。たびたび、トーマは萌絵の顔を見上げて、道がこちらで良いのかと心細そうに確かめた。

彼女は森林の小径に入った。しばらく歩くと、犀川があの日、昼寝をしていたベンチがある。辺りは薄暗かったが、少しの間そこに座っていると目が慣れてきた。気分がすっきりとして、とても気持ち良い。

もう少し先に行ったところに、池に突き出したコンクリート造の休憩所がある。浮き殿というのだろうか、と萌絵は思う。そこまで行ってから引き返そう。

突然、吠えながらトーマが駆け出した。

「トーマ！」立ち上がって、萌絵は叫ぶ。

中学生くらいの少女が連れている犬に、トーマは吠えていた。

「ごめんなさい」萌絵は駆け寄って、トーマを抱える。彼はやっと事態に気がついたように腰を落とし、両耳を後ろに下げて大人しくなった。

少女の連れていた犬も、トーマと同じ三色のシェトランドシープドッグだったが、トーマと比べるとかなり躰は小さい。その犬は鳴かなかった。

「お利口さんね」萌絵はトーマを座らせてから、そちらの犬を撫でた。「女の子かな？」

「はい」少女は答える。「トーマは雄ですか？」

「ええ、いつもは大人しいんだけど、よっぽどこの子が気に入ったのね。名前は？」

「よし子です」

「いえ、犬の名前よ」

「私は、恵美《めぐみ》です。よし子が、この子の名前なんです」少女はにっこりと微笑んだ。

「まあ、ごめんなさい」

「本当はダイアナっていうんですけど、よし子は、世を忍ぶ仮の名なんです」

「うちのトーマはね、本当は、アシスタント・オブ・キャプテン・リーっていうのよ。二人とも実は、王子様とお姫様で、今は魔法をかけられているのね」

「貴女、刑事さんでしょう？」

萌絵は屈んでよし子を撫でていたので、その質問で少女を見上げた。「私が？　どうして？」

「だって、テレビで見たから……、有里匠幻のニュースで」

「わあ、よく覚えているのね」萌絵は立ち上がった。「そんなに私って覚えやすい顔かな」

「髪型も同じだし……。ええ、思ったとおり」少女はトーマを見た。「トーマは警察犬ですか？　太ってますね」

「まさか。こんな間の抜けた警察犬はいないわ」

トーマが心外そうな表情で萌絵を横目で見た。少女は屈み込んで、トーマに手を差し出す。高貴な彼も、しかたなく少女の手に自分の手をのせた。

「私、この公園で、よく有里匠幻と会ったんです」少女がトーマを撫でながら言った。「だから、事件のことが気になって、テレビとか新聞とか全部見てたんです」

「ここで？　いつ？」

「ええ、ずっと……。朝の散歩のときですけど、一週間に一回か二回くらい」

恵美と名乗った少女は、小柄でほっそりとしている。髪は短く、利発そうな眉と瞳が印象的だった。中学生くらいかと思ったが、しゃべり方は大人っぽい。

「警察に話をしたことがある？」

「いいえ」少女は立ち上がった。

「池の方まで、一緒に歩こうか」萌絵は提案した。

少女は頷いて、よし子のロープを外した。トーマとよし子は、鼻を近づけ合って、横見しながら歩いた。

「でも、有里匠幻さんの家はこの辺じゃないのよ」萌絵は歩きながら言う。

「車で来ていたんじゃないかしら。いつも、さっきのベンチのところで休憩してたみたい」

「どうして、その人が有里匠幻だってわかったの？　だって、テレビでは彼、いつもメーキャップをしているじゃない」

「ええ。だけど、週刊誌なんかにはメーキャップしていない写真とかも載ってましたから……。私も、あの事件のあとで気がついたんです」

「人違いじゃない？　よく似た人かもしれないでしょう？」

「だって、あの日以来、もう現れないんですよ」

「なるほど……」そう言って、萌絵は空を見上げる。

空は紫色に染まっていた。

きっと、この少女は絵が得意なのだろう、と萌絵は思った。テレビに数回だけ映った彼女の顔を覚えていて、一見して本人だと確信できるくらいなのだ。少女が有里匠幻だと主張している人物も、本ものかもしれない。人間の持っているすべての能力に関して、この歳頃が最も鋭敏といえる。

「あの日の朝だって、会ったんですよ」

「事件の日？」

「そうです、日曜日」恵美は答えた。「あそこのベンチに座ってて、こう、両手を広げて、指を動かしていました。手品師だから、ウォーミングアップっていうのかしら」

「恵美さん、家はこの近く？」

「はい」

「それじゃあ、あの事件の日も、ここに有里匠幻のショーを見にきていたの？」

「いいえ、私、日曜日の午後は塾があるんです」

二人は、池のほとりまで来た。

トーマとよし子は、並んで歩き回っている。まるで、見えない小さな二頭立ての馬車を引いている馬のようだ。彼らは同時に、その辺りに落ちているすべての物体の匂いを確かめるプロジェクトを遂行していた。

近くには誰もいなかった。

池に突き出したコンクリートの橋を渡り、浮き殿の休憩所で萌絵は手摺《てす》りにもたれ、腕を組んだ。

「毎日、車でこんなところまで散歩にきていたのかしら？」

「いいえ」少女は首をふる。「そうじゃないと思います」

「え？」萌絵は恵美を見つめる。「どういうこと？」

恵美はベンチに腰を下ろして、無邪気な笑顔を見せた。

「二、三度見たことがあるんですけど、有里匠幻さんは、ベンチで休憩したあと、駐車場とは反対方向へ歩いていったんです。向こうです」恵美が指をさした方角は南だった。「私の家の方です」

「向こうには何があるの？　山の方よね」

「ええ、行き止まりなんですけど、二十軒くらいの集落があります」

「ふうん……。それじゃあ、どこかそちらに目的地があったわけ？」

「ええ、たぶん、そうだと思います。そちらへ行く道の途中で、すれ違ったこともありますから」

「ちょっと、案内してもらえる？」

「ええ、もちろん」少女は嬉しそうに声を弾ませ、綺麗に並んだ白い歯を見せた。「やっぱり、刑事さんなんですね？」

11

日が暮れて、森林を抜ける小径は足もとが見にくかった。

やがて、車がやっと通れるほどの砂利道に出る。それから、十分ほど緩やかな坂を上った。トーマはよし子の案内で後をついてとぼとぼと歩いている。

帰る頃には真っ暗になるかもしれない。萌絵は右手にしている腕時計を見ながら、少し心配になった。駐車場の車まで戻って、それに乗ってくれば良かったのだが、その場合、恵美を助手席に乗せても、二匹の犬たちが乗らなくなる。萌絵の車には後部座席がないからだ。

少し開けた台地に出た。

数軒の家の明かりが見える。道はT字路に突き当たり、左右に分かれていた。

「今来た道しか、ここには来られないの？」

「ええ、車はそうです。ここしかありません。この先も、どちらに行っても、行き止まりです」恵美は答える。「細い道なら沢山ありますけど、でも、バイクも無理です。今の道だって狭いから、大型のトラックなんかぎりぎりなんですよ」

「大型トラックが来ることがあるの？」

「ええ、工場があるから」恵美は指をさした。

畑の向こうに、スレート屋根の倉庫のような建物が見えた。

「ありがとう、もうここで良いわ」萌絵は恵美に微笑んだ。「恵美さん、名字は何ていうの?」

「加部谷《かべや》です。刑事さんは?」

「私は西之園。お家《うち》の電話は?」

恵美は電話番号を早口で言う。「覚えられるんですか?」

「ええ」萌絵は頷く。

「パソコン通信もしてます」加部谷恵美はそう言って、アドレスを萌絵に教える。

別れるとき、トーマは耳を立て、一度だけよし子に吠えた。教えたことはなかったが、彼も挨拶はちゃんとできるようだ。恵美はT字路を左へ行く道を歩いていった。

しばらく、萌絵はそこに立って考えた。

時刻は七時である。諏訪野が心配するだろう。日は沈んでいたが、まだ完全に暗いわけではない。どこかで、電話をしようと思ったが、近くに電話ボックスは見当たらなかった。おそらく公園まで戻らないと駄目だろう。なるほど、携帯電話が必要なときもあるものだ。でも、もし持っていたとしても、たぶん、この場合は車に置いてきてしまっていたに違いない、と萌絵は考えた。

トーマに声をかけて、工場の方へ向かった。加部谷恵美が帰っていった道とは反対の右方向である。

緩やかな坂を少し下る。舗装されていない砂利道だった。

電信柱にカラスがとまっている。

萌絵は少し汗をかいていた。トーマも舌を出して暑そうにしている。夏なのに毛皮を着ているのだから可哀想だ。

低い樹が、畑の端に並んでいて、その工場の敷地の塀代わりになっていた。簡単には動きそうにない古い車が、道沿いに三台置かれている。そのうち二台はトラックだ。倉庫のような大きな建物は、十メートルほど道から奥まったところにあり、その手前はガラクタでいっぱいだった。ほとんどが錆《さ》びついた鋼鉄の塊である。コードが何本も飛び出した電子基板も積まれている。粗大ゴミ置き場のようだ。

そのガラクタ置き場の右手に、事務所のような二階建てのプレハブ小屋があった。照明はついていない。人気《ひとけ》もなかった。近づいて、ドアをノックしてみたが反応はない。しかし、ノブに触れてみると、鍵はかかっていなかった。

(不用心だな)

そう思いながら、萌絵は扉を押して、少し中を覗く。

「こんばんは」小声で呼んでみた。

部屋の中は暗くてよく見えない。

誰もいないようだ。

ドアを閉めて、後退する。二階を見上げたが、窓が全部閉まっていたし、クーラが動いている気配もない。中に人がいるとは思えなかった。ドアの上に、剝《は》げたペンキの看板があって、「菊地《きくち》製作所」と読めた。電話番号などの表示はない。

足もとに何か軟らかいものが触れたので、萌絵はびっくりした。振り向くと、すぐ後ろでトーマが見上げている。

「脅かさないでよ」萌絵は囁いた。「わかった、もう帰るから、もう少し待ってて」

ガラクタの山を跨《また》ぐように移動式の簡易なクレーンがあった。電動ではなく、鎖を引いて持ち上げる手動式のものだ。錆びついていて動きそうにない。溶接用のマスクが落ちている。倉庫のシャッタの方に近づくと、オレンジ色の大きなコンプレッサのエアタンクがあった。その横には、青いビニルシートがかけられた一帯がある。

萌絵はそのシートを片手で持ち上げて、中を覗いてみた。

派手な塗装の箱。

彼女は深呼吸をした。

箱は、手品で使うような、幾何学的な模様に塗り分けられていた。

間違いない……。

ここが、有里匠幻がマジックの大道具を作らせていた工場だ。彼女はそう確信した。

道に立っている電信柱の電灯が突然光り、辺りは少し明るくなる。

カラスが飛び去った。

シャッタの横に、小さな通用口。ドアに磨りガラスの窓があった。倉庫の中は、もちろん照明が灯っていない。萌絵はそのドアをノックした。ノブに触れて回してみると、こちらも鍵はかかっていなかった。

ドアを押し開ける。

蝶番《ちょうつがい》が軋《きし》んで、嫌な周波数の音がした。

倉庫の中は真っ暗だ。

もの音もしない。

「こんばんは」萌絵は陽気に、しかし小声で言った。

倉庫は二階建てほどの高さがあったが、ちょっと見たところでは、室内は吹抜けで、天井が高い。つまり平屋ということである。壁の高いところに窓があり、そこを通して外から僅かな光が入っている。少し目が慣れてくると、室内には間仕切りもなく、広い空間が見渡せた。

「誰もいませんよね」独り言を呟きながら、彼女は通用口から中に足を踏み入れた。

シンナの臭いが鼻をつく。おそらく、塗料だろう。

雑然とした雰囲気で、埃っぽい。

右手奥の壁には数々の工具が並んでいる。コンプレッサの太いエアホースが床を這ってい
た。溶接機も入口の近くにあって、黒いコードが無造作に延びている。部屋の奥半分には、
背の高いスチール棚が並んでいたが、手前の空間には、大小さまざまの箱が幾つも置かれ、
工作途中のようだ。フレームをL形断面の鋼材で組み立て、平面の部分はベニヤであろう
か。既に塗装されている箱もあるし、マスキングが施され、塗り分け塗装が途中の箱もあっ
た。グラインダや電気ドリルなどが、床に投げ出されたままで、ついさきほどまで、誰かが
ここで工作をしていたような、やりっ放しの状態だった。

外でもの音がする。トーマが何かしているのだろう。

もう、戻った方が良い。警察に連絡しなければ、と萌絵は思った。

彼女は、入口へ引き返し、ドアを開ける。

その瞬間、彼女の目の前で、眩《まぶ》しいライトが点灯した。

萌絵は身を引いて、一瞬、目を閉じる。足もとのホースに躓《つまず》いて、床に尻もちをついた。

眩しいライトがドアから入ってくる。

萌絵は動けなかった。

「西之園さん?」

「恵美さん?」萌絵はライトに目を細めて言う。

倉庫の中を覗き込む加部谷恵美の顔が見えた。

萌絵はほっと息をついて、立ち上がる。

「家から懐中電灯を持ってきたの」恵美が中に入ってきた。「もう暗いでしょう？　もしかしたら、ここにいるんじゃないかと思ったから」

「ありがとう。最高に気が利くわね」萌絵はジーンズを払った。そして、恵美の差し出したライトを受け取る。かなり強力なタイプの懐中電灯だった。

「ここ、最近はずっと夜は真っ暗でしたよ。明かりがついてないんです」恵美は小声で言う。

「いつ頃から？」ライトで倉庫内のあちらこちらを照らしながら萌絵はきく。「そのまえは、ちゃんと誰かいたのね？」

「ええ、つい先月くらいまでは、夜は必ず明かりがついてましたし、トラックとかも動いていたと思うけど……」

ライトを持って、少し奥へ歩いた。恵美は萌絵の後ろについてくる。

「なんか、臭《くさ》くないですか？」恵美が言う。

「ペンキの臭い？」

「ええ、頭が痛くなりそう」恵美は萌絵の片腕に触れる。「薄気味悪いですね。これって全部、手品の大道具ですか？　有里匠幻さんが使っていたものなんですね。ここで作っていたんだ」

「たぶんね」萌絵は冷静を装って答えたが、本当はいつもよりずっと脈拍が速かった。

奥のスチール棚は、壁に平行に何列も並んでいる。各種の材料や、塗料の缶が比較的整理して置かれていた。左側から順番に見ていく。

中央の列で、萌絵の足が一度止まった。

恵美が息を吸い込む。

棚の上段に大きな人形がのっていたのだ。

人形の白い顔が、能面のように恐ろしい。

プラスチックでできているようだ。灰色のタキシードを着ている。埃をかぶっていて、古そうだった。

「びっくりしたあ」恵美がしばらくしてから言った。「これも、手品に使うのかしら?」

何に使うのか判然としないものばかりである。剣を束にまとめたもの、それに、中世の兜《かぶと》のようなものもあった。首だけの人形、靴を履《は》いた足の模型、大きなリング、太く短い円筒管、いろいろな形の鳥籠。それ以外のほとんどのものは、大小の箱に入っていて、番号が書かれている。

最後の列を奥から見ていく。

ライトを両側の棚に交互に当てて、萌絵は歩いた。

恵美は、ラットかインコが回す小さな回転ドラムを見つけ、それを手で回している。

「西之園さん、何を探しているの？」少し離れた後方から、恵美がきいた。

「何というわけじゃないの」萌絵は歩きながら答える。「事件に関係がありそうなものね。あのときのショーで使っていたような、何か似た道具がないかなと思って……」

そう、たとえば、ナイフを発射する装置とか、ナイフを内蔵したマイクスタンドとかである。

「あれは、どんな仕掛けだったんですか？」恵美は尋ねた。「池の中に箱が沈んだとき、息を止めていたの？　箱の中に酸素ボンベが隠してあったんですね？」

「いえ、あれはね……」

棚の中段に、また人形があった。

今度はタキシードではない。

触ってみる。

萌絵は息を止めて、素早く自分の手を引っ込めた。

本能的に躰が動く。

ライトは、人形の顔に当たっていた。

「どうしたんです？」恵美が近寄ってきた。

恐ろしい顔。

人形ではない。

恵美が短い悲鳴を上げる。
彼女は萌絵の背中にぶつかり、しがみついた。
倉庫の外でトーマが吠える声。
「大丈夫……」萌絵は囁く。
何が、誰が、どう大丈夫なのか。
異臭。
萌絵は長い息を吐いた。
気が遠くなり、倒れそうになる。
どこかに摑《つか》まりたい。
手を伸ばそうとしたが、動けない。
恵美が彼女に後ろから抱きついていたからだ。
バランスを崩し、そのまま、じりじりと恵美とともに後退する。
ライトを持つ手に、異様に力が入っていた。
汗が滲《にじ》む。
「落ち着いて！」
萌絵は背中の少女に片手を回す。
恵美は、萌絵が差し出した手を強く握った。

最後は、逃げるように倉庫を飛び出す。

トーマが尾を振って駆け寄ってきた。

「死んでいたのね？」恵美は大きな息をして言った。「ねえ、あれ、本当に……死んで……」

「家まで一人で行ける？」

「警察に電話ですね？」

「お願い」

萌絵の言葉に恵美は頷き、電信柱の光の中を走り去った。

12

西之園萌絵は道路まで出て、電信柱の明かりの下でトーマを抱きかかえて待っていた。トーマと一緒だったことは、幸いだった。

しばらくして、加部谷恵美が両親を連れて戻ってきた。

パトカーが到着したのは、さらに五分ほどあとである。警官は二人で倉庫の中に入っていった。萌絵は、彼らに簡単な説明をしただけで、外で待っていた。その頃には、数人の野次馬が集まっていたが、皆、加部谷家と顔見知りのようだった。

さらに、十分ほどして、もう一台パトカーが来る。そのあとは、次々に警察の車が到着した。しかし、萌絵が顔見知りの刑事がやってきたのは、結局八時近い時刻になってからで、辺りはすっかり暗くなっていた。

萌絵は、加部谷恵美に頼んで、トーマを彼女の家に連れていってもらうことにした。トーマはパトカーのサイレンに怯え、震えていたからだ。

「やっぱり、警察犬じゃなかったのね。水とドッグフードをあげてもいい?」恵美は嬉しそうにきいた。

「ええ、お願い」

近藤刑事は、車から降りてくるなり、萌絵に向かって意味不明のVサインをした。後ろから鵜飼刑事がやってきて、近藤の頭を軽く叩く。

二人は倉庫の中に黙って入っていった。

萌絵はしばらく外で待っていたが、刑事たちはなかなか出てこない。今、倉庫の中は明々と照明が灯り、作業服の男たちが幾人も動いているのが、開けたままの通用口から見えた。

意を決して萌絵は倉庫に入った。

鵜飼と近藤は、出入口のすぐそばで鑑識の男と話をしていた。その男の顔に萌絵は見覚えがあった。厚いレンズのメガネをかけ、ヘアスタイルはベートーベンのようだ。彼女の顔を見ると、その男は奥へ引き返していった。

「よく見つけましたね」近藤が高い声で萌絵に言う。「西之園さん、どうして、ここがわかったんですか?」

「ええ、それはあとで詳しく話します」萌絵は溜息をついてから肩を竦《すく》める。「あの、鵜飼さん。私、もう帰って良いかしら?」

「へえ、西之園さん、珍しいことをおっしゃいますね」鵜飼はポケットに手帳を仕舞いながら言った。「もちろん、かまいませんよ。車ですよね?」

「ええ……、車は向こうの公園の方の駐車場です」萌絵は答える。

「明日にでも、お話を伺いに参ります」鵜飼は微笑んだ。「お疲れさまでした」

「あの……、送っていただけませんか?」萌絵は鵜飼を見る。

「え? 車じゃないんですか?」

「ええ……、ですから、その……、車までです。そこの道、暗くて……」

「ああ……」鵜飼は頷いた。「ええ、もちろんですとも。僕が送りましょう」

「先輩、僕が行きます」近藤がすぐに言った。

「お前は、ここを仕切ってろ」鵜飼が振り向いて睨む。「すぐ戻るから」

倉庫の外に出ると、萌絵は加部谷恵美を探した。もう、恵美も彼女の両親も姿は見えなかった。

鵜飼の車は、大きな四輪駆動車である。

「さきに、この先の加部谷さんというお宅に寄って下さい」萌絵は助手席に乗り込んで言った。「トーマを預けてあるんです」

鵜飼の車で、T字路も真っ直ぐに通り抜ける。道沿いに数軒の住宅があった。表札を見ながらゆっくりと進み、加部谷家を発見する。

萌絵は車を降りて、門にあったチャイムのボタンを押して待つ。家の中から聞き慣れた犬の鳴き声が聞こえた。

加部谷恵美が玄関から現れ、彼女の母親も出てきた。

「どうも、すみませんでした。ご迷惑をおかけしてしまって」萌絵は頭を下げる。

「まあまあ、ご苦労さまでした」恵美の母親はおっとりとした話し方である。恵美に目もとがよく似ていた。

恵美がトーマを連れに奥へ入り、抱えて戻ってくる。トーマは萌絵の顔を見て耳を下げたが、それは明らかに、帰りたくないという意思表示だった。よほど、加部谷家の待遇が気に入ったのであろう。

萌絵はもう一度礼を言って、退散した。

鵜飼の車の後部座席にトーマを乗せ、今度は萌絵もそこに座った。

「そいつも一緒だったんですね」鵜飼がトーマを見て手を出した。「加部谷さんというのは、西之園さんのお知り合いですか？」

「いいえ、今日、知り合ったばかり。偶然です。さっきの女の子、恵美さんという子が、有

「へえ、じゃあ、また、彼女にも詳しく話をきいておきます」

鵜飼の車は、T字路を右折し、森の中を抜ける暗い坂道を下った。

「死んでいたのは誰ですか？」萌絵は尋ねた。今頃になってそんな質問をしている自分が情けなかった。

「さあ、まだわかりませんけど、あそこの工場の主人じゃないですかね。死んで、十日から半月くらいだって言ってましたよ」

「死因は？」

「あれは絞殺ですね。たぶん間違いありません」

「他殺なんですね？」

「そうです」鵜飼はにこにことした表情で当たり前のように答える。

頭に蘇《よみがえ》る記憶をシャットアウトしようとして、萌絵はまた溜息をついた。何かおかしい。どうも気持ちが変だった。自分でもよくわからない。

「西之園さんでも、怖いものがあるんですね」鵜飼はちらりと後ろを振り返って笑いながら言う。

「失礼じゃないですか？　それ」萌絵は意識して強がりを言った。

「あ、すみません。どうも失礼しました。この道、女性の独り歩きは良くないですね、確かに……」

道が怖い？

どうしたんだろう、と萌絵は考える。

暗いところが怖いなんて本当に思ったことは一度だってない。自分らしくない、と確かに感じた。目の前で見た死体のせいだろうか。

とにかく、今夜だけは、この暗い道を一人で歩きたくなかったのである。ここに来るときから既にそうだった。つまり、死体を見たからではない。

大人になるほど、怖いものは減少すると思っていたのに、どうしたことだろう？

自分は変化している、と感じた。

これは弱くなったのではない。いままで感じなかったことを感じるようになったのだ。

そう、良い方に考えよう、と彼女は自分を庇《かば》った。

「有里匠幻の事件に関係がありますよね？」萌絵は独り言のように囁いた。

「さあ、でも、当面の宿題ができて嬉しいですよ」鵜飼は陽気だった。「じっと考えているよりも、何かやらなくちゃいけないことがある方が、僕ら、ずっと楽ですから」

駐車場の萌絵の車の前で、鵜飼の車は停まった。

「明日、午前中にお伺いします」鵜飼は運転席から言った。「お気をつけて」

「ありがとうございました」萌絵は頭を下げる。

トーマを自分の車の助手席に乗せ、車を出した。

萌絵は何も考えずに、自宅まで運転した。自分がどういう状態なのか、本当にわからない。ショックを受けたのかもしれない。しかし、これまで幾つもの事件に関わって、何人もの死体を見てきたのに、こんなに動揺したのは初めてだった。

何が原因だろう？

わからなかった。とにかく、突然、躰のどこかに穴が開いたみたいに、力が抜けて、今にも泣きだしそうだった。

無事にマンションに辿り着く。助手席で眠っていたトーマを起こし、エレベータで二十一階まで上がった。

玄関のドアをカードで開ける。

「お嬢様！」諏訪野が飛び出してきた。「どちらまでいらっしゃっていたんでございますか？　あの、お食事は？」

「ごめんなさい。諏訪野」萌絵は無理に笑顔をつくった。「ええ……、ちょっと疲れてしまって……。もうシャワーを浴びて、すぐ寝ます」

彼女は靴を脱いだ。トーマは既に姿が見えない。

「お食事はされてないのですか？」

「ええ」

「いけません。何かお召し上がり下さい」

萌絵は黙って螺旋《らせん》階段を駆け上がった。

「お嬢様！」下から諏訪野が呼ぶ。

彼女は上階でシャワーを浴び、自分の部屋に入って鍵をかけた。トーマはいなかった。

髪は濡れたままで、彼女はベッドに横になった。

何も考えられない。

ただ、ぼうっとしている。

電話に手を伸ばす。

ボタンを押した。

受話器から聞こえるベルの音。

彼女は壁の時計を見た。十時を回っている。

いったい、自分は、何をしようとしているのだろう？

「はい、犀川です」

「先生、こんばんは」

「やあ。もう帰るところだったんだよ」

「お仕事でしたの？」

「当たり前じゃないか。仕事をするために大学にいるんだから。何？　どうしたの？　元気がないようだけど。何か用事？」

「用事はありません」

少し沈黙。

「そう……」犀川はそれだけ言った。

萌絵は黙っている。髪が濡れていて、頬に雫《しずく》が流れていた。

「どうしたのさ」

「用事がなかったら、電話しちゃいけませんか？」

「いや、そんなことはない」

また、沈黙。

「別に……、いけないなんて言ったことはないよ」

萌絵は黙っていた。何も言葉が出てこない。

「西之園君？」

「はい」

「具合が悪そうだね。言ってごらん。勉強のし過ぎ？」

「来て下さい」

「君の家かい？」

「はい」

「わかった」
犀川は理由をきかなかった。
萌絵は受話器を戻してから、そのことにようやく気がついた。
理由がないことが、理由だろうか。
先生が来たら、何を話そう……。
どう話そう……。
自分の感情がコントロールできないことが歯がゆかった。
寂しい、と思う。
これが、寂しいという感情だろうか。
もしそうなら、今まで寂しいと思ったことは一度もない。
両親が死んだ夜だって、寂しくなかった。
あのときは、自分が惨めだと思って、涙が流れた。
でも、今は違う。
自分は何も惨めではない。
寂しいのでもない。
むしろ、怖い、という感情に、近い。
何だろう。

この気持ちは何だろう……。

13

萌絵は螺旋階段を駆け下り、玄関先で犀川に抱きついた。出迎えに出ていた諏訪野は目を丸くして、トーマは二人に飛びついて吠えた。

「いったい、何があったんです?」犀川は諏訪野にきいた。

萌絵が犀川から離れたのは、十秒も経ってからだった。

「お嬢様」諏訪野は静かに言った。「どうか、ご自重《じちょう》下さい」

「何か食べたいわ」萌絵は振り返って言う。急に元気がわいてきた。「先生は?」

「夕食なら食べたよ」

「じゃあ、コーヒーで良いかしら?」

三人は、廊下を真っ直ぐに進んで、そのフロアにあるダイニングルームに入った。正式な食堂はさらにその奥だったが、ほとんど使われていない。トーマものそのそとついてきた。

萌絵と犀川はテーブルの椅子に座り、諏訪野はキッチンに入っていく。もうすぐ十一時だった。

「理由をきいて良いかな?」犀川は言う。

萌絵は今日の出来事を早口でしゃべった。朝からずっと勉強をしていたこと。夕方、滝野ヶ池公園で加部谷恵美に会ったこと。そして、暗い倉庫の中で、発見した死体。

諏訪野は、話をしている萌絵の前に皿を次々に並べた。シチューとサラダ、ヨーグルト、クロアッサン。犀川の前にはコーヒーカップが置かれていた。諏訪野の的確な仕事振りを無視して、萌絵は犀川に向かって話し続ける。彼女は料理には手もつけなかった。犀川は熱いコーヒーを一口飲む。そして、諏訪野の方を見て、「美味しいですね」と言った。

萌絵は、やっと話を終えて、シチューにスプーンを入れる。

「すみませんでした。本当にどうかしていたんです」萌絵はシチューの皿を見ながら言った。今では、さきほどまでの自分の心理状態がとても信じられなかった。「何か、寂しいような、怖いような……。とても堪えられなかったんです。先生、わざわざ来て下さって、ありがとうございます」

「僕のまえに、君は、諏訪野さんに……」犀川は煙草に火をつけてから言う。「何か言った方が良い」

萌絵は諏訪野を見る。

「お嬢様。私のことでしたら、もう充分でございます。お嬢様がお元気になられたので、ほっといたしました」

「ごめんなさい」萌絵は諏訪野に言った。「電話もできなかったの。心配させてしまったこと、謝ります。明日から携帯電話を持ち歩くことにするわ」

諏訪野は上品に頭を下げ、「ごゆっくりと」と言って部屋から出ていった。

「どうして、あんなふうになってしまったのかしら?」萌絵は天井を見上げて、溜息をつく。

「さあ……」犀川は煙草を吸っている。「これは、カウンセリングってやつかな?」

「ええ。先生の顔を見ただけで直りましたもの」

「意外に役に立つ顔だろう?」

「先生も何か召し上がる?」

「じゃあ、クロアッサンを一つ」

萌絵は、パンがのっている皿を犀川の前に移動させた。

「たぶん、力学の勉強をしたせいだろうね。一度でも真の静寂を知ると、ピンが落ちた音でもびっくりするものだ」

萌絵は、スプーンを持っていた手を止めて、ゆっくりと犀川を見た。

「新しい君が生まれて、古い君をプロテクトしたんだね。新しい君は、きっと、感受性が強いんだ」

「それ……、今まで、私が鈍感だったっていう意味ですか?」

「うん」

「酷《ひど》い……。否定して下さいよ」萌絵は微笑む。

「誰でも、自分に足りないところ、弱いところを、カバーしようとする。そうやって、何重にもバリアを張っていくのさ。その繰り返しで、大人になって、成長して……。そう、君は、もっと怖がった方が良い。常々、僕はそう思っていたよ。君も、たぶん自分でそう思ったんだね。君を作っているのは、君自身の思考なんだから」

「先生って、どんどん鈍感になっていませんか？」犀川の遠慮のない言葉に、萌絵は少し腹を立てて、皮肉を言った。

「そうね。それもたぶん、プロテクトしているのだろう」

「私……、恋の病かなって思いましたけれど」

「違う」

「断定しないで下さい」萌絵は頰を膨らませる。

犀川は灰皿に煙草を捨て、クロアッサンを食べた。

「長い間、君は怖がることを恐れていたんだね」犀川は続ける。「まあ、あんなことがあったんだから、無理もないけれど、死を恐れたり、怖がったりするセンサを自分で止めていたのじゃないかな」

犀川が言っているのは、萌絵が高校生のときの飛行機事故のことだ。両親が死んだ夏の一夜を、彼女は垣間見る。

「力学の勉強で、どうしてそれが戻ったんです？」

「力学には関係がないよ」犀川は少し微笑んだ。「そうじゃないんだ。何かに気がついて、新しい世界が見えたりするたびに、違うところも見えてくる。自分自身も見えてくるんだ。面白いと思ったり、何かに感動したりするたびに、同じ分だけ、全然関係のない他のことにも気がつく。これは、どこかでバランスを取ろうとするのかもしれないね。たとえば合理的なことを一つ知ると、感情的なことが一つ理解できる。どうも、そういうふうに人間はできているみたいだ」

「わからないわ」萌絵は首を傾げる。「理屈がわかりません」

「精神の復元力みたいなものじゃないかな。僕もよくわからないよ、こんなこと。専門じゃないからね。でも……、西之園君。物理の難しい法則を理解したとき、森の中を散歩したくなる。そうすると、もう、いつもの森とは違うんだよ。それが、学問の本当の目的なんだ。人間だけに、それができる。ニューラルネットだからね」

「でも、私、もう、死体を見つけて驚きたくなんかありません」

「人形があったと言ったね？」

「はい……。白い顔の不気味な人形でした」

「有里匠幻の顔をしていた？」

「そうですね。そういえば、そうかもしれません。口だけが赤かったから……。あの、でも、最近使われたような形跡はありませんでした。埃まみれになっていたんです」

「なるほど」犀川は頷いた。

「何が、なるほどなんですか?」

「いや、別に。なるほどなんですか？」ただの相槌だよ。事件の話はもうよそう」

「ええ」萌絵は素直に頷く。

黙って二人はコーヒーを飲んだ。

「先生、トランプしましょうか?」

「マジックをするんだね? 君は小さいとき、トランプの手品をよく僕に見せてくれた」

「覚えています。大人はみんな驚いてくれたのに、先生だけは何もリアクションがなかったわ」

「正直なんだ、僕は。特に、子供には正直に接することにしている」

萌絵は微笑んだ。そうだろう、と彼女も思っていた。

「僕が小さい頃だけどね……」犀川はコーヒーカップを持ち上げたまま言った。「毎朝、僕は新聞を取りにいく役だった。家の前にガレージがあって、そこのシャッタに新聞が挟まれているんだ。ガレージには、庭側のドアから入るんだけど、そのドアを閉めると、中は真っ暗。新聞が差し込まれているポストの小さな隙間から、僅かに外の光が漏れているだけだった。外から回って取りにいっても良いのだけど、ある朝、僕は、その暗いガレージから近道を試みたわけだ」

「何のお話ですか？」

「その真っ暗なガレージでね……、僕はマジックを見た」

犀川はそう言うとコーヒーカップを口につけて傾ける。それから、それをテーブルに戻し、煙草に火をつけた。動作は白熊のようにゆっくりで、こういうときの彼は、話の面白さに自信があるときだった。

「マジック？」萌絵は身を乗り出して、犀川の話に集中する。

「そう……。あんなマジックを見たのは初めてだったね。小学校の低学年のときだったと思う」

「何があったんです？」

「ガレージの壁に、外の風景が映っているんだよ。それも、上下が逆さまになって」

萌絵は一瞬考える。そして、すぐに気がついた。

「ああ、針穴カメラの原理ですか？」

「そう、ポストの隙間から差し込む光で、ガレージの反対側の壁に、外の風景が逆さまに写っていたんだよ。ガレージ自体が大きなカメラになっていて、僕はそのカメラの中にいたんだ。面白かったけど、でも、怖かった。だって、理屈がわからないじゃないか……。そのときは、まだ理解できない」

「魔法だと思ったの?」

「いや、自分の知らない法則だと思った」犀川は微笑んだ。「今でも、何か不思議なことに出会うと、僕は、自分の知らない法則だと思うことにしている。ときには、世の中の誰も知らない法則かもしれない」

「素敵なお話ですね」

「素敵な話だ」犀川は繰り返す。「とびっきり素敵だ」

萌絵は目頭に涙が溜まった。

どうしてなのか、わからなかった。

「大人になるほど、こんな素敵は少なくなる。努力して探し回らないと見つからない。このまえ、君は、科学がただの記号だって言ったけど、そのとおりなんだ。記号を覚え、数式を組み立てることによって、僕らは大好きだった不思議を排除する。何故だろう? そうしないと、新しい不思議が見つからないからさ。探し回って、たまに少し素敵な不思議を見つけては、また、そいつらを一つずつ消していくんだ。もっともっと凄い不思議に出会えると信じてね……。でも、記号なんて、金魚すくいの紙の網みたいにさ、きっと、いつかは破れてしまうだろう。たぶん、それを心のどこかで期待している。金魚すくいをする子供だって、最初から網が破れることを知っているんだよ」

「金魚すくいって、何です？」

「え？　知らないの？」

「はい」萌絵は頷く。「言葉は聞いたことがありますけど、まえから不思議で……。テレビゲームですか？　どうして金魚を助けるんですか？」

「西之園君」犀川は微笑む。「すくうっていうのはね、セーブする救うじゃなくて、スクープのすくうだよ。君って、常識のエアポケットみたいな子だね」

「年代の差じゃないかしら？」

「君、小さいときに、何か呪文をかけられたんじゃないの？」

第9章　奇巧の仮説

1

次の日の朝。犀川創平は西之園家の客間で目を覚ました。萌絵のマンションに宿泊したのは初めてのことだった。

昨夜は、ずいぶん長時間、萌絵と二人だけで話をした。気がついたら午前三時半で、タクシーでも呼ばないかぎり、帰れない時刻だった。自分の車がないのだからしかたがない。那古野は車の街である。自動車がなくては不便この上ない。早く新しい車を買わなければ、と犀川は思った。

シャワーを浴びて、彼はそのまま眠ってしまった。二十一階の客間の一つだったが、犀川の住んでいるマンションの部屋すべてと同じくらいの広さがあった。

どういうわけか、清々しい目覚めである。時刻は十時少しまえ。服を着ようと思ったら、驚いたことに、新しいカッタシャツが入口の近くに置いてあった。諏訪野が持ってきたものであろう。男物のシャツが西之園家には常備してあるのだろうか、と犀川は不思議に思う。しかし、世の中には追及しない方が素敵な不思議もある。それは、三十歳を越えて気がついた法則の一つであった。

同じフロアのダイニングルームに顔を出す。諏訪野が隣のキッチンで何かを作っていた。

「おはようございます」犀川は挨拶する。

「おはようございます。犀川先生、ゆっくりお休みになられましたでしょうか？」諏訪野は、こちらに出てきた。「昨夜は、本当にありがとうございました。もう、お嬢様のお元気がないと、私といたしましても、哀感と申すのでございましょうか……、この身が締めつけられるような思いでございまして、ええ、本当に、犀川先生がいらっしゃって、助かりました、と言っては、あるいは失礼かもしれませんが、先生だけが、その、頼みの綱とでも申しますか……、どうか、今後とも、お嬢様のことをよろしくお願いいたしたいと存じます」

「はい」犀川はとにかく返事をした。「新しいシャツ、ありがとうございます」

諏訪野の言葉は、長い文章で、文法的に解析が難しかった。翻訳ソフトに入力したらエラーが出ることは確実だ。

「まもなく、鵜飼様がこちらにいらっしゃいます」諏訪野は言った。「お飲みものは、コーヒーでよろしいでしょうか？」

「お願いします」

テーブルには朝刊が置いてあった。犀川は新聞をとっていないし、それを読む習慣もなかったが、手持ちぶさただったので、手に取ってそれを広げた。

第一面の下の欄に、昨夜発見された他殺死体の記事があった。見出しは、「有里匠幻の舞台道具製作工場で死体発見」とあり、「有里匠幻の」という部分は小さな文字だったが、目立つ白黒反転したフォントが使われている。詳しい記事や写真は第三面にあった。

那古野市那東《なとう》区の滝野ケ池緑地公園の南、植田山松之林にある菊地製作所の倉庫で発見された絞殺死体は、菊地泰彦《きくちやすひこ》（四十七歳）。死亡して、一週間から三週間、とある。

菊地泰彦が、有里匠幻の奇術の大道具の製作を請け負っていたことが確実視されていた。また、菊地製作所は、二週間まえ、八月の初めの日曜日に有里匠幻が殺された現場から、直線距離で僅かに五百メートル、徒歩で十分程度のところにある。有里匠幻の一連の事件に関連が深いものとの見方が強い、と記事は結ばれていた。

固有名詞や具体的な数値が正確であることを除けば、昨晩、萌絵から聞いていた話に追加しなければならない情報は、新聞記事の中には見出せなかった。だいたい、新聞というものはそういった性格のものである。したがって、固有名詞と具体的な数値に関心がない場合には、読む必要はない。

「おはようございます」萌絵が部屋に入ってきた。

犀川は彼女の姿を見て、驚いた。紫色の浴衣《ゆかた》を着ていたのである。

「朝から、おかしな服装だね」犀川はすぐに言った。

「ええ、ちょっと出してみたの。夕方、盆踊りに連れていって下さるって、先生、おっしゃったでしょう?」

「言ったかな?」そう言ってから、彼は思い出す。朝は、軸が外れた地球ゴマみたいに頭が回転しない犀川である。

「金魚すくい、ですよ」萌絵は微笑んだ。

「ああ……」犀川は頷いた。「忘れてた」

二人は、コーヒーを飲んだ。新聞は萌絵が読み始める。

「どこで、盆踊りをやっているのでございますか?」諏訪野はテーブルに朝食の皿を並べながらきいた。

「僕の実家ですよ。新興住宅地だから、新式ですけどね」

自分で言ったものの、盆踊りに旧式とか新式があるのか、わからない。

「お嬢様、お勉強は、もうよろしいのですか?」諏訪野は萌絵に尋ねる。

「今日テストがあったって、平気」

電子音がした。

萌絵が諏訪野を見る。

「鵜飼さんだわ」

「はい」諏訪野は上品に頭を下げた。「お待ち下さいませ」

諏訪野が無駄のない動作で部屋から出ていき、しばらくして、鵜飼刑事と近藤刑事を連れて戻ってきた。

「おはようございます。あれ？」大男の鵜飼が部屋に入ってきて犀川を見た。「犀川先生、朝からこちらへ？」

「ええ、まあ」

近藤もにこにこ笑いながら部屋に入ってきた。

「犀川先生は、昨日から、お泊まりでしたの」萌絵がコーヒーを飲みながら答える。

「わあ！　西之園さん。いやぁ、お綺麗ですね」近藤刑事が高い声を上げる。「浴衣ですかぁ」

「浴衣ですよ」犀川が真面目に答えた。

「知ってます」近藤が犀川を一瞥する。「先生にきいたんじゃありません」

「私、着替えてきますから、コーヒーを召し上がっていて下さい」萌絵は澄ました表情で椅子から立ち上がった。「どうも、窮屈《きゅうくつ》なんですよね、これ」

彼女は部屋を出ていく。諏訪野は、キッチンに姿を消した。

「犀川先生、おはようございます」鵜飼は、犀川の隣に座って、にやにやとした表情を見せた。

「おはようございます」犀川は口もとを少しだけ上げる。「どうしました？　鵜飼さん。何か良いことがあったんですか？　茄子《なすび》でも拾いました？」

「ナスビ？」

「よく西之園さんのお宅に泊まられるんですか？」近藤がきいた。「犀川先生と西之園さんって、そういうご関係だったんですか？」

「ゴカンケイ？　ああ、ファイブ・オーガニック・システムですね？」犀川は微笑んだ。

「すみません」鵜飼が言う。「こいつ、ものの言い方を知らないもんで……」

「いや、わかりやすくて助かります。近藤さんみたいな人ばかりだったら、世の中、もっと生きやすくなる」

「ありがとうございます」近藤が弾んだ声で答えた。

「馬鹿」鵜飼が呟いた。「褒《ほ》められてるんじゃないぞ」

諏訪野が刑事たちのコーヒーを運んでくる。それを飲んで、窓から見える街の景色を見ていると、萌絵が戻ってきた。Tシャツにジーンズである。

「有里匠幻の指紋を沢山見つけましたよ」萌絵が椅子に腰掛けるのを待って、鵜飼がすぐに始める。「あの菊地って男が、匠幻の箱屋だったことは間違いないでしょう。殺されたのは、たぶん、最初の匠幻の事件の前後です。菊地製作所の周辺の聞き込みでも、だいたいその頃から、あの工場に明かりがつかなくなった、ということでした」

「首の痕《あと》はどんなふうでした？」萌絵が尋ねる。

「細いロープを使ったようですね。頭と肩に酷い打撲の痕もある。殺された菊地という男は、それほど大柄ではありませんし、片足が悪かった。後ろから何かで殴って、それから首を絞めたんだと思います」

「何か盗まれていますか？　事務所はどうでした？　あそこも鍵が開いていました」

「ええ、事務所は荒らされていません。現金も取られていませんね。まだ、調べているところですけど」

「死体の靴はどうでしたか？」犀川が煙草に火をつけながら突然口をきく。

萌絵はぴくっとして、犀川の方へ素早く視線を移動した。

「靴、ですか？」鵜飼も犀川を見る。「先生、よくご存じですね……」

「泥がついていたのですね？」と犀川。

萌絵は目を丸くした。「泥？　じゃあ、あの日曜日の雨？」

「僕の記憶では……、八月になって道が泥濘《ぬか》るほどの雨が降ったのは、あの日とそのまえの土曜日だけだったと思います」犀川は煙を吐き出しながら言った。

「菊地の靴は泥だらけでした。西之園さんは見られたでしょう？　犀川先生にそれをおっしゃったんですね？」

萌絵は首をふった。「私、見ていません」

鵜飼は不思議そうな顔になり、犀川を見る。

「ひょっとして車のタイヤにも泥がありましたか?」犀川はきく。「その車のキーは、どこにありました?」

「先生、何故、そんなことを?」萌絵は慌てて口を挟んだ。

「外に駐めてあったトラックの一台だけ、タイヤの周りに泥がついています」鵜飼は答える。「それから、その車のキーは……、被害者の死体のポケットにありました」

「先生」萌絵は身を乗り出す。「説明して下さい」

「殺された菊地さんは、日曜日に滝野ヶ池公園から、自分の工場までトラックで戻った。彼は、舗装されていない道を歩いた。帰ってきて、すぐ殺された。まあ、そう考えることもできるかなっていう程度だけどね」

「そんなことはわかります」萌絵は片手を広げた。「そうじゃなくて……、何故、先生がそんなことを知っているのかってことです」

「山勘だよ」犀川は煙草を指先で回しながら言った。

「嘘ばっかり」萌絵が囁く。

「ばっかりではない」犀川は天井を見るように顎を上げる。「そう、ばっかりではないよ、西之園君」

「靴とタイヤの泥は詳しく調べます」鵜飼は急いで手帳を出して言う。

「それじゃあ……」犀川はテーブルの灰皿で煙草を消して立ち上がった。「僕はこれで失礼します」

「えっ！」萌絵は声を上げる。「そんなぁ……。先生、勝ち逃げですか？」

「いや、だってもう十時半なんだよ。仕事をしなくちゃ。それに、その勝ち逃げって何のこと？　西之園君、言葉の選択が不適切だよ」

「先生、今日は日曜日」

「そう？　関係ないけど」

「もう少し良いじゃありませんか」萌絵も立ち上がった。「私、大学までお送りしますから」

「大丈夫、バスで行くから。君は入試の勉強をしなさい」

「盆踊りはぁ？」

「それは、六時に研究室で待ち合わせよう」

「盆踊り？」鵜飼が二人を交互に見た。

「盆踊りが、事件に関係あるんですか？」近藤がきいた。

「ないと思います」犀川はそう答えてから、部屋を出ていった。

2

萌絵は、朝食を食べながら、鵜飼と近藤に、昨夜のいきさつを全部説明した。犀川に一度話したあとだったので、同じ話をするのが面倒であったが、彼女は話しながら、犀川がどんな道筋であの推論に達したのかを考えていた。

加部谷恵美の家の電話番号も鵜飼に伝える。彼はそれを手帳に書き込んだ。

三十分ほどで話は終わり、刑事たちは立ち上がった。

「どうも、お邪魔しました。今から、また現場へ行ってきます」

「有里匠幻のマジックの道具は、間藤プロダクションにもある、とおっしゃっていましたね?」萌絵は近藤にきいた。

「はい」近藤は頷く。「あちらも、調べます」

萌絵は二人の刑事を玄関まで送った。

「あ、そうだ……、近藤さん。このまえは、すみませんでした。黙って帰ってしまって」

「ああ、いえいえ」近藤は頭を掻く。「西之園さん、怒っちゃったんでしょう?」

「いいえ、違います」萌絵は微笑んだ。「近藤さん、起こそうとしても起きないし、酔っ払って車を運転するの、いけないと思ったからです」

「へへえ、どうもすみませんでした」

「今度からこいつを起こすときは、こうやって、ひっぱたいてやって下さい」鵜飼は近藤の頬に軽く片手で押した。

二人が帰り、萌絵は螺旋階段で階上に上がる。奥の自分の部屋に入ると、ベッドの横でトーマが眠っていた。この犬は、散歩と食事以外の時間を、だいたい睡眠に当てている。そう決めているらしい。

萌絵はライティングビューロのマッキントッシュを立ち上げ、まず、エディタで、加部谷恵美に送るためのメールを書いた。

　西之園萌絵です。
　昨日はありがとう。
　トーマもまた遊びにいきたいと言っています。
　私のせいで、びっくりさせてしまって、すみませんでした。
　驚きましたか？　驚いたよね。

私もびっくりしました。
私、刑事でも警官でもありません。
今、N大の四年生です。
バイトというのか、
ボランティアというのか、
とにかく、警察のお手伝いを
しているのです。

また、お会いしましょう。
よし子さんにも、よろしく。

萌絵は、通信ソフトを起動し、電話回線で大学の計算機センタのUNIXシステムにログインする。そして、今書いたメールを加部谷恵美宛てに発送した。続いて、自分宛てに届いているメールを読み込み、電話回線を切る。そして、画面をスクロールバックさせて、メールを読んだ。一通目は研究室の先輩、浜中深志からだった。

浜中@犀川研D2です。

滝野ヶ池でまた死体が発見されたね。
ところで、勉強ははかどってますか？
わからないところがあったら、
なんでもきいて下さい……
と言いたいところだけど、
自信ないから、犀川先生にどうぞ。

えっと、入試のあとなんだけど、
静岡で爆破解体があります。
知ってるよね？
驚くなかれ！
昨日、テレビで見たんだけど、
有里ミカルがそこで脱出ショーを
やるんだそうです。
もともと、有里匠幻がそれを
予定していたんだよね。

以前に西之園さんと一緒に行った
マジックショーで、パンフレットに
挟んであったビラ、よく見たら、
爆破解体と同じ場所なんだ。
日にちも同じだし……。
これって、西之園さん、知ってた？
みんな、知ってることかな？

今、あちこちのサイトを探してるところ。
きっと、どこかで関連のウェブページが
作られているんじゃないかな。
有里匠幻関係のサイトなら
もう幾つか見つけたよ。
ファンの人が作ったページです。

僕らはちょうど学会だし、
面白そうだから、静岡の解体現場を、

一緒に見にいきませんか？
牧野さんにもメール出しときます。

爆破解体工事の話は萌絵も知っていたが、それがマジックショーと同じ場所だというのは、驚異的な情報だった。彼女は椅子にもたれて、しばらくディスプレイの文字を見つめていた。

（どうして、ミカルさんが引き継いだのかな）

テレビ局の関係だろうか……。

有里匠幻の三人の弟子の中では、有里ミカルが一番知名度が高い。確かにそれは事実である。

（しかし、だからといって……）

もう一通届いていたメールは、同じ講座の四年生、牧野洋子からだった。彼女も大学院入試に向けて受験勉強をしているはずだ。

洋子＠寝不足だよう。

どうですか？

勉強してる?
私はしてるぞおおぉぉぉぉ。
#捨て身のプレッシャ攻撃!
#こんなことしてて良いのか∨自分

浜中さんに最近、
彼女ができたって本当?
困るよなあ、このくそ忙しいときにさ。
などと、心痛める私です。

#しくしく……

まあ、お互いがんばりませうね。
どうせ、私なんか試験は落ちてさ、
就職探すことになるんだもんね。

＃そんときは見捨てないでねぇ
＃はぁぁぁ（溜息だぞう）

あまり、無理しないように。
洋子さんのこと愛しているのなら、
返事くらい書きなさいよ！

3

同じ日曜日、浜中深志は、村瀬紘子とデート中だった。

場所は、栄町の東急ハンズ。いわゆる、普通で、一般的で、常識的な、ありきたりの、当たり障りのない、平凡な初歩コースといえよう。二人は、今日が二回目のデートだった。

紘子は、コンタクトを新調したらしく、メガネをかけていなかったし、化粧のせいか、最初に会った二週間まえの日曜日より、そして、先週の日曜日の第一回目のデートのときよりも、魅力的だった。浜中は、それだけで、もう今日は満足である。人間、多くを望んではいけない、というのが彼の座右《ざゆう》の銘《めい》でもある。

セントラルパークのロッテリアで待ち合わせて、ハンズのビルの細いエスカレータに二人は乗っている。店は混雑していた。

「浜中さん、帰省されないんですか？」紘子はきいた。

「うん、うちの先生たち、二人ともお盆も大学に出てこられるんだよ。だから、ちょっと休みにくくってさ」

「今日は、良かったんですか？」

「大丈夫、夕方戻るから」

浜中は東急ハンズには詳しかった。最初は建築の模型を作るための材料を買いにきたのだが、最近では、なんとなく見ているだけで面白そうなものがあるので、よく一人でやってくる。何かを買うことは滅多にないが、どこに何が置いてあるのかを、ほぼ完全に把握していた。

紘子はそこが初めてだと言った。彼女は那古野に来てまだ半年である。N大学の寮生だった。女子寮生というのは、今どき非常に珍しい。出身は石川県である。

結局、一時間ほど店内をぶらぶらして、外に出てセントラルパークを歩いてから、また地下街に戻り、喫茶店に入った。

「先週の日曜日の事件で、西之園さんがテレビに映ってましたね」紘子はアイスコーヒーのストローを指で触りながら言った。

「そうそう」浜中は大きく頷いた。「彼女さ、写真週刊誌にも載ったんだよ。えっと、一昨日発売のやつ。刑事さんと間違えられてさ。もう、研究室、その話でもちっきり。あの子、もの凄く変わってるじゃん」

「浜中さんと仲が良いみたいでしたけど」

「全然」浜中は笑って首をふる。「そりゃ、研究の関係で、よく一緒にどこかに行ったりはするんだけどね。彼女さ、ほら、あの犀川先生と、その、何て言うのかな……。うまくいってるわけ」

「はあ……。なるほど」紘子は驚いたようだったが、急に明るい表情になった。「犀川先生、じゃあ、まだ独身なんですね？」

「そうだよ、もう……三十五かな」浜中は、アイスココアを飲んでいる。

ガラス越しに、浜中は地下街の雑踏を見た。人混みはあまり好きではなかった。デートというのはなかなか疲れるものだ、と彼は少し思う。

「まだ、遺体は見つかってないんですよね？」

「そうじゃないかな。不思議だよね」

紘子との一回目のデートが、先週の日曜日で、ちょうど有里匠幻の遺体が消えた事件のあった日だった。もっとも、そのときは、二人とも緊張していたのか、滝野ヶ池の事件の話は出なかった。

「ええ、でも、最初の滝野ヶ池のときだって、不思議でしたから。きっと、どちらも手品なんですね」

「そりゃ、そうだけど、どう見てもさ、物理的に不可能に見えるじゃん」浜中はシートに斜めに座って脚を組んだ。「村瀬さん、あのとき、バイトしてたから、何か知ってるんじゃないの？」

「いいえ」紘子は顔を上げて目を大きくした。「なんにも」

「警察にいろいろ質問とかされなかった？」

「いえ、それほどでも」紘子は首をふる。「ただ、あのワゴン車のことを……」

「ああ、あそこで僕とぶつかったんだよね。あのワゴン車に、村瀬さん、荷物を運んできたところだったね？」

「ええ、言われたとおりにしていただけですけど」紘子は目を細めて、考える。「あのワゴンの中に有里匠幻がいましたし、後ろの荷台には、ほら、あの池に沈んだ金色の箱、あれが載っていたんですよ」

「へえそう……、中が見えなかったから……」

浜中とぶつかって、紘子がコンタクトを落としたのが、そのワゴン車の前だった。そのあと、彼女は別の仕事を言いつけられ、浜中もそれを手伝った。爆破のためのバッテリィも一緒に運んだ。道路に駐車されているバスから電源のコードリールを引き、数ヵ所にそれを配置する仕事もした。

「あの箱に何か仕掛けがあったんじゃないのかなあ」浜中は考えもなく言ってみた。

「でも、テレビでも映ってましたけど、箱の中は空っぽだったでしょう？　あれ、本当に小さかったですよ。人がやっと一人入れるくらい」

「うん」浜中は考える。「でも、有里匠幻は、ずっとあの箱の中に入っていたわけじゃないんだよ」

「ああ、それ、西之園さんがそう言っていましたね」

「そうそう。ステージの上で箱に入ってすぐ、縄を解いて、ステージの中に隠れたんだよ」

「じゃあ、そのステージの中に隠れているところを刺されたんですね？」

「そうだよ」浜中は少し自慢げに言った。もちろん、西之園萌絵からの受け売りである。

「だけど、それでも、やっぱり不可能なわけだよね、物理的にさ……。だって、ステージは警察が調べたわけだし、中に隠れていたらすぐばれてしまうし」

「けど、有里匠幻が倒れて、大騒ぎになりましたよね。あの騒ぎの間に、ステージの中に隠れていた犯人は抜け出して、野次馬に紛れて逃げたのかもしれないでしょう？」

「そうか……。それは、そうだね」浜中は頷く。そう言われてみればそうだ。

4

浜中深志が栄の地下鉄のホームで紘子と別れたのは、夕方の五時半である。お盆休みはそろそろ終わりであったが、彼女は、今晩から帰省すると話していた。浜中は、N大に戻るため東山線《ひがしやません》、紘子の寮は鶴舞線《つるまいせん》沿いだった。

N大学の最寄りの駅で降りて、浜中は、大学までの長い坂を上り始めた。夕方とはいっても、まだ暑く、彼はすぐに汗をかき始めた。この坂道は四谷《よつや》通りと呼ばれていて、片側二車線の道路の両側には、ブティックなどのファッション関係の店が幾つも並んでいる。少し坂を上ったところでは、ビルの途中にしがみついているキングコングが見える。体長は三メートルほどで、どんな材質で造られているのか、浜中は以前から気になっていた。グラスファイバ製だろうか。いつも、ここを通るとき、それを考えるのだが、結論は出ていない。

浜中の横で、赤いスポーツカーが急停車した。

「浜中さーん」西之園萌絵が車内から手を振っている。「どうぞ」

浜中は微笑んで、萌絵の車の助手席に乗り込んだ。彼女の車は、普通は左ハンドルしかない車種であるが、特別仕様なのか、運転席は右側だった。西之園家なら、ハンドルの右・左など、どうにでもなるのだろう。

「げ！」浜中は思わず声を上げる。「何？　お祭り？」

西之園萌絵は車を出す。彼女は、ステアリングを握っていたが、その腕は、浴衣の袂《たもと》から伸びていた。

「ええ、犀川先生と盆踊りに行くんです」萌絵は嬉しそうに声を弾ませる。

「盆踊り？　今どき、そんな格好しなくたってさ……」浜中はそこまで言って、口を噤《つぐ》んだ。いつも一言多くて失敗するからだ。

「浜中さんこそ、いつになくスタイリッシュじゃありませんか？　誰とデートだったんです？」

「ち、違うよ……。別に、僕は……」

どうして、わかったんだろう、と浜中は思う。確かにTシャツもジーンズも靴も新しいことは新しい。でも、特別なファッションではない。

「あのさ、話は違うけど……」浜中はごまかすために別の話をした。「例の事件で、ちょっと思いついたんだけど、ステージの中に誰か初めから入っていたんじゃないの？」

「それはありえません」萌絵はすぐに言った。彼女の車は既にキャンパスの前を走っている。「あのステージの隠し部屋には一人しか入れないんです。とても狭くて」

「そうか……。駄目か」

「それに、もしそうじゃなくても、初めから誰か入っていたら、あれをセットするときに見つかってしまいますよ。プロダクションからマジックのアシスタントをするために、何人かスタッフが来ていましたからね。隠し扉の開閉のテストとかも、周囲を何かで隠して、事前にしていたと思います」

「そうだよね」浜中は、気のない返事をする。この話題はもう面白くなくなっていた。

「第一、あの炎天下で、あんな場所に長時間隠れていたら汗びっしょりですよ」萌絵は、研究棟の中庭に車を入れながら言う。

「わかった。もういいよ」

「あの、四階に上がったら、犀川先生に、私が下で待っているって、言ってもらえませんか？」

「僕、三階だよ。どうして？　自分で行かないの？」

「この格好じゃあ、恥ずかしいから」萌絵は微笑んだ。

「恥ずかしいなら、着てこなきゃいいのに。僕に会わなかったら、どうするつもりだったの？」

「これで、電話するつもりでした」萌絵は、ダッシュボードから携帯電話を取って見せた。

「じゃあ、それで電話すればいいじゃん」浜中は少し腹が立った。

「犀川先生に印象が悪いですから」萌絵は澄まして言う。

「わかんないなあ……、何がどう印象が悪いのさ？」

「浜中さん、村瀬さんとデートだったんでしょう?」

「え?」浜中は一瞬黙る。「ち、違うよ」

「さっきのアイデアも彼女が言いだしたんでしょう? 今日、国枝先生には、何て言って出てきたんですか? ちゃんと、デートにいってきますって?」

「わかった、わかったよ。犀川先生、呼んでくるから」浜中はドアを開けて、外に出る。

「ちゃんと呼んできてあげるからさ」

5

「おや? 今朝着ていた浴衣と違うね」車に乗り込んで、犀川は言った。

「うわぁ、先生、ちゃんと見ているんですね。ええ、新しいの買っちゃったんです」

「浪費王女だね」

「あ、それそれ」萌絵は言う。「このまえ、それがわからなかったんですよ。浪費王女が私のことで、節約王子って、誰のことですか?」

「国枝君」

「ああ……」萌絵はくすっと笑う。

萌絵の車は、那東区の住宅街にある大きな公園に向かう。道路は渋滞しており、到着したのは六時半頃だった。公園の広いグラウンドには、既に大勢の人々が集まっている。広場の周囲には屋台が並び、中央には提灯をぶら下げた櫓《やぐら》が組まれていた。

「嫌な雰囲気だなあ」車から降りると、犀川は顔をしかめた。

「楽しそう」萌絵は嬉しくなって背伸びをした。

浴衣を着ている子供や女性たちがちらほらと見える。調子の良いリズムの音楽がスピーカから流れていた。

「金魚すくいをしたら、すぐ帰ろう」犀川は煙草に火をつけながら言う。「一撃離脱でいこう。どうも、この狂気に満ちたシチュエーションが恐ろしい」

「駄目ですよ、先生」萌絵は犀川の片手を握った。これは、充分にシミュレーションした結果の行動だった。「暗くなったら、花火をしましょう。ね、良いでしょう?」

まず、ソフトクリームを食べた。出店はいろいろで、端から順番に見ていったが、金魚すくいにはなかなか出会わない。小さな風船に水を入れた風船ヨーヨー、この風船ヨーヨーすくいはあった。水に浮かんでいるのを釣り上げるゲームである。ギャンブル性は金魚すくいに極めて近い、と犀川は言った。

缶コーラを買う。萌絵はビールが飲みたかったが、車なので我慢した。中央の櫓のステージでは、大きな太鼓が打ち鳴らされ、踊りが始まっている様子であるが、人混みでその近辺はよく見えなかった。

空はすっかり暗くなってきたが、辺りは沢山の電灯で明るい。子供たちがはしゃいで走り回っている。

犀川は駄菓子屋のような屋台で、ヨーヨーを買った。彼は、その糸を左手の中指にはめて、萌絵に技を披露した。

「凄い。先生、そんな特技があったんですね」

「特技というほどのものではない。役には立たないしね」犀川は真面目な表情である。「君、スケバン刑事《デカ》って……、知らないよね？」

「知りません」萌絵は吹き出した。「スケバンって、不良のことでしょう？」

「気にしないでくれ」犀川はヨーヨーを続けている。「君にきいたことを深く反省している」

金魚すくいは結局なかった。

二人はたこ焼きを買ってから、人混みから離れ、公園の端のベンチまで歩いた。その近辺は少し暗かったが、カップルでいっぱいである。

ベンチがどこも空いていなかったので、二人はコンクリートの階段に腰掛けた。犀川はたこ焼きを食べ始める。萌絵も一つ取ったが、熱くて食べられなかった。

見上げると、空はどんよりと光っている。周辺の電灯が邪魔をしているためか、星はまったく見えない。しかし少し風が出てきて、涼しかった。

「なんだか、もったいない時間を過ごしているね」犀川は煙草に火をつけながら言う。

「もったいなくなんかありません」萌絵はたこ焼きを少しだけ口に入れた。

「いや、無駄な時間だ」犀川はライタを胸のポケットに戻した。「だけど、まあ、そうね。その、なんというのか、無駄が悪いとは言わないよ」

「毎日、こんなに楽しかったら良いのになあ」

「毎日、楽しくないの？」犀川は尋ねる。

「先生は楽しいですか？」

「そうだね……」犀川は煙を吐いた。「楽しいような、楽しくないような、ってとこかな」

「無駄な会話をしてますね、私たち」

「同感」犀川は珍しく、くすっと笑った。「だけど、人間のする会話のほとんどは無駄だ。国枝君なら、もっと正確な数値をカウントしているだろう」

「無駄じゃない話をして良いですか？」萌絵はたこ焼きを食べながら言う。

「何の話？」

「事件のことで、また一つ、思いついちゃったんです」

「それも無駄な話だなあ」

「滝野ヶ池の殺人を物理的に再現できる方法なんです」萌絵は、犀川の近くに躰を寄せた。

「この仮説は、なかなか有力だと思うんですけれど……」

　犀川は黙って煙草を吸っている。

「仕掛けは、あの金の箱にあったんです」萌絵は話を始めた。「有里匠幻さんが箱の下から
ステージの中に隠れたあとだと思います。あの箱の中から、ナイフが発射されたんです。
きっと、そんな装置が、箱の中に隠されていたんです。たとえば、箱の側面を少しテーパに
して、上から覗いても空っぽに見えるけど、実は外側と内側の間の隙間が下にいくほど広
がっているとか、そんなふうに作ってあって、つまり、ナイフの発射装置がその隙間に隠し
てあったの。有里匠幻さんが箱の底から抜けて、ステージの中へ足から潜り込むとき、彼の
胸に発射されるように作られていたわけです。だから、ナイフが発射されたのは、箱の底と
ステージの扉が開いている状態のときです」
「なるほど」犀川は無表情のまま頷いた。「その装置は、あとで池に沈んだと言うんだね？」
「そうです。あの箱はそのあとすぐ、クレーンで吊り上げられて、池に浮かんでいた筏《いかだ》にの
せられました。それから、炎が上がって爆発があって、箱は池に沈みます。ここで、一つの
可能性は、あのときに、ナイフを発射する装置が箱から出て水中に落ちるように作ってあっ
た、というものです」
「あるいは、潜水夫が違う箱を引き上げたか」犀川は言った。「沈んだ箱と引き上げた箱が
別の箱だったかもしれない……、それがもう一つの可能性だろ？」
「ええ、そうなの」萌絵は嬉しくなって腰を浮かせる。「それが二つ目の可能性。その方が
ずっとスマートですものね。それなら、あとで箱を調べられても、隠しスペースがないか

ら、見破られる心配がありません。ですから、実際には、こちらの方法が使われたと思います」

「じゃあ、最初の箱は、発射装置と一緒に、まだ池の中に沈んでいるのかな？」犀川はゆっくりと話す。

「いいえ」萌絵はにっこりと微笑んだ。犀川がわかって質問していることは明らかだった。

「たぶん、あの日の晩に菊地泰彦さんがそれを取りにきた」

「それで、泥がついていた、と？」

「はい」萌絵は団扇《うちわ》を胸の前で揺らしている。「菊地さんが、池に潜ったのだと思います。警察が帰るのを待って、夜中に菊地さんは箱を回収しにきた。池の中だって、いずれは、発見されるかもしれないですからね。証拠を隠滅するためです。さきほどの一つ目の可能性でも、池に沈んだナイフ発射装置だけは回収する必要があります。殺人の直接的な証拠品になりますからね。おそらく、簡単な発信機が付けてあって、夜の水中でも見つけられるように工夫してあったと思います」

「では、菊地氏はどうして殺されたのかな？」

「菊地さんは、誰かに頼まれて、その仕掛けを作ったんです」萌絵は声を落して言った。「有里匠幻さんを殺す装置を作って、それを回収しました。その依頼者に彼は殺されたんです。殺人の依頼者は、引き上げられた箱か、ナイフ発射装置か、どちらかの証拠品を、菊地製作所から持ち去りました。殺人の証拠品を完全に消すためです。同じ理由で、すべてを知っている菊地さん自身も殺されたわけです」

「たこ焼きは？」犀川は萌絵にきいた。

「え？」

「もう、食べないの？」

「あ、ええ、先生、どうぞ」萌絵は座り直した。「今の仮説、どこか不自然なところがありますか？　観察された現象を、綺麗に説明していると思うんですけれど」

犀川は、最後のたこ焼きを口の中に入れる。萌絵は緊張して、犀川の返事を待っていた。

「どうやって、その結論に至ったのか、聞かせてほしい」犀川はやがて言った。「君の思考の道筋に興味がある」

「わあぁ！」萌絵は思わず立ち上がった。「じゃあ、これが正解なんですね？」

「正解なんて僕は知らないよ。これは、僕が作った問題じゃないんだから」

「でも、矛盾はないでしょう？」

「ああ」犀川は頷いた。「少なくとも、今は思いつかない」

「私、最初に、ナイフが発射されたんじゃないかって言いましたよね。それを考え直してみたんです。あの仮説には、二つの欠点がありました。一つは、発射されたナイフが周囲の人たちに見えてしまう、という点。もう一つは、発射装置があとで発見されてしまう、という点です。確かに、騒ぎを利用して、装置を隠すことは可能ですけど、そんな計画は危険がともないます。でも、もし、あの金色の箱に発射装置が仕掛けてあれば、この二つの欠点は同時に解決できるんです。ナイフが飛ぶところも見えないし、発射装置も自然に始末できる。あのとき、殺人現場のステージから、外に出たのは、池に落とされたあの金色の箱だけだったんですから」

萌絵は、犀川の前を行ったり来たりして、歩きながら話した。躰は軽くなり、彼女は流れている音楽に合わせて踊りたくなっていた。

「あの場所で、殺人が行われた必然性もあります。つまり、池に沈む箱が必要だったわけですし、それを回収するために、初めから菊地製作所の近くの池が選ばれたのかもしれません。殺人の方法がわからなければ、誰も疑われない。この方法の利点は、もし万が一、殺害に失敗した場合でも、誰が犯人なのかはわからない、という点です」

「論理的だ」犀川は言った。「君のいつもの思考パターンではない。新しいテクニックを身につけたようだね」

「私、成長期なんです」

「犯人は誰かな?」犀川は座ったまま萌絵を見上げた。

「それは、わかりません」萌絵は立ち止まって、しばらく考えた。それから、再び犀川の隣に腰掛ける。「でも、ある程度なら特定できます。犯人があの現場にいたことは確かです。

ナイフの発射装置のコントロールをしていたと思います。完全自動のメカニズムでも可能かもしれませんが、やはり、状況に対する柔軟な対処という点では不充分です。予想外のトラブルに対応できませんからね。だから、犯人はあの場に、少なくともステージが見えるところにいたはずです。それから……、犯人は、有里匠幻さんの大道具を作っていた菊地製作所の存在を知っている人間です。つまり、有里匠幻さんにかなり近い人物だといって良いと思います」

「殺すくらいだから、近い人物だろうね」

「有里タケルさんは、ずっと私と一緒でした。彼は外を見ていませんでした。何かの操作をしていたとは思えません。偶然ですけれど、私をわざわざ、キャンピングカーの中に誘ったんです。だから、タケルさんは犯人ではありません。それから、間藤社長とマネージャの吉川さんは二人で同じバスにいました。もし、彼らが犯人なら、共犯ということになります。でも、やっぱり、犯人は、もっとステージがよく見える、もっと近いところにいたと思います。そうなると……、有里ミカルさん」

「彼女は、その日は、さきに帰ったんじゃなかったかな？」

「見物人に紛れ込んでいたのかもしれません。有里ナガルさんだって、あの場所にいたかもしれない。鵜飼さんに、アリバイをもう一度確かめてもらいます」

「その他にも、沢山人間がいただろう？」

「ええ、でも、犯人はマジシャンか、それに関係のある人物ですよ。しかも、有里匠幻さんが亡くなって得をする人です」

「合理的な推論だ」

「ありがとうございます」萌絵は犀川の手を掴んだ。「最高ですね。もう嬉しくて胸が張り裂けそうです、先生」

「その形容は不自然だし、論理的な飛躍がある」犀川は言った。

「でも、犀川先生だって、同じことをお考えだったのではないですか？　だって、殺された菊地さんの靴やトラックのタイヤに、泥が付着していなかったかって、鵜飼さんにおききになったでしょう？　あのとき、もう先生にはわかっていたのですね？」

それを聞いて犀川は笑った。「本当に君は頭が良いね。だけど、残念ながら、そうじゃないんだよ。僕は別の仮説を持っていた」

「え？　どんな？」萌絵はびっくりした。「どんな仮説ですか？」

「いや、話すほどのものじゃない」犀川は口もとを斜めにする。「今の君の仮説の方がずっと現実的だ。まったく、降参だよ」

「本当に？」

「本当に」

「信じて良いかしら？」

「それは君の判断……。僕は嘘は言わない。今、君が帰っていったら、勝ち逃げだ」

萌絵は元気良く立ち上がった。

「先生、花火、買いにいきましょう！」

6

萌絵は、翌日の朝、捜査第一課の三浦主任刑事に電話をかけた。彼女は、犀川に昨晩話した仮説を、三浦にすべて説明した。

「犀川先生も、論理的で合理的だっておっしゃっています」萌絵は最後にそうつけ加えた。

「なるほど……」三浦は低い声で唸った。「なるほどね、その手がありましたか……。いや、確かに、そうですね、わかりました。では、ちょっと、その線で調べてみましょう。菊地製作所に何か残っているかもしれません。設計図とか、それらしい試作品とかです」

「お願いします。それから、皆さんのアリバイもです」

「ええ、再検討してみましょう」

「無線で操作したと思いますけれど、近くじゃなくても、双眼鏡か何かで見ていれば可能だったかもしれません」

「そうですね。ええ、とても参考になりました」

「参考じゃなくて、これは正解です」萌絵は笑いながら言う。

「はい、すみません」三浦も笑った。「ありがとうございます。でも、あっちの方はどうなんです？　あの葬式のときのマジックは」

「ええ、そちらはまだ考えている途中です」萌絵は答える。「ゆっくり考えたいのですけど、私、来週は大学院の入学試験なので……」

「ああ、そうでしたね。いえ、もう充分です。西之園さん、しっかり勉強して下さい」

「あの、来月の静岡のマジックショーはご存じですか？」萌絵は浜中のメールにあったことを思い出して尋ねた。

「ええ、もちろん。あれが何か？」

「どうして、有里ミカルさんが引き継いだんですか？」

「さあ、それは知りませんね」

「間藤プロダクションの倉庫は、捜索されたのですか？」

「ええ、これからです。えっと明日ですね。あまり期待してはいませんけど。何か、調べてほしいことがあるんですか？」

「いえ、特にありません。でも、そちらからも、似たような仕掛けの大道具が見つかるかもしれないと思ったんです。中に何か隠せるようなスペースのある箱とか、それに、無線で操作する装置とかです。そういうものがあったら教えて下さい。どんなコントロールをしたのかが想像できるかもしれませんから」

「わかりました」

萌絵は、電話を切ってから、しばらくベッドに横になっていたが、やっと踏ん切りがついて、立ち上がった。

セレモニィホールで起こった不可解な事件については、ひとまず棚上げにしよう、と彼女は思う。

それに、もう一つ、親友、簑沢杜萌が巻き込まれている別の事件についても、今は考えている余裕がなかった。三日まえに、萌絵は簑沢杜萌に二週間ぶりに会った。そこで、その話を聞いたばかりだったのだが……。

萌絵は、机に向かって勉強を始める。大学院入試まで、あと八日だった。

7

研究に没頭できる自由な時間は、八月も終わりに近づくと減少した。犀川は再び多くの雑用に追われる毎日となった。学内の委員会がスタートし、学会関係の研究委員会も開かれた。東京への出張も増える。それに、九月には静岡県で建築学会の年次大会が開催されることになっていた。

犀川研究室の院生たちは、英語の論文の締切に追われ、毎日マッキントッシュに釘付けになっている。夏休みは九月の七日までだったが、もう事実上、研究室は動き始めていた。八月二十六日から三日間、N大学の大学院工学研究科の入学試験が実施された。初日は、語学と数学、それに小論文。二日目は専門科目。最後の三日目は口頭試問である。大学院の入学試験は、修士課程（マスタコース）とその上の博士課程（ドクタコース）が同時に行われる。もちろん、N大の四年生の他に、他大学からも大勢の受験者がやってくるし、反対に、他大学の大学院を受験するために出かけていく学生たちもいる。大学院は四年生までの学部とはまったく別の組織といって良い。

本当は、つい最近のことであったが、国立N大学の工学部の組織は大学院化し、正式には、犀川の所属も、工学部建築学科ではなく、工学研究科建築学専攻に変わっていた。工学部という組織は書類上はなくなっていたのである。この変革は、一般社会にはほとんど認知されていないようだし、特に周辺に大きな変化があったわけではない。犀川は、まだ、N大学工学部と書いてある名刺を使っている。国立大学では、名刺を学校の予算で作ることができない。自分の金を出して、仕事のためにしか使わない名刺を作ることに、犀川は理不尽さを感じていたので、残っている分がすべてなくなるまで、このまま使おうと決めていた。

入学試験の三日目の口頭試問では、教授、助教授、約二十名がいる部屋に受験者が一人ずつ入り、質問を受ける。これまでの研究内容、専門的な知識、それに今後の研究の意義や展望が問われる。

西之園萌絵が部屋に入ってきたとき、犀川は黙っていた。指導教官であるので、何か質問をすべきだとは思ったが、どういうわけか思いつかなかったし、他の教官たちが質問しているうちに時間がなくなった。西之園萌絵が、N大学の元総長、しかも建築学科の教授だった故西之園恭輔博士の娘であることは、もちろん教官全員が知っている。

「君は、どうして試験で力学を選択したのですか？」という質問がある助教授からなされた。

「力学が好きになったからです」姿勢良く座っている萌絵は答える。

「では、何故、歴史の講座を希望しているんです？」

「これから好きになるからです」

萌絵のその返答には、教官全員が吹き出した。

口頭試問が終了したあとの判定会議で、西之園萌絵は合格になった。力学の成績は受験者中でトップだった。彼女が最高点を取れなかった科目は小論文だけである。きっと、ろくに漢字が書けなかったのに違いないし、日本語の文法がむちゃくちゃだったのだろう、と犀川は想像した。

入試の判定会議を兼ねた教室会議が終了したのは、夕方の六時頃で、犀川はそれからすぐ散歩に出かけた。暑さに慣れたのか、あるいは、もう秋なのか、どちらなのかよくわからない。季節を感じるような生活を日頃からほとんどしていないからだ。だが、このところ夕方は涼しく、気持ちが良かった。

犀川は一番遠回りの散歩コースを選ぶ。理系食堂の前の道を真っ直ぐに太陽科学研究所の方へ向かう。それは、ほぼ真っ直ぐの一キロに近い道のりだ。途中に農学部があり、バイオ関連の温室などが見える。行き止まりの手前で山に上る道へ折れる。急な坂道の途中には、原子核関連の実験施設があり、それを過ぎると、クラブハウスやテニス場、グラウンドなどに行き着く。ここが、N大学キャンパスの果てである。

ポテンシャルの一番高い地点から、今度は講堂の裏の森林を抜ける道を緩やかに下っていく。

ずっと、研究のことを考えていた。

学術雑誌に解説を一つ頼まれている。どんな観点から書こうか、と思いながら歩いていた。

それから、西之園萌絵のことを少し考えた。

あと半年で彼女は学部を卒業し、大学院の修士課程にさらに二年間在籍することになった。教官と学生という関係が、二年延長したことになる。それだけのことだ。

次に、頭に浮かんだのは、有里匠幻の事件のことだった。

萌絵がN大に入学して以来、犀川は幾つかの不思議な事件に遭遇している。そのうちの一部は、萌絵が積極的にアプローチしたもので、遭遇したという動詞は不適切だろう。たぶん、そんな事件は、人口二百万人の那古野市くらいの大都市ならば、年間に数例は起こっているはず。たまたま、それが、西之園萌絵というパイプを通して伝わってくるようになっただけのことかもしれない。

これまでの事件（正確には五例であるが）に、疑問点は残っていない。だから「不思議な事件」というのは正確ではない。しかし、今、三浦刑事や鵜飼刑事が直面している事件は、確かに不思議である。解決できていない。それに、もう一つ、別の事件についても犀川は知っていた。萌絵の叔母である愛知県知事夫人、佐々木《ささき》睦子から聞いていたからだ。おそらく、大学院の試験が終わったことで、萌絵はまた、それらの事件にのめり込んでいくのに違いない。

盆踊りの夜に彼女が話した仮説を思い出す。

その仮説だけでは、まだ、すべてが説明できていない。有里匠幻の死体がどのような手段で消失したのかは、依然として不明のままだ。

どうして、自分は素直にその謎に挑まないのか、と犀川はふと思った。ひょっとして、誰かに意地を張っているのだろうか、とさえ考える。

誰に？

彼女に対して？

積極的な姿勢で立ち向かえば、風はより強くなる。おそらく、もっと面倒な事件の解決にも駆り出される機会が増える。そんな予感から、消極的になっているのであろう。その分析は納得できるものだ。

これは、自分の仕事ではない。

そんな台詞を吐く、やくざ者の時代劇があった。

その結論で思考を切り換えた。

新しいテーマが頭脳のストックヤードから引き出される。彼は煙草に火をつけて、それを考え始めた。当然のことではあるが、そちらのテーマの方が、ずっと難しかったし、考えるのが楽しかった。

8

その日、口頭試問が終了すると、西之園萌絵は研究棟の中庭に駐めてあった自分の車に飛び乗った。時刻は三時半だった。

昨夜、電子メールで、加部谷恵美が夏休み中に一度会いたいと書いてきたので、試験が終わったあとで彼女と会う約束をしていた。

待ち合わせ場所の交差点で萌絵が左折すると、歩道で加部谷恵美が手を振った。赤い車で行くからとメールに書いておいたのである。

「こんにちは」助手席に乗り込みながら恵美は言った。「すっごい車！　西之園さん、お金持ちなんですね」

「ええ」萌絵はドアミラーを見ながら答え、車を出す。

「凄い凄い！　今みたいなときって、普通、そんな返事はしませんよ。そんなことないわって謙遜《けんそん》して言うんじゃないですか？」

「私、お金持ちになったの。遺産を相続したから」

「うわあ！　本当？　そうなんですかぁ？　凄い！　どこか知らない国の大富豪の実の娘だったとか？」

「ええ、実の娘よ」萌絵はくすっと笑う。「高校生のときに両親が一度に亡くなったの。飛行機事故で」

「あ……」恵美は急に返事に詰まった。

「それだけよ」萌絵はちょっと横を見て、微笑んだ。「気にしないでね」

「はい……、すみません。ごめんなさい」

「よし子さん、お元気？」

「はい。あの、トーマは？」

「相変わらず」

加部谷恵美は、黒いTシャツに灰色のジーンズだった。ピンクのデイパックを持っていて、それを今は膝の上で抱えている。

「大学院の試験はどうでした?」恵美はきいた。

「ええ、ばっちり」

「合格ですか?」

「いいえ、たった今、終わったばかり。発表は、もっとさきなの」萌絵は信号待ちで車を停める。「ねえ、今から、どうする? 私、千種セレモニィホールに行きたいんだけど……」

「はい、どこでもいいです」恵美は答える。「千種セレモニィホールって、有里匠幻の遺体が消えたところでしょう? うわあ、凄い。そこ行ってみたいです。それも、警察のバイトなんですか? お金持ちなのにバイトしてるんですね」

「そこで、ちょっと調べものしてから、どこかで美味しいものを食べましょう。何が良い?」

「うーんと、アイスクリーム」

「OK」

次の交差点で右折し、萌絵の車は北へ向かった。

千種セレモニィホールに到着したのは四時五分過ぎだった。駐車場は空いていた。日柄のせいなのか、人も疎《まば》らである。萌絵は、地下駐車場に車を入れた。

「やあ、刑事さん」警備室から老人が手を挙げた。

「こんにちは」萌絵はウインドウを下げて言う。「どこに駐めたら良いですか?」

「どこでもいいけど、六時までだよ」

入口に近いスペースに車を駐める。萌絵と恵美が車から降りたとき、ちょうど奥から白い小型車が出てきた。乗っている男の顎鬚《あごひげ》に見覚えがあった。萌絵は手を振って、その車を止めた。

「すみません」萌絵は、運転手に言う。

「誰かと思えば、このまえの婦警さんか」男が顔を出して言った。例の霊柩車の運転手だった。「もう、帰るとこなんだけどなあ」

「霊柩車を見せてもらいたいのですけれど」

「奥に三台あるよ。勝手に見てって」男はそう言うと顔を引っ込めた。「ごめんね、つき合えなくて」

「ありがとう」

男の車はタイヤを鳴らして駐車場から出ていく。萌絵は、霊柩車の運転手の名前を知らなかった。加部谷恵美は、萌絵から数メートル下がったところに立っている。

「みんな、西之園さんのこと、刑事さんだと思ってますね」恵美が近づいてきて言った。

「そうみたいね」

霊柩車のところまで歩いていく。

あの日、有里匠幻の棺を載せたのは一番奥の車だった。あとの二台はよくあるタイプのオリエンタルな車種だったが、その一台だけは、ごてごてとした装飾がないシンプルな霊柩車である。

キーはついていなかったが、ドアのロックはかかっていない。後ろのドアも開いた。地下駐車場なので少し照明が暗い。車内は、絨毯《じゅうたん》のようなクロスが張られていて、綺麗だ。変な連想だが、滝野ヶ池で乗った有里タケルのキャンピングカーを、萌絵は思い出した。

「ここに、棺が一度、載せられたんですね?」車内を覗き込みながら恵美が言う。「これじゃあ、仕掛けとか、ありそうもないですね」

「そう、ここは無理なんだなあ……」萌絵はドアを閉めるために腕を伸ばす。ドアの内側には真っ白なカーテンがついていた。

スモークガラスのサイドウインドウに顔を寄せて、運転席も覗いてみた。特に気がつくようなものはなかった。念のため、ドアを開けて車内を確認したが、助手席に地図帳と折り畳み式の日除けがあるだけだった。無線機などの設備も見当たらなかった。

車の下も覗いてみたが異状はない。もちろん、警察の鑑識課が入念に調べたはずだ。ただ、自分の目で確認がしたかっただけである。

二人は、入口に戻って、ガラスドアを押し、クーラの効いた場所に入った。エレベータが二台ある。

「私、一緒でもかまいませんか？」

「平気」萌絵は微笑んでエレベータに乗る。

一階のロビィの受付で、萌絵は、二階のホールのステージを見せてほしい、と単刀直入に言った。受付の若い女性は一度引っ込んで、年配の男を呼んできた。その男は萌絵の顔を見るなり、頭を下げた。

「はい、今日は、あそこは使っておりません。どうぞどうぞ、お調べになって下さい。係の者に電話して照明はつけさせます」

「ありがとう。じゃあ、勝手に見ますから」萌絵はそう言うと、恵美を連れて、階段を上った。

「ここの階段を、下りてきたのよ」萌絵は独り言のように囁く。

ホールの入口の大きな扉を両手で引き開け、二人は中に入る。

「この入口から出てきた」萌絵はまた言った。

クーラが作動していないので、なま暖かい空気が湿っぽかった。ホールには誰もいない。ステージのライトだけが明るかった。彼女のために、たった今つけられたばかりなのであろう。

萌絵は真っ直ぐ、ステージへの通路を歩いていく。恵美は、ホールの中央で立ち止まって、辺りを見渡していた。萌絵はステップを上がってステージの上に立ち、恵美の方を見た。

「ここに、最初あったの」萌絵はそう言った。「有里匠幻さんの棺は最初はこの場所に置いてあった。それで、花を中に入れてから、参列者に見えるように、後ろの頭の方を持ち上げてね、この辺に、斜めに置かれたの。最後は、蓋をして、運び出された」

萌絵は下を向いて、ステージの床を見る。恵美もステージのすぐ下まで来た。

「ここに、扉がある」萌絵は下を見て言った。「棺があった位置から、そうね、二メートルくらい後ろになるかしら」

恵美がステージに上がってくる。彼女は萌絵とは反対に真上を見ている。

萌絵は、床の扉を開いた。それは、ハッチのように、片側が持ち上がるタイプの扉だった。大きさは、六十センチ四方くらい。急な階段が下へ続いている。

あの日も警察が調べていたが、萌絵はちょうど体調が悪くなり、眠っていた。

彼女は屈み込み、両手を床について躰を支えながら、階段に足を下ろした。階段というよりは梯子《はしご》に近い。約二メートルほど下りると、そこから、舞台裏の方向に通路が延びている。蛍光灯がついていたので、暗くはない。萌絵は通路を奥へ進む。再び手摺りのある階段を上って、広い部屋に出た。

板張りの部屋で、ちょうどステージの裏側になる。両側にも出入口があり、やはり、ステージにつながっているようだ。照明装置や、マイクスタンドなどが隅に置かれている。倉庫のような殺風景な場所だった。

恵美が、萌絵が来た階段から上がってくる。

「つまり、ここへ、死体を運んだんですね？」緊張した表情で恵美が言った。

「いえ、そうじゃないの」萌絵は腕組みをして言う。「今の通路を人間を抱えて運んでこられるとは思えないでしょう？　入口は狭いし、階段は急だし」

「じゃあ、どうしたんです？」

「たぶん……」萌絵は上を見る。天井は高かった。「運んだものが人間じゃなかった」

「え？」恵美は目を丸くする。「じゃあ、何が運んだんです？　人間じゃないって……」

「違う違う」萌絵は微笑んだ。「運んだのは人間だけど、運ばれた荷物は人間の死体じゃなかったのよ」

恵美は首を傾げたまま静止している。

「人形だった」萌絵は歩きながら言った。「そう、あのとき、みんなが見た有里匠幻は、人形だったのよ。その人形を、蓋をしたあとで、棺の下から取り出した。そして、棺の陰に隠れて、さっきの扉から運び出す。ここまで持ってきて、解体してしまった」

「でも、人形だったら、わかるんじゃないですか？」

「お化粧しているでしょう？　顔は真っ白で、口紅を塗っているんだもの。きっと、簡単だわ。蠟《ろう》人形みたいなものを使ったのだと思う。それに、ちゃんとできてなくちゃいけないのは、顔だけ。服に隠れている躰は、風船でもなんでも良いわけだから、運ぶのも問題ない」

「棺から出すときが一番問題ですね」

「有里匠幻さんのビデオが流れていて、みんなスクリーンを見ていたし……」萌絵はそこまで言って考える。確かに、恵美の言うとおり、その部分にはもう一工夫が必要だ。

「蠟人形じゃなくて、顔だけ……、本物を使ったら、どうかな?」恵美が言う。

「貴女、凄いこと平気で言うわね」萌絵は微笑んだ。「気が合いそう」

「でも、それだと、頭だけを、あとで隠す必要があります」

「そうなるわね」萌絵は頷いた。「でも、それくらいだったら、騒ぎが起こるまえに運び出せたかもしれない。カメラのアルミケースを持っている人が外には沢山いたんだから。一人くらい出ていっても気がつかれなかったでしょうね。出入りが難しくなったのは、棺の中が空っぽだってことがわかったあとだから、そのまえに持ち出せば可能だわ」

二人は、その部屋の端にある出口から短い通路を抜けて、ステージに戻った。

ホールを出て、広い階段を下りる。一階のロビィの受付に戻ると、さきほどの男が待っていた。

「もう、済みました。ありがとうございます。お邪魔しました」萌絵は頭を下げた。

男も黙って頭を下げた。ちらりと、加部谷恵美の方を見たが、何も言わなかった。萌絵は、入学試験の口頭試問のためにスーツを着ていた。恵美はTシャツにジーンズで、どう見たって中学生の女の子である。不思議に思わないのかな、と萌絵は少し考えた。たぶん、重要な参考人を確認のために現場に連れてきた、と勘違いしたのだろう。

「もう、終わりですか？」萌絵の後ろを歩きながら、恵美がきく。「なんか、警察の捜査ってあっけないなあ」

「うん、まあ、ボランティアだからね」萌絵は早足で歩きながら答えた。「さあて……、それじゃあ、アイスクリームを食べに行こうか」

第11章　奇《き》瑞《ずい》の幕間

1

九月になった。

大学院入試の翌週の月曜日の朝、犀川の部屋のドアがノックされ、西之園萌絵が入ってきた。先日の口頭試問では、珍しく大人しい服装であったが、今日はいつものファッションで、ピンク色の野球帽をかぶっていた。サマーセータが短く、ウエストが見えそうだった。

「おはようございます、先生」萌絵はバッグを椅子に下ろしながら挨拶する。「コーヒー淹《い》れて良いですか？」

「ああ」犀川は返事をする。

午前中の犀川は不機嫌である。自分でもそれがよくわかる。朝、机に向かうなり、今日中に片づけなければならない仕事に気が滅入ってしまう。おまけに血圧も低い。そこそこの調子が出てくるのが、だいたい十一時頃なのである。今は十時だから、犀川はまだ一人前ではない。

萌絵はコーヒーメーカをセットして戻ってくると、犀川のデスクの横に座った。犀川は、ディスプレイに向かってキーボードを打っていたが、煙草に火をつけて萌絵の方を見る。

「で、何?」

「何ですか? そのおっしゃり方……」萌絵は笑顔で言う。「先生、ビタミンが足りないんじゃないですか?」

「調べたことないね」犀川はにこりともせずに言った。

「私、合格ですか?」萌絵は尋ねた。

「まだ、発表まえだ。それは公式には言えない」犀川はゆっくりと煙を吐く。「二週間待ちなさい」

「合格ですね?」萌絵は白い歯を見せてにっこりと微笑む。「先生の顔を見たらわかります。良かったあ……。うん、でも自信はありましたけれど」

「よく勉強したようだね」犀川は表情を変えずに言った。「試験の結果がどうこうよりも、それが良かった。残るのはそれだけだ」

「ええ、力学はもうばっちり」

「しかし、先週、試験のあとすぐに僕の顔を見にこなかったのは少しおかしいね。君らしくない。どこへ行っていたの？」

「寂しかったですか？」

「寂しい方が好きだ」

「千種セレモニィホール」萌絵は声を弾ませて答える。「予測していましたか？」

「いや」犀川は口もとを上げた。「まあ、放たれた鳩みたいなものかな」

「あ、そういえば、あのときも、鳩が飛びましたよね……。滝野ヶ池のときです」

「そう？」

「ビデオに写っていたでしょう？　先生、ちゃんと見てないんですか？」

「見た」犀川は目を瞑って煙を吐き出した。「ちょうど、十羽だ」

「え？　数えたの？」萌絵は犀川の言葉に驚いたようだ。「だって、映ったの、ほんの一瞬だったでしょう？　凄い、先生って、レインマンみたいですね」

「レインマン？　雨男？」

「どうも、これだけは、いつも私たち、共通のデータベースを持っていないようですね」萌絵はにやにやして言う。「もう少し、おつき合いが必要でしょうか？」

「僕の座っているこの椅子だけど……」犀川は下を向く。「キャスタが一つ折れてしまっているんだ。だから、どうも姿勢が制限されてね、窮屈でしかたがない」

「それ……、どういう意味です？」

「見てごらん。嘘じゃないよ」

「何か、事件と関係があるんですか？」

「あったら、凄いね」

「先生！」萌絵は叫んでから、溜息をついた。「もう、そういう意味のないお話は……」

「西之園君、コーヒーがはいったよ」犀川は顎を上げて言う。

萌絵は頰を膨らませたまま、コーヒーカップを食器棚から出し、ポットのコーヒーを注いだ。犀川は、萌絵がデスクに置いたカップをすぐに手に取った。

熱いコーヒーが犀川の喉を通って、彼に「生きている」という幻想を見せた。頭の中で、幾つかの電灯がつき、換気扇が回転を始め、ようやくピストンに圧縮空気が送り込まれ、弾み車が動き出すような、そんな感じがする。

「ふう……」犀川は息をつき、目を瞑った。「良いね……。目が覚める」

「早く覚めて下さい」

「うん」

「もう、お話しして良いですか？」

「もう少し待って」犀川は片手を広げて言った。「もうすぐ、大丈夫になる」

「私、セレモニィホールで遺体を消した方法について考えてみたんです」

犀川は返事をしなかったが、萌絵は自分の仮説を話した。その理論の骨子は、簡単にいえば、棺に入っていたのは人形だった、という仮定に基づいている。もう少しディテールを述べれば、人形もしくは、頭部だけ本もので躰が人形、である。

何者かが、ステージにあった棺からこれを取り出し、ステージの床にある扉から舞台の下を通って、裏にある部屋まで運ぶ。そして、霊柩車のところで例の騒ぎが起こるまえに、その人形もしくは半人形を、建物の外へ持ち出した。それが萌絵の説明だった。

「棺の下から出して、ステージの扉から運び出す、なんてことが実際に可能なの？」犀川はゆっくりと言った。「僕は、その場にいなかったから、何とも言えないけれど」

「わかりません」萌絵は首をふる。「でも、それしか可能性はないと思います。先週、私、加部谷さんと一緒に千種セレモニィホールに行ってきたのですけど、やっぱり、ええ、この方法しか……」

「加部谷さんって？」

「はい、あの、滝野ヶ池公園で知り合った中学生の女の子です。加部谷恵美さん。有里匠幻さんが生前に、あそこの公園を散歩していたのを、何度も見ていたという」

「中学生を？　あそこに、連れていったのかい？」

「ええ。彼女、事件のことに興味を持ってまして」

「理由にならない」

「いえ、別に、誰かに迷惑をかけたわけじゃありません」

「それも理由にならない」

犀川は黙った。

萌絵は肩を竦めて溜息をつく。

「あの霊柩車ももう一度よく調べてみましたし、どう考えても、ステージしかチャンスはありません。あの死体消失の謎さえ解ければ、この事件は全部理解できるんです」

「全部かな？　たとえ、理解できても、犯人が誰なのかはわからないよ」

「それは、そうかもしれませんけど」

萌絵はコーヒーカップを両手に持ったまま、天井を見上げる。特にその方向に珍しいものがあるわけではない。何かを考えるときの彼女の癖である。

「先生、確か、菊地製作所に人形があったことを、気にしていらっしゃったでしょう？」

「別に気にしていない」

今度は萌絵が黙った。ようやく飲める温度になったのであろう、彼女はカップに口をつけ、犀川の顔色を窺うように見つめていた。

「君に、舞台裏とか霊柩車を見せてくれたわけ？」

「私のこと、愛知県警の刑事だと思っているみたいなんです」

「なるほど、加部谷さんのことも、証人だと思ったわけだ」犀川は頷く。「誰に会った？」

「誰？」萌絵はきょとんとした表情で首を傾げる。

「セレモニィホールで、誰に会ったの？」

「別に、誰にも……。あそこの従業員の人たちだけですけど」

「誰も、加部谷さんを見て驚かなかった？」

「え、ええ……」

2

萌絵は三階の院生室に下りた。犀川研の大学院生は全員この一部屋にまとまっている。両側の壁には古い木製の本棚が並び、そのほぼ半分は書籍で埋まっていたが、そのうちの三割は漫画だった。残りの半分は、書籍以外の雑多なものが押し込まれていて、最近、院生の男子の間で流行《はや》っているラジコンのレーシングカーが何台も並んでいる。

浜中深志を含めて三人の院生が部屋にいた。それに、萌絵と同じ四年生の牧野洋子が遊びにきていた。洋子は、浜中と並んで彼のデスクの上のディスプレイを見ているところだった。

「あ、萌絵、どうだった？」洋子が萌絵の姿を見て立ち上がり、心配そうな顔で言う。「犀川先生にきいてくれた？」

「何を？」

「試験の結果よ」

「ああ、うん」萌絵は近くにあった椅子に腰掛ける。「大丈夫みたい。もし、駄目だったなら、就職のこととか、犀川先生なら、きっとずばりおっしゃるわ」

「そうかなあ、そうだといいんだけど」洋子は浮かない顔である。

「何をしているの?」萌絵はきいた。

「ネットスケープの使い方、浜中さんに教えてもらってるところ」

「そうだ、西之園さん」浜中は席を立って言う。「有里匠幻関係のホームページがあちこちにあるよ。ブックマークつけといたから、見てごらん。僕、ちょっと生協まで買いものにいってくるから、その間、ここ使っていいよ」

「浜中さーん、アイスクリーム買ってきて」奥の席に座っていた三島が言う。

「買ってきてほしい人」浜中がそう言うと、萌絵も洋子も含めて、部屋にいる全員の手が挙がった。「しょうがないなあ、種類は文句なしだからね」

浜中が部屋から出ていくと、萌絵は浜中の椅子に座って、デスクの上のマウスを握った。他人のデスクだと、マウスパッドが右側にあるので、左利きの彼女にはとても使いづらい。

浜中が探し当てたという有里匠幻に関連したウェブページを開いてみる。サーバのアドレスから判断して、東京の私立大学の学生が作ったものが最初にあった。有里匠幻の写真がディスプレイに遅れて現れる。プロフィールなどが詳細に書かれていた。こういった情報を几帳面《きちょうめん》に書き込むマニアがいるのである。

有里匠幻は三十年ほどまえにデビューしたマジシャンだ。箱からの脱出、箱から箱へのテレポーテーションなどが、彼の得意とする奇術である、と書かれている。「テレポーテーション」という言葉は、このページを作ったマニアの入れ込み方を物語る表現だ、と萌絵は思った。

「こういうのってさ、ファンの人が勝手に作っているわけでしょう?」萌絵の横でディスプレイを覗き込んでいた牧野洋子がきいた。彼女はインターネットのＷＷＷについては初心者だ。「どうして、こんな手間暇かかることをするわけ?　そこんとこが私には理解できないんだよなあ。日本中の人がさ、こんなページを公開してるわけでしょう?　つまり、誰かに読んでほしいわけよね?」

「私も理解できないわ」萌絵も微笑んで頷く。「でも、好きな人は沢山いるのよ。みんなボランティアなんだから」

既に、幾つものリンクが張られているようで、関連する他のウェブページに移ることができた。しばらくデータが読み込まれるのを待っていると、今度は「有里匠幻最後の脱出」という名前のページが現れる。これもサーバはどこかの大学のようだ。アクセスが比較的速いからである。このページには、今回の事件に関する概要が書かれていたし、事件に関して意見を求めるアンケートが実施されていた。日本中から寄せられた意見が一覧できるページもある。現時点におけるアンケートの集計結果も掲載されていた。

アンケートの最初の質問は選択形式で、有里匠幻の棺からの脱出は、マジックなのか、超自然現象なのか、どちらだと思うか、というもの。三千人近いこれまでの回答者の約六十五パーセントが、マジックであると答えていた。萌絵は、そのページで、マジックの方に一票を投じることにした。

「あ、私は、超自然現象に一票」後ろから牧野洋子が言う。

「そんなこと、あるわけないでしょう」萌絵は振り返って洋子を睨む。

「ありえないと百パーセントはいえないもんね」洋子はゆっくりと首をふった。「まだまだ知らないところで不思議な現象は沢山起きているんだと思うわ。世の中には、科学だけでは解明できないことがあるんじゃないかしら」

「信じられない……」萌絵は目を丸くする。「洋子、それ、本気？」

「がははは、ひっかかった！」洋子は萌絵を指をさして叫んだ。「怒った怒った！　本気で怒った」

萌絵は舌を出して洋子を睨みつけた。

友人のジョークを無視して、彼女は再びディスプレイに向かった。リンクのリストから、さらに違うサイトに飛んでみると、来週末に静岡で行われる脱出ショーの案内ページがあることに気がついた。萌絵は、その部分をクリックして待った。

「なんか、こういうの見てるとさ、一般の人たちがみんな評論家になっていくみたいで、どの情報を信じたら良いのか、どんどんわからなくなるよね」洋子は急に真面目な話をする。「このまま、日本中の人がホームページを開設したりなんかしたら、もう情報が多過ぎて、結局は役に立たなくなっちゃうんじゃないかしら」

「たぶん、そうなるわ」萌絵は言う。「今みたいに一部の人がやっている間は価値があるけれど。だんだん、自分の日記とか、独り言みたいなことまで全部公開されて、つまり、みんながおしゃべり状態で、聴き手がいなくなっちゃうんだよね。価値のある情報より、おしゃべりさんの情報の方が優先されるんだから、しかたがないわ。でも、それはそれで、価値はないんだって初めから割り切れば、面白いんじゃないかしら。そんな気もする」

「カラオケみたいなもんね」洋子は頷いた。

次に現れたページは、データの転送に時間がかかった。「決死の脱出」というタイトルが、浮き出した文字で表示されている。有里ミカルの写真も貼られていた。ショーの概要、会場までのアクセスのための簡単な地図、それに有里ミカルのプロフィールなどが紹介されている。「爆破される高層ビルからの決死の脱出」と書かれていた。これはどこかのイベント会社のページのようだ。

「本当かしら」洋子が後ろから顔を突き出してくる。「そんな危険なこと、許可されるはずがないよね」

「それは、危険じゃない絶対安全な方法があるから、許可が下りるんじゃない?」萌絵は腕組みをする。「このビルが、爆破解体されるのは本当のことだけど、爆破と同時に脱出ショーが行われるとは限らないし」

「ああ、そうか! なるほどね……。有里ミカルのマジックショーが終わったあとで、爆破解体されるんだ。なあんだ、それじゃあ、これ、単なる言葉のマジックじゃない」

牧野洋子は、「爆破される高層ビルからの決死の脱出」というコピィを、勝手に解釈したようだ。こういう場合、日本語はまさにマジシャンである。

「たぶんさ、マジックショーのときは、このまえの滝野ヶ池のときみたいに、ちょっとした火か爆発くらいなんだ」

「そうかしら……」

萌絵は地図が載っているページをプリントアウトした。

「萌絵、行くつもり?」洋子が部屋の隅にあるプリンタの方を見ながら尋ねる。

「ええ」萌絵は頷いた。「洋子も行きたい?」

「車で行く?」

「そのつもり。一緒に行かない?」

「そうね……」洋子は考える顔をする。「浜中さんたちも、行くのよね」

「犀川研の院生は全員見にいくよ」奥の三島が口を挟んだ。「みんな学会で静岡に行くから、そのついで……。犀川先生も国枝先生もそれ見にいくって言ってたよ」

「解体工事の方は、何日の何時ですか?」萌絵は立ち上がって三島に尋ねた。部屋にあるどのデスクにも十七インチのディスプレイがのっているため、立ち上がらないと、この部屋では相手の顔が見えないからだ。

「カレンダ見てごらん」三島は答えた。

　萌絵はもう一度座り直して、目の前のディスプレイのプルダウンメニューから、カレンダを選択する。犀川の机の上のディスプレイにも、これと同じものがいつも表示されている。研究室のサーバが、スタッフ全員のスケジュールを管理しているのだ。現れたカレンダのウインドウをマウスで引っ張って大きくしてから探してみると、爆破解体工事は、建築学会が開かれている三日間の最終日、土曜日の夜七時開始、と記されていた。萌絵は、さきほどの脱出ショーのページを前面に出してもう一度確認する。有里ミカルのショーも同じ日の同じ時刻だった。

「あれ……、同じだ」萌絵は洋子に囁いた。「それじゃあ、やっぱり建物を壊すときに、本当に脱出するのかしら?」

「マジックショーのあとで、すぐ爆破があるのよ。テレビが両方とも収録するつもりなんじゃない?」

「ああ、そうか」

「私、見にいこう。乗せてって」洋子は萌絵の肩をぽんと叩いて言った。

「君たちは気楽でいいね」今まで黙って仕事をしていた波木が奥から出てきた。「来年、院生になったら、わかるから」

「何がわかるんですか?」洋子がきく。

「学会で論文を発表しなければならないし、そのために資料を用意しとかないといけないし……」波木が低い声でぼそぼそと言う。彼はM2で、萌絵たちの二年先輩である。

波木の言った「資料」という単語が、萌絵には「死霊」と一瞬認識されて、吹き出しそうになった。

「あんた、何一人で笑ってるの?」洋子が萌絵の様子に気がついて言う。「橋が崩壊しても可笑しいお歳頃?」

それは、土木工学科と建築学科では、かなり普遍的なブラックジョークであった。

3

「菊地泰彦は、絞殺されるまえに頭を殴られていますね」電話で鵜飼が言った。「後ろから側頭部に一撃です。それがそのあと、肩にも当たっています。たぶん、モンキーレンチか何かですね。あそこ、沢山工具がありましたから。今、鑑識の連中が割り出そうとしてますよ。どっちにしても、菊地は殴られて倒れたあと、さらに首を絞められたってわけです。あ、これって言いましたっけ?」

「菊地さんの死体を持ち上げて、あの棚の上にのせるのは、大変な作業だったでしょうね」萌絵は言った。「普通の人が、一人でできますか?」

「いいえ、すぐ近くに、リフトがありましたでしょう? 簡易なフォークリフトみたいなやつです。手動なんですけど、レバーを何度も動かして空気の力でものを持ち上げるんです。二百キロくらいまでなら、あの高さだったら簡単ですよ」

「じゃあ、誰でもできるわけですね?」

「ええ、そうです。そのリフトが使われた形跡があります。血痕が残っていました」

「死体の靴の泥は?」

「ええ、やっぱり滝野ヶ池公園の中に入ったようですね。詳しい分析結果はまだ正式には出ていませんが、ちょっと聞いた感じでは、赤土だし、土の粒子も似ているそうです。あの公園の中に間違いないでしょう」

「雨が降ったのは、日曜日の夕方でしたね?」

「いえ、調べてみましたけど、犀川先生がおっしゃっていたように、前日の土曜日の夜にも、かなり降っているんです」鵜飼は答えた。「犀川先生は、なんだって天気なんかに詳しいんですかね……。まあ、ですから、限定はできません。日曜日の朝だったかもしれません。日曜日の朝から、月曜日の朝までの間、その間に、トラックで泥だらけの道に出かけて、菊地も車から降りた、ということです」

「荷台には泥はなかったのですか？」

「特に目立っては」

「警察では、どう考えているんです？　秘密ですか？」

「いえ……」鵜飼は笑いながら言う。「あまり、おおっぴらにはできませんが、実は菊地製作所の中で、有里ナガルの指紋が見つかっています。ちょっと内々に、関係者の指紋を押えてあるんですよ。奴はあそこに行ったことがあるようですね。それに……、そうです、あの菊地泰彦の殺害に関しては、有里匠幻自身がホシだという見方もできます」

「ええ、そうです」萌絵は頷く。それは彼女も考えた。受話器を持ったまま、彼女はベッドの上に寝転がっている。「土曜日にも雨が降ったとなると、そちらの可能性も有力になりますけれど、加部谷恵美さんが、日曜日の朝に有里匠幻さんを公園で目撃しているんですよ。つまり、そのあと、菊地さんを殺しにいったということになりますね」

「そのとおりです」

「その場合、菊地さんはトラックで、何をしに池に行ったのかしら？　マジックで使った装置の残骸を回収するために、菊地さんはトラックで池まで行った、という考えとは矛盾します」

「そうです。そのとおりなんです」鵜飼の声は低くなる。「そうなると、やっぱり、菊地泰彦は日曜日の夕方以降に殺されたことになります。有里匠幻も、同じホシに殺されたと考えた方が自然でしょうね」

「ほぼ、同じ日ですし、場所も近い。仕事のつながりもあったわけですから、二つの殺人が別々の事件とは考えにくいですね」

「ええ」

「菊地さんの死体には、変わったところはありませんでしたか？　たとえば、首が胴体から切り離されていたとかです」

鵜飼は電話の先で笑っている。

「ありませんよ、西之園さん。ええ、そんなとびっきり変わったところは何もありません。あの、どこから、そういう発想になるんですか？」

「いえ、これはまたいつか、ゆっくりお話しします。ねえ、鵜飼さん、それよりも、有里ミカルさんの脱出ショーはどうされるんです？　静岡まで警察は誰か行かれるのですか？」

「行きますよ。近藤に一人で行かせます」鵜飼は答えた。「県外ですしね、まあ、内々にです。今でも、有里の三人や、マネージャの吉川、それにプロダクションの間藤、こいつらはずっとマークしています。それに、あのアナウンサたちとか、セレモニィホールの連中とかも、いろいろ当たってはいるんですよ。でもね……」

「何ですか?」

「いろいろ人間関係が複雑でしてね」鵜飼はうんざりだという、溜息をついた。「いいですか? 西之園さん、メモしなくても良いですか?」

「ええ、どうぞ」

「まえにも言いましたけど、有里ミカルは、有里匠幻の元愛人です。それが、ミカルとタケルがくっついて、難しい関係になっていたようでして。同じことがナガルとミカルの間でもあったかもしれません。これは噂です。二重の三角関係ってやつですか。あと、マネージャの吉川は使い込みで首になってますし、そのときに間藤社長も片棒を担いでいまして、匠幻と一度は大喧嘩をしています。しかし、そのあと、匠幻は、間藤社長から借金をかなりしてますから、仲直りをしたわけでしょうかね。それと、そうそう、揉《も》めていたみたいですけど、生命保険が下りそうなんですよ。有里匠幻の死亡で、有里……、いえ佐治家ですね、奥さんと息子さんが多額の保険金を受け取ることになるはずです。借金の返済で間藤社長にもその金の一部が戻ってくるわけです。ね? 複雑でしょう? まだまだ、出てきそうですけど……」

「単純じゃないですか」萌絵は言った。「どこが複雑なんですか?」

「金の他にもあるんですよ」鵜飼はゆっくりと言った。「有里マジックの後継者の問題とか、有里匠幻のマジックのノートとか」

「マジックのノート？」

「ええ、キテレツ大百科みたいなものですか」

「わあぁ、鵜飼さんとは話が合うわ！」萌絵は声を弾ませた。

「恐れ入ります」鵜飼が咳払いする。「いえね、冗談じゃないんですよ。有里マジックには、オリジナルのものがかなりあるようなんです。その著作権みたいなものでしょうか、それを弟子の三人が争っているようです」

「そんなに価値のあるものなんですか？」

「さあ……」鵜飼は曖昧な返事をした。「でも、今回のビル爆破からの脱出だって、有里ミカルがすることになったでしょう？　何か裏取引があったみたいですよ。プロダクションとしても、あの女マジシャンが一番金になるから援助したってとこでしょうけど」

「有里匠幻さんは、どのお弟子さんを後継者にするか、言い遺していなかったのですか？」

「ええ。順番から言えば、有里ナガルがそうなんですが、さきほどご説明したようなことで、話がこじれているみたいで」

「でも、本当にこじれているのなら、匠幻さんにとって、ミカルさんが一番、憎かったんじゃないですか？」

「まあ、そうでしょうかね……。でも、恋人を寝取られても、恋人を憎む人間もいれば、寝取った相手に腹を立てる人間もいるようですから」

「ふうん」萌絵は返事をしながら首を傾げていた。「そういうものなんですか?」

「知りませんよ、僕も。そういう目に遭《あ》ったことありませんから」

「でも、今回の事件は、有里匠幻さんのことが憎くて憎くてどうしようもなくて殺してしまった、というのではないことは確かですよ。恨んで殺したのなら、死体を消したりしなかったと思います。だって、あの死体消失のおかげで、有里匠幻はマジシャンとして、最高の名誉を勝ち取ったんですから……。憎らしかったら、あんな良い目に遭わせるはずがないでしょう?」

「ええ、ですから、やっぱり金が目当てじゃないかと思うんですよ。金のためにしかたなく殺して、その代わりに、せめて栄光をプレゼントした」

「うーん」萌絵は唸る。「そんな親切な人が、人殺しなんてするかしら……。それよりも、あの死体消失劇だけは、今回の殺人とは別のものかもしれませんね。有里匠幻さんが、生きているうちに、自分にもしものことがあったときには、こう処理しなさいって、誰かに指示してあったのかも」

「そうそう、それも可能性として考えられますよね。ええ、それはうちでも話が出ています。そうなると、しかし、有里ナガルが一番怪しい。有里匠幻が、自分の死後のことを依頼するとしたら、一番弟子のナガルではないかって」

「いえ、そうじゃないわ。菊地さんが一番確率が高いと思います。だって、ナガルさんたちとは、匠幻さんはうまくいっていなかったんでしょう？　ミカルさんのことで……。大道具を作ってもらっている菊地さんのことを一番信頼していて、他の人にもほとんど知られていないわけですから、頼みやすかったのじゃないかと思いますけれど」

「でも、菊地は死んでますからね。少なくとも、匠幻の死体を消したのは奴じゃありません。それに、有里ナガルは菊地製作所に行ったことがあるんです。指紋がありましたから」

「菊地さんが、誰かに話したのかもしれないわ。その誰かが、菊地さんの代わりに死体を消した」

「それらしい人物が他にはいないんですよ」鵜飼は言う。「セレモニィホールで足止めした人間は、二百八十人くらいだったんですけど、結局、全部調べました。身もとがはっきりしない奴は一人もいない。深い関係がありそうな人物がいません。有里匠幻は人づき合いが悪かったようですね。滝野ヶ池の方は、現場に誰がいたのか正確には把握できていませんけどね」

「どちらの場合にも、現場に犯人がいたはずです」萌絵はベッドの上で起き上がって座った。「一人なのか複数なのかはわかりませんけれど、計画どおり、ことを運んだんです。きっと、首尾を見届けていたと思います」

「そう……でしょうね」鵜飼の返事は力が抜けるような感じだった。「さて、どうも長話しちゃいまして……。また、よろしくお願いします」

「ええ、こちらこそ……。おやすみなさい」萌絵は受話器のボタンを押して、サイドテーブルの上に戻した。

第13章　奇抜なサービス

1

九月の二週目の土曜日。

西之園萌絵の車は、牧野洋子を助手席に乗せて、東那《とうな》高速道路を東に向かって走っていた。久しぶりのロングドライブで、エンジンの調子も良い。那古野インタから二時間弱の距離だった。萌絵はセーブして、追越車線を百二十キロで巡航していたが、前を走る車のほとんどが、彼女の車が近づくと、すぐにウインカを出して道をあけてくれた。

夕方の五時に静岡の駅前にあるロイヤルホストで、犀川たちと待ち合わせる約束である。この速度で走れば約束の時刻の二十分ほどまえに到着する計算だった。

岡崎を過ぎたくらいまでずっとしゃべりどおしだった牧野洋子は眠ってしまい、萌絵はドライビングに集中できた。彼女は、サングラスをしている。その方が目が疲れないからだ。

大学院入試の結果の正式発表は来週の火曜日だったが、既に学科内の合否は知れ渡っていた。不合格の学生は、早急に就職先を探さなくてはならないので、内々に指導教官から言い渡される。それを数えていけば、誰が合格したのかが、だいたいわかってしまう。学生たちの関心は、日本育英会の奨学金を誰が受けるのか、という点に絞られていた。成績上位者の二割ほどが、毎月八万円以上の奨学金を受けることができるからだ。大学院の場合、奨学金の審査に、家庭の経済状況はほとんど無関係だ。大学院入学者は成人であるので、保護者から独立した個人と見なされるからである。だが、もちろん、西之園萌絵は奨学金の希望を出さなかった。

隣で眠っている牧野洋子は、萌絵の一番親しいクラスメートである。彼女は三年生のときまでは、卒業したらすぐに就職すると話していた。東京に彼氏がいるので、早く上京したいというのが彼女の言い分だった。それが、四年になって急に大学院を志望したのだ。彼氏とのことがどうなったのか、萌絵はきかなかったし、最近、洋子は研究室の先輩、浜中深志に熱を上げている。ごく親しい間柄でも、まだまだ不明瞭なことは沢山あるものだ、と萌絵は思った。

それどころか、自分自身のことでさえ、不思議なことは多い。

今年の春に、犀川と萌絵は、区役所に提出する婚姻届に署名、捺印《なついん》した。その書類は今、萌絵の偉大なる叔母、睦子が保管している。

いったい、あれは、どういうことだったのだろうか。

以来、何も変化はない。

萌絵は大学院の入試のために勉強をしなくてはならなくなり、この大問題を棚上げにしようとした。

もちろん、忘れられるものではない。

(先生は、どう思っているのだろう?)

このまま、うやむやになるのだろうか。

それでは、卒業アルバムか、七夕の短冊に書いた誓いと変わりがないではないか。

大学院入試があっけなく終わってしまって、近頃の彼女はといえば、まるでコーラフロートみたいに甘くて気が抜けた感じだった。

これから卒論の研究に集中しなくてはいけないし、卒業設計だってある。どちらも、彼女はまだ、ぼんやりとしたテーマしか決まっていなかった。

相変わらずだが、殺人事件の話しか犀川とはしない。これだけが二人の共通話題といっても言い過ぎではない。研究についても、国枝桃子助手と話すことはあっても、犀川助教授と議論する機会はほとんどない。彼は忙しく、出張も多かったので、普段は滅多に会えなかった。萌絵が一年生のときよりも、犀川はずっと忙しそうだ。けれど、それも単に、彼女が犀川の身近にいられる状況になって、わかっただけのことかもしれない。

萌絵が知っている犀川は、彼の一部でしかない、と感じられることがたびたびだった。これまでにも何度か、おやっと思ったことがあったけれど、今にして思えば、それらはすべて、犀川が別の人格を表に出したときに違いなかった。彼女は、それが嫌ではない。そんな別の犀川をもっと見たい、とむしろ願っているくらいだ。

「あーあ、ごめんごめん」牧野洋子が欠伸《あくび》をした。「クーラが効いてて気持ちいいもんだから、眠っちゃったわね」

「いいよ、気にならないから」萌絵は言う。事実、静かな方が良かった。

「あのさ、浜中さんのことだけど……」

「突然ね」萌絵はくすっと笑う。「何か夢でも見たの？」

「そうじゃないけど……。浜中さんがつき合ってる彼女のこと、萌絵、知ってるんでしょう？」

「知らないわよ。誰から聞いたの？」

「見たの。見ちゃったのよ。生協で二人で向き合って、ずっと話してるところ」

「浜中さんが？　へえ……」萌絵は笑いながら言う。「想像できない」

「考え過ぎかな……」

「考え過ぎ」そうは言ったものの、萌絵は少し心配だった。

静岡インタで高速を下り、市街に向かってしばらく走る。目的のロイヤルホストはすぐ見つかった。時刻は五時十五分まえだった。

萌絵と洋子が窓際の席でコーヒーを飲んで待っていると、十分ほどして、駐車場の方から、研究室の一同がぞろぞろと歩いてきた。犀川助教授に国枝桃子助手、それに大学院生の男子が五人である。全員、スーツにネクタイでなかなか凛々《りり》しい。国枝桃子も細いネクタイを締めて決まっている。七人は店内に入ってきた。

「やあ、待った？」犀川は萌絵たち二人を見て言う。

店は空いていた。彼女たちが座っていたテーブルと、その隣のテーブルに全員が収まる。萌絵の隣には犀川が、洋子の隣には国枝が腰掛けた。

「どうでした？　発表は」洋子は振り返り、後ろのシートの院生たちに尋ねる。「うまくいきましたか？」

「ちょべりぐ」浜中が代表して答える。

「本当ですか？」洋子は隣の国枝にきいた。

「浜中君が一番良かった。そう、四十五点くらいかな」国枝が振り向きもせずに言う。

「え？　じゃあ、僕らそれ以下ですか？」三島が呟く。

「国枝先生、それ、五十点満点でしょう？」浜中が高い声できいた。

「二百点満点」そう言って、国枝は犀川を見る。珍しく、国枝はジョークを言ったつもりのようだ。彼女の微妙な表情の変化を萌絵は見逃さなかった。

爆破解体工事が行われる建物は、臨海の八階建てのビルだった。インターネットの「決死の脱出」のウェブページに「高層ビル」と書かれていたわりには大した規模の建物ではない。今や高層と言えば、二十階以上を示す時代である。築三十年の倉庫兼オフィスビルで、水産業者が幾つか入っていたという。周囲は倉庫や工場ばかりの地域で、海まで数百メートルだった。

2

爆破を行うには、敷地に面積的な余裕が必要となる。そこは、まさに絶好の環境だった。南側は広い道路に面していたが、それでも、その歩道からは二十メートル以上は離れていたし、裏の北側は、とてつもなく広い空地だった。

この空地も含めて、一帯が地上げの対象となったようである。大規模なコンベンション・センタの建設が、近い将来に予定されているという。

ビルの東側は、ちょっとしたスペースの駐車場を間に挟んで、隣は三階建ての小さな倉庫。距離は四十メートルは離れている。西側には、九階建ての鉄筋コンクリート造のビルがすぐ近くにあったが、この建物も近々取り壊される予定で、既に使用者は立ち退いていた。

北側の空地は、サッカーグラウンドが二面は軽く取れるほど広い。この空地の西の端、解体されるビルから最も離れたところに、見学者用の臨時の駐車場が設けられていた。

臨時駐車場内のビル方向の境には、高さが五、六メートルもある防御ネットが、パイプ製の足場に張り巡らされていた。爆風で飛んでくる石などから車を守るために設置されたようだ。そのネットから、爆破されるビルまでは、さらに百メートル以上離れていた。

建築学会が見学者のためにチャータした観光バスが、五台ほど駐まっていたし、既にその駐車場は満車で、道路まで車が溢れている。萌絵の車、国枝の車、そして浜中の車の三台は、少し離れたところの歩道に乗り上げて駐車した。近辺の道路はすべて通行禁止になっていて、見学者の車だけをガードマンが誘導している。ところどころにパトカーも駐まっていた。

見学者は何百人もいる。駐車場のネットより先には行けないようだった。少し離れたところに公園があり、そこも人でいっぱいである。近所の人々が集まっているようだ。テレビ局の大型車もその公園の前の道路に並んで駐まっていた。

萌絵たちはしばらく歩いて、見物場所を探した。ずいぶん歩いたが、通行が許可されているところは、いずれも問題のビルから遠く離れた場所ばかりで、肝心の建物がよく見えない。結局、かなり離れた倉庫の非常階段に上がって、そこから見ることにした。道路を隔てた前方には別の小さな倉庫があったので、それが邪魔にならないように、非常階段を二階と半分だけ上がった。勝手に階段を上がったわけだが、倉庫は閉まっていて、誰もいなかった。目標のビルまでは、やはり百五十メートル以上は離れている。

「こんなんじゃあ、なんにも見えないじゃん」浜中が言う。彼は思ったよりも遠くなので安心しているようだった。

萌絵は双眼鏡をバッグから出して、ビルの様子を見る。

解体されるビルから少し離れたところに、ブルドーザやパワーショベルなどの重機の一群があった。ビルから五十メートルほど離れている辺りだ。今はまだその近辺に、白いヘルメットをかぶった作業服姿の人々が大勢いる。テレビカメラのスタンドも、その近くに一つだけ設置されていた。さらに、そこからずっと下がったところに大型の消防車が六台並んでいて、消防服の男たちが沢山うろついている。上空にはヘリコプタが一機飛んでいるのが見えた。

見物人の多くは、ビルの北側の空地の一番西の端の駐車場に集中している。その地点から、東西に延びる道路沿いは、立ち入りが禁止されていた。ビルの向こう側、つまり南側は、建物で死角になってよく見えない。そこを通っている真っ直ぐの太い産業道路も、当然閉鎖されているはずである。

時刻は七時十分まえ。

テレビ局が何を収録しようとしているのか、まったくわからなかった。萌絵たちがいるところまでは、アナウンスも聞こえてこない。

「西之園さん、双眼鏡、貸して」浜中が言う。

彼女は双眼鏡を彼に手渡した。

「そろそろ時間ですよね？」萌絵は、手摺《てすり》にもたれている犀川を見る。

「さあ、七時とは聞いているけど、こういうものって時間どおり始まったためしがないからね」犀川は煙草を吸っていた。学生の一人が、ジュースの空缶を灰皿にしていたので、犀川は、そこに灰を落している。

「ひょっとして、脱出ショーはもう始まっているのかしら？」萌絵は呟く。

「もう終わっていたりして」横から洋子が言った。「爆破のシーンだけをあとで撮って、ビデオを編集するんじゃないの」

「あ！」浜中が高い声を上げた。「人がいるよ」

「どこ？」

「えっと、最上階のさ……、ほら、ベランダのとこ」浜中が双眼鏡を目から離して言う。

「あそこに、オレンジ色のツナギを着てる人がいる」

萌絵は、肉眼でそれが見えた。だが、誰なのかはわからない。

「あれ、女の人だね」浜中が再び双眼鏡を覗いて言った。

「見せて、見せて」牧野洋子が浜中に手を出した。

3

「さあ、いよいよであります。世紀の大脱出！　決死！　危機一髪！　ミラクル・エスケープ！　その奇跡の瞬間へと、カウントダウンが始まろうとしております。いやあ、凄い。最大級の緊張が、既にこの場を支配しております。何と申しましょうか。かつて、これほど危険で、いや、ほとんど絶望的ともいえる、こんなもの凄い脱出があったでしょうか。これはもうサバイバル、生き残りを賭けたチャレンジなのです。まさに、空前絶後、この最悪の条件、最難関の試練に挑むのは、そうです、あのグレート・ザ・エスケーパ、伝説の超人、有里匠幻の若き後継者、クイーン・ザ・ミラクル、有里ミカル、その人であります。皆さん、ご覧いただけるでしょうか。今、彼女は、まさに、まさに、地上三十五メートル、八階建てのビルの最上階であります。ご覧下さい。私たちに手を振っております。しかし、このビル、有里ミカルが手を振っているこのビルは、あと数分で、なんと粉々に爆破され、消え去る運命にあるのです。それは、大変な量の火薬、ダイナマイトによって破壊されるのであります。我々は、今、ビルから約五十メートルの地点におりますが、工事関係者からは、この場所も危険だ、早く立ち退くようにと、たった今、要請を受けたところであります。テレビカメラだけを残して、テレビクルーは、あと五十メートルも後ろへ下がらなくてはなりません。爆風から身を守る防御ネットに隠れなくてはならないのであります。さあ、もう、ビルからは人が離れています。これこそ、サバイバルであります。誰も生き残れません。人間も猫も、おそらくネズミも既に危険を察知して逃げ出していることでしょう。ビルを中心として半径百メートル、そこは危険地帯であります。爆破はそれほど強力なのです。だがしかし、まさに、その爆心ともいえるビルの八階に、たった今、有里ミカルは立っているのであります。八階です、そう、何とも皮肉な数字ではありませんか。末広がりで縁起の良い数字です。さあ、ご覧いただけるでしょうか、彼女の緊張した面持ちを。有里ミカルのオレンジ色の衣裳は、無彩色のコンクリートビルディングに、ぽつんと咲いた花のように鮮やかであります。あ！　有里ミカルは今、手を振っています。この大冒険、危険な大脱出に、彼女はどんな心境でチャレンジするのでありましょうか。皆さん、サイレンが聞こえますでしょうか？　今、サイレンが鳴っております。我々は避難します。どうなんでしょう。あと何分でありましょうか。あ、はい、あと三分ということです。これはいけません。我々は下がります。有里ミカルを捉えているカメラだけが、ビルから五十メートルの地点に、無人で残されます。はい、これは、上空のヘリからの映像であります。ヘリのパイロットにも爆破の直前には遠ざかるように、と命令が出ております。ご覧下さい。有里ミカルは両手を振っています。何という勇気、何という自信でしょうか。しかしもう、時間はほとんどありません。いつ彼女は脱出をするのでありましょうか。今から、階段を駆け下りて、外へ飛び出しても、もう遅いのではないでしょうか。はたして、いかなるパワーをもって、いかなる奇跡をもって、彼女はこの危険地帯から脱出するのでしょう。まさに、ミラクル、まさにアドベンチャ。さあ、我々も、今、ようやく安全地帯まで退却いたしました。こんなに離れないといけないのであります。それほど、もの凄い爆破力なのでしょうか。ビルが一瞬で破壊されるパワー。強力なダイナマイトです。しかし、そのビルにいる有里ミカルは、どうなるのでしょう。ああ、もう時間が迫っています。危ない！　本当に、生きて戻ることができるのでありましょうか。そんな望みは、もう奇跡としか言いようがありません。奇跡を期待するしかありません。皆さんも祈って下さい。これは夢ではありません。特撮ではありません。本ものの大爆発であります。本もののビルを解体するのです。爆薬は何日もかけてセットされたもので、この大きな建物を一瞬にして粉々に砕いてしまうのです。有里ミカルは、この絶体絶命の状況、正真正銘の大ピンチから、はたして、生還することができるのでしょうか。まだ、彼女は手を振っています。もう逃げなくてはいけません。ああ、もう時間がない！　もう駄目だ。もう、今からでは遅過ぎる。逃げられるはずがありません。絶望的です。何をしているのか、有里ミカル！　いったいどうするつもりなのか。時間を間違えているのでしょうか。誰か、彼女に教えてあげて下さい。危ない！　これは危険な状況になってまいりました。おっと！　火の手が上がったか。危ないぞ。ああ！　危ない！　無情！　悲惨！　どうなるのでしょう。もう、祈るしかありません。有里ミカル！　いやあ、大変だ。危ない！　もう時間が……」

4

上空のヘリコプタがゆっくりとビルから離れた。テレビ局の強力なスポットライトから直進する光の先に、有里ミカルは立っている。周辺の道路に並ぶ街灯はすべて消されていたので、辺りは薄暗かった。そのため、彼女のオレンジ色の衣裳は、ピンポイントみたいに光って見えた。

風はない。

数十秒間鳴り響いたサイレン。

そのあとの三分間は、実に静かだった。

空地の駐車場の防御ネットの内側には、大きなデジタル時計が設置され、爆破までの残り時間を表示していた。そのカウントダウンを見守っていた見物人も動かなくなる。

上空のヘリコプタのロータ音だけが周辺に轟《とどろ》く。

まだ、決定的な瞬間まで、三十秒ほどあったが、ビルから炎が吹き出した。火炎は、五階か六階から立ち上がり、遅れて黒い煙が吹き上げた。

見物人たちからどよめきが上がる。

「あれは、テレビの演出よね」牧野洋子が小さな声で言う。しかし、誰も答えない。

萌絵は双眼鏡で有里ミカルを捉えていた。

犀川は、どうやらよく見えないらしい。ぼんやりとビルの方向を見ているだけだった。

学生たちは階段の手摺に肘《ひじ》をついている。

「さきに下の階の柱を折る」犀川が言った。「それも、北の柱がさきだ。よく見ていてごらん」

六階から出た火炎は、窓などの開口部から勢い良く吹き上げる。大量の黒煙が噴出し、八階のベランダにいた有里ミカルの姿が見えにくくなる。萌絵は、しかし、目を離さずにミカルに注目していた。

有里ミカルは、ベランダからビルの中に姿を消した。

「あ、中に入ったわ!」萌絵は叫んだ。

その数秒後、最初の爆発があった。

意外に高い音だった。

安っぽい花火のようでもある。

ビルの地上に近い部分で、白い煙が瞬間的に広がる。

また、爆発音。

今度は低く大きかった。

幾つかの煙が膨張し、その中から、煙の柱が突き抜けて飛び出し、斜めに高く伸びる。

続いて、地響きのような低い衝撃。

足もとが少しぐらつく。

浜中深志は手摺を摑む。

数秒遅れて、また大きな爆発。

舞い上がった煙が、急激に立ち込める。

ようやくビルはゆっくりと動いた。

手前に傾く。

スローモーションのようだった。

そして、ほんの少し傾斜したところで、真打ちといえる轟音が上がった。

風を切るような高い音も入り交じった長い地響きが伝わる。

煙は加速度的に膨張する。

建物はあっと言う間に煙に包まれた。

その煙の中を、少しだけ傾いたビルが、そのままの姿勢で、真下に落ちていくように見えた。

大規模な地盤沈下が起こったような錯覚。

風が起こった。

最初の衝撃波が顔に感じられる。それは、大したことはなかった。

幾つもの音が重なり、一つの爆音となる。

ビルは、ごうごうと音を立てて、崩れる。

最上部の一塊が、地上に落下したと思えたとき、一段と大きな音が轟いた。

落下したエネルギィは、行き場を失って周辺に押し広がる。

何秒か遅れて、萌絵たちのところまで、一陣の風が届いた。細かい砂を運んで空気が飛んでくる。

音は次第に小さくなり、空に向かって立ち上った煙は、勢いを失って落ちてくる。放物線を描いて砂煙は落下した。

細かい砂が雨のようにぱらぱらと降る。

しかし、既に音は消え、白い煙は急速に薄れる。

風に流されたのか、あるいは浮遊していた粒子が地上に落下したのか、視界は正常な状態に戻りつつあった。

もう、火炎はどこにも見えない。おそらく、爆破の勢いで吹き消されたのであろう。

ビルがあった場所には、コンクリートの大きな瓦礫《がれき》の山が残っているだけで、南側の道路がよく見えるようになっていた。

ビルは解体されたのである。

「めちゃめちゃびっくり！」浜中の高い第一声。

「あっけないよう」牧野洋子がビルを見たまま言う。「こんなに離れている必要なんて、全然なかったんじゃないの？」

「有里ミカルはどうなったんだろう？」浜中は振り向いて萌絵を見た。「西之園さん、彼女が逃げ出すところ見えた？」

「ええ、そう、爆破の五秒くらいまえかな」萌絵は答える。「大丈夫かしら……」

「驚いたなあ」犀川は煙草に火をつけようとしていた。ライタの調子が悪いようだ。

「何がですか？　先生」萌絵は気になったので、すぐにきいた。驚いたなんて言葉が、犀川には珍しい発言なのだ。

「いや……」ようやくライタに火がつき、犀川は煙草の煙を吐いた。「うまくやったもんだ」そう言って、彼は、首を回した。「うん、これは成功だね。やっぱり技術は進歩しているんだなあ。かなりちゃんと計算した奴がいるのだろう、きっと」

「脱出のことですか？」

「違うよ。爆破解体だよ。綺麗に壊れたじゃないか。上手にやったもんだ……。感心してるとこ」

5

テレビクルーは再びビルに近づく。彼らは皆、ヘルメットをかぶっていた。工事関係者の一団も彼らと一緒だった。駐車場の防御ネットから出て、ゆっくりと北側の空地を進む。ちょうど、空地の中央付近に据え付けられていた無人のテレビカメラの位置まで、彼らは戻った。アナウンサはマイクを持って絶叫し続けていたが、それとは対照的に、他のスタッフたちは無表情で、黙々と仕事をしていた。

消防自動車が動き出し、コンクリートの瓦礫まで二十メートルほどのところまで近づいて散水を始めた。このような解体工法で最も危険なのは、火薬の一部が爆発しない事態である。しかし、ビルは計算どおりに崩れ、計算どおりに破壊されている。ダイナマイトの一部が不発であった可能性は低いと、監督者は判断したのであろう。

既に、煙は消えている。さきほどの轟音が嘘のように現場は静まり返っていた。日は既に落ち、辺りは暗くなっていたが、数多くのライトが方々で点灯しているため、ビルの残骸が白く光るほど周辺は明るかった。

道路の街灯に一斉に明かりが灯った。

ヘリコプタは高度を維持して、より鮮明な映像を撮ろうとホバリングを続けている。

爆破から既に十分ほど経過していたが、何も起こらなかった。

有里ミカルは現れない。

見物人も、防御ネットを越えて、それまで立入禁止だった範囲に入ることが許可されたようだ。建物の五十メートルほど手前に張られたロープの位置まで、大勢の人々が近づいた。

テレビクルーは、きょろきょろと首を動かし、落ち着かない様子だった。アナウンサは一旦、しゃべるのを諦め、カメラの録画ランプも消えていた。カメラマンは、レンズから目を離し、ディレクタの顔を窺った。スタッフの一人がロープを越えて、消防自動車の方へ走っていく。

「どうなってんだよ?」という言葉が聞こえる。

ヘリが降下し、消防自動車の後方に近づき、ゆっくりとランディングした。男が旗を振ってこれを誘導していた。空地の中に、数台の車が入ってくる。

6

犀川研究室の九人は、倉庫の階段を下りて、破壊されたビルの近くまで見にいくことにした。彼らのところからも、危険地帯に雪崩《なだ》れ込む人々の流れが見えたからである。

凄い人混みだった。

空地の入口までようやく辿り着いたとき、萌絵は腕時計を見た。七時半。

「脱出は成功したんでしょうか?」萌絵は隣を歩いている犀川に言った。

「さあね、僕、何も見えなかったから」

「近くまでいって、見せてもらえるのかしら?」

「駄目だと思うよ。たぶん、一晩はこのまま置いておくつもりだろうね。まだ、何かに引火したりする危険性がある」

「どうして、こんな遅い時間にしたのかな?」

「道路を封鎖する関係だと思う」

院生の男子たちは先に行ってしまって、姿が見えなくなった。西之園萌絵と牧野洋子、それに犀川助教授と国枝助手の四人が一緒だった。人混みを掻《か》き分けて歩いたが、もう前方は人しか見えない状態である。真っ直ぐに進むのを諦め、人垣に切れ目のある左手方向に回り込むと、ようやく、破壊された建物の残骸、コンクリートの瓦礫の山が一部だけ見えた。

ロープが張られていて、それよりも中へは入れないところまで来た。ガードマンが、約十メートルおきに立っていて、赤く光る短い棒を持っていた。

テレビ局のスタッフたちはロープの内側にいたが、今は仕事をしているようには見えない。カメラマンだけが、消防車の方に向けられたカメラを覗いて撮影を続けているようだった。

「西之園さん」後ろから声をかけられた。

振り返ると、愛知県警の近藤刑事が立っていた。ポロシャツにジーンズという普段着である。

「こんにちは」萌絵は微笑んで頭を下げる。大学の習慣でつい返事をしたが、一般的には、こんばんは、が相応しい時刻だ。

「犀川先生も、どうも……。いつもお世話になっています」近藤は、持ち前のスマイルを見せ、犀川に頭を下げる。「こちら、皆さん、大学の方ですか？」

「ええ」犀川は、自分の後ろにいた国枝桃子と牧野洋子を見た。「あれ……、知らないうちに、女子ばかりになっちゃってるね。みんな……、どこへ行ったのかな？」

「近藤さん、有里ミカルさんはどうなったのか、ご覧になっていました？」萌絵は尋ねる。「脱出はどうなったのですか？」

「さあ、知りません。僕も、かぶりつきで見てたわけじゃないんで……」

「彼女、出てきました？」

「いや……、出てきてませんよね」近藤はビルの方を見ながら言う。

「あそこにいるテレビ局の人に、きいてもらえませんか」萌絵は近藤を見上げる。「警察手帳を見せて……」

「はあ……」近藤刑事は頭を掻いた。「そうですね、そうした方が良ければ」

「お願いします」

「やっぱ、ネクタイしてくれば良かったなぁ」そう言いながら、近藤はロープを越えようとしたが、心細そうな表情で、萌絵の顔を見て立ち止まった。「そうだ、あの……、西之園さん、一緒に来て下さい」

萌絵は頷いて、近藤のあとについていった。

ガードマンが赤い棒を振って、二人の前に立ちはだかったが、近藤は、「警察です」と子供のような高い声で言いながら、黒い手帳を見せた。声だけ聞いていると、警察ごっこでもしているようである。

テレビクルーのいる周辺には、他にも取材陣が大勢集まっていた。三脚にセットされた巨大な望遠レンズ付きのカメラが、ぶつかりそうな距離で並んでいる。

近づいてきた萌絵を見て、シャッタを切るカメラマンがいた。彼女は、それに気がつき、なるべくカメラの方に顔を向けないようにして歩いた。

「テレビ局の責任者は?」近藤は手帳を見せながら、テレビカメラを担いだ若い男に尋ねた。

カメラマンは、無言で指をさす。Tシャツにサングラスの男が責任者のようだ。近藤と萌絵は、その男のところまで近づいた。

「すみません。ちょっとお伺いしたいんですが」近藤は、背中を向けている男に声をかける。

　サングラスの男は振り向いた。パンチパーマで、口髭《くちひげ》を生やしている。彼は近藤をじろりと睨んでいるようだ。何も言わず、少し顎《あご》をしゃくり上げただけだった。

「警察です」近藤はまた手帳を見せる。「どうしました？」

　パンチパーマの男は、びっくりした様子で、慌ててサングラスを外した。人の良さそうな中年の顔が現れる。

「え、警察ですか？　誰か、呼びましたっけ……」

「有里匠幻の事件を捜査している愛知県警の者です」萌絵が横からとっておきの口調で言う。自分のことではなく、近藤刑事を紹介したのだから、嘘ではない。「何があったのか、ご説明願えませんか？」

「あ、いや……」パンチパーマの男は、萌絵を見てもう一度目を丸くしたが、すぐに顔をしかめた。「何がって、その、何があったのか、こっちが知りたいですよ。いったい、どうなってるんです？」

「有里ミカルさんは、どうしました？」萌絵が質問する。

「わかりません」男はぶるぶると首をふった。「脱出は、成功したはずですけど……」

「どうしてそれがわかります？」

「あ、いや……、わかりません」

「どんな方法で脱出することになっていたのですか?」
「いや、知りません」
「知らずにビデオ収録ですか? 台本は?」萌絵の口調はいつの間にか攻撃的になってい
る。その自覚もあった。
「いえ、その……、ビルが崩れてから、彼女は、自分でこちらへ歩いて出てくる、という予
定でした。コンクリートの瓦礫から出てくるんです」
「まさか」
「こっちは、そのまさかを撮るわけでして……、僕らも本当のところは、知らんのですよ。
教えてもらえなかった、どうやるのかは」
「でも、出てこなかったんですね?」
「そうです。それで、今……、待っているところなんですけど」男はそちらを見る。「ちゃ
んと、ほら、指定されたアングルで待ってるんですよ。とりあえず、カメラも音声も待機状
態なんですけどね」
「そんな危険な状態で、ぐずぐずしていたのですか? 救急車に連絡しましたか? 今すぐ
救出に向かうべきでは?」
「ええ、ええ、まあ……。でも、その、これはですね、奇跡の脱出で……」男は、口髭に手
を当てた。「いえ、そう、そうですね。もしかしたら、何かのトラブルかもしれません。え

え、どうか、お願いします。もう、僕らの手にはおえません」

「待機している警察と救急車にすぐ知らせて下さい」萌絵は言った。「我々は管轄外《かんかつ》です」

「場合によっては、あの瓦礫を今から退《ど》けることになりますね」近藤は横目でパンチパーマの男を見た。「お金がかかりますよ。人命がかかっているんですからね」

「そんな……、我々はただ、ビデオを撮っていただけですよ」

その言葉を聞き終わらないうちに、辺りで大きなざわめきが起こった。

萌絵は咄嗟《とっさ》にビルの方を振り返る。もちろん、もうそこにビルはない。消防自動車と、その向こうに瓦礫の山が見えるだけで、何も変わったことはなかった。

しかし、ロープを乗り越えてカメラを持った男たちが走りだしていた。ガードマンが制止しようとしたが、雪崩れ込んだ人数が多過ぎる。最初の数人の動きにつられて、カメラマン以外の人間も、ロープを越えた。

群衆が一斉に走りだした。

テレビクルーや萌絵と近藤刑事がいた一帯は、群衆の流れに囲まれ、そこだけが島のように取り残された。

「カメラだ！　回せ回せ！」ディレクタが大声で叫ぶ。「全部、回せ！　音声入れろ！」

「どうした？」

「屋上！　屋上！」

「ライト！」

「ミカルだ！」

「マイク入れろ！」

萌絵は有里ミカルを見つけた。

破壊されたビルの西隣にあった建物の屋上に、オレンジ色のツナギを着た女が立っている。彼女はヘルメットをしていない。長い黒髪がはっきりと見えた。

「下がって下さい！　ビルに近づかないで！　まだ危険ですから！」萌絵の近くにあったスピーカから大きな割れるような声が響く。彼女は思わず両耳を押えた。

だが、誰も止まらなかった。

スポットライトが目標を求めて動く。

西隣のそのビルは、廃墟のように薄汚れた建物だった。

その屋上に今、有里ミカルが現れた。

萌絵は近藤刑事の顔を見た。彼はビルを見上げ、口を開けたまま呆然としている。

少し離れたところで、アナウンサがマイクに向かって実況を始めていた。「やりました。ミラクルだ！　これぞ、ミラクル」と連呼している。

既に、コンクリートの瓦礫の山の近くまで、群衆は押し寄せていた。萌絵は、近藤に目で合図する。その場を離れ、二人もそちら近づくことにした。

「行くぞう！　おーい」テレビのスタッフが叫んでいる。

「もっと、近くで撮れ！　寄れ寄れ！」

7

パニックというほどの騒ぎではなかった。

見物人のほとんどは歩いていたし、一人一人は皆、冷静だっただろう。空地は人で満たされ、破壊されたビルの瓦礫を中心に、距離に反比例した人口密度分布を形成した。北側の空地だけではない。有里ミカルが現れた西隣のビルの周囲にも、あるいは、南側の道路の歩道にも、人々が集まった。

カメラを持った男たちは、果敢《かかん》にも崩れ積もったコンクリートの山に上り、少しでも高いアングルから、この現場を撮影しようとした。

しかし、近づくほど、西隣のビルの屋上にいるはずの有里ミカルの姿は見えなくなった。そのビルの一階の出口から彼女が出てくるシーンを狙うため、芸能関係の取材陣は、道路側の出口と、北側の裏口で待ちかまえた。

上を向いてビルを見上げる者も多かったが、屋上に人影はもう見えない。同じ頃、このビルから離れた場所で静観していた者たち（実は犀川がそのうちの一人だったが）にも、屋上の有里ミカルの姿は見えなかった。

テレビカメラを肩に担いだ男たち、それに芸能レポータを初めとする取材陣は、しびれを切らし、ついに、薄汚れたビルの中に突入した。裏口から入った男が最初だった。何人もの男たちが先を争って雪崩れ込んだ。

男たちは階段を駆け上がる。

もちろん、エレベータは動かなかった。このビルは既に電気が切られていたのである。したがって、建物の中は暗く、どのフロアも区別がつかないほど閑散としていた。重い撮影機器を担いだ屈強な男たちが次々に続く。皆、呼吸が速く、汗を流していた。

最初にそのビルの屋上に駆け上がったのは、芸能新聞の若いカメラマンだった。彼は、スチールのドアを押し開き、ペントハウスから飛び出した。

煤《すす》けたアスファルトが敷かれた屋上には、錆びてペンキの剝げかかったクリーム色のタンクが中央にある。そこから、パイプが何本も延びていた。屋上の周囲には、少し高くなったコンクリートのパラペット部があるだけで、手摺はない。

ビルの下から向けられているライトで、その屋上周辺の空気はぼんやりと白かった。騒ぎもすべて下から聞こえた。続いて屋上に飛び出してきた男たちで、たちまち狭いその場所は、人でいっぱいになった。

やがて、カメラのシャッタの音。

それが連続する。フラッシュも絶え間なく光った。

あまりにも沢山のフラッシュが向けられたので、まるで古い映画のフィルムのように、それは見えた。

屋上の一番端に、有里ミカルが座っている。

コンクリートの低いパラペットにもたれかかり、両足を人形のように真っ直ぐ投げだしていた。顔は不自然に横を向き、俯《うつむ》きかげんの白い顔には髪がかかっていた。目は閉じられ、真っ赤な唇が笑っているようだ。

こんなに沢山のレンズを向けられているのに、彼女は動かなかった。

8

萌絵は、西隣のビルに取材陣が突入したのを見てから、犀川を探した。近藤刑事は知らないうちにどこかに行ってしまった。彼女は、ビルから離れ、さきほど犀川たちと一緒だった場所へ戻ることにした。

見物人の多くは帰り始めている。ビルの爆破解体を見学にきている研究者たちにとっては、既に見るべきものはなかったし、有里ミカルの脱出ショーの収録が行われていたことさえ、彼らの大半は知らなかっただろう。

　萌絵が見当をつけて戻ってきた場所には、犀川が一人で立っていた。他に、院生たちの姿も、牧野洋子も見当たらない。国枝桃子もいなかった。

「どうしたんだい?」彼女の顔を見て、犀川は悠長に煙草を吸いながらきいた。「みんな、コンクリートの破片でも記念に持って帰るつもりなのかな?」

「違いますよ、先生」萌絵は説明する。「有里ミカルが向こうの隣のビルの屋上に現れたんです。それを見て、マスコミが押し寄せてしまって、それで、みんなが動きだしちゃったんです」

「なんだ、じゃあ、あっちのビルに飛び移ったんだね?」

「ああ、ええ、そうみたいですね」萌絵は後ろを振り向いた。ここから見ると、そのビルの屋上が見えた。そこは今とても明るい。大勢の人たちがその場所にいるようだった。きっと、有里ミカルにインタヴューでもしているのだろう、と萌絵は思う。

「あれくらいの爆破の衝撃、それに加えて、あの高さからの落下による衝撃、瓦礫との衝突……、そんな加速度に耐えられるようなカプセルについて考えていたんだけどね」犀川はぶつぶつと呟いた。「軽金属製のシェルの外側も内側も、軟らかいシリコン樹脂か何かで覆って、加速度から中の人間を守るためには、どれくらいの厚さが必要だろう?　おそらく千ミリ近くになるんじゃないかな。その緩衝材で、衝撃を和らげるわけだけど、さらに難しい条件といえば、耐熱性が要求されることだね」

「そんなカプセルが本当に可能ですか？」

「技術的にはもちろん可能だ」

「最上階でそのカプセルの中に入れば、あの爆破でビルが崩れ落ちても大丈夫なのですか？」

「当然、大丈夫だよ」犀川は頷く。「そんなの簡単なことだ。だけど、そんなことをしても、崩れ落ちた瓦礫に埋まってしまって出てこられなくなる可能性もあるからね。まあ、最上階にあったわけだから、その可能性はそんなには高くないとは思うけど……」

「ミカルさんが、そんなカプセルを使ったんですか？」

「まさか……。西之園君、これはただの空論だよ。第一、お金がかかり過ぎる。僕は、最初から、隣のビルに移るんだろうなって思っていた。だって、そのために最上階にいたんだからね」

「最上階にいたのは、危険度をアピールするためだと思いますけれど」

「それは、まあ、素人相手の考えだ。そうじゃない。これからビルが崩壊するという状況で、一番危険な場所は、間違いなく最下階だ。地震のときだって、例外なく、建物の一階が最も危険なんだ。もし一階にいたら、同じカプセルに入っていても、生き残りは保証できない」

「どちらにしても、マジックとして、あまり面白いトリックとはいえませんね」萌絵はつまらなさそうに言った。「テレビで見ていたら、面白いのかもしれないけれど」

「でも、一つ間違えたらって考えると、よくこんな危険な賭けをしたものだって思うよ。はっきりいって、馬鹿馬鹿しいけど、他人の価値観に口を出したくはないから、やめておこう」

「国枝先生は？」萌絵は周りを見た。馬鹿馬鹿しい、という犀川の言葉で、国枝を連想したからだ。

「さあ……、建物の方へ見にいったきりだ。ここで待っていよう。そのうち、みんな戻ってくるよ」

空はもうすっかり暗くなっていたが、あちらこちらで点灯しているライトのため、周辺は明るい。

救急車のサイレンが聞こえた。ビルの南側の道路のようだ。

五分ほど待っていると、長身の国枝桃子が戻ってきた。

「救急車が行ったみたいでしたけど」萌絵は国枝にきいた。「怪我人が出たのですか？　国枝先生、何か見ませんでした？」

「ほら、これ」国枝桃子は片手に持っていたものを萌絵に見せた。小さなコンクリートの破片だった。「このざらつき具合は、あまり良質のコンクリートではないな。工事のときに、水増したんじゃないかしら。それに、鉄筋も丸かったし、設計が古いんだ」国枝は、萌絵の質問を無視して、犀川にもコンクリートの破片を見せている。

「これは、プレキャストじゃないな」犀川が呟く。

「研究室に戻って、分析してみましょう」国枝は言った。「三十年まえですから、ちょうど品質の悪い時期ですね」

「あの……、有里ミカルさんはどうなったんでしょう？」萌絵は質問する。

「誰のこと？」国枝はメガネを持ち上げて、萌絵の顔を見る。「ああ、あのビルから逃げ出した女の人？」

「ええ、隣のビルに現れた……」

「知らないよ」国枝は首をふった。「みんな、そちらに見にいったようだったけど……、私は興味なし」

国枝は、まだコンクリートを触って観察している。

萌絵は、その場所を離れる気にはなれなかった。見物人たちは駐車場の方に戻ろうとしている。少しは人数が減っているようでもあったが、瓦礫の山の周辺だけは、まだ人でいっぱいだ。相変わらずの人垣で、隣のビルの出入口も見えない。瓦礫の山の高いところに人が幾人か上っているのが見えた。

牧野洋子が走って戻ってきた。

「大変よ！」洋子は萌絵にぶつかるような勢いで駆け寄った。「見た？　有里ミカルは怪我をしたみたい。今、救急車で運ばれていったよ」

「馬鹿馬鹿しい」国枝が言う。「それは、そういう演出なの」

「でもでも、みんな大慌てでしたよ」洋子が息を切らして説明する。「担架で運び出されたんです。あの隣のビルから出てきて、救急車に乗せられて……。なんだか、ぐったりしていました」

「みんなは？」犀川が時計を見ながら尋ねる。「もう、そろそろ帰ろうか」

「早く、研究室に戻りたいですね」国枝がコンクリートの破片を大事そうに胸に当てて言った。「浜中君たち、ちょうど五人だから一台の車に乗れます。犀川先生、帰りましょう」

国枝桃子らしい薄情な発言である。国枝は、自分の車に犀川を乗せて帰ると言いたいようだった。確かに、萌絵が洋子を乗せて帰れば済む。残りは五人の男子。浜中が全員乗せていけば済む。国枝の分析は間違いではない。しかし、那古野までは二時間かかる。浜中の小さな車で五人というのは可哀想だ、と萌絵は思った。もちろん、浜中の車のエンジンが可哀想なのだ。

「もう一人くらい待とう」犀川は新しい煙草に火をつける。

「どうしてですか？」国枝がすぐにきいた。

「いや、君の車に、もう一人くらい乗せた方が良いだろう」

国枝は無言だったが、しぶしぶ引き下がったみたいである。

しばらく、四人は、そこに立って待っていた。人垣は、少しずつ減っている。駐車場から出ていく車も多かった。消防自動車の数台も動き始め、現場から引き上げようとしている。時刻は、既に八時を回っていた。

9

浜中たち五人が揃って戻ってきたのは、二十分ほどしてからだった。すぐに全員で車まで戻ることにする。

「有里ミカルは、死んだんじゃないかって言ってたよ」浜中深志が歩きながら言った。

萌絵はそれを聞いて立ち止まった。「え？　まさか」

「そうじゃないかって、みんなが噂してた」浜中はポケットに手を突っ込んでいる。「本当なわけないけど……」

「そうだ、近藤さん、どうしちゃったのかしら」萌絵は犀川を見る。近藤刑事とは、有里ミカルが屋上に現れたビルの手前で逸《はぐ》れたきりだった。彼は、あのビルに入っていったのだろうか、と萌絵は思う。

犀川は返事をしない。

歩道に乗り上げて駐めてあった車まで全員が戻った。

「私、浜中さんの車で帰るわ」洋子が萌絵に言う。

「じゃあ、犀川先生」萌絵は犀川に近づく。「先生は、私が送ります」

「三島さんと波木さんは、国枝先生の車」洋子が勝手に仕切りだす。こういうときは、いつも一番歳下の牧野洋子がリーダなのである。皆、呆れた顔をしていたが、誰も文句を言わなかった。

片手を広げただけの挨拶のあと、全員が車に乗った。

周辺の道路は渋滞していたが、現場から少し離れるとスムーズに流れ始めた。

「いやあ、面白かったね」助手席の犀川は、頭の上で腕を組んで言う。

「そうですね」萌絵は調子を合わせる。信号で左折して、彼女の車は加速した。

「人類はね、今まで、ビルを下から順番に作って、壊すときはその反対に上から順番に壊してきたんだ。ところが、最近は、作るときも上から順番に作る工法が出てきたし、壊すときは、今日みたいに下から壊す手もある。なかなか興味深い」

「どう興味深いのですか？」

「もともと、建築、いや人工物には、プラスの工法とマイナスの工法がある。何のことかわかる？」

「わかりません」

「物質を組み上げていくのがプラスの工法。これに対して、たとえば、岩とかをくりぬいて作る場合のように、物質を取り除いて空間を作るのがマイナスの工法だ。今までは、地下建造物の場合も、穴をまず下まで全部掘ってから、構造を下から上に向かって順番に作った。それが、最近ではね、穴を掘りながら、上から造っていく工法もある」

「何のお話をされているのですか？」

「独り言」犀川は答える。「気にしないで……。ちょっと面白い発想をしたんでね」

「先生、まさか、これから那古野まで帰る間、ずーっとそれをお考えになるつもりじゃないでしょうね？」萌絵は少し口調が厳しくなっていた。「せっかく、二人だけでお話ができるのに……」

「西之園君がしたい話は何？」犀川は萌絵の方を見た。

「えっと……」

萌絵は考えた。本当にしたい話、一番したい話は明らかだったが、ラムネのビー玉みたいに、それはいつだって、言い出せない。

高速道路のインタに入った。通行券を受け取って、彼女の車はループを上りながら加速し、オレンジ色にライトアップされたハイウェイに滑らかに進入した。

サイドミラーを見ながら、アクセルを踏み、気持ちの良い加速感を背中で感じる。追越し車線に移り、ギアをトップに押し込んだ。

「どうやって脱出したんでしょう？」萌絵はようやく質問を思いついた。

「さっきのビルのこと？」

「ええ、有里ミカルさんは、あのビルからどうやって抜け出したのですか？　隣のビルに飛び移ったんだって、先生、おっしゃったでしょう？　でも、近いように見えますけど、実際には、かなり離れていましたよ。七、八メートルくらいの距離だったと思います」

「いろいろな方法があると思うけれど、たとえば、隣のビルの屋上からクレーンを突き出して、その先にぶら下がれば良い。これが一番簡単だ。初めからロープを垂らしておいて、それに自分の命綱をつないで、西側の窓から飛び出す。それだけだ。あとは、爆破されたビルが下へ落ちていく。最上階だったら、たぶん、本当に真っ直ぐ下へ落ちていく感じだったろうね。噴煙が上がるわけだから、タイミングを見計らえば、それに隠れて隣のビルに移れるだろう」

「ということは、誰かスタッフが、あの隣のビルの屋上にいたのですね？　そのクレーンを操作する人間が必要です」

「自分で無線操縦することも可能だよ」犀川は答える。

「でも、最後にマスコミの人たちが、あのビルの屋上に上がっていきましたから、クレーンがあったら見つかってしまいます。手品のタネがばれてしまうことになりますよね。そうなるまえに、どうして、有里ミカルさんは下りてこなかったのかしら。すぐに屋上から下りてきて、みんなの前に姿を現した方が、トリックが見破られずにすむでしょう?」

「そうだね。確かに不自然な行動だ。きっと、本当に怪我をしたのだろう」

「早くテレビで見たいですね」萌絵は呟く。「遠くて、全然よく見えなかったから」

「僕は、爆破解体のビデオが見たい。テレビじゃなくても、ハンディカメラで撮っていた人が沢山いたようだから、きっとそのうち、ネットワークで流れるだろう」

高速道路を萌絵のスポーツカーは西に向かっている。彼女を追い越す車は一台もなかった。

夜のハイウェイは綺麗だ。雑多な情報が姿を消して、道筋だけが見える。ちょうどモデル化された理論のように美しい。彼女の大好きなエンジン音も心地良かった。

「先生」萌絵はしばらく考えてから言った。「もっと、違うお話をしませんか?」

「どんな?」

「そうですね……、たとえば、私たちの将来のこととか」彼女は勇気を振り絞って言う。思わずアクセルを数ミリ踏み込んでいた。

「君は、どんな研究がしたいの?」

「あの、そういうお話じゃありません」

沈黙をエンジン音が満たす。

シートの後ろで、高い電子音が鳴った。

「西之園君、ポケベルが鳴ってるよ」犀川が振り向きながら言う。「見てあげようか？」

「携帯電話です」萌絵はハンドルを握ったまま言った。「かまいません、放っておいて下さい」

しかし、電子音はなかなか止まない。犀川はシートの後ろの僅かなスペースに置いてあった彼女のバッグを引っ張り出して、中から電話を取り出した。

「えっと……、このボタンかな」彼は点滅するボタンに触れる。「もしもし……、あ、犀川です」犀川は携帯電話に話しかけている。「ええ、彼女は今、運転しています。ちょっと待って下さい……。西之園君、諏訪野さんからだけど、出られるかい？」

萌絵はバックミラーを見て、車を左の車線に移す。車は減速した。彼女は、犀川から電話を受け取った。

「もしもし」萌絵は不機嫌な口調で言う。「失礼な電話ですよ。諏訪野。私、今、犀川先生と大事なお話をしていたところなんですから」

「誠に申し訳ございません、お嬢様」と諏訪野の上品な声。「はい、どうか、ご無礼は、どうかお許し下さい。実は、愛知県警の三浦様から、お嬢様に緊急のお知らせがございまして、私も、どうしたものか、と一旦は逡巡いたしたのでございますが、やはり、これはお知らせした方がよろしいかと決断いたしまして、はい。それに、もしや、またお嬢様が事件に巻き込まれていらっしゃるのでは、と心配になりましたものですから、つい、こうして……」

「わかった。わかりました。用件は何です？」萌絵は溜息をついて言う。

「はい、静岡のビル解体現場で、有里ミカルという奇術師が殺された、と連絡がございました。三浦様は、お嬢様が、そちらにいらっしゃるはずだと言われまして、もし、近藤様が、お嬢様の近くにおいでなら、三浦様の方へ連絡するように伝えてほしい、とのことでございます」

「殺された？」

「はい、さようでございます。確かに、そのように伺いました」

車は、トンネルに入った。電話は聞こえなくなる。

「有里ミカルさんが殺された……」萌絵は犀川の方を見て呟く。

「西之園君、前。前を見て」犀川は言った。

10

翌日の朝刊を見る以前に、西之園萌絵はほとんどの情報を手に入れていた。昨夜自宅に戻ってから、県警に電話をして、三浦刑事から詳しい話を聞いたし、テレビも、夜遅くまでこのニュースをトップで伝えていた。

有里ミカルは、爆破解体された建物の西側に隣接するビルの屋上で、死体となって発見されたのである。

発見者は新聞社や雑誌社のカメラマン、そして記者たちであった。当然ながら、彼らはそこで有里ミカルの最期の姿にカメラのレンズを向けたはずである。しかし、さすがに、どのメディアにも、写真は掲載されなかった。萌絵が見た翌日の朝刊の記事にあったのは、解体されるまえのビルの最上階から、両手を振る有里ミカルの写真であった。

爆破解体の様子もテレビで何度も放映された。その爆破の瞬間から、有里ミカルの死体が発見されるまで、数十分しか経過していなかった。しかも、発見の十分ほどまえには、ビルの屋上に立っているミカルの姿が、大勢の見物人によって目撃されている。萌絵自身も彼女の姿を見た。その時点では、有里ミカルはまだ生きていたのだ。したがって、彼女が殺されたのは、僅かに十分という短い時間内に限定される。

有里ミカルは、後頭部を鈍器で殴られていて、ほぼ即死と判断された。カメラマンたちに発見されたときには、彼女は既に死亡していた。死体は屋上の東の端に、ちょうど人形が座るような姿勢で置かれていたという。これは、倒れた彼女を、犯人が意図的に座らせたものだ、と三浦は語った。

これらの事実は、爆破解体された建物の隣のビルに、殺人者が潜んでいた、という結論を導く。有里ミカルは、隣のビルになんらかの方法で飛び移り、その屋上で、何者かに襲われたのである。

では、殺人者は、彼女を殺したあと、どこへ行ったのか。

誰もがその疑問に行き着くだろう。

救急車は現場の近くにあらかじめ待機していたので、救急隊員は死体発見から約三分後には屋上に到着している。警官も解体現場の近くにいた。消防隊員も、それにレスキュー隊員も大勢いた。最初にオフィスビルを駆け上がったカメラマンたちは十人以上いたが、誰も、途中で階段を下りてくる人間には出会っていない。もちろん、彼らが有里ミカルの死体を発見したとき、屋上には他に誰もいなかった。凶器も発見されていない。

有里ミカルを殴り殺した人物は、そのビルからどのような手段で脱出したのか。

そのビルの一階の出入口には、南の道路側にも、北の空地側にも、大勢のマスコミ関係者がずっと待ちかまえていた。この建物は既に電気が止められていたため、エレベータは動かない。階段は一ヵ所しかなかった。夜とはいえ、周辺はライトアップされている。こっそりと抜け出すことは、どう考えても不可能だ。

上空にはテレビ局のヘリコプタが飛んでいたが、ビル爆破の瞬間は高度をとるために離れていたし、爆破から数分後には、北側の空地に着陸していた。有里ミカルの姿が隣のビルの屋上で目撃されたのは、そのあとのことである。

有里ミカルの死体が発見され、警官が駆けつけたあと、オフィスビル内のフロアはすべて捜索された。しかし、不審な人物も、そして凶器らしきものも発見されていない。

おそらく大掛かりな捜査が、静岡県警によって行われていることだろう。愛知県警本部からも、近藤を含めて幾人かの刑事が応援に出向いているらしい。静岡県警と合同の捜査本部を設置することになるだろう、と三浦は話した。

事件のあった翌朝、まだ萌絵がベッドで眠っていたときに、近藤刑事から電話がかかってきた。

彼は、徹夜で現場にずっといた、と高い元気な声で言った。まだ興奮している、といった声の弾み具合だった。

「もう本当に、ネクタイしてくれれば良かったですよ」近藤は笑いながら言う。

大勢の人間がビルの中に入っていく騒ぎを見て、彼も屋上まで駆け上がったという。有里ミカルの死体も彼は直接見た、と話した。

「屋上にクレーンがありましたか？」萌絵は目を擦《こす》りながらきいた。彼女は、パジャマを着て、ベッドで横になったままだ。

「クレーン？　いいえ、そんなものありませんよ」

「有里ミカルさんは、どうやって、そちらのビルへ飛び移ったんです？　何かロープとか、マジックの道具が見つかりませんでしたか？」

「何もありませんね。その点については、静岡の連中とも話をしたんですけど。今のところ、確実なことはわかっていません。飛び移ったんじゃなくて、階段を上がってきたんじゃないかって、みんなはそう言ってますね」

「破壊されたビルから、ミカルさんは一度下りた、ということですか？」

「ええ、きっと、ロープか何かを使って、するするっと下りたんじゃないですか」近藤はそこでくしゃみをした。「ああ、すみません、風邪ひいちゃったみたいなんですよ。えっと、そうです、レンジャ部隊みたいにロープで壁の外側を下りたんですね。爆破される寸前に一度地上に下りて、それから、爆風とか、飛んでくる瓦礫を避けるために、隣のビルに駆け込んだ。そして、階段で屋上まで上がったんじゃないでしょうか。ところが、そこで、誰かが待ち伏せしていたというわけです」

「それじゃあ、その犯人は、どうやって逃げたのですか？」

「また、ロープか何かで下りたとか……」

「カメラマンに紛れ込んだんですよ」萌絵は自分の考えを言った。「カメラマンたちが階段を上がってくるのを、途中の階で待っていて、そのまま紛れ込んだのだと思います。現場の屋上にいた人たちは、全員取り調べましたか？」

「いやあ、それが駄目なんです、とにかく出入りが激しくって。ニュースを本社に送るために飛び出していった人間もいたそうですし、下にも、もの凄く沢山いましたからね。もう、全然手遅れだったんです。しかたがありません。マスコミの連中が最初に発見したんですから」

「有里匠幻さんの事件と直接関係するようなものは、何か見つかっていませんか？」

「わかりません」近藤は答える。「あ、西之園さん。すみません。もう切らなくちゃ。また、ご連絡します」

萌絵は目が冴えてしまって、ベッドから起き上がった。

着替えをして、ダイニングに下りていくと、諏訪野がコーヒーを淹れてくれた。そこで、朝刊を読んだ。時刻は七時半。

昨夜は、犀川助教授をマンションまで送り、十一時少しまえに帰宅した。長時間の運転で目が疲れていたので、シャワーを浴びてから、県警の三浦に電話をしたり、テレビでニュースを見ているうちに眠くなってしまった。七時間以上は眠っている。充分な睡眠時間だった。

コーヒーは、萌絵の好みに合わせて熱くない。諏訪野は、彼女に熱いコーヒーなど出さない。しかも、朝はいつも、少し苦目の一杯を出してくれた。

「昨夜は、大変ご無礼をいたしました。申し訳ございません」諏訪野は頭を下げた。

「え？　何のこと？」萌絵は新聞から顔を上げて諏訪野を見る。

「お嬢様に、お電話を差し上げたことでございます」

「ああ」萌絵は微笑む。「あれは、私が言い過ぎました。ごめんなさい。重要なことでしたもの、助かりました。案外、便利なものですね、携帯電話も」

「このまえの事件の続きでございましょうか？」諏訪野は立ったままである。トーマはテーブルの椅子にのって座っていた。

「ええ」萌絵は諏訪野に答えてから、首を傾げて天井を見る。「そう……、よくわからないわ。どうして、ミカルさんが殺されたのかしら」

「不謹慎ではございますが、またも、葬儀のときに遺体が消えたりするのでございましょうか？」

「あ、なるほど」萌絵は目を丸くする。「そうね、その手があるか。凄いじゃん、諏訪野」

「お嬢様、そのお言葉遣いは適当とは申せません」諏訪野の口調は低姿勢だが、彼女を睨んだ目は厳しかった。小さいときから、この目には弱い萌絵である。

「失礼……」彼女は咳払いした。「ええ、貴方のその発想は、大変面白いと思いますよ。私も評価します。でも、何のために遺体を消すのですか？」

「さて、そこまでは、とても考え及びません」諏訪野はにっこりとする。「いずれにいたしましても、常軌を逸していることは確かでございますが、こういったことをしでかす人物と申しますのは、それはそれなりに、独自に思うところがあってのこととは存じます」

「うーん」萌絵はカップを両手で持って口につけた。「そうね。人を殺すくらいですから、何か切実な理由があるはず」

「ごもっともでございます」諏訪野はそう言うと、一礼してキッチンの方に姿を消した。

トーマが、椅子に座ったまま、彼の方をじっと見ていた。

11

午後は雨になった。

犀川は、散歩に出かけられないのが残念だった。午前中からずっとキーボードを叩いて文章を書いていたので、気分転換に院生室にでも行こうかと、ぶらりと部屋を出て階段を下りた。

建築学会の年次大会が昨日終わったばかりの日曜日である。論文発表をした院生たちは、みんな遊びにいっているかもしれない。院生室のドアを開けると、案の定、浜中深志だけが深々と椅子に腰掛けて、漫画を読んでいた。彼は犀川の顔を見て、慌てて漫画を閉じた。

「浜中君だけか」犀川は煙草に火をつけながら言う。

「ええ、今日は四年生も来ませんね」浜中は答えた。「昨日の事件、凄かったですね。みんな下宿でテレビを見ているんじゃないですか？　あ、犀川先生はご存じですか？」

「うん」犀川は椅子に座って脚を組む。「有里ミカルが殺されたんだろう？」

「どうして知ってるんです？　テレビがないのに」

「昨日、帰る途中で西之園君の車に電話があったんだ。テレビなんかなくったって、必要な情報は入るものだよ」

「ああ……」浜中は頷く。「そうそう、西之園さん、最近、携帯持ってるんですよね。彼女、本当に愛知県警に就職すればいいのに。公務員試験を受けたら絶対受かります、彼女なら。試験のために生まれてきたみたいな子だから」

犀川は無表情で頷いた。「確かに」

「西之園さん、また、有里匠幻の事件に首突っ込んでるんでしょう?」浜中は笑いながら言う。「信じられない性格ですよね、本当に」

「そのとおりだ」犀川はまた頷く。

「これから卒論で忙しいんですから、犀川先生から、がつんと一発言ってやって下さいよ」

「君が言いなさい」煙を吐き出しながら犀川は言う。

「だ、駄目ですよ。僕なんかじゃ」

「浜中君が直接指導する立場じゃないか。そうやって、人をリードすることも、ドクタの勉強のうちだよ」

「僕の言うことなんかききませんよ、あの子は」

「言うことをきかないときは、代わりに君が、西之園君の卒論を書けば良い。それだけのこと」

「先生、それって、あの……、脅しですか?」

「違う。近道を教えているんだよ」犀川は煙草を指で回す。「それが、人をリードするという意味だ。最悪の場合、そいつの仕事をしてしまえば良い。普通の神経なら、それが一番効果がある」

「彼女……、普通の神経してませんからね。僕が西之園さんの卒論を書いたら、どうなると思います？　浜中さん、ありがとう、で済みですよ、きっと」

「それは、そうだな」

「それそれ……、先生、そうやって簡単に肯定しないで下さいよ。今までの話は何だったんですか？」

「無駄かな」

「先生……」

ドアが開いて、西之園萌絵が入ってきた。彼女は、浜中の顔を見るなり、「あ、私の話をしてたでしょう？」と声を上げて、肩からバッグを勢い良く下ろした。

「犀川先生もグッドタイミング。シューアイス買ってきたんです」彼女は小さな箱をテーブルの上に置いた。といっても、そのテーブルにはコンピュータが三台のっていて、その他の表面積は、漫画と雑誌に占領されている。彼女は、積まれた雑誌の上に箱を置いたのである。

「先生、先生、言ってやって下さいよ」浜中は小声で囁く。

「何のお話です？」

彼女は箱を開けて、浜中と犀川に小さな袋入りのシューアイスを手渡した。

「ありがとう」浜中は素直に受け取る。

「先生、クレーンはありませんでした」萌絵は椅子に腰掛けるなり言った。「有里ミカルさんが発見されたビルの屋上には、クレーンもロープもありません。近藤さんから聞いたんです。飛び移るために必要な道具は何もなかったみたいです」

「昨日のビル？」浜中がきいた。「あれって、どうやって隣に移ったの？」

「警察は、一度地上に下りた、とみています」萌絵は答える。「ロープを使って壁伝いに素早く下りて、隣のビルに逃げ込んだんだと……」

「その時間はない」犀川は、シューアイスを半分口に入れた。「それに、あの状況で地上に下りるのは危険だ。昨日、説明しただろう？　地上は一番危険なんだ」

「でも、それじゃあ、どうやって？」

「簡単だよ。使ったクレーンを隣に落としたのさ」犀川はすぐ答えた。「瓦礫の山に落としたんだよ。たぶん、今頃、警察も見つけているはずだ」

「そんなこと、一人でできますか？」萌絵はきいた。

「クレーンといったって、人間を一人ぶら下げるだけだからね。ちょっとしたアルミのアングルでも作れる。重量はそれほどないよ。簡単、簡単」

「ということは、やっぱり、隣の屋上に直接移って、そこですぐ殺されたのですね？」

「たぶん」犀川は、立ち上がって部屋の奥へ歩いていく。そして、窓から北側の中庭を見下ろした。「どうも、あまり面白い方法ではないね。誰でも思いつく仕掛けだし、マジックとしてはつまらない。西之園君もそう思うだろう？」

「そうですね」萌絵は頷いた。

「滝野ヶ池公園のトリックに比べれば、レベルが低い。大したことはない」犀川は煙草に火をつける。「これは、ある意味では、しかたのないことだ。今回の爆破解体のビルくらい状況が過酷になると、脱出する方法は限られる。状況が派手な分だけ、可能性も不思議さも減少してしまって、マジックショーとしての面白みが希薄となる。難しいものだね。マジシャンも大変だ」

「有里ミカルさんが亡くなったなんて、ちょっとショックです」萌絵はシューアイスを少しずつ食べながら言った。

「全然、ショックを受けてるようには見えないよ」浜中が言う。

萌絵は、返事をしなかった。

犀川は、彼女の顔をちらりと見る。

犀川も萌絵も、有里ミカルとは一緒に食事をしている。萌絵が何も感じない、ということはないだろう。しかし、犀川が以前から気になっていることだったが、彼女の感情は、明らかに、何らかのシェルタでプロテクトされている。それは、間違いなかった。犀川が意識的に形成した防御機構と同じものを、おそらく、萌絵は一夜にして築いたのであろう。しかも無意識にだ。彼女が十六のとき、彼女の目の前で両親が亡くなった、あの夏の夜に。

「ものには、すべて名前がある」犀川はふと呟いた。

あまりの唐突な犀川の発言に、萌絵と浜中は目を丸くした。

「先生、またまた会話が壊れてますよ」浜中が一呼吸おいて言った。

犀川は軽く微笑んでから煙を吹き上げる。

よくあることだ。

彼の思考は、彼の頭脳の全域では滑らかに連続しているが、意識できる一部分では、不連続なことが往々にしてあった。これとまったく同様に、人の会話は、思っている内容を全部しゃべることが不可能であるがゆえに、必ず不連続となる。

この不連続性を排除するためには、会話のレベルを落すか、速度を落すか、あるいは、考えないように思考を減速するか……。そのいずれかしかない。

人が死ぬことによって失われるものは、個人のパーソナリティであり、さらに厳密には、その人間の思考である。

思考は、表層に全貌を現さない、という理由で、電子的に再現ができない。再現ができないということが、「失われる」という意味である。

人は、何のために生きているのか。

ある者は、呼吸をするために生きている。ある者は、思考のために、また、ある者は、生きていることさえ自覚していない。ただし、それらを象徴するものは、すべて言葉であり、記号であり、すなわち、ものにつけられた名前なのだ。

それは、墓標に銘《しる》される短い一文のように、極めて限定された、単なる断片といえる。生きる目的とは、局所的な領域に、瞬間的な時間だけ存在する記号の解釈であり、換言すれば、変換手順の一認識である。

今、犀川が三秒足らずの間に思考したことを言葉に還元すると、こうなる。それが、思わず記号化され、単純化され、抽象化され、「ものには、すべて名前がある」と聞こえる音となって、口から出た。

こうした個人の一瞬の思考に完全に同調することは、本人でさえほとんど不可能であろう。それが偶然に達成される場合、しばしば、インスピレーションと呼ばれる。インスピレーションの予感は、誰にでも、いつでも、頻繁に現れるものであるが、それを常に捉えられるのは、言葉を超越した思考力を持つ天才だけだ。

窓から見える中庭には、実験棟を覆うように大きな桜の木が立っている。

雨が降っていた。

それが「桜の木」だと人々が感じるのは、一年のうちの数週間で、残りのほとんどは、それはただの「木」でしかない。

同様に、人はアウトプットするときだけ、個たる「人」であり、それ以外は、「人々」でしかない。

そのアウトプットの目的が何であれ、他者（多くの場合、自分自身を含むが）に何かを伝えないかぎり、「人」となりえない。それが、名前のために人が生きている、という意味なのである。

犀川が思考を中断して振り向くと、萌絵と浜中が不思議そうな顔で彼の方を見つめていた。

「どうした？」犀川は二人に声をかける。

「ああ、良かった、犀川先生が帰ってきた」浜中が言った。

「浜中君、このまえのメガネの子はどうした？」犀川は既に別の思考を開始していた。「滝野ヶ池で一緒だった子だよ」

「村瀬さんですか？」浜中の驚く表情。「メガネをしていたのは、あのとき僕とぶつかってコンタクトを落としたからですよ。彼女がどうかしましたか？」

「岸辺に駐めてあった車の中に荷物を運んでいた、と言ったね？」

「ああ、ええ、ワゴン車の中に何かを運んでいました。そのあと、爆破装置のバッテリィを運ぶのを、僕も手伝ったんですよ。あとで聞いてびっくりです」浜中はそう答えてから、萌絵の顔を見た。

萌絵は、じっとして動かない。彼女は神経を集中させた視線を窓際の犀川に向けている。

「そのワゴンの中には、人がいた？」犀川はきく。

「いえ、よく見えなかったんです。僕、車には入らなかったし、窓は外からは光が反射して中が見えないやつでした。でも、彼女は、その車に有里匠幻が乗っていたって言ってましたよ」

「じゃあ、有里匠幻さんは、バスから、そのワゴンに一度移ったのですね？」萌絵が口を挟む。

「そうだよ」浜中は答えた。「有里匠幻は、ステージにやってくるときには、そのワゴン車から出てきたんだから」

「金色の箱はどこにあった？」犀川は次の質問をする。

「あれは、クレーンで吊り上げて、ステージまで運ばれたんです。そのまえは、確か……、そうそう、やっぱりそのワゴン車の荷台です。村瀬さんが言ってました。そのあと、荷台から降ろされて、しばらくは、少し離れたところの砂の上に置いてありました」

「先生、あの箱に、誰かが入っていたとおっしゃるのですか？」萌絵は立ち上がって犀川の近くまで歩いてくる。「その人が、箱の中からステージの中に隠れている匠幻さんを殺したと？　いえいえ、それは変です。おかしいわ。だって、あの箱は、匠幻さんが入るまえに開けられて、ちゃんと中が空っぽだったのをカメラが撮影しているんですから」

「君の言うとおり」犀川は頷いた。「どうして、こんな話になったのかな?」

「先生が変な質問をしたんですよ」浜中が言う。

「ああ、そうか。僕だった」犀川はにやりと笑った。「ごめんごめん。ときどき、おかしなことを言うんだ、僕は。まあ、気にしないでくれ」

「ときどき……ですか?」浜中はくすっと笑う。

「私、気になるわ」萌絵が顎を上げて言った。

第15章　奇術の使徒

1

大学は夏休みが明けて試験期間に突入した。萌絵の場合、卒業に必要な取得単位数は既に充分だったし、四年生の前期に受講した科目は、すべてレポートだったので、受けなければならない試験は一つもなかった。

数日まえ、彼女は、東京の有里タケルに電話をして、有里ナガルに会えるように頼んだ。その翌日、有里ナガルから直接電話があり、三日後に那古野市の港区にある彼の自宅で会う約束を取りつけることができた。

金曜日の午後四時に、彼女の車は、有里ナガルの自宅の前に停まる。

車から出ると潮の香りがした。すぐ近くに、臨海鉄道の高架が走り、その向こうには、広いスポーツグラウンドを挟んで、コンビナートの有機的に入り組んだパイプラインが見えた。

有里ナガルは、本名を宮崎長郎《みやざきながお》という。彼の住居は鉄筋コンクリート三階建てで、隣に大きな倉庫が隣接していた。倉庫の前にはちょっとした駐車スペースがあり、大型のワゴン車が三台駐まっている。今は、倉庫の大きな鋼鉄製の引戸は閉まっていた。

インターフォンを押してしばらく待っていると、玄関に、有里ナガル本人が現れる。髪はぼさぼさで、眠そうな顔つきだった。

「昨日、東京から戻ったところです」有里ナガルは、萌絵を玄関に入れる。「どうぞ」

スリッパを穿《は》き、応接間に通された。

黄色の絨毯に、黄色のソファ。テーブルは寄せ木作りの洒落《しゃれ》たデザインのもの。紅茶を運んできたのは若い男で、その礼儀正しさが滑稽なくらいだった。

「西之園さん、といわれましたね？」有里ナガルは一人掛けの椅子に腰掛けると、大きなライタで煙草に火をつけた。そのちょっとした動作にも、手や指のしなやかさが感じられ、器用さを見るのに充分だった。白い長袖のシャツに、グレーのズボン。特に目立った服装ではない。

「はい、西之園萌絵といいます」彼女は頭を下げた。「事件のことでお話をおききしたくて参りました」

「本でも書かれるんですか？」煙を吐き出してナガルは言う。

「いいえ、違います」萌絵は首をふった。「私、作文は苦手ですから」

「事件というのは、先生……、有里匠幻先生の事件ですね？」

「もちろんそうです。あれから、もう一ヵ月半にもなりますが、まだ事件の真相は解明されていません。犯人も捕まっていません」

「どういうわけで、貴女が、そんなことを……、つまり、その、素人探偵みたいな真似をなさっているんです？」

「よくわかりませんけど、たぶん、これが私に向いているからだと思います」

「趣味ですか？」

「これまでにも、幾つかの事件に関わったことがあるんです。私、最初は自分でもわからなかったのですけど、不思議な殺人事件に関わって、とても良い経験をしました。いつも何か得るものがあります。なんて言って良いのか……、自分がどう考えるのかが面白いし、それに、自分の行動……、こんなに夢中になれる自分が、見ていて楽しいんです」

「見ていて？」有里ナガルは微笑んだ。「おかしなことを言われる。しかし、失礼かもしれないけど、まあ、貴女のようなお嬢さんが、その、こんな真似をするのは、いかがなものかと思いますよ。そうじゃありませんか？　ご家族が何か言いませんか？」

「言います」萌絵は頷いた。「猛反対です」

有里ナガルはくすっと笑って、紅茶を手に取った。

「貴女はおかしな方ですね。それに、魅力的だ」

「今日は、ハートの7は、どちらに隠してあるのですか?」萌絵はきいた。

有里ナガルは煙草を灰皿で叩きながら、上目遣いで萌絵を見て、悪戯っぽい表情で微笑む。「実は、あちこちに」

「セレモニイホールで使われたあの棺は、どうして底の部分が開くようにできていたのですか?」萌絵はすぐに質問を始める。

「ええ、それは警察にも再三きかれましたよ」ナガルは脚を組み、煙草を灰皿に置いた。

「あの箱は、実は別のマジックのために造ったものでしてね。まだ使っていなかったんですが、先生の葬儀で急遽《きゅうきょ》使うことにしました。棺の色が赤くなるというのは、先生が最後の脱出ショーで衣裳の変化に使われたのと同じですし、まあ……、相応しいと思ったわけですよ。有里匠幻の一番弟子としてね、先生のために、最後にあれをしようと思ったのです」

「でも、その棺から、匠幻さんのご遺体が消えてしまいました。あの消失のマジックをナガルさんは、どうお考えですか?」

「少なくとも、私のしたことではありません。もし私なら、自分の箱は使わない。仕掛けのある棺とわかってしまえば、当然、私が疑われる。だから、私がご遺体を消すつもりなら、箱の色を変えるなんて小さなマジックはしなかったでしょうね。だいたい、あんな大きなマジックは、私には似合いませんよ。違いますか?」

「そう思わせるために、わざと小さなマジックをした、とも考えられます」萌絵は冷静な口調で言った。

「ああ、なるほど」有里ナガルはカップをテーブルに置いて、再び煙草を手に取った。「手品のことをよくご存じみたいですね、西之園さん。確かに、それもよくある手法です。小さなトリックで、大きなトリックを隠す……」

「もし、ナガルさんがご遺体を消すとしたら、どんな方法があったでしょうか？」

「あの状況でですか？」

「はい」

「そうですね……」有里ナガルはソファにもたれて腕を組んだ。「私なら、棺の中に人形を入れておきますね」

「私もそれを考えました」萌絵は言った。「人形をどうやって、棺から出しますか？」

「蓋に隠しますね」

「蓋？　棺の蓋ですか？」

「ええ」ナガルは紅茶を飲む。口もとは笑っているが、彼の目は真剣で、その視線は獲物を狙うように鋭く、萌絵の瞳を正確に捉えている。「人形は、空気を抜くかして、ぺしゃんこにして、棺の蓋の僅かな厚みに隠します。棺の蓋を持ち上げたとき、貴女は、蓋の裏を見ましたか？」

「蓋を開けたのは刑事さんです。私ではありません。でも、警察はあの棺を全部調べました。もちろん、そんな仕掛けはありませんでした」

「そりゃあ、そうでしょう。あれは私の箱なんですよ。蓋に仕掛けなどありません。私は犯人じゃない。もし私なら、その方法でやる、と言っただけです」

「では、滝野ヶ池の方はどうでしょう?」萌絵はカップを持ち上げながらきいた。「あの脱出ショーのことは、詳しく聞かれていますね?」

「ええ、もちろんです」ナガルは口もとを少し上げる。「ビデオも何度も見ましたよ。あれは、実に、匠幻先生らしいトリックです」

「有里匠幻らしい? どういう点がですか?」

「先生はもともと箱抜けの第一人者です。人間が箱から箱へ移る、いわゆるテレポートしたように見せるマジックは、先生が最初に完成させたものなんです」

「あのステージの仕掛けはご存じでしたか? 人が隠れるスペースがあって……」

「ええ、もちろん。あれ、なかなかうまくできているんですよ。あの大きさの箱から、下に滑り込むためのスライド機構が、非常に工夫されています。実に凝っている。音も立てずに僅かな時間で可能なんですよ。先生が自ら考案されたものです」

「箱の中で縄を抜けて、着ている銀のスーツの表の布を破いて、赤いスーツに変えてから、ステージの下に潜り込むのですね?」

「そうです。そのあと、箱は水に沈んだり、火に曝《さら》されたり、ときには、川を下って滝から落ちたり」ナガルは愉快そうに言った。「同じ仕掛けでいろいろ応用が利きます。誰も、箱が空っぽだとは思いません」

「そのトリックを知っていたのは誰ですか？」萌絵は質問する。

「私以外には、タケル、それにマネージャの吉川。それくらいでしょうか。でもね、西之園さん。ちょっと手品のことを知っている人間なら、すぐ気がつくでしょう。まさか、箱の中で水や火に堪えているわけではあるまい、とね」

「箱は、あの菊地製作所で造られていたのですね？　それは、ご存じだったんでしょう？」

「いいえ、まったく」ナガルは真剣な表情で否定した。「私は知りませんでした。先生の箱屋に会ったことはありません。匠幻先生は、そういったことは一切秘密にされていました」

「それは、嘘です」萌絵はすぐに言う。

「何故ですか？」ナガルは驚く様子もなく微笑んで、萌絵を見た。

「菊地製作所に行かれたことがあるはずです」萌絵は、できるだけ優しい口調で言った。鵜飼刑事が、あの工場でナガルの指紋を発見したと話していたことが、彼女の切り札だった。

「行ったかもしれませんね」ナガルは微笑んだまま答える。「表向きのインタヴューではご不満のようですね？」

　萌絵は少し考えたが、執拗に追及するのは上手なやり方ではない、と判断した。

「ナガルさんは、マジックの道具をどちらで造られているのですか?」

「私は隣の工場で自作しています」ナガルは窓の方を指さした。「あとでご覧に入れましょうか? あまり秘密主義ってのも好きじゃないし、だいたい、大掛かりなマジックは、私の場合、少ないんですよ」

(秘密主義が好きじゃない?)

それにしては、何もかもはぐらかそうとしている、と萌絵は思った。

「あの日はどこにいらっしゃったのですか?」

「滝野ヶ池のときですか? ええ、警察にも話しましたけど、私はここに一人でいました。アリバイってやつですね? 運が悪いんですよ。一人でいるのが好きなんで、暇なときは、だいたい一人なんです。家族もいませんし」

「ご結婚は?」

「いいえ、独り身ですよ。ここにも一人で住んでいます」

「さきほど、お茶を持ってこられたのは?」

「ああ、彼は、大学生でしてね。学校が休みのときだけ来ているんです。入門したいって言ってるんですけど、まあ、どうなりますか」

「ナガルさんが、有里匠幻さんに入門されたのはいつ頃ですか?」

「大学生のときですね。今から、二十年以上まえになります。でも、匠幻先生は厳しい方でした。弟子にもネタは教えてもらえません。マジシャンになりたかったら、まず、ネタを自分で考えろって、いつもおっしゃっていました。トリックを創造することが、マジシャンの本来の仕事で、舞台に立つことは二の次だってね。常に創作すること、それが一流のマジシャンだ、とよくおっしゃいました」

「失礼かもしれませんが」萌絵は姿勢を正してきいた。「ミカルさんは、有里匠幻さんとはどんなご関係だったのですか？」

「西之園さん、貴女、それはご存じでしょう？」

「はい」萌絵は素直に頷く。「でも、ナガルさんの言葉をお聞きしたいのです」

「ご想像のとおりですよ」ナガルは僅かに顔をしかめた。「今でも信じられませんね。十年ほどまえになりますか、突然、先生が若い女を連れてこられた。この女をマジシャンにするっておっしゃいましてね。私もタケルもびっくりしましたよ。そんなことをされる方ではなかったんです。ええ、女遊びなどは一切なさいませんでしたから」

「反対されたのですか？」

「いえいえ。私もタケルも、先生に文句を言えるような立場ではありませんでした。それに、ミカルも、そう……、悪い子ではありませんでしたよ。彼女なりにがんばったと思います。でも、ミカルには、オリジナルのマジックを考えられるような才能はありませんでした。すべて、匠幻先生が彼女のために与えたものなんです」

「静岡のビル脱出もそうですか？」

「知りませんね。あれは、間藤社長にきいてみて下さい。私は、あの間藤って男が嫌いで、あまり近寄りたくないんですよ。金だけが命みたいな、ちっぽけな人間です。静岡のあのネタは、まったくいただけませんでしたね。先生がもし生きていたら、大目玉だったことでしょう」

「どんなトリックだったと？」

「滑車でビルから下りて、隣に逃げ込んだんです。屋上まで上がって姿を見せたのは、いかにも飛び移ったと見せたかったからだと思います。ミスディレクションですね。まあしかし、命懸けということには変わりありません。死んだ人間を悪くいうのも嫌ですし、いろいろな意味で、ミカルは犠牲者だったと、私は思います」

「あの脱出ショーをミカルさんがやらされていた、という意味ですか？」

「ええ、間藤社長に唆《そその》かされたんでしょう、おそらくはね。可哀想に、今、これに成功すれば一躍トップスターだ、とかなんとか言われたんじゃないでしょうか。それとも目の前に金を積まれたのか……。もう、あんなのはマジックじゃない。サーカスかスタントですよ」

「ミカルさんは誰に殺されたとお考えですか？」

「うーん、どうでしょう……。彼女を殺すような人間は、私の知っている範囲にはいませんね。間藤社長なんか真っ青でしたよ。今回の事件で、彼のプロダクションは致命的な打撃を受けたはずです。ああ、もしかしたら、それが目当てでミカルが殺されたのかもしれないなって、つい昨日、タケルと話していたくらいです。間藤社長には相当に敵が多いですからね」

「タケルさんは、ミカルさんと……、その……、ご関係があったのではありませんか？」萌絵は言いにくい言葉を口にする。

「一時期ね……。あれは、ミカルの方からのモーションだったと思いますよ。タケルはどうなんでしょう。あいつは、そんな馬鹿じゃない。あれで、結構しっかりしています。ミカルが死んだというときも、別段、落ち込んでいるふうでもなかったから、もう、うんざりしていた口じゃないでしょうかね。知りませんよ。私の勝手な想像です」

萌絵は紅茶を少し飲んだ。部屋を見渡してみたが、マジックに関係のありそうなものはなかった。

「何か、マジックをお見せしましょうか？」有里ナガルは萌絵の視線に気がついて言った。

「ええ、それじゃあ、芸術文化センタでやられたカードの人形のマジックを、もう一度見せていただけないでしょうか」

「おや、あれをご覧になった？」ナガルは口を開けてオーバに驚いた。「いやあ、それはどうも……。ええ、よろしいですよ。ちょっとお待ち下さい」

有里ナガルは立ち上がって部屋から出ていった。

落ち着いた紳士で、魅力的だった。話し方も物腰も理知的だ、と萌絵は思う。客商売をしているから自然に身についたものなのか、それとも彼の本質がそうなのか、それはわからないが、少なくとも、有里タケルよりは、洗練された上品さがナガルには感じられる。歳のせいだけではないだろう。それにしても、あの年齢で独身というのは意外だった。離婚歴があるのかもしれない。

有里ナガルは数分で戻ってきた。煙草をくわえながら、小さなトランクを持って、ドアから入ってくる。

「ここで、見ていて良いですか?」萌絵は尋ねる。

「ええ、どこでもかまいませんよ」ナガルはそう言うと、絨毯の床にトランクを置き、中からカードの人形を取り出す。その人形をトランクから一メートルほど離れたところにそっと置いた。

「いつも、最後には観客席に人形をプレゼントしてしまうので、現物がないんですよ。たった今、テープで新しく作ってきたばかりです。さて、うまく動きますか……」

有里ナガルは、萌絵のすぐそばに立った。

彼女は人形を見る。

その人形は、最初ぴくりと動き、やがて、ふらふらと踊りながら立ち上がった。緑色の紙テープの手足は、胴体のトランプカードにセロファンテープで止められている。紙テープの先には、白いボール紙で作られた大きめの手足がちゃんと付けられている。また、頭もボール紙で、サインペンで描かれた簡単明瞭な表情が、可愛らしい。

人形は跳び上がり、しだいに元気良く踊りだした。

萌絵はにっこりとして、拍手をする。

「素敵ですね」

「ネタはご存じでしたか？」ナガルは萌絵のすぐ横に立っている。

「カーボンファイバですか？　全然見えませんね。どのくらいの太さでしょうか？」

「これは、合成繊維ですよ。〇・一ミクロン。一万分の一ミリです」

「触っても良いですか？」

「どうぞ」

萌絵はそっと手を伸ばし、ナガルのズボンのベルトと、人形の間の空間を手探りする。彼女の手は、見えない糸の感触をすぐに捉えた。彼女は立ち上がって、床に置かれたトランクを見にいく。トランクの蓋は開けられたままになっていたが、その一番高いところにセロファンテープが貼ってあるのがわかった。顔を近づけると、ようやく、蜘蛛の糸のように細い繊維が僅かに光って見えた。

「ハイテクですね」萌絵はナガルに言う。「あの日、ステージで見た中で、このマジックが一番素敵でした」

「誰もが、上から吊られていると思います」ナガルは人形をトランクに片づけ、自分のベルトのセロファンテープも取った。「でも、最近では、このマジックも知れ渡ってしまいましてね、もう、駄目です。十九世紀なら、人を驚かすようなマジックがいろいろあったでしょうけど、今は、本当に難しい。何が難しいかって、誰も、魔法が実在するなんて思っていない。それなのに、こちらは、それが魔法だというように演じなければならないんですからね。まったくの茶番ですよ」

2

東京で行われた有里ミカルの告別式はテレビでも一部が放映された。警察関係者は神経をすり減らしていたことだろう。幸いトラブルはなく、ミカルの遺体も消えなかった。それは、萌絵が有里ナガルの自宅を訪ねた二日まえのことであったが、テレビの特別番組で流れたのは、ちょうど、彼に会った日の夜だった。

この二時間の特別番組は、有里匠幻殺害の事件、それに、葬儀の棺からの消失、さらに、有里ミカルの最後のショーをもう一度VTRで見せた。スタジオには有里タケルがゲストとして招かれ、彼は淡々とインタヴューに答えていた。菊地製作所で殺されていた箱屋のことは、簡単に紹介されただけだった。番組のテーマは明らかに殺人事件ではなく、有里匠幻の奇跡的な生涯にスポットが当てられている。まるで、ミカルを殺したのも、匠幻の亡霊ではないかと言わんばかりのナレーションであった。

死してなお、自らの抜け殻を消し去った男が、愛弟子を道連れにした。言葉で直接には言わなかったものの、見ている者に、そう印象づけることを意図した演出で、萌絵は途中で頭が痛くなった。

「違う」

萌絵の独り言に、ソファの片隅で眠っていたトーマが首を持ち上げ、耳を立てた。彼女は、二十二階の広いリビングで一人でテレビを見ていた。

溜息をつき、テレビを消してから、彼女は部屋を出る。廊下を歩いて、一番奥にある書斎に入った。そこは、日頃は使われていない部屋で、父の遺した蔵書が納められている。彼女自身は読書家ではない。彼女の少数の書物は、自分の部屋の本棚にあった。この書斎には、亡くなった父と母が読んだ本が、天井まで届く壁いっぱいの本棚に並べられていた。

廊下のドアを閉めるのが躊躇《ためら》われ、彼女はそれを開けたままにして中に入った。かび臭いし、息が詰まるからだったが、きっとメンタルな刺激だと自分でもわかっていた。

父が亡くなって、研究に関連した書物のほとんどは大学の研究室に寄贈されていた。今、この部屋に残っているのは三割程度で、哲学や心理学、文学など、西之園恭輔博士の専門外の雑多な内容で、ジャンルはまったく不統一だった。このマンションに引っ越してきたときに、ここに本を並べたのは諏訪野である。彼女は、その当時、両親に関係のあるものに手を触れることさえできなかったからだ。

開けたままのドアからトーマが顔を覗かせる。萌絵が珍しい部屋にやってきているので、様子を見にきたようだった。彼は、もちろん西之園博士夫妻のことを知らない。萌絵がこのマンションに引っ越してから生まれたのである。トーマは鼻を一度鳴らしただけで、廊下を引き返していった。

確か、一冊だけマジックの本があったはずだ、と萌絵は思った。彼女が中学生のときに父から借りて読んだ覚えがある。読んだといっても、英語の本だったので、イラストを覚えているだけだった。

しばらくして、その本が見つかった。パノラマ・オブ・マジックという一冊である。彼女は、そのページをぱらぱらとめくり、エッチングのイラストを見ていった。

有里ナガルが話したように、奇術とは、そもそも魔法を見せるショーなのだ。百年まえには、電気も磁気も化学反応も、一般の人々には魔法に見えたのかもしれない。科学的な仕掛けが、見ている大衆には本ものの魔法に見えたのだろう。語り継がれた伝統の魔術と、生まれたばかりの赤子のような科学が、その時代には不思議なバランスで調和していた。だから同時に、まったくの似非《えせ》サイエンスが、マジックショーのミスディレクションに利用されたりもしている。たとえば、発見されたばかりの物質が空中に浮くとか、それを飲み込めば人間も宙に浮いてしまうとか、そういった見せかけが充分に通用した時代なのだ。

現代では、それは何だろう。

メカトロニクスだろうか。

今では、どんな不思議な現象でも電子的に実現できる、と大衆は信じているのだろうか。有里ナガルの踊るカード人形にしても、あれが、もっと精巧な機械に似せて作られていたら、マイクロマシンであると観客に錯覚させることができたかもしれない。

しかし、いったい現代人は何に驚くのか？

糸で操らなくても、本当に、音楽に合わせて踊りだす人形が、現代の技術では容易に実現できる。小型ジャイロを搭載《とうさい》して、二本脚で倒れずに踊る人形だって作れるだろう。三軸にジャイロを持ち、自動安定制御機構を備えて、しかも重量が百グラムしかないヘリコプタのおもちゃが、僅か五万円で売られている時代である。キャラメル一粒よりも小さなコンピュータロボットも商品として出回っている。日本中の若者がネットワークを通じて、瞬時に膨大な情報を交換している。七、八年まえには数億円もしたスーパーコンピュータと同等の機能を、高校生が鞄に入れて持ち歩いている。

日常が既にマジックなのだ。

誰もが、日常生活でマジックを体験し、マジックの中で生きている。いちいち「不思議だ」などと驚いている暇はない。本来、人類の特徴ともいえる、最も敏感だった感覚、不思議なことを発見し、それが不思議だと感知するセンサは、現代では無用となった。そればかりか、現代社会は、その感覚を完全に麻痺させようとしている。

身の回りは不思議なことに満ち溢れ、それらを鵜呑みにしないかぎり生きてはいけない。生まれたときから、そんな環境の中にいるのである。たとえ、不思議に思ったとしても、すべての仕組みは分解するには小さ過ぎ、理解するには複雑過ぎる。周りの大人にきいても、誰も答えられないだろう。だから、現代の子供たちには、魔法と科学の区別などつけようがない。萌絵の世代は、生まれたときから、ブラウン管の中に実世界の大半が存在しているのだ。

彼女が、そんな幻惑から逃れることができたのは、一つには、科学的な知識を豊富に持った両親のおかげであり、もう一つは、目の前でその両親を失ったからだった。

飛行機の爆発シーンなんて、ディスプレイの中では日常茶飯事である。ゲームでも映画でも、何度も大爆発を見ることができる。しかし、ディスプレイの外の世界では、そんな衝撃的な現象は起こらないという、したはずもない約束を、何故かずっと信じていた。

現代のマジックは自然現象ではない。

それは、人類によって意図されたものだ。

世界の各地で、今も続いている殺し合い。

未だに救われない貧困、そして飢餓。

繰り返されているのに、「突然」と表現される自然災害。

予期されているにもかかわらず、「予想外」と表現される人災。

それらは皆、ゲームの世界と同じブラウン管の発光パターンでしか見ることができない。

テレビでは、深刻な人類の課題を取り上げる振りをして、つぎの瞬間には、意味のない馬鹿騒ぎを繰り返し見せる。すべては一瞬のドラマ、一瞬の幻惑に過ぎないのだ、という危険な感覚を子供たちに植えつけるために。

作りもののドラマ、作りものの台詞、作りものの表情。

それらがすべて、その中で育った子供たちには本ものになる。

それが、バーチャルの本質。

自分のランダムな思考を断ち切って、萌絵は手にしていた本に視線を落す。

こんなことを考えて、何になるというのだろう……。

頭痛がした。

犀川の言葉を思い出す。

(ものには、すべて名前がある)

犀川の思考を、萌絵はトレースする。

彼女は、この数年で、犀川から多大な影響を受けた。おそらく、積極的に彼女が吸収したといって良い。初めは理解できなかった彼の思考パターンも、今では半分以上がトレースできる。彼女は、犀川の本質を既に見抜いていた。

自分のランダムな思考に比較して、犀川の思考はシーケンシャルだ。彼の場合、アクセスの遅さは、パラレルの思考、つまり同時に別のことを考える手法でカバーされているようだ。

犀川はきっと、とても涙もろいはずだ。感情的で短気で、あるいは暴力的で、破壊的、そして破滅的。けれど、それらの一切が完璧にシールドされている。複数の人格によって多面体のようにカバーされている。

しかし、彼のシーケンシャルで真っ直ぐな思考を支配しているのは、破滅的な中心人格だ。それは間違いない。それが、わかったのは、今年の春のことである。犀川が萌絵との結婚を決断した、あのとき。

犀川の破滅的な精神を救えるのは、たぶん自分だけだ、と萌絵は思いたかった。

強い願望だった。

再び、手に持っているマジックの本を思い出す。

目の焦点が、ページには合わなかった。彼女は本を閉じる。

いつも、殺人事件がキーになって、別の部屋が開けられる。そこで、まったく関係のないものを彼女は見ることができた。ラムネを飲むのにビー玉が邪魔になるように、最初のキーは、いつも関係がない。キーは部屋を開けるだけで、部屋の価値とは無関係だ。そのことに萌絵は気づいていた。どうやら、それは、スポーツでも、勉強でも、どんなものでも同じパターンのようだ。

スポーツに熱中すると、力学とは関係のないことに気がつく。スポーツとは関係のないことを学ぶことができる。力学の勉強をすると、力学とは関係のないことに気がつく。自分の頭脳がそうできているからなのか、それとも、人間とは元来そんな不可解なメカニズムなのか。万有引力とリンゴに象徴されるミスディレクションが、人間のインスピレーションには不可欠なのだろうか。もしそうなら、ミスディレクションこそが、思考の最終目標となる。

あるいは、これこそが、

神様の仕掛けた意地悪パズル？

いつだって、目標は、目標を目指す者に、別の方向から、突然ひょっこりと顔を出す。

だから、このパターンに気がついた者は、「期待外れ」を期待することになる。

それはちょうど、「パン」という名前の物質に手を伸ばして、「パン」という名前とは異質で無関係な満足を得ることに類似している。

つまりそれが、犀川が言った「ものには、すべて名前がある」という言葉の真意だろう。

その言葉でさえ、口にした瞬間に、ただの音波になる。

概念のエコーだけが、人間に残る。

こうしてみると、ある個人の思考が、別の人間に伝達する一瞬こそ「奇跡の脱出」、ミラクル・エスケープに他ならない。

（これは、気の利いた発見だ……。先生に話そう）

萌絵は暴走しかかっていた自分の思考をメモリにセーブし、そこまでのプロセスを一瞬でリロードしてから、リセットする。

書斎を出た。

久しぶりにこっそり煙草を吸いたくなり、萌絵は自分の部屋へ向かった。

3

三日後の月曜日、犀川は東京にいた。

半蔵門にあるオフィスビルの最上階で、午後から会議があるため、今朝、那古野を出てきた。研究委員会の最初の会合で、役割分担を決めるだけのものだったので、四時頃には終わってしまった。

地下鉄で銀座に出て、食べ損ねた遅い昼食をハンバーガショップで立ったままとる。

実は、先週、研究室に有里タケルから電話があった。月末に那古野に出かけるから、良かったら会いたい、という内容だったが、犀川が月曜日に出張で上京すると話すと、銀座で会う約束がすぐにまとまった。

その約束の時刻は五時だったので、犀川は書店で立ち読みをして、デパートの中を巡り歩き、時間を潰した。田町にある建築学会の図書館へ行くことも考えたが、電車に乗るのが億《おっ》劫《くう》だった。彼は、ずっと歩き続けていた。

オメガビルの角から少し入ったところにある小さな喫茶店が約束の場所である。それはすぐに見つかった。犀川が約束の時刻の五分まえに店内に入ると、既に奥のテーブルにサングラスをかけた有里タケルが座っていた。髪が薄茶色と緑なので間違いようがない。

「こんにちは、先生」タケルは座ったまま姿勢を正して、犀川に言った。

「こんにちは」犀川は隣のシートに鞄を置いて、腰掛ける。

タケルはビールを飲んでいた。ウエイトレスに、犀川はホットコーヒーを注文する。

「何の話でしょうか？」犀川は煙草に火をつけながらきいた。

「先週の金曜日だったと思いますが、西之園さんがナガルさんに会いにいかれましたよ。僕が、電話で二人の約束を取り持ったんです」

「それで？」犀川は無表情で煙を吐き出す。

「週末に電話で、ナガルさんと少しだけ話せたので、それとなくきいてみたんですが、なんだか要領を得ない」

犀川は無言で僅かに首を傾ける。

「彼女、何を調べているんです？」直接、犀川には視線を向けないでタケルはきいた。「どうも、気になりまして」

「僕は知りませんね」犀川は一度だけ首をふった。「まあ、確かに、彼女は多少いき過ぎた行動をしているかもしれません。よくあることなんです。西之園君は、その、いうなれば、ボランティアの刑事みたいなものでしてね。あまり気になさらないで下さい」

「事件のことで、ナガルさんに疑いがかかっている、ということでしょうか？」

「さあ……」犀川は脚を組んだ。

白いコーヒーカップをウエイトレスが持ってきて、犀川の目の前で銀のポットからコーヒーを注いだ。どうして、そんな手間のかかることをするのか、犀川にはまったく理解できない。

「あの……」タケルはビールのグラスを空けてから言う。「ここだけの話で聞いてほしいんですけど、例の葬儀のときの遺体消失のマジックは、ナガルさんがやったんですよ。間違いありません。僕は、警察にもそんな話は一切していません。でも、考えてみると、それしかない。きっとそうです」

「どうして、僕に話すんです？」犀川は尋ねる。

「いや……、そうですね」タケルは少し身を引いた。「他に話す人がいない。警察に言ったら、首尾一貫していないと、逆に疑われるだけです。西之園さんがそれに気がついて、ナガルさんのところに行ったのだと思ったんです。それで、犀川先生にお話ししてみようと」

「論理的な理由には聞こえません」犀川は微笑んだ。「僕に話す必然性は理解できませんね。それに、必要もありません。貴方が言おうとしていることなら、僕は知っています」

「え？」タケルは口を開けた。「知ってるって……」

「西之園君が気づいているかどうかは、僕にはわかりません。僕は、事件には興味がない。誰が誰を殺そうが、それがどんな理由だろうが、興味はありません」犀川はコーヒーを飲んだ。「そうですね。たぶん、僕はそういったことにのめり込む自分が、嫌いなのでしょう」

「犀川先生……、何をご存じなんですか？」タケルは身を乗り出した。「僕が言おうとしたことを知っている、と言われましたけど」

「葬儀のとき、あの新しい棺を用意したのは、有里ナガル氏です。そうなれば、答えは一つしかありません」

「あの、先生がご存じだという内容を、警察は知っていますか？」

「知らないでしょうね」犀川は答えた。「知っても、事件を解決したことにはならない。ずっと、僕もそう思っていました」

タケルは顔をしかめ、犀川を凝視した。

犀川は一度口もとを上げた。「貴方の考えたとおりだったのだと思います。それが、有里匠幻氏の遺志だったとね。それで、貴方は警察に言わない決心をした。ところが、西之園君が気づいたのではないかと勘ぐって、僕を通じて、彼女に捜査への介入をやめさせようと考えた。真実を明かせば、きっと、彼女も理解してくれるだろう、と貴方は考えた。まあ、妥当な予測です」

有里タケルは、大きく息を吸ってから、「そのとおりです」と呟いた。

「では、有里ミカルさんは、誰に殺されたのでしょう?」犀川はすぐに言った。

タケルは煙草を取り出し、ライタで火をつける。マジシャンらしからぬ動作で、緊張しているのがわかった。

「そう、それがわからない。でも、あれも、ナガル兄さんがやったんじゃないかって……」タケルは小声で言った。

「動機がありますか?」犀川はきく。

「わかりません」タケルは首をふった。

「わからないのに、何故、ナガル氏だと思われるのですか?」

「吉川から……、僕のマネージャから聞いたんですけど、あの静岡のネタはナガルさんのアイデアなんですよ。このことは、警察にも、しゃべってないはずです。あの脱出ショーは、間藤プロダクションが企画していたんですが、匠幻先生は、どんな方法を使うか決めかねていたそうです。会心の方法を思いつかなかったのかもしれませんし、幾つかあるうちのどれを実際に使うのか、まだ決まっていなかったのかもしれません。ナガルさんにも僕にも、一度だけですが、何か画期的な方法はないかって、先生は相談されました。これは、本当に珍しいことだったんです。そんな弱気になられたことは、これまでに一度もありません。そのとき、僕は何も思いつきませんでしたけど、ナガルさんは、隣のビルから突き出したハンガにロープで吊上げてもらって脱出する、というアイデアを話しました。匠幻先生は一笑されただけでしたけど」

「でも、その方法が使われたわけですね？」

「ええ、そう聞きました」タケルは両手を組み、下を向いた。「具体的な脱出方法が決まらないうちに、匠幻先生が亡くなられて、間藤社長も焦ったのでしょう。それで、ナガルさんに相談して、その方法でいく段取りになったんだと、吉川から聞いたんです。それを、ミカルにやらせたんですよ」

「では、装置はナガル氏が造ったのですね？」

「たぶん」タケルは頷く。「ですから、当然、ミカルを殺す計画だって、その……、ナガルさんが一番立てやすい」

「しかし、一番疑われます」

「僕が誰にも話さないのを知っているんですよ」

「なるほど。他に、その話を知っている人は？」

「間藤社長も知っているはずですけど、あの男がミカルを殺すはずがありません。自分の会社の一大事になるんですから」

「ナガル氏は、あの日、静岡にいたのですか？」

「那古野にいたって、警察には話しているようです」

「そこまで考えられて、何故、警察にお話しにならないのです？」

「兄弟子を警察に突き出せとおっしゃるんですか？　確信もないのに」タケルは苦そうに煙草を吸う。「それに、もし、僕の考えたとおりなら、今回のすべてのことを、ナガル兄さんがやったことになる。それが公になれば、匠幻先生のイリュージョンは消え去って、ただの醜い犯罪が露《あらわ》になるだけです。先生の評判に傷をつけることは絶対にできません」

「その理屈を、西之園君に理解してほしいというわけですね？」

「そうです。犀川先生にお話ししたのも、そのためです」タケルは真剣な表情だった。「意外にも、先生がすべてをお見通しのようだったので、全部お話しする決心がつきました。マジシャンにとって、自分の演じたイリュージョンは命と同じくらい大切なものです。それをご理解いただいて、もしも……、その、真相に行き着いたときにも、そっとしておいてほしいのです」

「それは、どうでしょう……」犀川は上を向く。「僕が黙っているのは、特に理由があるわけではありません。たまたま、こういったことに興味がないことと、それに、もうこれ以上

わ

の犯罪が起きないことを、知っているからに過ぎません。誰かの名誉を守ろうとしているわけではない。そうですね。もし、彼女が、西之園君が気づいたら、きっと僕には止められないでしょう。もし気がつけば、彼女はすべてを明らかにする権利を主張するし、それはそれで正論です。彼女が真実に気がつけばの話ですけどね」

「僕の空想は、真実でしょうか？」タケルは犀川の顔を窺い、低い声で囁いた。「そうでなければ、いいけど……」

犀川は何も言わなかった。

第17章　奇跡の名前

1

　西之園萌絵は、火曜日の午後、自宅の近くにあるカーディーラに行った。犀川が買うことになった新車が届いているはずだったからである。彼女が赤いツーシータで入っていくと、黄色の小型車が表の駐車場に駐まっていた。

「西之園さん」色黒の営業マンが飛び出してくる。「毎度、ありがとうございます。この度はお世話になりまして……。わざわざお越しいただいて恐縮です。おや、犀川様は？」

「先生は、今日は東京に出張です」萌絵は車から降りずに窓を開けて答えた。「先生の車、私の家まで運んでいただけないかしら。私が自分で大学まで届けますから。手続きとか、あとでもよろしいでしょう？」

「ええ、はいはい、それはもう結構ですよ。えっと、それじゃあ、今からすぐお届けしましょうか?」

「ええ、お願いします」萌絵は微笑んだ。

萌絵はさきに駐車場を出る。運転をしながら、携帯電話を助手席のバッグから取り出し、大学の院生室に電話をかけた。

「浜中さん?」

「あ、萌絵ね。残念でした、洋子様よ。浜中さんなら、国枝先生の部屋だと思うわ。なあに?」

「犀川先生が何時に戻られるのか調べてもらえない?」

「ちょっと待って」電話の先で洋子が返事をする。

しばらく時間がかかった。萌絵は信号が青になったので車を出す。こういった場合には、マニュアル車は多少不便だ。牧野洋子は、近くのマックでネットワーク上のスケジュール・カレンダを見ているのであろう。

「もしもし」洋子の声が聞こえた。「犀川先生はね、三時に戻られる予定みたい。何? 今夜もデート? 欲求不満なんじゃないの、あんた」

「ありがとう。じゃあね」萌絵は電話を切る。

便利なようで中途半端な通信機能だ。直接、大学のネットワークに接続できれば、親友の些細な邪推に腹を立てることもなく、情報が引き出せる。それをするためのハードはまだ重過ぎる、と彼女は思った。

自宅のマンションの地下駐車場で待っていると、黄色の小型車が入ってきた。渋い柿色に近い黄色だ。一番近いのは、マスタードだろう。外にもう一台セダンが待っているようだった。

「それじゃあ、これがキーでございます。保険の仮手続きも済ませてあります。今日から有効ですので、ええ、ご安心してお乗り下さい。いつでも結構ですから、またお店の方においで下さるよう、犀川様にお伝え願えますでしょうか」営業マンはそう言って、萌絵にキーを手渡す。彼は何度も頭を下げてから、歩いてスロープを上っていき、待っていたセダンに乗り込んで行ってしまった。

萌絵は、犀川の芥子《からし》色の車の運転席に座る。

新車の匂いがした。シートのビニルは外されていたが、助手席に車検証が出たままで、ボール紙でできた折り畳み式の日除けと一緒に置いてあった。その日除けは、広げてみるとケン・ドーンのようなタッチのトロピカルな絵が印刷されている。ディーラのサービス品なのだろう。

萌絵はキーを差し込んでエンジンをかけた。

ダッシュボードのデジタル時計は二時四十分。確認のために自分の腕時計も見たが、正確だった。

軽いエンジン音である。ギアを入れて、ゆっくりとクラッチから足を離して車を出した。

駐車場から外に出て、しばらく新しい車の運転を楽しむ。ごつごつとした足廻りに好感が持てた。カーブを曲がるときのローリングも比較的少ない。多少前方につんのめる感じのコーナリングだったが、重量バランスから考えて、しかたのないところだろう。ただ、問題はエンジンだ。慣れていないとはいえ、吹き上がりはワンテンポもツーテンポも遅く、特に回転落ちの遅さはうんざりするほどで、萌絵には致命的だった。燃費を稼ぐ燃焼システムの影響だろうか。だが、自分の車ではないことを、彼女は思い出す。

N大学に到着すると、建築学科の中庭に車を駐めた。ちょうど三時。研究棟の四階まで上がってみたが、犀川の部屋はまだ閉まっていた。

萌絵は再び車に戻った。いつもと違う車の運転が面白かったので、犀川が帰ってくるまで、もう一回りしてこよう、と思ったのだ。彼女は、キャンパスから車を出し、メインストリートを南に向かう。途中で左折して、郊外へ出る国道に乗り替えた。

真っ直ぐな道は、緩やかな周期でアップダウンを繰り返し、両側の景色がやがて開ける。マンションが林立する地区を過ぎると、田園が一面に広がっていた。そろそろ電話をしてみようと、助手席のバッグを片手で探ったが、携帯電話が見つからない。萌絵は、小さな橋を渡ったところで左折して細い道に入り、車を一旦停めた。バッグの一番奥に電話が見つかった。

さっそく、犀川の部屋に電話をかけてみたが、誰も出ない。まだ戻っていないようだ。

窓から入るそよ風が気持ち良かったので、彼女は、車の外に出て両手を挙げて背伸びをした。小川の堤防の上だった。傾斜した土手を綺麗な緑がすっかりと覆っているのにも気がつく。

彼女は、下り坂の草の上を途中まで下りて、そこに腰を下ろした。寝そべってみる。

高い空に飛行機雲が見えた。

いつの間にか、秋の高度である。

犀川の車を自分で運転してきたのは、つまり、あとで犀川に自宅まで送ってもらおうという、極めてプリミティヴでクリアなプランだった。たぶん、日本語にすれば、「下心」あるいは「魂胆」と訳すのだろう。コンタンという漢字は自分には書けない、と萌絵は思った。

空を見ていると、そこに何かを書きたくなる。

ひらがなを書いたら、漢字に変換してくれれば良いのにな、と考えた。

(早く、先生帰ってこないかな)

ここで、二人だけで、寝転がってみたい、とも思う。

空にはアイコンがある。

ダブルクリックしたくなる。

実に、馬鹿馬鹿しい。

そう、こんな時間に、こんな無意味な場所に、あの犀川を連れ出そうとしたら、気の遠くなるほど綿密な計画が必要だろう。

彼はきっとこう言うだろう。

「ここに来ないと感じられないようなものは、何一つないね」

どこにいても感じられるものが、一つだけあるのに……。

何か良い方法はないものか。

空が眩しい。

知らないうちに目を瞑っていた。

気持ちが良くて、眠ってしまいそうだ。

そのとき……。

突然だった。

萌絵の脳裡に複数の映像が現れた。

彼女は目を開く。

息を止める。

一瞬の映像。

それを認識しようとする。

(えっと、今のは……?)

ジグザグで……。
折りたたんだボール紙？
一つは、車にのっていた蛇腹《じゃばら》の日除けだとわかる。
（あれは……）
直方体……。
蓋が開いている。
一瞬遅れて、もう一つは、棺の蓋だと気づく。
「そうか！」
萌絵は叫んだ。
彼女は起き上がって、頭を抱える。
フル回転する頭脳の微小な振動が感じられるくらいだった。
思考の加速。
目は見えなくなり、耳は聞こえなくなる。
だから、だから、だから、という問いが繰り返される。
「だから」という音の何倍も速く。
ああ……、だから……。
「まさか……」

最後に行き着いた言葉は、それだった。

約五秒間の思考は、緩やかに減速する。

彼女は立ち上がっていた。

傾斜した場所にいたことを思い出して、急に重力を感じる。彼女は少しよろめいた。

深呼吸をして酸素を吸収する。

事件のすべてが、理解できた。

両手は、額で前髪を上げたまま止まっていた。

続いて襲う、驚愕。

鳥肌が立った。

(先生は気づいていた!)

確信した。

犀川の言葉を思い出したからだ。

「僕は別の仮説を持っていた」と彼は言った。

それが、現実的でないから?

しかし、すべてを説明する合理的な仮説は、今やそれ以外にない。それは正解と同値だ。

彼女は、土手を駆け上がり、黄色い車の運転席に飛び込んだ。

2

犀川創平は、三時過ぎに那古野駅のホームに降り立った。

のぞみに乗ったので、東京から僅かに一時間半である。この車両は、巨大なホッチキスの針を抜くためにデザインされたのでは、と犀川は思っていた。日本の電車の中で、彼の一番好きな形だった。色にはないが、形には好き嫌いのある犀川である。

ホームにあった灰色の電話にカードを差し入れて、研究室に電話をかけた。

「国枝です」

「ああ、犀川だけど、予定より遅くなった。今から大学に戻るからね。あと三十分くらい。何か変わったことは？」

「ありません」

「西之園君が来なかった？　新しい車を取りにいく約束なんだけど」

「いえ、彼女、今日は見ていません」

「あそう。じゃあ」犀川は電話を切る。

彼は階段を下り、駅のコンコースを歩いた。那古野駅の中央コンコースのタイルは、摩擦係数が不足しているため非常に歩きにくい。基本を忘れたデザインだ。

車が信号待ちになったとき、萌絵は千種セレモニィホールに電話をかけた。いろいろ情報を聞き出してから、もう一度、犀川の部屋をコールしたが、まだ彼は戻っていなかった。

車はN大学に向かっていた。しかし、萌絵は決心をして、Uターンする。

再び田園地帯の国道を走り抜ける。交差点の表示を見て左折し、しばらくカーブの多い田舎道を進んだ。

3

十五分後。

彼女は車を停める。

目的の場所はすぐに見つかった。鬱蒼《うっそう》とした竹藪が右手にある。左手は、車がやっと通れるほどの細い上り坂が林の中に消えている。少し先に、古い農家のような屋敷が一軒だけあった。

道路に平行して右側には幅二メートルほどの用水が流れている。その屋敷の門に近づくには、小さな石橋を渡らなくてはならなかった。

小山になった森林が迫っているため、太陽は既に隠れて見えない。都会に比べて風が冷たかった。石橋の下を流れる水は緑色で、濁っているようにも見える。

門を入ると、土塀の内側に大きな柿の木があった。

屋敷の庭を、ゆっくりと彼女は歩く。

平屋の建物は奥行きがあり、縁側が庭を囲んでいる。開け放たれたままの納屋《なや》の扉。その中は真っ暗だった。

「こんにちは」

萌絵は、開いていた母屋の玄関から声をかける。

屋敷の中は異様に暗い。

しばらく待ったが誰も出てこなかった。

小さなもの音がしたので振り返ると、痩せた真っ黒な猫が敷居を跨《また》いで入ってきた。

「はい、何か？」奥から女の声。

萌絵は驚いて、そちらを見る。

年配のほっそりとした女性が暗い廊下から出てくる。

猫のような目だった。

髪は半分白い。

「あの、ご主人はご在宅でしょうか？」萌絵は尋ねた。

4

愛知県警の鵜飼と近藤は、四輪駆動車に乗って田舎道を走っている。二人は、間藤社長の自宅から戻るところだった。間藤の自宅は、那古野市と豊田市の中間に位置する農村の旧家で、既に、鵜飼たちは三度目の訪問であった。

静岡で有里ミカルが殺された事件は、間藤プロダクションには、大きな打撃を与えた。予定されていたイベントの多くがキャンセルされ、当てにしていた契約も滞った。間藤は資金繰りに奔走し、会社に電話をかけてもなかなか摑《つか》まらない状態だったので、鵜飼は、深夜に近い時刻に彼の自宅まで話をききにきたこともあった。

有里ミカルの死体が発見されたオフィスビルの屋上で、鋼鉄製のタンクから間藤の指紋が見つかったのである。現場は不特定多数の人間が出入りしていたので、鑑識課の分析作業は難航した。発見された間藤の指紋は不鮮明だったが、証拠としての能力は充分だった。

今までの供述では、間藤はそのビルに入ったことはないと話している。この矛盾を確かめるために、鵜飼は数時間まえにプロダクションに電話をかけたが、今日は出勤していないという返答だった。自宅にも電話はつながらなかった。鵜飼は念のため、間藤の自宅に向かい、所在を確かめようと思った。近藤と二人で、たった今、そこへ行ってきたばかりである。しかし、間藤の自宅には、彼の妻が一人でいただけで、主人は昨夜から戻っていない、と話した。

「鵜飼さん、どう思います?」助手席の近藤が言う。

「どうって?」

「ひょっとして、間藤信治がホシじゃあないですかね? 間藤なら、有里匠幻を殺す動機もありますよ。匠幻の金を使い込んでいたこともあったし、金絡みのことで何かトラブルがあったんではないでしょうか。たとえば、その金をつぎ込んだ先が後ろめたいことで、それで匠幻から強請《ゆす》られていたとか。それに、その実情を知っていた有里ミカルも殺した……、なんてのは、どうです?」

「ミカルが死んだために、間藤の会社はてんやわんやだ。もし殺すんなら、あの脱出ショーが終わってから殺すだろうな。その方が出費が少ない」

「何です? てんやわんや?」近藤は高い声で笑った。「それ、どこの言葉です?」

「話の腰を折るな」

「はいはい」近藤は笑いを押し殺した。「ですからね。会社の倒産なんて覚悟の上なんですよ。あの歳になったら、もう関係ないでしょう?」

「うーん……」鵜飼はハンドルを握ったまま唸った。

「また、そろそろ西之園さんにお伺いを立てないと駄目ですね、こりゃ」近藤は軽い調子で言う。

5

午後三時四十分。犀川は大学の自分の部屋に戻った。地下鉄の駅から歩いてきたので、汗をかいている。煙草に火をつけながら、彼はカーディーラに電話をかけた。

「ええ、はい、そうでございます。犀川様のお車は、西之園様のところへお届けいたしました。かれこれ、そうですね、一時間以上まえになりますか。ええ、西之園様が、その、ご自分で犀川様のところまでですね、そちらの大学の方まで、ご自分で運転していきたい、とおっしゃいましたものですから……、ええ、はい」

電話を切ってから、犀川は部屋を出た。

隣の国枝桃子助手の部屋を覗くと、浜中深志と国枝がテーブルで向かい合って、真剣な顔で睨《にら》み合っている。もっとも、国枝の方はいつもの顔だ。

「西之園君、見なかった?」

二人とも黙って首をふる。

犀川は、片手を挙げてから、ドアを閉めた。

犀川の部屋の向かい側にある四年生の部屋は照明が消えていた。念のために確かめてみたが、ドアはロックされている。

　どうも気になった。

　彼は、三階に下りて院生室へ向かった。

　犀川がドアのノブに触れようとしたとき、ちょうど、牧野洋子が部屋から飛び出してきた。犀川が避けなかったら、正面衝突するところだった。

「あ、犀川先生、すみません！」

「牧野君、西之園君を知らないかい？」

「あれ？」洋子は不思議そうな顔をする。「彼女、来てませんか？　変ですね。ついさっき電話があって、三時には犀川先生が戻られるって、私、カレンダを見て教えたんです。先生に会いにくるような感じでしたけど」

「あ、そう……」犀川は腕時計を見ながら頷く。「おかしいなあ」

　犀川は四階の自分の部屋に戻った。

　すぐ解決方法を思いつく。

　彼は受話器を取って、西之園家のナンバを押した。

「はい、西之園でございます」諏訪野の上品な声。

「こんにちは、犀川です。西之園君、そちらにいませんよね？」

「はい、お嬢様でしたら、大学にいらっしゃると存じますが」

「彼女の持っている携帯電話の番号を教えてもらえませんか」犀川は言った。

諏訪野は長い言い訳をしようとしたが、結局、ナンバを教えてくれた。

犀川は礼を言って受話器を置き、そのナンバに電話をかけた。

6

田舎道の用水路のすぐ傍に駐められていた真新しい黄色い車の中で、高い電子音が繰り返し鳴っている。

そこから、数十メートル離れた屋敷の中庭に、萌絵は立っていた。

主人はすぐに戻るはずだ、とその家の女は言った。最初は気づかなかったが、彼女は目が見えないようだった。家の中が暗いことも、彼女には無関係なのだ。萌絵は、そのことを口にしなかった。

外で待たせてもらいます、とだけ言って、彼女は玄関から出た。しかし、本当のところ、どうしようかと迷っていた。犀川か警察に電話をかけるべきか、それとも、ちゃんと確かめてからにするか。

庭の南側には、竹薮の手前に小さな畑がある。有機的な臭いがして、あまり近づきたくなかった。

彼女は、ぶらぶらと辺りを散策して時間を潰そうと思った。柿の木の下を通り、中庭から出る。雑草の生い茂った急な傾斜地と、それを留めている低い石垣のさらに下に、小川が流れていた。サインカーブのように曲がりくねり、少し離れたところに、古そうな橋が架かっている。小川の向こう側は一面の田園で、フラクタルな曲線の畦道《あぜみち》が、ジグソーパズルかステンドグラスみたいに水田を分け、緩やかな傾斜を段々に下っていた。小川に架かる橋を渡って畦道を下りていこうか、とも考えたが、諦めて引き返すことにした。

再び屋敷の中庭を通って、表の道路まで出る。この道は車が滅多に通らないようだ。歩いている人間も見かけない。近くに民家はなかった。彼女は黄色い車に戻って、助手席側のドアを開け、携帯電話を取り出した。

歩きながら、N大学の犀川の部屋に電話をかける。数回ベルが鳴って、萌絵が屋敷の中庭まで戻ってきたとき、電話がつながった。

「先生？」

「ああ、君か……」ほっとしたような、珍しく感情の籠もった犀川の声だった。「ついさっき、そちらに電話をしたところだよ。僕の車でドライブかい？」

「先生、私、全部わかったんです」萌絵は歩きながら言う。大きな柿の木の下だった。

「全部って？」

「もちろん、事件のことです。滝野ヶ池の事件も、千種セレモニィホールの事件も、全部です。ねえ、先生はご存じなんでしょう？　どうして黙っていらっしゃったのですか？」

「証拠がないからだ」

「だったら、どうして……」萌絵がそう言いかけたとき、彼女の靴が土の中に少しだけめり込んで、足をとられた。

「西之園君？」

「あ、先生……。ちょっと待ってて下さいね」

萌絵はしゃがみ込む。

畑でもないところの土が、異様に軟らかかった。その近辺だけ、土の色が僅かに違っている。

背後で車の音。

中庭に白いセダンが入ってきた。

萌絵は立ち上がる。

「西之園君、どうした？」携帯電話から犀川の小さな声が漏れている。

「あとで、電話します」それだけ言って、彼女は電話の電源を切った。

「そこで、何をしてる？」車から降りてきた男が大声で言う。

「何もしていません」萌絵は答えた。「貴方を待っていただけです。お話を伺いたいのです」

男は車のドアを後ろ手に閉め、萌絵の方に歩いてくる。

「君は……」

萌絵の顔を見て、男はゆっくりと笑みを浮かべた。

慌ててつくられた表情だった。

その表情の不自然さに、萌絵の肩はぴくりと一度震える。

男の目は殺気に満ちていた。

彼女は後ろを振り返る。

雑草の生い茂った土手。

湾曲した石垣。

そして、暗い小川の水面。

畦道。

段々の田園。

下へ下へと続いている。

男は微笑みながら近づく。

「何故ここへ来た？」

「私……」

「一人だね？」

「それ以上、近寄らないで下さい！」萌絵は片手を前に出して叫んだ。「たった今、警察に電話したところです」

「何故、警察なんかに電話を?」男は笑いながら言う。だが、彼の目は笑っていない。「いや、警察のはずはない。君は電話を切ったじゃないか」

「本当です」

男は止まった。

「いったい、私が何をしたというんだね?」

「有里匠幻さんの死体を、ここに埋めたのですね?」

「どこに?」

男は下を見ながらまた一歩、前に出た。

「近寄らないで! 大声を出しますよ」

「何を興奮しているのだ?」

「私は、確かめたかっただけ」

「私にききたいことというのは?」

「あの……、もう……わかりました」萌絵は横に回った。呼吸は速くなり、鼓動も大きくなっている。「あの、通して下さい。私、帰ります」

「何を知っている? 何を知っているんだね?」

「何もかも、全部」萌絵はそう言ってしまってから、大きく息をした。

今の発言はまずかったか……、と思った。

「もし、そうなら、私も殺すんですか？」彼女は小声で言う。

「私は何もしていない。すべて君の思い違いだ」

「ええ、きっと、そうです」萌絵は微笑もうとしたが、できなかった。「もう、帰ります」

彼女は畑の反対側から中庭に戻ろうとしたが、男がすぐに移動して、彼女の前に立ち塞《ふさ》がった。

二人の距離が縮まり、萌絵は再び後ろに下がる。

相手は手ぶらだ。

躰も大きくはない。

（落ち着いて……、呼吸を整えて……）

萌絵は顎を引いて、相手を睨んだ。

彼女は合気道に多少の心得がある。

だが、相手は男だ。

体重差があり過ぎる。

身構えてはいけない。

油断させておく方が有利だ。

「どうしようというのです？」萌絵は低い声で言う。

「わからない」男は口だけ笑っていたが、不自然なくらい感情が消え去った表情だった。

「しかし、君をこのまま帰すわけにはいかないようだ」

7

萌絵は足もとを確かめる。

僅かに左に傾斜している。それに土は軟らかい。

幸い、運動靴だった。

「もうすぐ、警察が来ます。これは、脅しじゃありません。最後まで紳士的に行動して下さい。それが……、それが、貴方の名前のためです」

「名前?」

「名前です」

しばらく沈黙があった。

「そうかもしれない」男は頷いて言った。「もっともなことを言うね。しかし、警察が本当に来るかな? 私には、それに賭けるチャンスがあるんじゃないのかね? 君の言っていることは、はったりかもしれない」

「私の車を見ましたか? あんな目立つ車を近所の人が見逃すと思いますか? それに、奥様はどうするつもりですか？　もう奥様とはお話をしました。私が大声を出せば、彼女が気がつきます」

「女房も殺すしかない」男はひきつった表情で言う。確かに変化が表れている。

萌絵の呼吸は既に完全にコントロールされていた。吸うときも、吐くときも、意識的だった。自分の重心の位置も、両足にかかる体重の比率もわかっていた。

相手に気がつかれない程度に、少し両足の間隔を広くとる。

「いつまでも隠せるとお考えですか？」萌絵はゆっくりとした口調で言う。「いずれは、わかることです。私が気がついたんですよ。他の誰かも、きっと気がつきます。これ以上、貴方の名前を汚さなくても。もう充分ではありませんか？」

「ああ、そのとおり、充分だったね」男は呟く。「だが、まだ可能性はある」

「可能性？」

「君はまだ誰にも話していない。今、君が言った言葉で、それがわかる。つまり、君の口を封じれば、可能性はある」

「でも、警察は呼びました」

「わかった。よく、わかった」男は言葉を切った。萌絵の目をしばらくの間睨みつける。

「手荒な真似はしない。家に入ってくれないか。そこで話をしよう。なんだったら、そう、取り引きをしてもいい」

男は少し下がって大きな溜息をつく。

萌絵はそのままの姿勢で考えた。

「駄目です」彼女は首をふる。「それはできません。私を通して下さい」

男は迷っている。表情から、視線から、それがわかった。

萌絵はゆっくりと横に移動する。

一陣の風が彼女の顔に当たり、頬に髪が触れる。

男はぴくりと動き、それに対して、彼女は左手を背中に隠した。利き手を見せないためである。

男は振り向く。

屋敷の方で音がした。

母屋の玄関から女が現れる。

「どうなさったの？　こちらに入られたら？」

優しい声だった。

萌絵の視線は、一瞬だけその女の姿を捉えたが、すぐに男の顔に戻される。男の目を見据えたまま萌絵は動かなかった。彼女の躰は、男の襲撃に備えて緊張し、彼女の頭は、反撃するパターンを想定していた。隠した左手は、握力を確かめている。

「ああ」男は萌絵を見たまま、大きな声で言った。「いいんだよ。ここで話をしているところだ。ちょっと、この人と出かけることになる。夕食はいらない」

「まあ……、今からですか？　どちらまで？」女は不思議そうな顔をする。

「大事な用件なんだ」男はようやく振り向いて自分の妻を見た。女は、はっとしたように肩を上げる。男の声の調子に驚いたのであろう。彼女は、黙って小さく頷くと、母屋の中に消えた。


男は再び萌絵の方に向き直る。

もう、さきほどまでの殺気は消えていた。

「奥様は、目が見えないのですね？」

「そうだ」

「いつからですか？」

「十年ほどになる」

また沈黙があった。

だが、萌絵には川の水音は、もう聞こえない。

男は無防備な姿勢で上を向き、何かを考えているような様子だった。

沈黙が続いた。

風が少しだけ吹いている。

「わかった。自首しよう」男は横を向き、萌絵から視線を逸らして言う。リラックスしたように、躰を揺すった。「このまま、警察に行くよ。女房には何も言いたくない」

「ええ……」萌絵はそれだけ言って、男の顔をまだ凝視している。

「今、君が、女房に助けを求めなかったことで、賭けに分がないことがわかった」

警察に電話をしよう、と萌絵は思った。携帯電話は右手に握っている。しかし、慌ててそんなことをしたら、すぐに警察がやってくると言った、彼女のはったりを見抜かれることになる。

「行きなさい」男は優しい声で言った。「私は車で君の後をついていこう」

男は振り返り、中庭に駐めてある自分の車の方へ歩きだした。

緊張から解放され、萌絵は大きく深呼吸をする。躰は急に熱くなり、汗が額から流れた。

しかし、油断は禁物だ。

彼女は、男から少し離れてついていった。

男は萌絵の方をちらりと見てから、白いセダンの後部のドアを開け、中から二つの鳥籠を取り出した。籠の中には小さな白い鳩が何羽も入っていた。

「こいつらを逃がしてやろうと思ってね」男は軽く微笑んだ。

籠の中に男の大きな手が入り、鳩を摑み出した。彼はそれを放し、鳩は羽音を残しながら一羽ずつ舞い上がった。

「それは、滝野ヶ池で放った鳩ですか？　ここまで戻ってきたのですね？」萌絵は男に近づいてきいた。

「いや、こいつらは戻ってこない」男は優しく答える。

萌絵は空を行く鳩を見上げた。

白いはずの鳩は、すべてシルエットになって、黒く見える。犀川が鳩の数を数えていたことを彼女は思い出した。

突然、首の後ろに衝撃を感じ、萌絵は前につんのめった。

彼女は地面を間近で見た。

意識は、加速的に途絶えた。

8

犀川が県警本部の三浦主任刑事に電話した二分後に、鵜飼刑事から電話がかかってきた。

「ちょうど、近くを通るところだったんです、先生」

「寄って下さい」犀川は叫ぶように言った。「表の交差点まで出ていますから、急いで!」

「どうしたんです?」鵜飼の悠長な声。「もう五分もすれば、N大の前ですよ」

「お願いします。サイレンを鳴らして、すっ飛ばしてきて下さい。待ってますから、そこで僕を拾って下さい」

「え、ええ……。わかりました」

犀川は、再び三浦に電話をかけた。その電話に二分かかった。それから、廊下に飛び出し、隣の国枝助手の部屋のドアを開けた。

「国枝君、愛知県の地図を貸してくれ！」犀川は叫ぶ。

国枝は犀川の慌てようを見て立ち上がった。

彼女は、黙って自分の本棚から地図帳を出す。

「どうしたんですか？」国枝はきいた。

犀川はそれを奪い取るようにして受け取り、何も言わずに部屋を出た。

階段を駆け下りるとき、腕時計を見た。既に三分経過している。

ロビィのガラスドアを押し開け、外へ飛び出す。キャンパス内の歩道を全力で走った。メインストリートの交差点までは二百メートル。彼は、そこまで来て、大きく息をしながら辺りを見渡した。

鵜飼の車は見つからない。

だが、遠くからサイレンが近づいてくるのが聞こえた。

9

萌絵は目を覚ました。

サイレンが遠くで鳴っている。

そっと手を顔に持ってくると、頬に砂がついていた。

首の後ろに激痛を感じる。

彼女は顔を上げて周りを見た。やっとのことで、起き上がり、その場に座り込む。

目が霞んでいる。なかなかピントが合わない。

地面についていた片手に何かが触れ、驚いて振り向く。その動作でまた激痛が走る。手に触れたのは黒い猫で、金色の目で彼女を見上げていた。

萌絵は溜息をつき、ぼうっとした頭を静かにふる。

「あの……、どうか、されましたか？」女の声がした。

あの男の盲目の妻だった。

中庭には、既に白いセダンはない。

近づくサイレンの音。

萌絵は黙って立ち上がる。そして、そのまま、ふらふらと中庭から出た。

門を抜け、表の用水路の石橋を渡ったとき、立っているのが辛くなって、片手を地面について跪《ひざまず》いた。

(しまった……、油断した)

悔しくて涙が出そうだった。

まんまといっぱい食わされた、という古典的なフレーズを思いついて、笑いたくもなる。

飛んでいく鳩を見ていたところまでは、覚えていた。

首の後ろにそっと手を回してみる。血は出ていないようだった。触ると痛い。内出血だろう。

地面に座り込んでいる萌絵の目の前に、パトカーが急停止した。

「どうしました?」運転席から若い警官が降りてきて言う。「大丈夫ですか?」

もう一人、大柄な警官が助手席から降り、こちらに回ってきた。

「大丈夫です」萌絵は片目を細め、二人の警官を見上げる。「どうして、ここへ?」

「本部から連絡がありまして、西之園本部長のお嬢様がこちらにおみえになるので……」

「私です」萌絵は立ち上がった。「でも、娘ではありません。姪《めい》です」

二人の警官は揃って敬礼をする。

「白のカローラ、ナンバは……」萌絵は覚えていた数字を言った。それから自分の時計を見る。「まだ、近くにいます。緊急配備を要請して下さい。すぐ本部に連絡を……」

「あの……、その車がどうしたんでありますか？」大柄な方の警官がきく。

「早くして！」

「は！」若い方の警官はパトカーの中に上半身を入れて、無線のマイクを取った。

萌絵は、また座りたくなって、ガードレールまで数歩下がって腰を掛けた。

(犀川先生が警察に連絡したんだ……)

自分は確か、この場所のことを電話で話してはいない。

(先生は、やっぱりわかっていた)

屋敷の門から、女が心配そうな顔をして歩いてくる。彼女は、黒い猫を抱いていた。杖を使っていなかったが、確実な足取りで、ゆっくりと萌絵の近くまでやってきた。

「あの、主人が、何か？」女は視線をさまよわせ、おそるおそる尋ねた。

痩せた黒猫は大人しそうに抱かれ、綺麗な瞳を萌絵の方に向けている。主人の代わりに見ているのだろうか。

「殺人事件なんです」萌絵は率直に答えた。

女が、萌絵の方に向く。

「え？　主人は？」

「残念ですが……」萌絵は答える。「ご主人は、きっと、もう戻られません」

10

萌絵の指示を受けて若い警官が本部に連絡をとったときには、既に、逃走した車の車種も、そのナンバも、指定地域全域に連絡済みだった。那古野市東部のエリアに限定されていたが、非常線も敷かれていた。

二人の警官は、最初の命令でこの場所に駆けつける途中に、無線から流れていた緊急配備の指示を聞いていたのだが、屋敷の前で蹲《うずくま》っていた娘が言った車が、まさかそれと同じものだとは思わなかった。本部に連絡して、ようやくそれがわかったのだ。

しかし、少なくとも、彼らがやってくる途中で、そんな車には出会わなかった。おそらく反対、つまり、那古野市内に向かう方向へ、問題の車は逃走したことになる。彼らはそのことも無線で報告した。

西之園本部長の姪だというその娘は、猫を抱いた年配の女と一緒にさきほど屋敷の中に入っていった。警官たちは何をすれば良いのかわからなくなったが、すぐ、車の無線に連絡が入った。

「西之園萌絵さんは無事か？」

「はい、ご無事であります」若い方の警官がマイクに大声で報告する。

「もうすぐ、そちらに到着するから、それまでそこで、西之園さんを護衛しろ」

「了解」彼は答えてマイクを置き、相棒を見た。

「どうなってるんだ?」相棒が大きな躰を揺する。

二人は、屋敷の中に急いで向かった。

西之園萌絵は、縁側に座っていた。もう一人の女がその後ろにいる。黒い猫も彼女たちのすぐ横に座っていた。

血相を変えて飛び込んできた彼らを見て、萌絵は目を丸くした。

「どうしました?」

「は、いえ……」若い方の警官が言う。「本部長のお嬢様を護衛するようにといわれましたので」

「娘じゃありません。姪です」彼女は微笑んだ。

西之園萌絵は縁側に腰を掛け、首を傾げている。年配の女は、その後ろで中腰になり、彼女の首の手当てをしているようだった。その女の目は、宙を見たまま動かない。だが、その目から、女は涙を流していた。

11

無線で萌絵が無事であるという連絡が入ったので、鵜飼の車はサイレンを止めた。後ろの座席にいた犀川は、シートにもたれかかり、溜息をついた。

「いやあ……、犀川先生って、意外にせっかちですね」鵜飼はバックミラーを見ながら言う。「びっくりしましたよ、本当」

「お恥ずかしい」犀川はいつもの調子に戻っていた。「鵜飼さん。煙草吸って良いですか?」

「ええ、どうぞどうぞ。でも、何がどうなっているのか、先生、説明してもらえませんか」

犀川は簡単に説明した。しかし、ほとんどが彼の予測に基づくことで、実証されていないことばかりだったので、話は自ずと抽象的になる。

彼らの車は、目的地に二十分後に到着した。

「あれ? 小さな車だなあ。西之園さん、セカンドカーを買われたんですかね?」鵜飼が道路の傍に駐車されている黄色い車を見て言った。

「まっさかぁ……。違いますよ。あれ、外車だけど安いんですよ。西之園さんには、あんなちんぴくさい車、似合いませんよ」助手席の近藤が笑いながら高い声で言う。

「僕の車です」後ろから犀川が言った。

二人の刑事と犀川は、屋敷の正面で車から降り、石橋を渡って中庭に入った。

「先生！」萌絵がにこにこして駆け寄ってくる。

「まったく……」犀川は立ち止まって息を吐いた。

「心配しました？」萌絵が目を細める。

「した」

「嬉しい！」

「僕はあまり嬉しくない」

「これ、見て下さい」萌絵は後ろを向いて、髪を上げる。首の後ろにガーゼが絆創膏で貼られていた。

「酷いね」犀川は顔をしかめた。

彼女は、さっと振り向く。

「そう！　菊地製作所だわ！　この道を行けばすぐ。三キロくらいだと思います」

「今からですか？」鵜飼はきいた。「ちょっと、この家を調べた方が……」

「あのお巡りさんたちに任せておいて」萌絵は庭に立っていた二人を指さす。

鵜飼と近藤に向かって、二人の警官が敬礼をした。

萌絵は駆け出す。犀川は後を追う。

彼女は犀川の車の運転席に乗り込むと、すぐエンジンをかけた。犀川は右側の助手席に乗り込んだ。

「先生、運転したい？」萌絵はきく。

「今はしたくない」犀川は安全ベルトをした。

萌絵はハンドルを切って車を出す。すぐ近くで鵜飼の大きな四輪駆動車も動きだす。二台は細い道で切り返し、方向転換をした。彼女は鵜飼の車に犀川の車を横づけする。

「西之園さん、さき行って下さい。ついていきます」鵜飼が叫んだ。

萌絵はアクセルをいっぱいに踏み込んだ。

犀川の新車はワンテンポ遅れて、猛烈にダッシュした。

途中で道を右に入る。竹藪の間を抜ける細い坂道だった。それを過ぎると田園を突っ切る畦道となる。見通しのよい真っ直ぐな道路だった。やがて、県道らしい交通量の多い道に合流し、しばらくして左に折れる。萌絵は、黄色信号を無視して交差点に突っ込み、タイヤを鳴らしてカーブを曲がった。

「あのさ。新車だからね。壊さないでほしいなあ」助手席の犀川が言う。

「ごめんなさい。どうも、このエンジンの回転落ちに慣れなくて……。スムーズにシフトダウンできないの」

今度は交差点に突っ込んで右折する。水平方向の加速度に抵抗するため、犀川は足を踏ん張った。エンジンは大きな音を立て、車はまた加速する。

「ほら、今のフィーリングよ！　もうばっちり！」萌絵は喜々として叫ぶ。「そうか、ワンテンポ遅いのね。もうわかったわ」

「何がわかったって？」

「ダブルクラッチのタイミング」

犀川が振り向くと、後ろに車は見えなかった。

「あれ、鵜飼さんたちは？」

「ついてこられないみたいですね」バックミラーを見て、萌絵が微笑む。「車じゃないのよ。腕、腕！」

滝野ヶ池緑地公園の入口を減速せずに突っ切る。車は、駐車場には入らず、森林の中を抜ける道に向かった。そこから先は舗装されていない砂利道となり、がたがたと振動する。

「新車なのに」犀川は大声で言った。

「辛抱して下さい！」萌絵も叫ぶ。

「サファリ・ラリーか？」

「え？」

森を抜けたところのT字路で、車はタックインして、後輪をスライドさせて右に向きを変えた。砂煙が舞い上がり、フロントガラスに砂が当たる。ボディにも小石が当たる音がする。

「先生、あれです!」萌絵が叫ぶ。

菊地製作所の前に、白いカローラが駐まっていた。

黄色い車は道の反対側に寄って急停車する。

犀川と萌絵はベルトを外して、急いで車を降りた。ちょうど、T字路を曲がって、鵜飼刑事の四輪駆動車がこちらにやってくるところだった。砂煙とともに近づいてくる。

二人は道路を横切り、粗大ゴミが積まれたようなガラクタの間を通り抜けた。

倉庫のシャッタは閉まっている。

通用口のドアを開けたのは犀川だった。

12

シンナの強烈な臭い。

奥には背の高いスチール棚が並んでいる。

その手前、倉庫の中央付近で、人が動くのが見えた。

廃棄物の山のようなものがあった。

いろいろなものが集められ、積まれている。

塗料の缶、板切れ、油の染み込んだ布。

何色にも塗り分けられた箱。

捩《ねじ》れて投げ出された人形。

それらの残骸の山だった。

火山の噴火口のように、人の背の高さくらいまでリング状に積まれている。まるで、バリケードか、子供が作った基地のようだった。

火のついていない煙草を口にくわえた小柄な男が、そのリングの中に立っていた。彼は何かの上に乗っていて、上半身だけが、そのバリケードの内側に見える。

「君は誰だ?」男は驚いた表情で犀川を見る。「出ていきなさい。ここは、私の倉庫だ」

「僕は、犀川といいます」

「サイカワ?」

「それが僕の名前です」

「知らない。聞いたことがない」男は目を細めて言う。顔の輪郭と口もとを覆う鬚が、彼の表情を隠していた。

通用口から覗いていた萌絵が、倉庫の中に入ってきた。男は彼女を見て、にやりと笑う。

「君か……。怪我は大丈夫だったようだね」

「もっと、ちゃんと謝って下さい」

「よくこの場所がわかった」

「酷いじゃないですか」萌絵は興奮した口調だったが、犀川の後ろに隠れるようにして立っている。「ここで何をしているんですか？　もう諦めて、大人しく警察に……」

「もう諦めているよ」よく通る声で男が言う。

そこへ、鵜飼刑事が大きな躰を入口の周囲にぶつけながら駆け込んできた。

「警察だ！」鵜飼は叫ぶ。「大人しく……」

「大人しくしている」男は大声で遮った。「危ないから出ていきなさい」

彼は胸のポケットからライタを出す。

犀川たち三人は後ろに下がった。

男は、そのライタで、くわえていた煙草に火をつける。

「出ていきます」犀川は一歩前に出てから言う。「貴方が死ぬのを止めたりはしない。僕は貴方の命に関心はありません。でも、死んでしまったら、無駄な仕事を警察はしなくちゃいけない。大勢の人間がきっと不毛な議論をして、貴方に関するいろいろな誤解も生じる。関係のない人にも迷惑が及びます。今、ここで、自首されてはどうですか？　死ぬのはそのあとでも良いでしょう？　そんなのいつだって良い。自首してから自殺して下さい」

「何という理屈だ……」男は煙を吐きながら笑った。「だが、君の言うとおりだな。面白い。いいだろう。そこの刑事さん。私が殺人犯だ。これで満足かね？」

「お前が何をしたというんだ？」鵜飼がきいた。

「私がすべてを一人でやった。有里匠幻を殺し、有里匠幻の遺体を盗んだ。彼の遺体は、私の家の庭に埋めてある。そこのお嬢さんが、もう場所を知っているようだ。菊地を殺し、それに、そう、有里ミカルを殺したのも、この私だ」

「何故、殺したのですか？」犀川がきいた。

「どうやって、ではないのか？」男は煙草を吸っている。

「それは理解しています」犀川は頷いた。

「ほう……、お嬢さんだけかと思ったら……」男は目尻に皺《しわ》を寄せて、苦笑する。「見上げたものだ。最近の連中も捨てたものではないな。そうか、やはり、私は賭けに負けたようだ」

「名前のためですか？」犀川は叫んだ。

男は一度頷くと、煙草を足もとに捨てて、笑いだした。

低い音とともに、青い透明な炎が、一瞬で広がる。

男は笑い続ける。

青い炎は、たちまち彼を包み込んだ。

「何故、有里ミカルを殺したのですか？」犀川は火に駆け寄った。

「私は……、どんな状況からでも、脱出してみせよう」

男の声は、倉庫に反響する低い周波数だった。

その表情は穏やかで、冷たい笑みを浮かべている。

「どんな密室からも……」

犀川は火炎を避けて後退する。

青い炎が揺れる。

火は周辺に積まれた空き缶の表面に次々に燃え移る。

ぼっと音を立て、炎は突然、黄色に変わった。

「私の名を……」

犀川も萌絵も、鵜飼も後ろに下がった。

黄色い炎が揺れる。

「皆が、私の名を、呼ぶかぎり……、私は、抜け出してみせよう」

また、低い炸裂音がして、真っ赤な炎が立ち上がった。

スプレー缶が弾け、吹き飛んだ。

「私の名を……」

炎は何メートルも立ち上り、あっという間に室内に煙が充満した。

男の姿は見えなくなった。

何も見えなくなった。

「私の名を……」

犀川は壁際に駆け寄り、シャッタを開けるためのボタンを探す。

「先生！　外へ！」鵜飼が戸口で叫んでいる。

「犀川先生！」萌絵の声も外から聞こえた。

犀川はシャッタのボタンを見つけて押した。

白い煙の中に、真っ赤な炎が光っている。

モータ音が唸り、ゆっくりとシャッタは上がり始める。

犀川は部屋の右手に回る。壁際に古い消火器があったが、持ち上げてみると使用済みのものだった。

その奥に、水道がある。彼はそこまで走り、蛇口を捻った。

水が勢い良く出る。

ホースは見あたらない。

すぐ近くで爆発音。

振り向くと、部屋の中央に火柱が立ち上がり、弾け飛ぶような勢いで、炎が床一面に広がっていた。

「先生！」萌絵の叫び声がまた聞こえる。「先生！　早く！　何してるの！」

犀川は水道の蛇口の周囲を見る。バケツが足もとにあった。

彼はバケツに水を溜める。

だが、犀川の右腕を鵜飼が摑んでいた。
「犀川先生、もう手遅れですよ」
もう一度、火柱を見ようとする。
もう、何も見えない。
辺りは高熱の煙ばかりで、右も左も見えなかった。
目を開けていられない。
「犀川先生！」萌絵の絶叫が聞こえる。
犀川は鵜飼に引っ張られて、煙の中を進む。
缶が弾ける音。
ガラスが割れる音。
半分ほど上がったシャッタから外に飛び出した。
犀川は咳をしていた。
息が苦しい。
目が痛かった。
鵜飼に引っ張られたまま、さらに歩く。
道路のところまで来て、鵜飼が手を離した。
犀川は躰を折り曲げて、地面に手をついた。

「大丈夫ですか？」鵜飼が尋ねる。

返事をしようとしたが、咳が続く。

「もう！　先生、何をしてたんですか？」萌絵の高い声が後ろでした。

「有里匠幻……」犀川はようやくしゃべれるようになった。

「え？」萌絵が彼の顔を覗き込む。

犀川は立ち上がり、炎の倉庫に向かって進む。

「先生！」

「ちょっと、先生」鵜飼が追いついてきて、また犀川の腕を掴んだ。「危ないですよ」

「有里匠幻！」犀川は叫ぶ。

鵜飼は離さなかった。

犀川は、再び咳き込む。

「先生！」

萌絵も犀川の腕を掴んだ。

二人に引き戻され、犀川は後退する。

黒い煙が、上がり切ったシャッタの開口部から、濛々《もうもう》と吹き出している。

倉庫の内部のものがすべて燃えている。

鈍い爆発音。

ごうという火炎の息。

鉄が軋《きし》む悲鳴。

崩れ落ちる響き。

「消防に連絡しました」近藤刑事が三人のところに駆け寄ってきた。

それから、しばらくの間、犀川は動かなかった。

すべてが煙になって空に上っていく。

すべてだ。

その煙を見逃してはいけない、と犀川は思った。

見届けなければ……。

「先生、大丈夫ですか？」

犀川はやっと鵜飼の顔を見た。もう、誰も犀川を拘束していない。

「ありがとう、もう大丈夫」

犀川はそう言って息をついた。

最初から平均的には大丈夫だったし、最初から大丈夫じゃない一部を抱えているんだ、と彼は思った。

鵜飼と近藤が、犀川を不思議そうに見ている。

「西之園君は？」犀川はズボンを払いながらきいた。

「先生の車を退避させています」

鵜飼が指さした方に目をやると、黄色い車がバックして数十メートル先のところに移動していた。ちょうど、彼女が運転席から出てくるところだった。

犀川は深呼吸してから、そちらに歩いていく。

目はもう大丈夫だったが、喉が少し痛かった。

「新車ですものね」萌絵は、犀川が近づくと微笑んで言った。

「ありがとう」犀川は煙草に火をつけながら言う。

「こんなときに吸うんですか？」

「禁煙でなければ、どんなときだって」

「私にも一本」

犀川は煙草を萌絵に渡し、彼女がくわえた先にライタで火をつけてやる。

「先生、何をぐずしていたんですか？」萌絵が急に心配そうな表情できいた。

「火を、消そうと思った。たぶん……」犀川は答える。「消火器が使えなかったから、バケツに水を汲んで……」

「そんな不合理なこと、よく思いつきましたね」萌絵は微笑もうとしたが、今にも泣きだしそうな目だった。

「ああ」犀川は煙を吐きながら頷く。「よく思いついたもんだね」

煙草は美味くなかった。

近所の人々が火事に気がついて集まってくる。消防車のサイレンが遠くから聞こえた。

「彼の最後のマジックは綺麗だった」犀川は囁く。「炎の色の変化が仕込んであったようだ」

「大丈夫ですか？　先生」萌絵が片手を出して、彼の躰に触れようとする。「どうかしちゃったみたいでしたよ。どうして、有里匠幻だなんて、叫んだんです？」

「ラスト・イリュージョンだ」

犀川は苦い煙を吐く。

そう、これが、ラスト・エスケープだった。

「最後の脱出だったね」

「ええ」萌絵は頷き、俯き加減になる。「私たちに、見せたかったのですね？」

「本当に綺麗だったなあ……。まるで……」

「花火みたいに？」萌絵が代わりに言う。

「いや」

「信号みたいに？」

「信号？」

「じゃあ、何です？」

「忘れた」

「あの、先生。私、怪我をしてるんですけど」萌絵は犀川に躰を寄せて言う。「それに車もないの」

「君こそ、どうかしちゃったみたいだね」

「先生、もう帰りましょうよ。送ってもらえるでしょう?」

「うん」犀川は返事をした。その返事の反対語は何だったか、忘れてしまっていた。

消防車がようやく到着する。

彼は燃え上がる倉庫をもう一度見た。

小学生のとき初めて見た試験管の化学溶液をふと思い出す。

透き通った色。

セロファンの色。

炎の色。

何色の煙に乗って、彼は天に上っただろう。

13

犀川は初めて自分の新しい車を運転した。

助手席の萌絵は大人しい。何もしゃべらなくなった。さすがに疲れている様子である。

来た道を戻った。ときどき、道順がわからなくなって、ナビゲータの彼女に指示を仰ぐ。細い田舎道を抜けて、再び古い屋敷の前に到着した。

パトカーが三台、それに黒いワゴン車が一台、用水路の傍に駐車されていた。犀川たちが車から降りると、ネクタイをした三浦刑事が近づいてきた。

「あ、犀川先生の車ですか？　替えられたんですね？」三浦が新車を見て低い声で言う。

「ええ、壊れましたので」

「これ、外車じゃないですか。しかし、黄色とは、また……」

「いけませんか？」

「鵜飼から連絡が入ってます」三浦は鋭い目を犀川に向け、それから萌絵の方を一瞥する。「向こうは大変だったそうですね。西之園さん、怪我は大丈夫ですか？」

「私がしっかりしていれば、あんなことにならなかったんです。申し訳ありません」萌絵は神妙な表情を見せる。

「見つかりましたか？」犀川はきいた。

「ええ」三浦は屋敷の方を振り向いてから、口もとを上げた。「先生たちも、ご覧になりますか？」

「遠慮します」犀川は片手を広げる。「見たくありません」

「私、見てこようかしら……」

「棺ごとです。それも、ほんの浅いところでした」三浦は言う。

「間違いないですか？」犀川は煙草を取り出しながらきいた。

「ええ、有里匠幻の遺体です。間違いありません」

三人は、小さな石橋を渡り、屋敷の門のところまで歩いた。中庭には、大勢の男たちがいる。柿の木の下に、掘り出したばかりで土で汚れた棺が置かれていた。カメラを持った男がシャッタを切っている。

視線を上げると、黒い瓦屋根の上に白い鳩がとまっていた。

犀川は鳩を数えながら、煙草に火をつける。

「犀川先生……、結局のところ、どういうことだったんですか？」三浦は尋ねた。

「西之園君にきいて下さい」

三浦は萌絵の方を向く。

「そうですね……」彼女は小首を傾げ、口を小さく窄《すぼ》めた。「今晩、私の家でお話ししましょうか」

「え？　どうしてです？　今じゃ、駄目なんですか？」三浦は萌絵をじろりと睨む。

「話が長くなりますよ」萌絵が嬉しそうに微笑んだ。「それに、私、少し休んでからが良いですし……」

「私は、これから菊地製作所の方に行かないといけません」三浦は時計を見ながら言う。

「今、簡単に説明して下さい」

犀川もつられて自分の時計を見た。五時半だった。

「だ・め・です」萌絵は目を半分閉じて、ゆっくりと首をふる。「これはとても重要なことなんです。皆さんに集まってもらって、私が説明しますわ。三浦さん、私……、私ですよ、犀川先生じゃなくて」

「わかりました」三浦は微笑んで鼻息をもらした。「じゃあ、そうですね、今夜十時では？」

「はい」萌絵は機嫌良さそうに頷く。「あ、叔父様も呼ばなくちゃ……」

「本部長はお忙しいですよ」

「いいえ、絶対みんなに来てもらいます」萌絵は両手を合わせて、目を細めて上を向いた。

「嬉しい……。やっと、私の番になった」

犀川は煙を吐き、ゆっくりと振り返った。

屋敷は古く、見る価値のある造形だった。敷地に対して、家屋の配置はゆったりとして余裕がある。建物自体もなかなかしっかりとした造りのようだ。門も木材が太く、無駄な装飾を排除した力強さが感じられる。土壁は少し剝《は》げ落《お》ちているが、多少修復すれば、くっきりとした引き締まった雰囲気を取り戻すだろう。注意深く見れば見るほど、心の通ったデザインの立派な屋敷だということがわかる。建築は主を映すものだ、と犀川は思った。都会からほんの少し離れた場所に、まだこんな質実な日本建築が残っているのだ。

黒い柱と白い壁。門にかかった表札も、年月を感じさせる色合いだった。

その表札に書かれた、この屋敷の主の名は、原沼利裕。

千種セレモニィホールの運転手である。

それが、たった今、美しい火炎の中で自殺した男の名前だった。

14

イリュージョンは終わった。

犀川は車を運転して、那古野市内に戻る。助手席に座っていた西之園萌絵は、あちらこちらに電話をかけていた。今晩の十時から開かれるプライベート・パーティに招待する客に連絡を取っているのだ。

電話をするところがなくなると、彼女は大人しくなった。

道は渋滞している。

東山にそびえ立つペンシルタワーが、ほぼ水平に届く夕日を反射していた。那古野市内で、毎日一番長く太陽を見ることができる建築物である。

犀川たちのところからは太陽はもう見えない。テールランプを点灯した車が大半だった。

「奥様が可哀想だった……」萌絵はしばらくして囁いた。「とっても優しそうな方でした。

私の怪我の手当てをして下さったんですよ」

「夫人は、何も知らなかったようだね」

「目が見えないの」

「ああ、なるほど……」

「あの家庭こそ、彼のステージだったんですね」萌絵は言う。

犀川は頷いた。彼は、まったく同じことを話そうと思っていたのだ。萌絵が口にした表現まで、ウイリアム・テルの放った矢のように、驚くほど精確に同じだった。

「どこへ向かっているんです？」

「え？」犀川はきき返す。

「先生、お食事はどうしますか？　諏訪野に電話して用意させましょうか？」

「いや、どこかで食べていこう」

「じゃあ、ドーナッツかハンバーガかスパゲッティですね？」

「あと……、カレーライスか」

「そうですね、軽いものが良いですよね」萌絵は腕組みをする。「えっと、トンカツは？」

「軽くないよ」

「じゃあ、味噌煮込みうどん？」

「わざと外しているね」

N大のそばのファミリィレストランに犀川の車は入った。結局、お馴染のパターンだった。

犀川はお気に入りのチキンカレーを、萌絵は、キャンペーン中だったシーフードのマレーシア料理を注文した。店は混雑していて、いつも座る窓際のテーブルは空いていなかった。

「先生は、いつからわかっていたのですか?」萌絵はウエイトレスがメニューを下げると、テーブルに身を乗り出して尋ねた。

「さあ、いつからかな……」犀川は頬杖をつく。「でも、鳩を数えたあと、潜水夫を数えたからね」

「潜水夫? 何人でした?」

「五人」

萌絵は両手をチューリップのように広げて、そこに小さな顔をのせていた。犀川をじっと見つめている。

犀川は小学校四年生のときの冬休みを思い出した。図画工作の宿題で木版画を作らなくてはならなかった。画用紙の絵のように描き直しができないので、どんな絵を彫ろうか、幾日も考えたのだ。あの板を残しておけば良かった。目の前の彼女を彫るために……。

内側の犀川が、そんな一瞬の連想をしたが、それは錯覚だ、と外側の犀川が慌てて修正する。

もう一度、萌絵を見る。

彼女はずっと犀川を見ている。

「五人が水に入っていったのですね？」

「そう」

「出てくるときは六人でした？」

「最初は、そうかなって思った。でも、君が研究室に持ってきたビデオを見たかぎりでは、潜水夫は五人しか出てこなかった」

「そんなにまえから？」

「何が？」

「そんなにまえから、わかっていたのですね？」

「いや、証拠はまったく不充分だ。カメラのアングルにもよるからね、はっきりしたことは言えない」

「違います。潜水夫を数えたこと自体、トリックがわかっていたということです」

「数えたのは、ただの癖だよ」

「どうして、わかっていたのに黙ってたのですか？」

「わかっていたわけではない。そういう可能性があると思っただけだよ。それに、極めて非現実的だし、必然性も思いつかない。だいたい、犯人が誰なのかもわからない。そうだろう？」

「それじゃあ、セレモニィホールのときは？　あのときは、どう考えたのですか？」

「君がまた貧血で、心配したよ」

「あのときも、すぐに気がつきました？」

「いや」犀川は首をふった。「周りのみんなが、いろいろ考えているようだから、僕はいいやって思った。だけど正直にいえば、確かに、最初の仮説と矛盾しないで現象が説明できるかな、とは少しだけ思った」

「そうでしょう？」萌絵は頰を膨らませる。「あの時点で、先生は犯人を指名できたはずじゃありませんか。違いますか？」

「そうだろうか？」犀川はソファにもたれかかり片膝を軽く抱える。「僕には、全然そうは思えなかったよ。霊柩車の運転手が関わっていることは事実かもしれないが、彼がすべての立案者だとはちょっと考えられない。それが自然で妥当な憶測ってものじゃないかな？」

「うーん、そうか……。そう、ですね」萌絵も頷いた。「でも、私ならすぐに確かめにいきましたよ」

「だから、僕は黙っていたんだ」

萌絵は上目遣いで犀川を見つめ、やがて口もとを緩ませる。

「とにかく、難しい方へ、難しい方へって、考えてしまったんですものね。こんなにストレートだったなんて……」

「マジシャンが多過ぎたからね」

犀川が煙草に火をつけ、それを吸っているうちに、カレーライスが運ばれてきた。

窓の外は上半分が紫色に染まった空、下半分がメインストリートに流れる車のライト。道路の向かい側の建物がシルエットになり、それらの上下を分けている。

少し遅れて、萌絵の料理もテーブルにのった。

「先生、チェスできます?」萌絵はスプーンを左手に持ちながらきいた。

「いや、ルールも知らない」犀川は答える。「僕は、将棋のルールも知らないよ。そうだね、できるのは、オセロくらいかな。でも、きっと君にはかなわない」

「将棋とチェスの違い、ご存じですか?」

「全然違うんじゃないの?」

「将棋は、相手から取った駒を使えるんです。それも、突然、どこにでも置けるんですよ。東洋的とは思えない発想でしょう?」

「ああ、そうらしいね」犀川は笑った。「こんなこと常識なのかな。でも、実際、僕は知らない。将棋の駒って裏返ったりするみたいだね。裏に赤い字が書いてあるだろう? あれは何の意味?」

「本当に知らないんですか?」萌絵は白い歯を見せて、目を細くする。

「将棋の駒は大きさは違うようだけど、全部、同じ形状をしている。チェスは形が違うね。それに、将棋の駒には、名前が書いてあるよね。つまり、書いてある文字が、その駒の位だし、能力なんだろう？　これは極めて東洋的な、いや、漢字を使う文化圏の思想だ。漢字は、言葉を表記するという文字本来の機能を超えた能力を与えられている」

「シンボルですね？」

「そう、人間はシンボルによって思考する」犀川は微笑んだ。「言葉や文字で思考するのではない。言葉も文字も、シンボルの一部でしかない」

「ものには名前がある、という意味は？」

「人間のすべての思考、行動……、創造も破壊も、みんな名前によって始まる」犀川は答える。「ヘレン・ケラーを知っているだろう？　三重苦の。ものの心がつく以前から盲目で耳も聞こえなかった人が、何を最初に理解したと思う？　そういう人に言葉を教えるには、何が必要だろう？」

「実物に触れさせて、言葉を感触で教えたのでしょう？」

「それ以前に、重要なことがあるんだ。それは、ものには名前がある、という概念なんだよ。すべてのものに名前がある、ということにさえ気づけば、あとは簡単なんだ。ものに名前があることを知っている、あるいは、ものに名前をつけて認識するのは、地球上では人類だけだ」

「え？　そうなんですか？」

「犬も猿もイルカも、名詞の概念を持ってない。人類以外の動物が知っているのは動詞だけだ」

「いいえ、うちのトーマは知ってるわ。だって、彼、トーマっていう自分の名前がわかるもの」

「トーマという音を、自分の名前だと認識しているんじゃない。トーマという音は、こちらへおいで、という信号、あるいは、命令形の動詞なんだ」

「そうかなあ」萌絵は上を見る。「じゃあ、ご飯、というのは、ご飯を食べる、という動詞なんですね、犬にとっては」

「動詞を切り離して、目的物だけを抽象化することは、極めて難しい。名詞は言葉の中で、格段に高レベルな概念なんだ。名詞の概念を理解するためには、桁違いに高い分解能を有する頭脳が必要になる。人類だけがそのレベルに到達した。それが偉いとか、高等だといっているんじゃないよ。ただ、分解能が高い、ビットが多い、という意味だ。色を識別できるのも同じ理由だね。この高分解能に支えられた人間の思考だけが、名詞を作り出す。それは、概念を拡張したり、縮小したり、あるいは分解したり、統合したりして、次々に新しい言葉を作り出す。名詞の独立によって、動詞や形容詞は統合され、あるいは分化される。これが、組織化された言葉だ。人は、ついには、その名詞のために生きることになるんだ」

「自分の名前ですか？　自分の名前のために生きるなんて、芸能人か政治家のようですね。名誉欲みたいで、あまり好きじゃありません」

「では、君がどんどん賢くなって、立派な人格になって、君が望むとおり成長したとしよう。それで、君の姿形が変化するかな？」

萌絵は眉をひそめ首を傾げる。

「外的に変化するのは、君の西之園萌絵という名前の概念だけだ。少なくとも、外部から観察した場合、具体的な変化はそれしかない。つまり、君は、自分の名前の概念を変えるために生きていることになる」

「それは他人の評価です」

「自分の評価も同じだ」

「それじゃあ、反対に……、たとえば、犯罪者になっても、その名前が汚されるだけですか？」

「そのとおり」犀川は頷いた。「まったく、そのとおりだ。本人の人格を汚すことは不可能だ。どんな法律も人格を裁くことはできない。名前を裁くんだよ」

「でも、刑務所に入れられたり、死刑になったりしますよ」

「それは別の問題だ。今話していることとは、次元が違う。肉体的な制裁は、社会の全体意志を守る幼稚な約束行為に過ぎない。損害保険みたいなものかな。殺人犯を死刑にしても、その人間の人格には何のダメージも与えられない。ダメージを与えた、という印象が社会に残るかもしれないけど、完全な幻想だろう。それに、そうする以外に、後続の犯罪者の抑止ができない。これは、極めて楽観的で希望的、しかも稚拙な観測だ。過去の犯罪者の肉体を拘束し、その肉体を消去する以外に、未来の犯罪者にダメージを与える手段がないんだ。そのこと自体が、名前の活動をやめさせることが、根本的に不可能だという事実の裏返しだね。逆説といえる」

「わからない」萌絵は首をふった。「理解できません。先生がおっしゃっていることがわからないわ」

「言葉自体が名前だからね」犀川は微笑んだ。「ごめん、ちょっとしゃべり過ぎた。君に理解できるように話せないのは、僕の能力不足に起因している。どんな場合にも、受け手に責任はない」

「いつか、私にも理解できるかしら？」

「できる。僕も、いつかちゃんと説明できるようになるだろう。この楽観視が、いわゆる、生きる望みと呼ばれるものだ」

萌絵はくすっと笑いながら、料理を口に運んだ。

「原沼さんは、有里匠幻という名前のために、今回の事件を計画したのですね？」

「そう。彼は、有里匠幻の名前を愛していた」

「ええ、なんとなく、私も、それは理解できるんです。でも、異常なファンというには、筋道がしっかりとし過ぎています」

「信じられないかもしれないけど、名前を愛することで、彼自身が有里匠幻になったといって良い。彼は、本ものの有里匠幻以上に、有里匠幻の名前を愛した。これは、ファンではない。彼自身が有里匠幻だったのと同じことなんだ」

「だから、あのとき、先生、有里匠幻の名を叫ばれたのですね？」

「うん。でも、気がつくのが遅かった」

15

西之園萌絵のマンションに到着したのは七時過ぎだった。犀川は大学の仕事を放り出してきたままだったので、萌絵の部屋でマッキントッシュを借りて、大学のシステムにログインした。驚いたことに、萌絵の愛用しているマックは、骨董品ともいえる旧型だった。何年もまえの古いバージョンのOSで、その懐かしさに犀川は一人で微笑んだ。浪費家の彼女にしては、なんとも珍しい。しかし、彼は理由をきかなかった。

犀川はメールを読み、それらに返事を書いた。大学の自分の部屋のマックからファイルを引き出して、それを手直しして発送した。三通のうちの一つは、相手がインターネットに接続していない部署だったのでファックスで送ることにする。一時間ほどでこれらの仕事が終わった。

犀川は萌絵の部屋に入ったのは初めてだった。壁は白っぽいクロスで明るい感じだったが、特に広くはない。ベッドとライティングビューロ、小さなソファ、それに小さな鏡台。奥にクロゼットがあるようだ。おそらく、そちらが広いのだろう。

彼は遠慮して煙草を我慢していた。

萌絵は、三十分ほどまえに、シャワーを浴びると言って出ていったまま、帰ってこない。マッキントッシュをシャットダウンする。

犀川はすることがなくなって、立ち上がった。

ベッドの横で眠っていたトーマが、顔を上げて犀川の方を見た。

時刻は八時を過ぎている。

この部屋には、彼女の両親の写真はなかった。いや、どの部屋でも、それを見たことはない。亡くなった両親の写真がないというのは、普通のことだろうか。もちろん、普通でも普通でなくても、特に意味はない。

煙草が吸いたくなったので、部屋を出る。廊下を戻り、広いリビングまで来る。後ろからトーマがついてきた。

「なんだ、眠っていたんじゃないのかい?」犀川はトーマに言った。犬を相手に話しかけるなんて、何年ぶりのことだろう、と思った。

リビングは正方形で広い。深い絨毯は市松模様である。この部屋は建物の角に位置するため、壁の二面が大きな窓だった。二十二階の高さは、周囲のビルを圧倒していて、ずっと遠くまで、街の明かりが見渡せる。

煙草に火をつけ、あと二時間近く、何をしようか、と考える。実はそんなことは考えていない。窓際に立って外を眺めている自分が、ガラスに映っていた。

三十五歳。人生の半分か、と思う。

あとはもう壊れるばかりだ。

現に、この数年間でずいぶん弱くなったような気がする。

彼女の影響だろうか……。

何人かの犀川が抗議する。

しかし、一番気の短い真ん中の犀川は黙っていた。

今日はやけに大人しいじゃないか。

そう、最近、彼は大人しい。

いったい誰が、彼を調教したのだろう？

あんなに乱暴で、手に負えなかった奴なのに。

防御手段は、どんどんバージョンアップするのに、防御されている本体が不明確になる。

果実だって、殻が強く硬くなったときには、実は腐っている。それと同じ。社会や国家の成長だって、同じだ、と妙に納得する。

おそらく、摂理《せつり》。

きっと、合理。

彼女とは、誰のことだ?

中心の犀川が一言だけ、疑問を投げかける。

彼女?

真賀田四季《まがたしき》か。

西之園萌絵か。

トーマがまた仰向けになって眠っていた。

表面の犀川は、テーブルまで煙草の灰を落しに戻ったが、内部の犀川は、まだガラスに映った自分の殻を見ている。

「そうか……」犀川は独りで呟いた。

これと同じことが、原沼利裕……、いや、有里匠幻にも、起こったのだ。

(きっと、そうだ)

窓際に立っている犀川だけが、それに気づいた。

16

萌絵がリビングを覗いたとき、犀川はソファに座って居眠りをしていた。トーマだけが彼女に気がついて、顔を上げる。

時刻は九時を回っていた。もうすぐ大勢のお客がやってくる時刻だ。

彼女は何を着ようか、と考えた。諏訪野はキッチンで支度をしているだろう。彼に相談するために、彼女は螺旋《らせん》階段を下りていった。

「おや、お嬢様」諏訪野は萌絵の姿を見て言った。「犀川先生は、いかがなされましたか？お茶でもお持ちいたしましょうか？」

「先生はリビングです。今、ちょっとお休みになっています」

「犀川先生とお話をなさっていらっしゃるものと、思っておりましたが？」

「いえ、私は、お風呂」萌絵は言う。「ねえ、諏訪野。何を着たら良いかしら？」

「お召しものですか？」諏訪野は驚いた顔を萌絵に向ける。

「ええ……、そうです」

「これはこれは……、お珍しいことを」諏訪野はにっこり笑う。

「そうかしら……」

「承知いたしました。少々お待ちいただけますか。ええ、諏訪野にお任せ下さい」

17

犀川が目を覚したのは、ちょうどリビングに西之園捷輔が入ってきたときだった。

「こんばんは。犀川先生」西之園捷輔は上着を脱ぎながら微笑んだ。「いつも、萌絵がお世話になっております」

犀川は慌てて時計を見た。九時四十五分。一時間以上眠っていたことになる。

「話は三浦君から聞きました」西之園捷輔はソファに座った。「どうやら、またご面倒をおかけしたようですな」

「あ、いえ」犀川は姿勢を正した。「違います。今回は、すべて彼女が……」

諏訪野が現れて、琥珀《こはく》色の液体に氷の浮かんだグラスを、捷輔のテーブルの前に置く。

「先生は、何がよろしいでしょうか?」諏訪野は犀川にきいた。

「僕は、ウーロン茶を」

「萌絵は、どうした?」西之園捷輔は振り返って、部屋を出ていこうとする諏訪野にきいた。

「まもなく」彼は軽く頭を下げる。

次にやってきたのは、三浦、鵜飼、近藤の三人の刑事たちだった。彼らは西之園捷輔警視監に挨拶し、諏訪野が用意した飲みものも、立ったままで受け取った。

有里ナガルと有里タケルが部屋に入ってきたときには、全員が少し緊張した表情になった。二人は部屋の豪華さに驚き、顔見知りの刑事が何人もいることに苦笑した。

「ちょうど、また那古野に来ていたものですから」有里タケルは犀川の近くにやってきて握手をする。「あの、事件が解決したって聞いたんですが、本当なんですか？」

「たぶん」犀川は答える。

諏訪野は、カウンタで飲みものを用意してから、手際の良い動作で客にグラスを手渡し、テーブルの上に幾つかの皿を並べた。犀川にはよくわからない食べものが多かった。

浜中深志が入ってきた。一瞬、自分が場違いなのでは、と思ったのだろう。彼は、立ち止まって一人一人を素早く見てから、救いを求めるように犀川の近くに歩み寄ってきた。

「来なきゃ良かった」浜中は犀川に囁いた。「断れなかったんですよ。だって、西之園さんが強引で……」

「一人？　村瀬さんとかいう女の子は？」

「ええ、西之園さんにも連れてこいって言われたんですけどね、こんな時間ですよ。彼女、女子寮だし……」

浜中は犀川のソファの後ろに立った。犀川の横には三浦刑事が座っている。テーブルの向かいのソファには西之園捷輔が一人、窓際には、鵜飼と近藤、窓と反対側にあるバーのカウンタに二人のマジシャンが、そして、諏訪野はそのカウンタの中にいた。

「こんばんは」

西之園萌絵がドアを開けて入ってきた。

座っていた者は犀川以外、全員が立ち上がった。彼女は、濃紺のロングドレスだった。

「怪我は大丈夫かね?」西之園捷輔が片手を姪に差し伸べて言う。

「ええ、叔父様。ありがとうございます」萌絵は捷輔の手を取って上品に微笑んだ。「本当にお忙しいところ、申し訳ありませんでした」

萌絵は、二人のマジシャンの方を向く。彼女は、いつもとは違ったギア比で動いているようだ。何気なく顔を向けるだけの仕草も、見事に優雅だったので、犀川は、西之園家の懐かしい過去を思い出した。

「驚きましたよ。西之園さん」タケルが白い歯を見せながら、ひきつった笑顔で言った。

「いやあ、貴女、いったい……、何者なんです?」

「こんばんは。ようこそおいで下さいました」萌絵が僅かに膝を折り、エレガントな挨拶をする。

「これ、何かのショーですか?」タケルの後ろにいたナガルが笑いながら言う。「いえいえ、何だってかまいませんよ。もう充分、ここへ来た元はとれましたから」

「ええ、もう……」萌絵は首を傾げて言う。「あちらこちらに、内緒のカードが隠してありますのよ」

次に、萌絵は鵜飼と近藤にも微笑みかける。窓際に棒立ちの彼らは子供のように緊張し、顔を赤らめて目を大きくするだけだった。

彼女は部屋の中央に戻ってきた。

「いかがです？　三浦さん」萌絵は三浦刑事に言う。

「何がですか？」三浦は銀縁のメガネに片手をやって、彼女にきき返す。

「私のドレス……。是非、一度、三浦さんにおききしたかったのです」

「どうして、私ですか？」三浦は苦笑した。「いえ、お綺麗ですよ」

「まあ、どうしましょう」萌絵は両手を頬に当てて、大げさに驚く表情をつくった。「これは予想外。三浦さんという方が、まだまだ、私には、よくわからないみたい」

「いや、別に……、このままの男です」三浦は渋い顔をする。

「犀川先生」萌絵は、ソファに座っている犀川にようやく視線を向ける。彼女は、含みのある表情で、犀川に片手を差し出した。

「お綺麗ですよ」犀川は三浦と同じ口調で言った。

誰かが笑ったが、萌絵は犀川を見たまま、視線を逸らさない。

「皆さん、お聞きになりました？」萌絵は大きな声で言った。

今度は全員が笑った。

「浜中さん、聞こえましたか?」萌絵はソファの後ろに立っている浜中を見る。「犀川先生、今、何ておっしゃったかしら?」

「知らないよ、そんなこと……」浜中が苦笑いしながら答える。「どうかしてるよ。西之園さん」

「先生の横に座ってよろしい?」彼女は三浦を見て言う。

「ああ、どうぞ……」三浦が横にどいて、広げた片手でソファを示す。

彼女は犀川の横にゆっくりと腰掛けた。

「西之園君、その服装は歩きにくそうだね」萌絵は犀川の耳もとで囁いた。「先生、そう言おうと思っていらっしゃるでしょう?」

「思ってない」犀川は首をふった。

「嘘……」

「あのね、僕だって、多少は学習するんだよ」

「それじゃあ、もっと教育すれば良かった」

向かいのソファで西之園捷輔が咳払いをした。

「叔父様、あと少しだけ待っていただけます?」萌絵は叔父を見ないですぐ言った。

「ん? ああ、私は何も……別に……」捷輔はまた小さく咳払いをする。

諏訪野が萌絵の前のテーブルにグラスを運んできた。

「ねえ、先生……。もう一度、さっきの台詞をおっしゃって」

「何の台詞？」

「このドレス、いかが？」

「歩きにくそうだね」

「違います」

「悪くない」犀川は萌絵から視線を逸らし、胸のポケットから煙草を取り出した。「その場の雰囲気に溶け込まないものが、僕は嫌いじゃないからね」

萌絵は笑みを浮かべたまま、ゆっくりと左右に首をふった。

「みんな、待っているんだよ。西之園君……」犀川は煙草に火をつけながら言う。「そろそろ始めた方が良いと思うけれど」

「先生がスイッチを入れてくれなきゃ、私、何もしゃべりませんから」

既に、他の男たちは二人から視線を逸らしていた。

犀川はしかたなく、萌絵の耳もとに顔を近づけ、彼女だけに聞こえる最小限の声で囁いた。

「最高に綺麗なスイッチだね」

18

西之園萌絵は窓際に立ち、鋭い目つきで全員の顔を見た。

「N大学工学部建築学科四年生の西之園萌絵です。それでは、これから、今回の事件の真相についてご説明したいと思います」彼女は歯切れの良い口調で淡々と話し始めた。「時間が前後しますが、最初に、私が気がついたことは、有里匠幻さんのご遺体が消失したあの事件に関してでした。場所は千種セレモニィホールです。葬儀が行われていた二階ホールのステージ上で棺に蓋がされ、それから、玄関前に駐められていた霊柩車まで棺が運ばれる間に、その中のご遺体が消えてしまいました。皆さん、ご存じのとおりです。これらの観察事象に対して、再現可能な具体的な方法を検討するのが私たちの課題でした。もちろん、いろいろな手法が考えられましたが、どれも充分に納得がいくものではありませんでした。それを行なった動機を棚上げにしても、安全で失敗の確率の少ない方法は思い当たりませんでした。それは、何故でしょう？　どこかに見落としがあったでしょうか？」

彼女は片肘をもう片方の手で押さえ、人差指を頬の横で立てた。視線は市松模様の絨毯に向けられ、まるで、チェスの次の手を考えているような真剣な表情だった。

「有里ナガルさんは、私におっしゃいましたね。もし自分があのマジックを仕掛けるとしたら、人形を棺の蓋に隠す、と……。そう、これがキーポイントでした。もう半分正解だったのです。もちろん、あのとき、実際の棺の蓋は、人間を隠せるような厚さはありませんでした。だから、私は、ナガルさんの言葉をそのときは聞き流してしまったのです。ええ……、でも、私たちは見落としていました。実は、もう一つ箱があった。皆さんは見ていたのですよ」

「箱？　もう一つ？」鵜飼がきょとんとした顔で繰り返した。

「棺は一度、その箱の中に入っているのです。浜中さん、わかりますか？」

「え？　僕？」浜中は飛び上がるほど驚き、真っ赤な顔で首をぶるぶるとふった。「西之園さん、勘弁してよ」

「霊柩車です」萌絵は真剣な表情を変えずに続ける。「あの霊柩車の中に一度、棺は入りました。つまり、あの霊柩車こそ、大きな箱だった。マジックの箱だったのです。葬儀のあとで、霊柩車に棺を入れるという行為が、あまりにも自然な流れだったので、誰も疑わなかった」

「いやあ、けっこう疑いましたよ、僕ら」近藤が高い声で言う。

「いいえ。霊柩車に仕掛けがあると考えただけで、あれがただの箱だとは認識しなかった。マジックの仕掛けは、シンプルなほど見破られないのです。人は複雑な仕掛けを発見しようとして、単純なものを見逃すのです。犀川先生、そうではありませんか？」

「さあ……」犀川は微笑んだ。「西之園君、こういうの、向いてるね」

「ありがとうございます」萌絵は澄まして軽く頷いただけで、やはり、にこりともしない。

「さて、棺はあの霊柩車の中に入れられて、そのあとで、空っぽになりました。それが、私たちが見た、そのままの観察結果です。素直に考えれば、つまり、ご遺体は、霊柩車の中で棺から出されたことになります。そして、霊柩車の蓋に隠された」

「霊柩車の蓋?」浜中が顔をしかめる。「何のこと? 蓋って」

「しかも……」萌絵は続ける。「いつまでも隠してはおけませんから、中から、別の形で出てきたのです」

浜中は彼女の顔を見つめている。彼は眉を顰《ひそ》め、考えている様子だった。

「これが、私が気がついたトリックです。簡単です。とても実行が簡単なのです。普通ならすぐに気がつかれてしまう非現実的なトリックですが、これが成立した条件として、周りにマジシャンがいて、どこかに大きな仕掛けがある、と思わせる場の雰囲気が必要でした。この事件そのものが、最初からそんな条件のもとにあったのです」

萌絵は少し歩いて移動した。ドレスを着た彼女はいつもの歩き方ではなかった。犀川は、彼女がハイヒールを履いていることに気がついた。

「さて、霊柩車からは、遺体は発見されていません。もちろん、どこにも仕掛けはなかった。一方で、あの車から出てきた唯一の人物は、運転手の原沼さんでした。霊柩車は、棺が載せられてから、しばらくして動き出し、すぐに停車します。彼は運転席から降りてきました。もしも、彼自身が人形だったら……、もしも、彼自身が有里匠幻の遺体の役をしていたのなら……、最も単純な仕掛けで、あのイリュージョンを実現できるのです。これ以上に簡単な手法はないでしょう？」

彼女は少し言葉を切った。

部屋は静まり返り、誰かが動かしたグラスの氷だけが小さく鳴った。

「霊柩車の後部は、外から中が見えません。運転席はどうでしょう。あの炎天下です。フロントガラスにはサンシェードが置かれていたことでしょう。蛇腹になったボール紙製の日除けのことです。サイドウインドウはスモークガラスでした。つまり、運転席も外からはよく見えなかった。あの車は、葬儀の始まるまえから、あそこに駐まっていたのです。霊柩車に、原沼さんが乗り込むところを誰か見ましたか？　彼はずっと乗っていたのでしょうか？　エンジンはかかっていませんでした。エンジンがかけられたのは、棺が入れられたあとです。クーラを効かせるためにずっとエンジンをかけっぱなしだったわけではありません。私は、あのとき、ストップランプがついてから、エンジンが始動したのを覚えています。少なくとも、棺を載せるときはエンジンは止まっていました。黒い車ですよ。室内は暑かったでしょうね。でも、誰も乗っていなかったのなら問題はありません。そう、事実、運転席には、誰も乗っていなかった。原沼さんは棺の中にいたのです。彼は、有里匠幻のメークをして、有里匠幻の遺体に化けていました。そして、霊柩車まで運ばれる途中、棺の中でメークを落し、棺が霊柩車に載せられ、後部の扉が閉まると、すぐに棺から出て、急いで運転席に座ったんです。いかがですか？　とんでもない子供じみたトリックではありませんか？　有里匠幻の遺体は、真っ黒な服装でしたね。大胆にも、原沼さんはそのままの服装で、車から出てきたんですよ。それなのに、誰も気がつかなかった。皆さん全員が、同じような黒い服を着ていましたからね」

「あの、髭はどうしたんです？　原沼利裕は、顎鬚が……」鵜飼が質問する。

「もちろん、今回のトリックのために、彼は自慢の髭を剃っていたのです。ですから、あの日、運転手に戻ったときの彼は、付け髭だったことになります。髭のない原沼さんは、驚くことに、有里匠幻にそっくりです。歳格好が似ているというだけではありません。これは、何かもっと深い理由がありそうです。自分が有里匠幻に似ていることを、原沼さんは自覚していたでしょう。偶然ではありません。逆に、そもそも、それが、今回の事件の発端といっても良いと思います」

「でも、奴は自宅に帰っても、付け髭だったんですか？」

「原沼さんの奥様は、目が見えないんです」

「西之園君……」犀川が小声で言う。

「犀川先生、ちょっとだけお待ちいただけません？」萌絵は優雅な仕草で、髪を払う。「お願いします。質問は最後ですので」

「いや、質問じゃないよ」犀川は小声で呟いた。

「さて……」萌絵は犀川を無視して続ける。「しかし、この仮説を確固としたものに組み上げるためには、幾つか生じる疑問点を検討しなくてはいけません。まず、原沼さんは有里匠幻の遺体に化けていた、それはいつからだったのでしょう？　前日のお通夜からでしょうか？　それはありえません。いくら似ているといっても、メークをしていなかったら、生死もごまかせないし、別の人間だとすぐ見破られてしまうからです。ということは、遺体にメークがされて、セレモニィホールに運ばれてから入れ替わった、という可能性が大きい。ええ、新しい棺がちょうどそこへ到着しました。有里ナガルさんが用意したマジック用の棺です。有里匠幻さんのご遺体はそちらの新しい棺に移され、空になった方の棺は替わりに運び出された、ということになっていますが、このとき、入れ替わりのチャンスがありました。つまり、ご遺体は、実は新しい棺に移し替えられたのではなく、そのままだった。マジック用の棺を運び入れた人たちが、本ものの有里匠幻さんのご遺体が入った古い方の棺を、そのままセレモニィホールから運び出したのです。そうですね？　有里ナガルさん」

「わかった……。そう、そのとおりです」ナガルが両手を前で広げ、緊張した表情で頷いた。「もう、隠しても無駄のようですね。ええ、西之園さんのおっしゃったとおりです。私はそれを知っていました。それが、匠幻先生のご遺志だったんです。ずっと以前になりますが、先生が冗談っぽく、それをおっしゃったことが一度だけあったのを私は覚えていたんです。葬儀の席上から遺体が脱出する……。有里匠幻の最後のエスケープのために、私は迷わずそのマジック上演を決断しました。これは、もちろん違法です。その覚悟はできていました。私がすべて一人で段取りをして、指示をしました。葬儀のまえに、先生のご遺体を運び出したのです。新しく持ち込んだ空っぽの棺で葬儀をするつもりだったんです」

「ところが、いざ葬儀が始まってみると、棺の中にはちゃんとご遺体が入っていた」萌絵はそう言いながら、ナガルの横まで歩いていった。「運び出したはずのご遺体が、棺に入っていたのですね？　驚かれたでしょう？」

「ええ、確かに……、びっくりしましたよ」ナガルが答える。

「どう思いましたか？」

「タケルかミカルがやったんだと思いました」ナガルは渋い顔をする。「何かやろうとしているな、と思ったんです。だから、黙っていた。私同様、タケルかミカルが、先生のためにマジックをするつもりなら、邪魔をしてはいけないと……」

「それで、あのとき、私に蓋のトリックをお話しになったんですね。やっぱり、ナガルさんは、霊柩車のトリックを見抜いていたわけですね？」

「ああ、そう、そうです。でも、言えない理由があった」有里ナガルは無理に微笑もうとしている。「匠幻先生のご遺体は、滝野ヶ池の奥にある菊地製作所まで運ばれる手筈だった。

そのあとで、ご遺族と一緒に火葬場に行くつもりだったんです。ところが……、あの騒ぎのあった夜に、菊地製作所に行ってみたら……」

「菊地さんが死んでいた」萌絵が代わりに言う。

「ええ、もうびっくりしました。何がどうなっているのか、まったくわからなかった。でも、しゃべったら疑われるに決まっている。とにかく、黙っていようと決めたんですよ」

「僕は、全部ナガル兄さんが、仕組んだことだと思ってたよ」タケルがグラスを傾けながら言った。

「俺は、お前だと思ってた」ナガルが横を向いて、口もとを持ち上げた。それから、ゆっくりと部屋の全員を見回して続ける。「菊地製作所まで匠幻先生のご遺体を運んだのは、私が依頼した業者です。彼らは何も知りません。ただ言われたとおりに所定の場所へ棺を運んだだけのはずです。彼らは倉庫の奥にあった菊地の死体にも気づかなかったでしょう。指示されたとおり、先生の棺をそこに置いて、帰ったんです。でも、あとで私が行ったときには、もう棺はなかった」

「つまり、原沼さんが、それを運び出したわけです」萌絵は言った。「原沼さんは、どこに棺を運ぶのかも、その業者から聞き出していたのでしょう。あの日は、夕方の六時過ぎにはセレモニィホールの社員は解放されました。ですから、時間は充分にあったわけです。原沼さんは、菊地製作所からそれを運び出して、自宅の庭に埋めたのです」

萌絵は全員の間を歩きながら話し、再び窓際まで来ると、そこで立ち止まって小さな溜息をついた。

「遺体を消すという行為が、今回の場合、普通とは意味が違いました。有里匠幻の遺体だったからです。普通に行われる死体遺棄ではありません。何かの証拠を消そうとしたわけではなかったのです。これは、死者に対する追悼に近いものでした。ある意味で、葬儀よりも重要な儀式だったのです。有里ナガルさんも、その意味がわかっていたからこそ、黙秘されていたのです」

「ええ、西之園さんのおっしゃるとおりです」ナガルは項垂《うなだ》れる。「誰がやったことにしろ、うまくいって良かった。とにかく、最高の結果になったとさえ思いました。もちろん、今は、申し訳ないことをしたと思っています。皆さんには本当にご迷惑をおかけしました。ただ、あのときは、先生のために、という一心だったんです」

「だいたい、以上が千種セレモニィホールで起こった出来事の真相です」萌絵は小首を傾げて言った。「ナガルさんは、霊柩車の運転手が遺体に化けていたことに気づいていました。誰かでも、あの運転手、原沼利裕さんが、今回の事件のすべてを行ったとは考えなかった。誰かに頼まれて、人形役を引き受けただけだろう、としか思わなかった。そうですね？」

「もちろん、そのとおりです」有里ナガルが頷く。

「ところが、そうではありませんでした」萌絵は、いつもになく上品に微笑んだ。「何故なら、これと同じトリックが、最初の滝野ヶ池でも使われていたからです」

19

「メーキャップをすれば有里匠幻に化けられる人間がいる、ということは、極めて特殊な条件です」萌絵は理知的な口調で続ける。「最初は考えなかった非現実的な条件といっても良いと思います。しかし、セレモニィホールの遺体消失の手法として、このトリックが使われたとすると、同じ手法を、滝野ヶ池の殺人事件に対しても適用して、再検討する必要が生じます」

彼女は、再びゆっくりと歩きだした。

「当初、滝野ヶ池の事件に関して、私が行き着いた結論の一つは、金色の箱の中に、あらかじめナイフの発射装置が仕組まれていた、という仮説でした。ステージで縛られて箱に入った有里匠幻さんは、その中ですぐに縄を解いて、ステージの中に潜り込みます。その直後に、箱に巧妙に仕込んであった装置がナイフを発射して彼を刺し殺します。そのあと、空の箱は池の上までクレーンで運ばれて、筏の上で炎に包まれてから水に沈む。潜水夫によって、池から引き上げられた箱は、用意されていた別のもので、そこにはナイフの発射装置はない。これが、私が考えついた仮説でした」

「池の中も探しましたよ」近藤が口を挟む。

「探したのは次の日でしたでしょう?」萌絵は余裕の表情である。「池に沈んだままの箱は、あの日の夜のうちに、菊地さんが取りにきて、トラックで運び出した……と、そう思ったの」

「はあ、なるほど……」近藤が高い声を出して頷いた。彼だけは、萌絵のこの仮説を三浦から聞いていなかったようだ。

「けれど、この仮説は間違いでした」

萌絵はテーブルに自分のグラスを取りにいき、一度だけ口をつけて戻した。

「有里匠幻に化けることのできる男がいます。みんなの前でそれがばれないくらい似ている。これはまったく新しい条件です。この条件を適用すると、もう一つの可能性が浮かび上がってきます。つまり、ナイフの発射装置など作らなくても、そんな機械仕掛けに頼らなくても、確実な方法があったのです」

鵜飼は首を捻っている。近藤も口を開けたままで止まっていた。カウンタの近くに立っていた二人のマジシャン、ソファに座っている西之園捷輔、三浦、犀川も彼女を見たまま動かない。

「あの金色の箱に、犯人自身が入っていたのです」萌絵は人差指を天井に向けてふった。「ステージに潜り込んだ有里匠幻を、箱の中から刺して、殺人者はそのまま、箱に入ったまま、クレーンで運ばれて池に沈んだのです」

「まさか……、そりゃないですよ、西之園さん」鵜飼が苦笑しながら大きな躰を揺すった。「だって、ほら、匠幻が入るとき、箱は空っぽだったじゃないですか。犯人がステージの下に隠れていたって言うんですか？　あの狭さじゃ、とても入れ替われませんよ」

「いいえ、違うんです」萌絵は真剣な顔で首をふった。

「それに、箱に入ったまま池に沈んだって、言ったって……。なあ？」鵜飼は横の近藤に言う。近藤は何度も頷いた。

「鵜飼さん、いいですか？」萌絵は説明した。「ステージで縛られて、みんなが見ているところで、あの金色の箱に入れられた人物、あれが原沼利裕さんなんですよ」

「え？」近藤が高い声を上げる。「あれ、じゃあ、本ものの有里匠幻は、初めからステージの中に隠れてたんですか？」

「違います」萌絵は首をふる。「だって、直前まで、間藤社長や吉川マネージャとバスで話をしていたのでしょう？　近藤さん、そうじゃあありません。本ものの有里匠幻さんは、最初から赤い衣裳を着て、クレーンでステージまで運ばれてきたあの金色の箱に入っていたんです」

「ちょ、ちょっと、待って下さい」近藤が眉を顰《ひそ》める。「あれ、えっと……」

「本ものの有里匠幻さんは、箱の中に入っていて、その箱がステージに置かれたとき、すぐにステージの下に潜り込みました。そのときには、ステージの上にいた偽の匠幻さんは、まだロープで縛られているところです。そして、箱の蓋が開けられました。もう中は空っぽになっていますよね。そこへ、今度は偽の匠幻さんが入る。箱の蓋が閉まると、その中で彼はロープを素早く解きます。この時間を稼ぐために、箱の外側では、何重にも鎖が掛けられたり、アナウンサの女性に幾つもの錠前の鍵をかけさせたりしていましたよね。あのとき、殺害が行なわれたのです。箱の中の偽の有里匠幻、つまり原沼利裕さんは、箱の底を開け、ステージ上面の隠し扉も開けて、その下に隠れたばかりの本ものの有里匠幻さんを、上から刺し殺したのです」

「西之園さん。ちょっとよろしいですか?」三浦刑事が片手を挙げて、低い声できいた。「バスで間藤社長たちと話していたのは本ものの匠幻ですよね。すると、どこで偽者の匠幻と入れ替わったのですか?」

「岸辺に駐めてあったワゴン車です」萌絵はすぐに答えた。彼女は浜中の方を見る。「あのとき、浜中さんが村瀬さんとぶつかったところにあったワゴン車。本ものの有里匠幻さんは、本番直前に、上の道路のバスから出てきて、岸辺のワゴン車に入りました。あのワゴン車の荷台には、金色の箱が載せられていました。本ものの匠幻さんはそこで赤い衣裳に着替えて、箱の中に入る。そのワゴン車に最初から乗っていた原沼さんは、有里匠幻のメークをして、銀色の衣裳を着た偽の有里匠幻となって、ステージまで出ていったのです」

「何故、そんなことをしたんだね？」西之園捷輔がソファから質問した。「どうして、そんな手の込んだ入れ替わりを有里匠幻はしたのかね？」

「私の想像では……」萌絵は顎に人差指を当てて天井を見る。「池の筏の上で、一度、あの箱の中から顔を出してみせるつもりだったんじゃあないかしら……。その直後に、爆破が起こって、箱が池に沈んでしまう。見ていた人に与えるインパクトも大きくなります。それなのに、最後には、引き上げられた箱から、真っ赤な衣裳の有里匠幻が現れるんですよ。縛られていたロープも解き、水にも濡れていない姿を現す。もともとは、そんなシナリオだったのだと思います」

「つまり……」三浦が低い声で言う。「二人が入れ替わるのが、そもそもマジックのネタだったわけですね」

「替え玉がいたなんて、知らなかった」有里タケルが溜息をついて言った。「なるほど、先生の幾つかのトリックが、それで理解できる。たぶん、その原沼という男を、昔から使っておられたんですね」

「たぶん、そうです」萌絵は頷き、上目遣いにタケルを見返す。「それがポイントなんです。有里匠幻さんが得意としたテレポートのマジックにも、そっくりさんが必要だったのでしょう。もし、原沼さんがいつも替え玉の役をしていたのなら、原沼さんの髭は、ずっと付け髭だったことになります。あの日、滝野ヶ池のステージに立っていたのは、原沼利裕さんだった。有里匠幻のそっくりさんだったのです」

「あの……」近藤が片手を挙げた。「今の話ですと、ステージの中の匠幻を刺したあと、犯人は箱の中にずっといたわけですよね。そのまま池に沈んじゃったんですか？」

「ええ、そうです」萌絵は頷く。「箱はクレーンで吊られて、筏の上にのせられました。そこで炎に包まれて、箱は水に沈みました。でも、もちろん、あの爆発のまえに、箱の中の原沼さんは、箱の底と、筏に開けられていた穴を通り抜けて、池の中に潜ったのです。たぶん、筏の下に、酸素ボンベとか、潜水用具があらかじめ用意されていたと思います。彼は、それをつけて、そのまま池の中を泳いでいったのです」

「へえ……」近藤が感心したといった表情を見せる。「結構、大掛かりなトリックですね」

「ええ、マジックですから……」萌絵は答える。「池の中で待っていて、潜水夫に紛れ込んで出てくる、という手もあったと思いますが、それは危険です。人数を数えられるとばれてしまうし、服を着替える必要もあります。原沼さんは、衣裳の銀色の布だけを箱の中に残して……、いえ、それは初めから用意されていたかもしれませんね……、とにかく、水中に入って、ずっとそのまま、水面下を滝野ヶ池の反対側まで泳いでいったのです。筏は爆破で壊れてしまいましたから、下に抜けられるような仕掛けがあったことも、わからなくなります。あとは、空っぽの箱が引き上げられ、再びステージに戻ったとき、機械仕掛けで、ステージの下から有里匠幻さんが現れる。その騒ぎで、池の近くにいた人は、みんな北側の岸辺に集まったでしょう。だから、池の反対側で、誰にも見られずに水から上がって、待っていた菊地さんのトラックで逃げ出すことは簡単だったと思います。その頃には、雨が降り出していたかもしれませんね」

「そのあと、原沼は、脱出を手伝った菊地泰彦を殺したんですね？」三浦がきいた。

「はい」萌絵は頷く。「二人は、トラックで菊地製作所に戻り、そこで、原沼さんは、協力者の菊地さんを殺したのです。もともと、菊地さんは、マジックの手伝いをしていたに過ぎません。まさか、殺人の協力をしているとは思ってもいなかったでしょう。夕方にはテレビのニュースで、有里匠幻が殺害されたことが報じられました。ですから、菊地さんがそのことに気がつかないうちに、原沼さんは彼を殺さなくてはならなかったのです。犯行は、たぶん、あそこに二人が到着してすぐのことだったと思います。原沼さんの車は、菊地製作所に駐めてあったのでしょう。彼は、それで自宅まで帰っていったのだと思います」

20

「私のお話しできることは、だいたい以上です」萌絵はそう言うと、部屋の中央に戻り、犀川の隣に腰掛けてグラスを手に取った。

「有里ミカルを静岡で殺したのも原沼か？」テーブルの向かい側に座っていた西之園捷輔が

きいた。

「はい、そうです、叔父様」萌絵は脚を組んだ。「あれは、特に不思議な事件ではありません。ミカルさんは、爆破の寸前に隣のビルに、ロープを使って飛び移っただけです。その屋上で待っていた原沼さんが、ミカルさんを殺したのです。そのあと、ビルの途中のフロアまで下りて、みんなが階段を上がってくるのを待っていました。駆け上がってきたカメラマンたちと一緒に、原沼さんもビルをもう一度上がったと思います。報道陣の中に紛れ込んだのです。カメラくらい用意して、持っていたかもしれません。警察が屋上に上がってくるまえに、何人かの出入りがあったと聞きました。原沼さんは、騒ぎに紛れ込んで簡単に逃げられたと思います」

「飛び移るというのは、どうやったんだね？」西之園捷輔が質問する。

「隣のビルの方が少しだけ高いので、屋上から何メートルかアングルを突き出して、その先からロープを垂らしておきます。その用意が最初からしてあったのです。爆破の寸前に、ミカルさんは、そのロープを自分のベルトに繋《つな》ぎます。西側の窓か、ベランダから出て、ぶら下がったはずです。あとは、ビルが崩れて落下するのを待っていれば良いだけ。目立たない色の服か、シーツを躰に纏《まと》ったかもしれません。砂塵が立ち上って、見えなくなってますから、発見される心配もまずないでしょう。近くに人は一人もいないのですから。そのまま、ロープを滑車で引いてもらったのか、アングル自体が引き込まれたのか、いずれにしても、隣のビルの最上階の窓から入ったのだと思います。彼女はすぐに屋上へ上がり、もとの服装に戻って、アングルなども分解してから、すべて下に投げ捨てました。破壊されたビルの瓦礫に紛れ込ませたのです。ロープだけは、原沼さんが持ち去ったのかもしれませんけれど」

「そのアイデアは私が考えたものです」有里ナガルが言った。「ほぼ西之園さんがおっしゃったとおりですよ」

「何故、原沼利裕は、有里ミカルを殺したんだね?」西之園捷輔は難しい表情で萌絵を睨んでいる。

「はい」萌絵は顎を引いて上目遣いで叔父を見た。「叔父様。その点が、一番、曖昧なところなんです。原沼さん自身が、それを言わないで死んでしまいました。ミカルさんも亡くなっています。私には想像しかできません」

「どんな想像ですか?」三浦が横からきいた。

「ミカルさんは、有里匠幻のマジックに、替え玉が使われていることを知っていたのだと思います。つまり、原沼さんの存在を彼女は知っていた。もしそうだとすると、これは、とても重要なことです。有里匠幻さんは、ナガルさんにも、タケルさんにも、自分のマジックのタネを明かさなかった。でも、ミカルさんには特別でした。彼女のマジックのタネは、すべて匠幻さんが考えたものだそうです。その中には、当然、自分のマジックと似たものがあったでしょう。ミカルさんは、もしかしたら、ずいぶんまえから、替え玉である原沼さんに会っていたのかもしれません。つまり、彼女は、滝野ヶ池の事件でも、セレモニィホールの事件でも、ことの真相に気づく可能性が最も高い人物だったのです。いえ、事実、ミカルさんは気がついていた、と私は思います。ですから、原沼さんは、ミカルさんと取り引きをしなくてはならなかった。ひょっとしたら、彼女は、原沼さんを強請《ゆす》っていたのかもしれません。こんな断片的で、いい加減な想像しかできませんけれど、こう考えれば、少しは納得がいきませんか？」

「なるほど。しかし、それにしても……、何もあんなところで殺さなくても」三浦が低い声でそう言い、鋭い視線を萌絵に向けた。「殺すなら、もっと安全な場所や機会があったはずです」

「でも、あの脱出のとき、原沼さんがミカルさんの秘密の協力者だったことは事実です。彼女は、大掛かりな脱出ショーに挑戦し、スターの座を獲得するために、原沼さんに、協力をさせたのだと思います。それで、隣のビルの屋上に原沼さんが待機していた。ロープを引いたり、最後に装置を落して捨てたり、一人では大変な作業があります。原沼さんは、彼女の脱出を手伝うためにあそこにいました。そこで、そのときがチャンスだ、と考えたのではないでしょうか」

「うーん、まあ、いいでしょう」そう言いながら三浦は渋い表情で引き下がった。

「あの……、動機なんですが……」鵜飼が質問する。「そもそも、原沼利裕が、有里匠幻を殺したり、遺体を盗み出したりしたのは何のためだったんですか?」

「原沼さんは、有里匠幻さんのマジックを手伝っているうちに、自分が有里匠幻だと考えるようになったのです。究極のファン心理みたいなものだといえるかもしれません。彼は、最高にして最愛のマジシャン、世紀の脱出王、有里匠幻に、最後のイリュージョンを演じてもらいたかったのです」

「でも……、滝野ヶ池の脱出は、有里匠幻自身が計画したものですよね?」

「いいえ、鵜飼さん。最後のイリュージョンというのは、千種セレモニィホールでの脱出ですよ」

「え? じゃあ、なんですか……、棺からの脱出をさせたいために、匠幻を殺したんですか?」

「はい。そうです」萌絵は組んでいた膝を抱えた。「彼のセンセーショナルな死を見せることにも、もちろん意味があったと思いますけれど、そのあとで、もっとセンセーショナルな脱出を見せる。原沼さんは、それをしたかったのだと思います。現に、有里匠幻の棺脱出は、日本中で話題になりましたよね。マジックの頂点を究めたわけです」

「そりゃ、異常というよりも……」鵜飼は呟いた。「なんというか……。どうも、僕なんかにはとても理解できませんよ」

「いいえ、私には理解できます」有里ナガルが言った。「おそらく、この計画を聞いたら、匠幻先生は大喜びされたことでしょう。自分の命を引き換えにしても良いとさえ、おっしゃったかもしれません。私だって……、原沼さんに感謝したい」

沈黙の幕が下りたが、諏訪野がコーヒーを持って入ってきた。どこかで話を聞いていたのであろうか、いつも絶妙のタイミングだ、と犀川は感心した。

「とにかく、今回の事件は、マジックショーの最中に起こったんですもの」萌絵はいつもの子供っぽい口調に戻っていた。「何か仕掛けがある、何かタネがあるって、皆さんも考えてしまったでしょう？　私だって、あの箱の中に人が本当に入ったままだなんて考えもしなかったわ。それじゃあ、本当にそのままじゃないですか。あの棺にもきっと何か仕掛けがあると思いました。どこかに仕掛けがある、どこかに隠されているって、そればかり考えちゃったんです。でも、そうじゃなかったの。びっくりするほどストレートだったんです。箱に入ったままだったし、本当に水中に潜ったんです。棺からの脱出だって、蓋を開けて出てきただけなの。たぶん、原沼さんは、私たちがこんなふうに考えることを、全部予想していたのでしょう。マジックの存在自体が、このマジックのミスディレクションになるって、そう考えたのだと思います。替え玉を使うマジックが、そもそも有里匠幻さんの十八番《おはこ》でしたけど、彼はそれを誰にも話さなかった。まるで、最後の最後のマジックのために内緒にされていたみたいですね。替え玉のトリックに気づかせないためには、幾つもの可能性の脇道を用意し、どこかにマジックの仕掛けが存在するように見せる必要がありました。タケルさんやナガルさんがなさることも、きっと原沼さんは予測していたはずです」

「方法はよくわかったんですが、私には、どうも、動機が……今一つしっくりきませんね」

三浦が低い声で言う。「特に、有里ミカル殺害の動機が……」

「僕も、そうです」鵜飼がすぐに言った。

「動機を理解することが重要とは思えません。殺人者の動機を理解すれば、私たちはそれで安心できますか？ 理解することに、どんな意味があるでしょうか？」萌絵は言葉の勢いとは反対に微笑んだ。それは、いつも犀川が言っている台詞だったので、彼女としてはジョークのつもりなのだろう。

「わかった。とにかく、萌絵……、君には感謝しよう」西之園捷輔は小さなコーヒーカップを持ち上げて言った。「まあ、あとは、三浦君たちに任せておけば良い。詳しいことは、おいおい、これからの調査でわかるだろう。これ以上、君は事件に深入りしない方が良い」

「はい、もう、何もするつもりはありません」萌絵は上品な口調で言う。「また怪我をしてしまいましたし、ご心配をおかけしました」

「そう、少しは自重《じちょう》しなさい。いつまでも子供みたいでは困る」

「はい、叔父様」萌絵は微笑んだ。

西之園捷輔は、姪の笑顔に堪えられないといった仕草で、彼女の隣に座っていた犀川に視線を向ける。

「犀川先生は、何かご意見は？」捷輔はきいた。

「このコーヒー、美味しいですね」犀川は、ドアの近くに立っていた諏訪野に言う。

「恐れ入ります」諏訪野は一礼した。

「犀川先生、何かおっしゃって下さい」萌絵が、犀川の膝に手を置いた。「さっきから、ずっと黙ってらして……」

「黙っていろと言ったのは君だよ」

「あ、それに、今日は、煙草を吸われませんね？　どうしちゃったんです？」

「忘れていた」そう言うと、犀川は煙草をポケットから取り出して火をつける。

しばらく全員が黙って犀川を注目していた。彼は煙を吐き出して、部屋を見回した。

「ねえ、ご感想は？」萌絵がきく。

「何の？」

「私のしたお話、事件の真相についてです」

「悪くない」犀川は煙を吐く。

「それだけ？」

「君の説明は、ただ一点を除いて、すべて正しい、と僕は思う」

「え？　何か間違っているところがありましたか？」

「わからない」犀川は口もとを少し上げる。「正解は不明だ。ただ、僕の解釈とは一点だけ異なる、という意味だよ」

「ええ、それはもちろん、私の仮説だって、随所に想像が含まれているわけですし、曖昧な点だってあるわ。これが唯一の正解だなんて思っていません」

「犀川先生、どの点ですか？」三浦が身を乗り出してきいた。

犀川はゆっくりと立ち上がった。

「どちらでも良いことなんですけれどね」彼は小声でそう言った。

犀川は、窓の外を見にいく。

彼は、片手に持った煙草を、指先でくるくると回しながら振り返った。

「僕は……、その……、殺されたのは有里匠幻ではない、と思っているんですよ。まあ、それだけの違いです」

21

「西之園君の説明は、実に端的で、観察された現象をよく説明しています。物理的な意味で矛盾点はないし、どんな手順であの犯行が行われたのかを、彼女は間違いなく言い当てているでしょう」犀川は窓から戻ってきて、もう一度ソファに座り、テーブルの上の灰皿に煙草の灰を落とした。「何も道筋のないところへ、飛躍したように突入する思考方法です。それが、西之園君の持ち味。けれど、直感とか勘とかではない、これは明らかに思考力です。それをまず評価しましょう」

「先生、有里匠幻が殺されていないって、どういうことですか？」萌絵が心配そうな表情で囁いた。

「うん、ただの解釈の問題なんだ。君が間違っているわけではない。これは、正しいとか間違っているという評価ではないんだ」犀川は最後の煙を吐き出してから、煙草を消した。「もしも、ですよ。もしも、殺されたのが有里匠幻ではない、と考えたらどうなるでしょう？」

「でも、間違いなく有里匠幻なんですよ」鵜飼刑事も近くに寄ってきた。

「今回の殺人を行った犯人が有里匠幻だったら、どうなるでしょうか？」犀川は微笑みながら、ゆっくりとした口調で言う。

「犯人が？」鵜飼が唸った。

「犯人が有里匠幻だったら……」萌絵が横で繰り返す。

「その場合……」犀川は脚を組みながら言った。「自分の名前のために殺人を犯し、自分の名前のために遺体を消した。そして、自分を裏切った愛人を殺したことになります。いかがですか？　さきほど納得がいかなくて、保留していたことが、すべてスムーズに流れ出しませんか？」

犀川の言葉を聞いて、萌絵は弾むようにソファにもたれかかった。彼女は腕組みをし、テーブルの上を見据えたまま動かなくなった。カウンタの椅子に座っていた有里ナガルと有里タケルが立ち上がり、部屋の中央のテーブルに歩み寄った。

「どういう意味でしょうか？　犀川先生、それは」有里タケルがきいた。

「菊地製作所で、今日亡くなった方が、有里匠幻ですよ」犀川は答える。「彼は、僕たちに最後のイリュージョンを見せてくれました。あの火炎のマジックは、実に見事なものだった。青から黄色、そして赤に炎の色が変化しました。有里匠幻は、その炎の中で亡くなった。とても綺麗でした」

何かを言おうとして、ナガルが一歩前に出たが、言葉にならなかった。

「あんな見事なマジックを、どうして……」犀川はナガルを見据える。「どうして、偽者の有里匠幻にできたでしょうか？　あの芸当は偽ものではありません。僕はあのとき確信しました。こちらが本ものだったんだってね」

「滝野ヶ池で殺された有里匠幻が、偽者？」萌絵が目を見開く。

「そう」

「でも、先生……。そんな……」

「ご遺体の確認をして、我々も、ちゃんと……」有里ナガルがようやく口をきいた。「匠幻先生を見間違うはずがありません。そんなことは絶対にない」

「残念ですが、僕の認識では……、皆さんがご存じだった有里匠幻が、偽者なんです」犀川は淡々と言った。「おそらく、有里匠幻というマジシャンが生まれたときから、偽者がいたのでしょう。三十年まえのことです。よく似た二人の男が出会います。彼らは、二人で有里匠幻を作ったのです。でも、その話を持ちかけたのは、マジシャンとしての才能を持った、創造できる方の一人、つまり、彼が本ものの有里匠幻です。クリエイティヴな方が本ものでした。彼は、しかし、舞台ではアシスタントに徹した。常に影になり、努めて自分を消し去ったのです。どうです？　これこそ、本もののマジシャンだとは思いませんか？　もう一方の一人、表向きの有里匠幻は、ただの人形でした。言われたとおりに演じ、言われたとおりに振舞った。三十年間、彼らはそうしてきたのでしょう。ナガルさんとタケルさんが会っていたのも、いえ、すべての人間に接していたのは、人形の方の有里匠幻だったのです。有里匠幻さんは、本名は何といいますか？」

「佐治義久です」ナガルが放心した顔つきで答える。

「佐治さんは、ただの人形でした。彼は、ちょっとしたどさ回りの手品師だったのかもしれません。彼を見つけて、コンビを持ちかけた男が、原沼利裕だった。二人は有里匠幻というマジシャンを作った。有里匠幻という名前を作った。でも、やはり、創造していたのは原沼さんの方で、佐治さんは人形でした」

「そんな馬鹿な！」タケルが叫んだ。

「怒らないで下さい」犀川はゆったりとした姿勢で言う。「誰かの名誉を傷つけているつもりは僕にはありません。有里匠幻の名を汚しているわけでもありません。重要なのは、人格ではない、名前なんです。お二人とも、有里匠幻の弟子だったのではないですか？　佐治義久さんの弟子ではなかったはずです。違いますか？」

「先生は偽者なんかじゃない」タケルが息を押し殺して言った。

「待て、タケル」ナガルがタケルを片手で制した。「いや、これは……、何というのか、私の、これまでの、すべての疑問の答のような気がするんだ。ああ、確かに、そう……」

「天才マジシャン、有里匠幻は、天才人形遣いでした。自分の人形を使っていたのです。驚くべきことに、ときどき自分が替え玉の人形となることで、ますます存在を消していた。替え玉が使われるマジックで、観客は一瞬だけ本ものの有里匠幻を見ていたのです。この替え玉の凄さこそ、彼のマジックを一流にしたのではないでしょうか？」

ナガルは大きく頷き、タケルは押し黙った。

「彼には、有里匠幻という名前がすべてだったのです。有里匠幻がビッグになれば、それが彼の欲望を満足させました。これは異常な心理ではない。芸術家だって、政治家だって、誰だってみんな結局はそうではありませんか？　自分の肉体や人格に栄誉が欲しいのではない。自分の名前に与えられる栄誉が、彼らの人生の糧《かて》なのです」

有里ナガルはカウンタに戻った。彼はそこに置かれていた自分のグラスを取り、一気に飲み干す。

「匠幻先生は、私には何も教えてくれなかった。ただ、ステージを見ろ、そして、自分で考えろ、と言われただけだった。確かに、あの人は人形だったのかもしれない。私も、タケルも、ミカルも、人形に教えを乞うていたわけだ」ナガルが言う。大きな両手は、宙をさまよった。「そうだ、そのとおりだ……。なんてことだ。あの人は……」

「偉大なマジシャンだったんですよ」犀川はナガルを見て微笑んだ。「ただ、彼は、若い女性と恋をしたようです。皮肉にも、そのことが、彼の人形遣いとしての存在に矛盾点を見せた」

「ミカルさんとのことね？」萌絵が言った。

「これはすべて僕の想像。僕の勝手な解釈です」犀川は続ける。「原沼さんはミカルさんに出会った。二人の短い恋愛が、きっとあった。でも、ミカルさんから見ると、原沼さんはただの人形でした。彼女には、有里匠幻を名乗る佐治さんの方が本ものに見えた。人形が本ものに見えるというのは、人形遣いが優れている証拠です。でも、ミカルさんは有里匠幻の名前に惹かれた。有里匠幻の名前を作ったのが、原沼さんであっても、それは彼女にはわかりません。これが、人形遣いの唯一のウィークポイントでした。ただ、ミカルさんは、有里匠幻の弟子として、二人に育てられることになった。そうすることが、原沼さんにできる唯一の方法、妥協策だったのでしょう。西之園君の言ったとおり、ミカルさんだけは、有里匠幻が、替え玉を使っていることを知っていました。つまり、彼女は、原沼さんの存在を知っていた。ただし、どちらが人形遣いで、どちらが人形なのかを、彼女は見間違えていただけです。原沼さんは、決して自分が本ものだとは言わなかったでしょう」

犀川は新しい煙草に火をつける。

「これだけの背景を想像すれば……、いや、イメージではなくて、クリエイトの方の創造でしょうか。とにかく、このイリュージョンを思い浮かべてみて下さい。これで、西之園君が話したさきほどの仮説は、さらに強固になるでしょう。有里匠幻は、自分の名前のために、そして、自らの矛盾を消すために、人形を始末し、人形を消し、人形を愛した女性を殺したのです」

「皆が私の名を呼ぶかぎり……」萌絵が顔を上げて囁いた。「あ、だから……、先生はあのとき……」

沈黙が、放たれた網のように覆いかぶさる。

犀川の左手から、煙草の細い煙が漂い上っていた。

有里タケルは、静かに部屋の隅に歩いていく。そして、壁の方を向いたまま、肩を震わせた。

「見事なイリュージョンでした」犀川が言った。

萌絵は口もとを押さえている。

しばらく、誰も動かなかった。

「なるほど……」三浦がメガネを外して頷いた。

「あの古いお屋敷でも、原沼さん……」萌絵が小声で言う。「いえ、有里匠幻さんは、奥様にも秘密で、自分が本当の有里匠幻だということを隠して暮らしていたのですね？　いくら奥様の目が見えないからといって、そんなことができるものかしら？　とても信じられない、そんな生き方ができるなんて……」

彼女は潤んだ目に手を当てる。

「あれだけのことをした人物だからね」犀川は少し微笑んだ。「君が言ったように、彼にとって、あの田舎の生活だってマジックのステージだったんだ。有里匠幻は、いつも、自分の作ったイリュージョンの中で生きていた。今回のことだって、何年もまえから考えていたんだよ。そのために、千種セレモニィホールに勤めていたんだ。ずっと以前から、この日が来ることを予感していたんだろうね」

「信じられないわ」萌絵は無理に笑おうとして、テーブルのグラスを手に取った。

「人を殺した人間を賛美するつもりはないけれど、確かに、そんな生き方も、綺麗だと思う」犀川は萌絵を見る。「綺麗という形容詞は、たぶん、人間の生き方を形容するための言葉だ。服装とかじゃなくてね」

諏訪野がコーヒーポットを運んできた。犀川のカップに再び熱い魔法の液体が満たされる。諏訪野とともに部屋に入ってきたトーマが、ゆっくりと萌絵の足もとまで来て、そこで横になった。彼は眠そうな目をしており、他の客たちにはまったく関心がないようだった。

「僕は、原沼さんが火をつけたときに、どうしてもききたいことがありました」犀川は熱いコーヒーを一口飲んでから話した。「何故、ミカルさんを殺したのか……。彼にとって、ミカルさんもまた人形だったのか、あるいは、本当に彼女を愛していたのか、それがわからなかった。憶測ですが、爆破解体のショーの最中で殺したのは、彼女を人形だと思っていたからだったでしょう。でも、確信はまったくありません。どうして、あのとき、ロープでビルを飛び移ろうとしている彼女を、落して殺さなかったのでしょうか。何故、飛び移りの手助けをしたあとで殺したのか。そう、きっと、脱出だけは成功させたかったのです。人形の最後の役目が終わってから、殺したんだと思います。それくらいのことしか想像ができません。けれど、殺人の動機は、愛人としての彼女の存在であって、ここに矛盾点がある。ミカルさんの殺害については、僕にはどうも、すっきりとは理解できませんね。おそらく、バックグラウンドの異なる他人が理解すること自体、無理で無意味なのでしょうけれど」

「そうですか？」三浦は西之園捷輔の後ろに立っていた。「犀川先生のさきほどの説明で、私は、ミカル殺しについては納得できましたよ。むしろ、佐治義久殺害の方が私には不可解です。名前のために人を殺すなんていう解釈は、どうもね……。それよりも、単純にですね、ミカルを奪い取られたことに対する嫉妬とか、復讐だ、という解釈で良いのではありませんか？」

「そうかもしれません。でも、その解釈だけでは、今回の殺人現場の特殊性を説明できません」犀川はすぐに答えた。「嫉妬だけで二人を殺そうと思ったら、山の中で殺せば良いでしょう？」

「ええ、まあ、そうですが、そういった動機も含まれていたのではないか、という意味です」

「そう……」犀川は頷く。「人を殺す動機なんて、一つや二つの言葉で説明できるものではありませんからね。確かに、こうして話をしてもしかたがない。我々は、ただひたすら、自分たちの精神安定のために、自分たちを納得させてくれる都合の良い理屈を構築しているに過ぎません。殺人犯の動機なんて、事件に関係のない者のために用意された幻想です。それだけの意味しかない。起こってしまった事実とは、なんら関係のないものです。これもまた、イリュージョンでしょう」

22

パーティはお開きになった。

近藤刑事は、地下駐車場の車までカメラを取りにいき、記念撮影をしようと言いだした。

そこにいた全員の写真を一枚だけは撮ったが、その後、近藤は「ついでに」と言いながら、萌絵にレンズを向け、十回もシャッタを押した。

浜中はトーマを抱き上げ、嫌がる彼をしばらく離さなかった。しかし、隙を見てトーマが部屋から逃げ出すと、諦めて浜中も帰っていった。

有里ナガルとタケルは、犀川と萌絵に握手をして、黙って去っていった。刑事たちも本部長と一緒に部屋を出ていく。

諏訪野がテーブルの上を片づけている。

犀川だけが、窓際でまだ煙草を吸っていた。

「菊地製作所の倉庫には、地下室とかは、なかったんだろうか?」

犀川は独り言のようにそれを口にした。

「あの炎の中から、有里匠幻は何故脱出しなかったのか、という意味ですね?」萌絵が言った。

「方法がなかったわけではないだろう? ミラクル・エスケーパなのだから」

「先生が何を考えているか、私わかります。もう、おっしゃらないで下さい」

「言わない」犀川は一瞬だけ微笑んだ。

何故脱出しなかったのか……。

有里匠幻の名を呼ぶ者が、もういなかったからだ。

先生は、それに気づいて、あのとき叫んだのだ。

気がつくのが遅かったことで、自分を責めているのだろうか。

それは、犀川らしくない。

わからない。

そんな彼が、いるのかもしれない。

萌絵はそう思った。

諏訪野がコーヒーカップを持って部屋から出ていく。

「私、服、着替えてこようかな……」ソファに大人しく座っていた彼女は立ち上がって、犀川に近づいた。「先生は、こういうのは、お気に召しませんでしょう?」

「そんなこと言っていない」煙を吐き出しながら犀川は答えた。彼は窓ガラスに映っている彼女を見ていた。

「それらしいことをおっしゃったわ」

「それは君の評価だ」

「天王寺《てんのうじ》博士みたい……」萌絵は微笑んだ。「先生、もう少し、血の通った会話がしてみたくありません?」

「会話に血液なんか通わないよ」

「あの……、先生、トランプのカードの中で何が一番好きですか?」

実は、何種類かを想定して、部屋の各所に隠してあった。犀川には無駄なことは承知で、萌絵は、そのマジックを試みようと思った。

これまでにも、いったいどれだけの無駄を重ねてきただろう。

「特に好きなものはないね」

「強いて言えば、どのカード？」

「いや、好きなカードなんてないよ」犀川は首をふった。

「もう……」萌絵は頬を膨らませる。

「好きなカードがある方が、僕はおかしいと思うけどなあ。好きな色だってない、よくきかれるけど。君は好きな色はあるの？」

「ピンクとイエローと、レッドとオレンジと、ブルーとグリーンとパープルと……」

「ふうん……」犀川は鼻息をもらした。「そりゃ良かったね。あ、そうだ、ついこのまえだけどね、授業中に、先生は梅雨が好きですか？　なんてきく奴がいるんだ。馬鹿馬鹿しい」

「私、梅雨は嫌い」

「あそう。よくわからないなあ。どうして？　何故、好きとか嫌いとか決めるわけ？　梅雨を嫌いになったって、しかたがないじゃないか。じゃあ、西之園君は、空気は好きかい？　銀河系は好き？　ベクトルの内積は好きかな？　フェノールフタレインとか、コバルト65なんかも好き？」

「先生、別のお話をしましょう」萌絵は微笑んだ。

「今みたいな会話は嫌いなんだね？」

「嫌いです」

「もう、僕も帰るよ」犀川はテーブルの灰皿まで煙草を消しにいく。「明日はまた忙しい」

「もう少し、ここにいて下さい」

「どうして？」

「どうしてって……」萌絵はわざと目を回して、犀川の前で腕組みをした。「いいわ……。空気も銀河系も好きですし、ベクトルの内積も大好きよ。もう、外積なんてしびれるくらい好きだし、水酸化ナトリウムは……」

「違う、フェノールフタレインだ」

「ああ、ええ、フェノールフタレインは、なんだか、相手を品定めしているみたいですから、どっちかっていうと私の好みじゃないですけど、でも、コバルト65は、自己満足的なところが可愛いわ」

「そう……」犀川は微笑んだ。「君、変わってるね」

「もう、先生……」萌絵はくすくすと笑った。「先生にそう言われたら、本ものですね」

「本ものだ」

「ねえ、もう少し良いでしょう？　もっと、お話がしたいんです」

「良いよ」犀川は軽く頷いた。「初めから、そう言えば良い」

「私、着替えてくるわ」

「そんな必要はない」犀川はソファに座りながら言った。

「先生、ダンス踊れます？」

「踊れると思う？」

「思いません」萌絵は白い歯を見せる。「ああ、じゃあ、何か飲まれます？」

「飲むと思う？」

「いいえ」

「もう、何もいらないよ。西之園君、話がしたいなら、座ったら」

「ええ、そうですね」萌絵は犀川の向いのソファに腰掛ける。

二人は、そこで黙った。

「何か、面白いお話はありませんか？」

「特にない」

「面白いジョークとかは？」

「このまえ、国枝君に言ったんだよ。女子トイレは二階にしかないから大変だねって。そうしたら彼女、何て言ったと思う？」

「さあ……」萌絵は首を傾げた。

「それはセクハラですか」犀川はそう言って、肩を竦めた。「これが、今月のトップ・オブ・ザ・ジョークだ。少々下品だから、まだ、喜多にしか話していない」

「面白くありませんね」

「いやいや、彼女が自分を女性だと自覚していることがわかっただけでも、秀逸だ」

「それは酷《ひど》いと思います」

「僕ね、よく国枝君が出てくる夢を見るんだ。たとえばね、デパートでエレベータに乗ったら、振り向いたエレベータガールが彼女なんだ。もう、それでびっくりして目が覚める」

萌絵は笑い出した。

「ほら、笑ったじゃないか」

「国枝先生に悪いわ……、それこそ、セクハラじゃないですか。先生、そのお話は最低です。趣味がとても悪い」

「うん、寝覚めが悪いのは僕の方だしな……」

萌絵が黙ったためか、犀川も黙った。

彼女は脚を組み直す。

「今度は君から話す番だよ」

「男と女の違いは何ですか？」萌絵はきいた。

「違わないね。大した違いはない。フェノールフタレインでは判別できない」

「私が男だったら、こんなドレスは着ないわ」

「へえ、そう」犀川は驚いた顔をする。「僕は女だったとしても、そんなドレスは、たぶん着ない」

「先生が女だったら、私だってドレスを着ません」

「難しいことを言うなあ」

「はい」

「回りくどい」

「はい、回りくどいですね」

犀川は立ち上がって、部屋の中央で振り向いた。

「こういう状況を認識するのには、確実なデータに基づいた極めて高度な予測か、あるいは、かなり確固たる共通のモデルをお互いが持っていて、優秀なセンサによるリアルタイムの適切な状況把握が必要なんだね」

「何のお話です？」

萌絵も立ち上がって、犀川の前に歩いていく。

「ひょっとして、状況を認識されました？」

犀川は頭を掻いた。

「ダンスを踊ろうか」

「え？　先生、踊れるんですか？」

「踊れると思う？」

「ええ……、思います」

魅力はミスディレクション

引田天功
a. k. a PRINCESS TENKO

不思議な事をつくり出していくのは、時として非常に残酷な出会いをうみ出します。「マジック」に一番相応《ふさわ》しい言葉は「死」だと思うのです。

初代引田天功（男性）は脱出王と呼ばれていました。脱出をする時は必ず弟子、事務所関係者、スタッフを全員呼びつけ「今から俺は死ぬかもしれない。もし、死んだら……」と延々と話すのです。何回もそれを経験しているスタッフは「ああ、またか」と聞いていますが、初めての関係者は涙を流しながら聞き入ります。そして、自分を悲劇の主人公に仕立て上げてから、その心情とは反対に勇敢な姿で脱出に立ち向かっていくのです。

でも、寸前に私に「まり（私の本名）、アメ持ってるか？　2個くれ。えへへ、何で2個か解るか？　まず1個は撮影に入る前、2個目のアメは脱出カプセルの中で救出してくれるのを待機している時に舐《な》めるんだよ」と言って笑っていました。余裕からなのか、緊張からなのかは解りませんでしたが、その時の顔はとても穏やかでした。そして脱出を終えた時の顔は、とても厳しく険《けわ》しい姿へと変わっていました。それがどこから出てくる姿なのか、演技なのかはわかりませんでしたが、とても、ドラマティックであった事は確かでした。

しかし、私にとって師匠がいた事は良くもあり、悪くもあった事だと思っています。女優になろうとして入った事務所がマジシャン引田天功の事務所だった。という事で、大きく生きる道が分かれてしまいました。私の母と初代引田天功事務所の社長とが従兄弟《いとこ》どうしだったのです。「東京で知らない人の事務所に入ると責任がないからどうなるか判らない。だから知っているおじさんの事務所に行きなさい」という母の勧めに従って「マジック」というものを、見たこともなかった私は、最悪の人生になってしまったと感じ、この先続けていいものかどうか迷う事がしばしばありました。なぜなら、私が見せられたマジックというものが、絶対に、やりたい仕事ではなかったからです。

そして最悪の人間関係と、兄弟子だけでなく、初代引田天功からの難題にもぶつかってしまい、16歳の女の子にとっては人間不信に深く陥る日々を過ごしました。人を殺すには刃物はいらぬ、言葉だけでも十分に……という事もありました。マジックには「タネ」があります。それは、裏と表、隠している部分と見せる部分。洋服の中に鳩を10羽隠していたとしても、何も無いように振るまわなければならない状況。右手で不思議な事をしようとしたら、左手では「ミスディレクション」をしなければなりません。顔と態度が別々でなければ「マジック」は成り立たないのです。可笑しくても泣ける、悲しくても笑える、無いものを有るように、軽いものを重いもののように、そんな事は俳優なら簡単に出来ること。しかし、プラスアルファ現実にないものを取り出さなければならなかったり、消し去らなければ成り立たないのがマジック、そしてマジシャンでした。

私がマジックは「嫌」だと思っていても、初代は心臓が悪く、仕事をこなす事が困難な時が多く、「身代わり」を依頼される事が多くなっていきました。「男性の身代わりに男性では視聴率はとれない、だから女性がいい」というのが大きな理由だったのです。初代はとても大きな体格の男性でした。それに比べると私は中学生位しかない細い体格でしたので、視聴者にしてみれば「とても無理」という思いがありました。しかし、大成功とまではいかなくても、最後までやり遂《と》げると視聴者からは、「良かった、よくやってくれた」と喜んでもらえました。それが視聴率にもつながり、次から次へと仕事が増えていったのです。

人間はなんて残酷なんだろうと思った事もありました。しかし、私はある時、ふとマジックというものを悟ったんです。「あっ、人間の考え方はミスディレクションだ」と思ったんです。つまり、男が女に変わるだけで同じモノでも全然違うモノに感じて見せる事ができる。タネと逆の方向に目を向けるという事が見ている人に何も感じさせないことがわかりました。マジック嫌いの私は、このことによりマジック大好き人間へと変わったのです。非常に面白く思えだしたのです。

そして、私は二代目引田天功を襲名した時に、マジックを研究、練習するよりも先《ま》ず、全世界のマジックに関する文献を読みあさりました。「心理作戦」でいこうと思ったのです。いろんな本を読む中で、面白い発想を見つけました。これは今でも使っている手法です。〈アガサ・クリスティ〉の「人は騙《だま》されることは好まない、しかし、ほんのちょっと、ほんの少しならそれは大いに好む」という言葉なんです。マジックを観にくる観客の大半はタネを見破ってやろうと思ってきてます。しかし、そこで繰り広げられていくショーが不思議、不思議だけで舞台を攻めていくと、それを見ている観客はタネを考えても解らなくなり「つまらなく」なっていくのです。そして「面白くない」と言わせてしまうことがあるのです。そこで私は考えました。〈音と照明、出演者、着ている衣装、プロップス、背景、そしてマジック〉これを総て演出していく。これが総合芸術としての「イリュージョン」だということを。マジックの道具だけ出てきて、それだけを操るのは実につまらないものだと思ったのです。

森博嗣先生の『幻惑の死と使途』はまさに「イリュージョン・ミステリィ」として読みました。すべてに演出効果が効いているのです。これからお読みになる方には、どのような驚きがあるかは言えませんが、まさに、ミスディレクションのばっちり効いている幻想の思惑たっぷりです。森先生は多分にマジックの事をよほど研究されたんだと思います。ひょっとして、家にはマジック専用のステージがあったりして、なんて思いも巡りました。空想だけでは書けないものが私には判ります。実際に沢山の道具をお持ちになっているか、特別に作り上げたものが、実はあるのではないかと思いました。

ストーリーに出てくる、箱が段違いになるマジックなどは殆どの方が見たことが有ると思いますが、目の前で繰り広げられていく展開が私には実際のステージとダブってしまったり、ストーリーに出てくる観客の顔までもが目に浮かんでくるようでした。

西之園萌絵さんがお好きなトランプの人形が1人で踊り出すマジックは、もう少し演出法が大掛かりなモノをカナダの友人が演じています。暗闇の中に光る仮面が幾つも浮いていて、それは幻想的で素敵なマジックです。小さな紙でできた人形を踊らせるというマジックセットもありますが、マジックはシンプルなほど不思議で驚きも大きいようです。大掛かりなマジックには、また別の楽しみがあります。楽しい仕掛けが沢山隠されているのです。

私は不思議を創り出している作り手ですが、私が不思議と思うものと、観客が不思議に思うものとは、大分違っている事に最近気付きました。私にとっては、裏側の裏側がとても面白いのです。例えば、とても小さな空っぽの段ボール箱の中に2人の人間が入って、長さが1メートルの20本の剣を滅茶苦茶に刺していきます。刺し終わった後、独りでに剣が抜けて落ちる無気味さプラス、再度出現した時には2人が獣になっている、というマジックを演出したのです。総てが不可能、と思われたものを仕掛けよろしく、見事にパーフェクトに作り上げたのです。勿論《もちろん》タネはあるし、仕掛けもあります。が、私はステージを観ている観客の誰もが、ハラハラドキドキとして感じ取れるように創ったのです。しかし、実際に中に入っている2人がどのようになっているかを想像した時、またそれを見た時には笑いが止まらなくなりました。見たことも無い2人のタコ人間の出来上がり。それはそれは大変なんです。普通の人にこのマジックを解説させると「剣が刺さったように見えるけど、実際は中が空洞になっているんだ」と思うようなんです。けれども実際の話、そんな剣を作ったら一本10万円はしてしまいます。20本で２００万円を簡単にはつくれませんよね。だから仕掛けはいたって簡単。「入っている人間が刺さってきた剣を避ければいいのです」不可能でしょう、と思える事が出来てしまうのです。しかし実際に試そうとは思わないでください。危険ですし、私しかやれないものなんです。

もう一つの私の裏側をお話しします。実は私の場合、マジックのタネを発想する時は、普通に発想するわけではないのです。何時、何処で、どんな時、発想するかというと、「夢」に出てくるんです。それは夜眠りにつくと見る夢の中なんです。朝になると忘れてしまうので、必ず枕元に紙とペンを用意しておき、見たと思ったらすぐに起きて書き留めるのです。

私がこの不思議な夢を一番初めに見た夜は、その日のお昼に映画で〈不思議の国のアリス〉を見たんです。私は「鏡って通り抜けられるかな？　鏡の向こうにはまた別の世界があるのかな？」なんて思っていたんです。そうしたらその日の夜に、夢の中で鏡の向こう側にいける設計図が現れたんです。その時に作り上げたものは〈不思議な三面鏡〉としてステージで演じています。鏡は亀裂を入れることのできないものです。また絶対に小さな仕掛けも分かってしまうものですから、とても難しいのです。でも私は、鏡の向こうに行ってしまう事が現実にステージで出来たのです。

またマジックの世界には問題もあります。この世界は知的所有権があるので、勝手に人のモノを演ずる事ができない、という事です。どうしてもその人のモノを演じたい場合は、版権を買うのです。私がアメリカで「オリジナリティがある」と評価されたのは、実は先程の不思議な夢の御蔭《おかげ》だったんです。私の夢に、人は勝手に入り込んでこれないですから。しかももっと不思議なのは、この夢を見るようになったのは「二代目引田天功になったその日」からなんです。今では〈天功ファイル〉と呼んでいて、1メートル位の厚さの紙束になるほど持っています。そして、今まで現実に作り上げたものは3センチ位ですから、まだまだ死ぬ程あります。それにまだ、毎日夢は見続けているのです。これは私の七不思議の一つです。

私は「ミステリィ」が大好きです。私の人生もミステリィだと思っているのですが、小説のミステリィは、自分の中だけの想像で張り巡らされるので、恐いくらいに目の前にビジュアルで出てきます。森先生の『幻惑の死と使途』はまさに、普通の皆様とは違う感覚で読むことが出来る、大変に貴重な一冊になりました。声を大にして「ミスディレクション」をお教えしたくなりましたが、職業柄、心の中で楽しんでおります。マジシャンは（この場合、森先生も含まれています）、お客様の目を引き付けるためのマジシャンならではのテクニックがあります。マジシャンはお客様が御覧になる先を自由に操りたいのです。それによってマジシャンの繰り広げるマジックが、より効果的な成功を収めるのです。『幻惑の死と使途』の中に出てくるお客様と一緒に、是非このショーを楽しんでください。

〈イリュージョニスト〉

冒頭の引用文は「死霊」（埴谷雄高著　講談社）によりました。

この作品は、一九九七年十月に小社ノベルズとして刊行されたものです。

|著者|森 博嗣 1957年愛知県生まれ。工学博士。某国立大学の工学部助教授の傍ら1996年、『すべてがFになる』(講談社文庫)で第1回メフィスト賞を受賞し、衝撃デビュー。以後、犀川助教授・西之園萌絵のS&Mシリーズや瀬在丸紅子たちのVシリーズ、『φ《ファイ》は壊れたね』から始まるGシリーズ、『イナイ×イナイ』からのXシリーズがある。ほかに『女王の百年密室』(幻冬舎文庫・新潮文庫)、『スカイ・クロラ』(中公文庫)などの小説のほか、『森博嗣のミステリィ工作室』『悠悠おもちゃライフ』(ともに講談社文庫)、『工作少年の日々』(集英社)などのエッセィ、ささきすばる氏との絵本『悪戯王子と猫の物語』(講談社文庫)、庭園鉄道敷設レポート『ミニチュア庭園鉄道』1〜3(中公新書ラクレ)などがある。

幻惑《げんわく》の死《し》と使途《しと》 ILLUSION ACTS LIKE MAGIC

森《もり》 博嗣《ひろし》

2000年11月15日第1刷発行
2008年2月1日第22刷発行

発行者——野間佐和子

発行所——株式会社 講談社

東京都文京区音羽2-12-21 〒112-8001

電話 出版部 (03) 5395-3510
販売部 (03) 5395-5817
業務部 (03) 5395-3615

Printed in Japan

落丁本・乱丁本は購入書店名を明記のうえ、小社業務部あてにお送りください。送料は小社負担にてお取替えします。なお、この本の内容についてのお問い合わせは文庫出版部あてにお願いいたします。

ISBN4-06-273011-1

講談社文庫

定価はカバーに
表示してあります

デザイン—菊地信義

製版——株式会社廣済堂

印刷——豊国印刷株式会社

製本——株式会社大進堂

講談社文庫刊行の辞

二十一世紀の到来を目睫に望みながら、われわれはいま、人類史上かつて例を見ない巨大な転換期をむかえようとしている。

世界も、日本も、激動の予兆に対する期待とおののきを内に蔵して、未知の時代に歩み入ろうとしている。このときにあたり、創業の人野間清治の「ナショナル・エデュケイター」への志を現代に甦らせようと意図して、われわれはここに古今の文芸作品はいうまでもなく、ひろく人文・社会・自然の諸科学から東西の名著を網羅する、新しい綜合文庫の発刊を決意した。

激動の転換期はまた断絶の時代である。われわれは戦後二十五年間の出版文化のありかたへの深い反省をこめて、この断絶の時代にあえて人間的な持続を求めようとする。いたずらに浮薄な商業主義のあだ花を追い求めることなく、長期にわたって良書に生命をあたえようとつとめるところにしか、今後の出版文化の真の繁栄はあり得ないと信じるからである。

同時にわれわれはこの綜合文庫の刊行を通じて、人文・社会・自然の諸科学が、結局人間の学にほかならないことを立証しようと願っている。かつて知識とは、「汝自身を知る」ことにつきていた。現代社会の瑣末な情報の氾濫のなかから、力強い知識の源泉を掘り起し、技術文明のただなかに、生きた人間の姿を復活させること。それこそわれわれの切なる希求である。

われわれは権威に盲従せず、俗流に媚びることなく、渾然一体となって日本の「草の根」をかたちづくる若く新しい世代の人々に、心をこめてこの新しい綜合文庫をおくり届けたい。それは知識の泉であるとともに感受性のふるさとであり、もっとも有機的に組織され、社会に開かれた万人のための大学をめざしている。大方の支援と協力を衷心より切望してやまない。

一九七一年七月

野間省一

平岩弓枝　はやぶさ新八御用帳(七)〈寒椿の寺〉
平岩弓枝　はやぶさ新八御用帳(八)〈春怨 根津権現〉
平岩弓枝　はやぶさ新八御用帳(九)〈王子稲荷の女〉
平岩弓枝　はやぶさ新八御用帳(十)〈幽霊屋敷の女〉
平岩弓枝　はやぶさ新八御用旅(一)〈東海道五十三次〉
平岩弓枝　はやぶさ新八御用旅(二)〈中仙道六十九次〉
平岩弓枝　はやぶさ新八御用旅(三)〈日光例幣使道の殺人〉
平岩弓枝　新装版 おんなみち (上)(中)(下)
平岩弓枝　極楽とんぼの飛んだ道〈私の半生、私の小説〉
平岩弓枝　ものは言いよう
平岩弓枝　老いること暮らすこと
東野圭吾　放課後
東野圭吾　卒業〈雪月花殺人ゲーム〉
東野圭吾　学生街の殺人
東野圭吾　魔球
東野圭吾　浪花少年探偵団
東野圭吾　しのぶセンセにサヨナラ〈浪花少年探偵団・独立編〉
東野圭吾　十字屋敷のピエロ
東野圭吾　眠りの森
東野圭吾　宿命
東野圭吾　変身
東野圭吾　仮面山荘殺人事件
東野圭吾　天使の耳
東野圭吾　ある閉ざされた雪の山荘で
東野圭吾　同級生
東野圭吾　名探偵の呪縛
東野圭吾　むかし僕が死んだ家
東野圭吾　虹を操る少年
東野圭吾　パラレルワールド・ラブストーリー
東野圭吾　天空の蜂
東野圭吾　どちらかが彼女を殺した
東野圭吾　名探偵の掟
東野圭吾　悪意
東野圭吾　私が彼を殺した
東野圭吾　嘘をもうひとつだけ
東野圭吾　時生
広田靚子　イギリス 花の庭
日比野 宏　アジア亜細亜 無限回廊
日比野 宏　アジア亜細亜 夢のあとさき
日比野 宏　夢街道アジア
平山壽三郎　明治おんな橋
平山壽三郎　明治ちぎれ雲
火坂雅志　美食探偵
火坂雅志　骨董屋征次郎手控
火坂雅志　骨董屋征次郎京暦
平野啓一郎　高瀬川
平山 譲　ありがとう
平田俊子　ピアノ・サンド
藤沢周平　義民が駆ける
藤沢周平　新装版 春秋の檻〈獄医立花登手控え(一)〉
藤沢周平　新装版 風雪の檻〈獄医立花登手控え(二)〉
藤沢周平　新装版 愛憎の檻〈獄医立花登手控え(三)〉
藤沢周平　新装版 人間の檻〈獄医立花登手控え(四)〉
藤沢周平　新装版 闇の歯車
藤沢周平　新装版 市塵(上)(下)
藤沢周平　新装版 決闘の辻
藤沢周平　新装版 雪明かり

室井　滋　心ひだひだ
村野　薫　死刑はこうして執行される
森村誠一　暗黒流砂
森村誠一　殺人の花客
森村誠一　ホームアウェイ
森村誠一　殺人のスポットライト
森村誠一　殺人プロムナード
森村誠一　流星の降る町〈『星の町』改題〉
森村誠一　完全犯罪のエチュード
森村誠一　影の祭り
森村誠一　殺意の接点
森村誠一　レジャーランド殺人事件
森村誠一　殺意の逆流
森村誠一　情熱の断罪
森村誠一　残酷な視界
森村誠一　肉食の食客
森村誠一　死を描く影絵
森村誠一　エネミイ
森村誠一　深海の迷路

森村誠一　マーダー・リング
森村誠一　刺客の花道
森村誠一　殺意の造型
森村誠一　ラストファミリー
森村誠一　夢の原色
森村誠一　ファミリー
森村誠一　虹の刺客〈小説・伊達騒動〉(上)(下)
森　瑤子　夜ごとの揺り籠、舟、あるいは戦場
守　誠　3分単〈1日3分・「簡単パズル」で覚える・英単語〉
毛利恒之　月光の夏
毛利恒之　地獄の虹
森まゆみ　抱きしめる、東京〈町とわたし〉
森田靖郎　東京チャイニーズ〈裏歌舞伎町の流氓たち〉
森田靖郎　TOKYO犯罪公司
森　博嗣　すべてがFになる〈THE PERFECT INSIDER〉
森　博嗣　冷たい密室と博士たち〈DOCTORS IN ISOLATED ROOM〉
森　博嗣　笑わない数学者〈MATHEMATICAL GOODBYE〉
森　博嗣　詩的私的ジャック〈JACK THE POETICAL PRIVATE〉
森　博嗣　封印再度〈WHO INSIDE〉

森　博嗣　まどろみ消去〈MISSING UNDER THE MISTLETOE〉
森　博嗣　幻惑の死と使途〈ILLUSION ACTS LIKE MAGIC〉
森　博嗣　夏のレプリカ〈REPLACEABLE SUMMER〉
森　博嗣　今はもうない〈SWITCH BACK〉
森　博嗣　数奇にして模型〈NUMERICAL MODELS〉
森　博嗣　有限と微小のパン〈THE PERFECT OUTSIDER〉
森　博嗣　地球儀のスライス〈A SLICE OF TERRESTRIAL GLOBE〉
森　博嗣　黒猫の三角〈Delta in the Darkness〉
森　博嗣　人形式モナリザ〈Shape of Things Human〉
森　博嗣　月は幽咽のデバイス〈The Sound Walks When the Moon Talks〉
森　博嗣　夢・出逢い・魔性〈You May Die in My Show〉
森　博嗣　魔剣天翔〈Cockpit on knife Edge〉
森　博嗣　恋恋蓮歩の演習〈A Sea of Deceits〉
森　博嗣　今夜はパラシュート博物館へ〈THE LAST DIVE TO PARACHUTE MUSEUM〉
森　博嗣　六人の超音波科学者〈Six Supersonic Scientists〉
森　博嗣　捩れ屋敷の利鈍〈The Riddle in Torsional Nest〉
森　博嗣　朽ちる散る落ちる〈Rot off and Drop away〉
森　博嗣　赤緑黒白〈Red Green Black and White〉
森　博嗣　φ《ファイ》は壊れたね〈PATH CONNECTED φ BROKE〉

講談社文庫　目録

森　博嗣　虚空の逆マトリクス〈INVERSE OF VOID MATRIX〉
森　博嗣　四季　春～冬
森　博嗣　森博嗣のミステリィ工作室
森　博嗣　アイソパラメトリック
森　博嗣　悠悠おもちゃライフ
森　博嗣
ささきすばる絵　悪戯王子と猫の物語
森　博嗣
土屋賢二　人間は考えるFになる
森枝卓士　私的メコン物語〈食から覗くアジア〉
森　浩美　推定恋愛
森　浩美　推定恋愛　two-years
諸田玲子　鬼あざみ
諸田玲子　笠《かさ》雲《ぐも》
諸田玲子　からくり乱れ蝶
諸田玲子　其《そ》の一《いち》日《にち》
諸田玲子　天女湯おれん
森津純子　家族が「がん」になったら〈誰も教えてくれなかった介護法と心のケア〉
桃谷方子　百合祭
森　孝一　「ジョージ・ブッシュ」のアタマの中身〈アメリカ「超保守派」の世界観〉
本谷有希子　腑抜けども、悲しみの愛を見せろ
本谷有希子　江利子と絶対〈本谷有希子文学大全集〉
山口　瞳
常盤新平　編　新装版　諸君！この人生、大変なんだ
山田風太郎　婆沙羅
山田風太郎　甲賀忍法帖〈山田風太郎忍法帖①〉
山田風太郎　忍法忠臣蔵〈山田風太郎忍法帖②〉
山田風太郎　伊賀忍法帖〈山田風太郎忍法帖③〉
山田風太郎　忍法八犬伝〈山田風太郎忍法帖④〉
山田風太郎　くノ一忍法帖〈山田風太郎忍法帖⑤〉
山田風太郎　魔界転生(上)(下)〈山田風太郎忍法帖⑥⑦〉
山田風太郎　江戸忍法帖〈山田風太郎忍法帖⑧〉
山田風太郎　柳生忍法帖(上)(下)〈山田風太郎忍法帖⑨⑩〉
山田風太郎　風来忍法帖〈山田風太郎忍法帖⑪〉
山田風太郎　かげろう忍法帖〈山田風太郎忍法帖⑫〉
山田風太郎　野ざらし忍法帖〈山田風太郎忍法帖⑬〉
山田風太郎　忍法関ヶ原〈山田風太郎忍法帖⑭〉
山田風太郎　妖説太閤記(上)(下)
山田風太郎　新装版戦中派不戦日記
山田風太郎　奇想小説集
山村美紗　三十三間堂の矢殺人事件
山村美紗　ヘアデザイナー殺人事件
山村美紗　京都新婚旅行殺人事件
山村美紗　大阪国際空港殺人事件
山村美紗　小京都連続殺人事件
山村美紗　グルメ列車殺人事件
山村美紗　天の橋立殺人事件
山村美紗　愛の立待岬
山村美紗　花嫁は容疑者
山村美紗　十二秒の誤算
山村美紗　京都・沖縄殺人事件
山村美紗　京都三船祭り殺人事件
山村美紗　京都絵馬堂殺人事件〈名探偵キャサリン傑作集〉
山村美紗　京都不倫旅行殺人事件
山村美紗　京友禅の秘密
山村美紗　京都・十二単衣《じゅうにひとえ》殺人事件
山村美紗　燃えた花嫁
山村美紗　千利休・謎の殺人事件
山田正紀　長靴をはいた犬〈神性探偵・佐伯神一郎〉
山田詠美　ハーレムワールド

2007年12月15日現在